KB004532

도키오

時生

히가시노 게이고 장편소설
오근영 옮김

도키오

時生

창해

서장

투명한 칸막이 안의 청년은 표정만 보면 그냥 좀 피곤해서 자는 것처럼 보였다. 하지만 그의 몸에 부착된 몇 개의 튜브가 피할 도리 없는 힘겨운 현실을 보여주고 있었다. 그는 숨소리를 내고 있을지 모르지만 바로 옆에서 그의 생명을 지탱해주는 여러 기계가 내는 소리에 묻혀 전혀 들리지 않았다.

미야모토 다쿠미宮本拓實는 새삼 할 말도 없어서 침대 옆에 우두커니 서 있었다. 할 말도 없거니와 할 수 있는 일 역시 아무것도 없었다. 그가 할 수 있는 것은 그저 이렇게 지켜보는 것뿐이었다.

오른손에 어떤 감촉이 느껴졌다. 그것이 레이코麗子의 손가락이라는 것을 깨닫기까지 몇 초의 시간이 필요했다. 아내의 손가락이 그의 오른손을 잡았다. 그는 침대 위를 바라보며 그 손을 마주 쥐었다. 그녀의 손은 가늘고 부드럽고 그리고 차가웠다.

어느새 담당 의사가 옆에 와 있었다. 미야모토 부부와 여러 해 알고 지낸 사이이다. 기름기가 감도는 이마, 피로에 지친 얼굴에 중년 의사의 고투를 말해주는 흔적이 있었다.

"여기서 이야기할까요. 아니면……." 의사는 말을 끊었다.

"아이가 들을 가능성이 있습니까?"

"글쎄요……아마 들리지 않을 거라 생각합니다. 잠든 상태니까요."

"그런가요. 그래도 밖에 나가서 하는 게 좋겠습니다."

"알겠습니다."

의사는 간호사에게 뭔가 지시를 하고 방을 나갔다. 미야모토 부부도 그 뒤를 따랐다.

"유감스럽게도 앞으로 의식이 돌아올 가능성은 매우 희박하다고 말씀드릴 수밖에 없습니다." 복도에 서서 의사는 담담한 어조로, 부부에게 너무나 잔혹한 선고를 해버렸다.

미야모토는 고개를 끄덕였다. 슬픔이 극에 달해 있었지만 충격은 없었다. 언젠가는 들어야 할 통고였고, 오늘쯤 그 선고를 들을 것도 각오하고 있었다.

옆에서 레이코도 말없이 고개를 숙일 뿐이다. 눈물을 흘릴 단계는 이미 지났다.

"그래도 의식이 돌아올 가능성이 전혀 없는 건 아니겠지요?" 미야모토가 확인하듯 물었다.

"예, 그야 뭐. 몇 퍼센트 정도냐고 물으신다면 대답하기 난감합니다만." 의사가 고개를 숙였다.

"다행이군요."

"하지만 의식이 돌아왔다 해도 아마 그것이 마지막이……."

의사는 입술을 깨물며 뒷말을 삼켰다.

"알고 있습니다. 하지만 한 번만 더 깨어나주면 좋겠습니다."

미야모토의 말에 의사는 이상하다는 표정으로 고개를 갸우뚱했다.

"아이에게 해주고 싶은 말이 있습니다. 마지막으로 꼭 한마디를."

아, 예, 하고 의사는 고개를 끄덕였다. 자기 나름대로 납득한 것 같았다.

"만약 아이의 의식이 다시 한 번 돌아온다면 제 목소리를 들을 수 있을까요?"

의사는 조금 생각하고 나서 고개를 끄덕였다.

"들릴 거라고 생각합니다. 그렇게 믿고 말을 시켜보십시오."

예, 하는 대답과 함께 미야모토는 주먹을 그러쥐었다.

뒷일은 의사들에게 맡기고 미야모토와 레이코는 집중치료실 앞을 떠났다. 심야 병동에는 정적만이 감돌았다. 대합실로 가니 긴 의자들이 가지런히 놓여 있었다. 그러나 그들 부부 말고는 아무도 없었다. 둘은 맨 뒤 의자에 앉았다.

두 사람은 한동안 말이 없었다. 미야모토는 아내에게 해야 할 말을 찾고 있었다. 하지만 그녀의 가슴속에서 소용돌이칠 고통의 크기를 상상하니 선불리 말을 꺼낼 수가 없었다.

"피곤해?" 그녀가 먼저 입을 열었다.

"아니, 별로. 당신은?"

"난 조금 피곤한 것 같아." 그녀가 한숨을 내쉬었다.

무리도 아니었다. 아들이 병으로 누워 지내게 된 것은 3년 전이지만 부부의 투쟁은 훨씬 전부터 시작되었다. 그가 태어난 순간부터, 아니 엄밀하게 말하면 그의 출생이 결정된 때부터 오늘의 고뇌는 약속되어 있었다. 그걸 생각하면 드디어 아내를 편안히 해줄 수 있는 날이 가까워졌구나, 하는 심정이 드는 것도 어쩔 수 없었다.

미야모토는 레이코를 만나기 전까지 그레고리우스 증후군이라는 병명조차 알지 못했다. 그걸 들은 건 그녀에게 청혼했을 때였다. 벌써 20년도 넘은 일이다.

일생일대의 고백을 하기에 운치라고는 눈곱만큼도 없는 장소였다. 그날 두 사람은 도쿄 역 옆에 있는 대형 서점의 2층 휴게실에서 마주 앉아 홍차를 마시고 있었다. 두 사람은 그 휴게실을 데이트 약속 장소로 사용하는 일이 많았다.

사실은 좀더 세련된 장소를 선택할 생각이었다. 하지만 서로 직장 사정 때문에 만날 수 있는 시간이 많지 않았다. 그럼 다른 날로 하면 되지 않느냐고 하겠지만, 미야모토는 무슨 일이 있어도 그날 중으로 마음을 고백해야겠다고 아침부터 작정하고 있었다. 더 미루다가는 기회를 놓쳐버릴 것 같았기 때문이다.

프러포즈의 말도 흔해빠진 것이었다. 마음을 전하는 것이 더 중요하다고 생각했다.

대담한 고백을 한다는 생각은 없었다. 청혼하면 99퍼센트 받아줄 거라는 자신도 있었다. 그 시점에서 레이코와 육체관계도 있었고 무엇보다 자신에 대한 그녀의 호감을 느끼고 있었다.

그러나 그녀의 반응은 그의 예상을 완전히 뒤집는 것이었다. 그의 말을 듣자마자 그녀는 괴로운 듯 얼굴을 찡그리며 고개를 숙였다. 이를 악물고 있다는 것을 알 수 있었다. 기쁨에 겨워 눈물이 나는 것을 참는 분위기로는 보이지 않았다.

"왜 그래?" 미야모토가 물었다.

레이코는 대답도 하지 않고 한동안을 그렇게 있었다. 미야모토는 그녀의 다음 말을 기다리는 수밖에 없었다.

이윽고 그녀가 얼굴을 들었다. 볼에 눈물을 흘린 자국은 없었지만 눈자위가 약간 붉어져 있었다. 그녀는 핸드백을 열고 손수건을 꺼내 눈가를 꾹꾹 눌렀다. 그런 다음 미야모토를 보고 생긋 웃었다.

"미안해. 깜짝 놀랐지?"

"왜 그러는 거야?" 그가 다시 한 번 물었다.

"으응……." 그녀는 얼른 대답하지 않고 심호흡을 하고 나서 새삼스럽게 그의 눈을 똑바로 보며 입을 열었다. "고마워. 나를 위해 그런 말을 해준 건 다쿠미 씨가 처음이야. 너무 기뻐."

"그럼……."

"하지만……." 그녀는 미야모토의 말을 잘랐다. "기쁘기는 하지만 슬프기도 해. 그 말을 듣기가 두려웠어."

"뭐라고?"

"유감스럽게도 난 결혼할 수 없는 몸이야."

"그래……." 발밑이 꺼지는 것 같았다. "안 된다고……."

"오해하지는 마. 따로 좋아하는 사람이 있다거나 다쿠미 씨를 좋아하지 않는다는 의미가 아니니까. 그냥 난, 누군가와 결혼할 수 없는 사람이야. 평생 독신으로 살기로 이미 결심했어."

레이코의 어조에는 그 자리에서 생각난 대답이 아니라는 분위기가 있었다. 미야모토를 그윽하게 바라보는 시선에도 진지함이 깃들어 있었다.

"무슨 소리야?" 미야모토가 물었다.

"난 말이지……." 이렇게 말하고 나서 그녀는 고개를 갸우뚱하면서 "아니, 우리 집은……" 하고 고쳐 말했다. "옛날식으로 표현하자면 저주받은 몸이라고 해야 하나. 아무튼 아주 나쁜 피가 흐르고 있어서 자손을 남길 수 없어. 그래서 나도 아이를 낳을 수가 없어."

"잠깐만! 저주라니 갑자기 무슨 그런 비과학적인 소리를 하는 거야?"

미야모토가 어리둥절해하자 그녀는 입술을 조금 올리며 보일 듯 말 듯 웃었다. 쓸쓸한 미소였다.

"그러니까 옛날식 표현을 하자면 그렇다고 했잖아. 전에는 나 역시 비과학적이라고 생각했어. 우연히 가족 중에 그런 사람이 나왔을 뿐, 집안 내력은 아니라고 생각했지. 하지만 그렇지가 않았어. 그렇지 않다는 것이 증명됐어."

잠시 뜸을 들인 다음 그녀는 미야모토에게 물었다. 그레고리우스 증후군이라는 병명을 들어본 적이 있느냐고.

그가 고개를 가로젓자 그녀는 지극히 차분한 어조로 그 저주받은 질병에 대해 설명했다.

그레고리우스 증후군이란 1970년대 초에 독일 학자에 의해 발견된 유전병이다. 뇌신경이 차츰 사멸해가는 질병으로 대개 10대 후반까지는 아무런 징후도 보이지 않다가 그 무렵을 경계로 증상이 나타난다. 전형적인 유형으로는 우선 운동 기능을 서서히 상실한다. 이어서 손발을 움직이지 못하게 되고 이윽고 극히 일부 기능을 제외하고는 사지를 전혀 움직이지 못하게 된다. 그와 동시에 내장 기능도 저하된다. 그 단계까지 진행되면 보조기구 없이는 생활하기가 불가능해진다.

병석에 누워 지내는 생활이 2, 3년 계속되다가 차츰 의식 장애가 나타나면서 기억의 결손이나 사고의 혼탁이 심해진다. 그런 증상이 잦아지다가 마지막에는 완전히 의식을 잃어버린다. 요컨대 환자가 식물상태에 빠지는 것이다. 그러나 그것도 오래가지 않아 이윽고 뇌 기능이 완전히 정지한다. 즉 죽음에 이르는 것이다.

세계적으로 그 유례가 드물고 아직 치료법도 발견되지 않았다. 유전병이긴 하지만 그 인자를 가진 사람이 반드시 걸리는 병도 아니다. 현재 밝혀져 있는 것은 결손유전자가 X염색체에서 나타난다는 것뿐이다. 이런 종류의 질병을 반성유전병伴性遺傳病이라고 한다. 증상이 나타나는 사람은 대부분 남성이고 여성 환자는 많지 않다. 여성은 X염색체가 두 개지만 남성은 하나

밖에 없어 거기에 붙은 결손유전자의 결함을 보충해줄 수가 없기 때문이다.

레이코의 외삼촌은 열여덟 살에 병사했다. 앞서 설명한 증상 그대로였다. 그 이전에 외할머니의 오빠도 같은 운명을 겪은 모양이었다. 그레고리우스 증후군이라는 것이 발표되었을 때 레이코의 아버지는 처가 친척들에게 나타난 희귀병과 유사하다는 사실을 깨달았다. 그는 몇 군데 병원을 찾아다니며 조사하던 중에 유전인자를 발견하는 효과적인 방법을 찾아냈다.

그가 알고 싶었던 것은 자기 아내에게 그 질병의 유전인자가 있는지 아닌지가 아니었다. 확인해야만 한다고 생각한 것은 외동딸에 대해서였다. 그는 검사 결과가 어떻게 나오느냐에 따라 손자 얼굴을 보는 것은 단념해야 한다고 마음먹었다.

"검사를 받으라고 할 때의 아버지 얼굴은 아마 평생 잊을 수가 없을 거야." 레이코는 미야모토에게 털어놓았다. "내 눈에는 악마로 보였어. 아니, 그것도 아니야. 마녀사냥을 하던 주술사의 얼굴이라고 하는 게 더 정확할 거야. 옆방에서는 어머니의 흐느끼는 소리가 들렸고, 정말이지 지옥 같은 시간이었어."

"아버지를 원망하는 거야?"

"그때는 원망했어. 왜 이렇게 끔찍한 명령을 하는 걸까 싶었어. 하지만 생각해보면 아버지가 한 일은 옳았던 거야. 문제의 유전인자를 가졌을 가능성을 알면서도 모르는 척하고 결혼해서 아이까지 낳으려고 하는 건 더 무책임하다고 생각해. 게다가 아버지는 한 번도 어머니를 원망하거나 하지 않았어. 이상한 집안에서 아내를 맞아들여 불행하다는 말 같은 건 한 번도 하지 않았지."

"그래서 검사를……."

"응." 그녀는 고개를 끄덕이며 대답했다. "그 결과에 대해서는 말하지 않아도 되겠지."

미야모토는 말없이 고개를 끄덕였다. 그녀가 평생 독신으로 지내겠다고 결심한 이유를 완전히 이해했기 때문이다.

"결과를 알았을 때는 충격이었어. 왜 나만 이런 일을 당해야 하나 싶어 화도 나고 말이 안 되는 줄 알면서도 엄마한테 마구 대들었다가 아버지한테 따귀를 맞았어. 결혼만이 인생의 전부가 아니라면서." 그녀는 왼쪽 볼을 손바닥으로 감쌌다.

미야모토는 자신도 충격을 받았다는 의미의 말을 입에 담으려다가 얼른 삼켰다. 그녀의 고통에 비하면 자신이 받은 충격은 아무것도 아니라는 생각이 들었기 때문이다.

"이제 알 거야. 그런 사정이 있어서 다쿠미 씨의 청혼을 받아들일 수가 없는 거야. 너무 고마워서 눈물이 나올 정도지만 결혼하려면 다른 사람을 찾으라는 대답밖에는 해줄 수가 없어." 그녀는 손수건을 꼭 쥐고 고개를 숙였다. 긴 머리칼이 그녀의 얼굴을 가렸다.

"그럼 아이를 낳지 않으면 되잖아."

그러나 그녀는 고개를 가로저었다.

"다쿠미 씨가 아이를 좋아한다는 걸 누구보다 잘 알아. 나도 그런 방법을 생각해보지 않은 건 아니야. 아이는 단념해달라고 부탁해볼까 생각도 했어. 하지만 지금까지 사귀면서 다쿠미 씨가 꿈꾸는 미래가 어떤 건지도 잘 알기 때문에 그걸 버리게 할 수는 없어."

—캠핑카를 사서 주말에는 가족이 함께 산이나 바다로 가자. 아들은 두 명이면 좋겠어. 딸도 있는 게 좋겠지, 아기자기할 테니까. 같이 잡아온 물고기를 들에서 구워 먹는 거야. 그런 생활만 할 수 있으면 더 이상의 돈은 필요하지 않아. 모두가 건강하고 항상 웃는 가정을 만들 수만 있으면 다른 건 아무것도 필요 없어.

미야모토의 뇌리에 레이코 앞에서 자신이 입에 올렸던 몇 가지 이야기가 떠올랐다. 그녀는 웃었지만 연인의 입에서 나오는 꿈같은 한마디 한마디가 가슴을 찌르는 비수가 되었을 것이다.

"그런 꿈 따위 아무래도 좋아. 특별히 진지하게 생각하고 했던 말도 아니야. 그보다 중요한 게 있어. 무엇보다 나는 당신과 같이 있고 싶어. 앞으로도 계속, 둘이서 같이 살고 싶어. 자식은 없어도 돼."

레이코의 눈에는 떼쓰는 어린애처럼 보였을 것이다. 미야모토는 그때 일을 돌이켜 생각하면 부끄러운 마음이 된다. 그러나 그 말은 거짓이 아니었다. 머리가 뜨거워진 상태에서 내친김에 입에 올린 말이었지만 결과적으로 후회할 일은 아무것도 없었다.

그래도 레이코에게는 충격적인 말로 들릴 뿐이었다. 나중에 다시 의논하자며 그날은 헤어지기로 했다.

며칠 뒤 비슷한 대화가 또 오갔다. 이번에는 장소가 달랐다. 미야모토가 레이코의 집으로 찾아가 그녀의 부모님 앞에서 머리를 숙였다. 사정은 모두 알고 있으니까 결혼하게 해달라고 간청했다.

딸의 저주스러운 운명을 정확히 밝혀냈던 아버지는 왜소하지만 탄탄하고 야무진 체형이었다. 미야모토는 그간 들었던 이야기를 통해 이지적이고 무표정한 인물을 상상했지만 만나보니 너무나 온화하고 사람 좋은 이웃집 아저씨 같은 분위기였다. 이 인물이 어떻게 변모하면 마녀사냥의 주술사가 되는 걸까 하고 생각했다.

"미야모토 씨, 간단히 말하겠는데 그건 힘든 일이라네. 지금은 눈앞의 일밖에 보이지 않아 그런 말을 하지만 인간은 시간이 가면 변하게 마련이지. 처음 얼마 동안은 둘만 살아가는 것도 나쁘지 않겠지만 언젠가는 아이를 원하게 될 거야. 친지나 친척 집에 아이가 생기면 마음이 달라질 수도 있고. 그때 가서 이렇게 부실한 여자와 결혼하는 게 아니었는데, 하고 후회하면 레이코가 너무 불쌍하잖나."

"그런 일은 절대로 없습니다. 약속하겠습니다."

"지금은 얼마든지 그런 말을 할 수 있을 거야. 문제는 10년, 20년 뒤에는 그 마음이 어떻게 변할지 모른다는 걸세. 우리 딸 때문에 누군가가 후회하게 되는 건 나로서도 좋지 않아. 게다가 그 댁 부모님은 어떨까. 아이를 낳지 않겠다는 걸 납득해주실까. 미리 말해두지만 부모님께 레이코의 질병에 대해 비밀로 하겠다는 생각이라면 더욱 더 찬성할 수가 없어. 거짓말까지 하면서 시집보낼 생각은 없다는 걸 분명히 말해두겠네. 게다가 거짓말은 언젠가 탄로나게 마련이거든."

"부모님은 안 계십니다."

미야모토가 그 사정에 대해 이야기했다. 레이코의 아버지는 놀란 것 같았지만 그에 대해서는 특별히 아무 말도 하지 않았다.

"자네가 고생이라고는 모르고 자란 도련님이 아니라는 건 잘 알았네. 하지만 말일세, 결혼이라는 건 지금 당장의 기분만으로 하는 게 아니라네."

"부탁입니다. 반드시 행복하게 해주겠습니다."

레이코의 아버지가 한숨을 내쉬는 기척이 느껴졌다. 그는 딸에게 물었다.

"너는 어떠냐? 잘해 나갈 것 같으냐?"

"저는……." 그녀는 잠시 뜸을 들인 뒤에 말을 이었다. "이 사람의 말을 믿고 싶어요."

"그러냐……." 아버지는 다시 한 번 한숨을 내쉬었다.

결혼식은 오래된 교회에서 거행되었다. 가족들만 모인 소박한 결혼식이었지만 미야모토의 마음은 누구보다 흡족했다. 신부는 아름다웠고 하늘도 푸르렀다. 모든 사람들이 한마디씩 해주는 축하의 말을 가슴에 깊이 새겼다.

두 사람은 기치조지에 작은 셋방을 얻어 신혼생활을 시작했다. 모든 것이 순조로웠다. 가끔은 아이를 갖지 않는 일로 사정을 모르는 사람에게 상처를 받기도 했고 서로에게 상처를 주기도 했지만 그만한 상처를 극복하는 데는 그리 많은 시간이 필요하지 않았다.

고난은 예상치 못한 방향에서 찾아왔다. 레이코가 임신한 것이다. 결혼한 지 만 3년이 지났을 무렵이었다.

절대로 그런 일은 있을 수 없다고 미야모토가 소리쳤다.

"확실해. 병원에 가서 진찰도 받았어. 이상한 의심은 하지 마. 틀림없이 당신 아이야." 레이코는 차분한 목소리로 그렇게 말했다.

자신의 아이가 아닐 거라는 생각은 추호도 하지 않았다. 단지 믿고 싶지 않았을 뿐이다. 사실 짚이는 데가 없는 것도 아니었다. 두 사람은 반드시 피임을 했지만 그 방법이 갈수록 허술해진다는 것을 느낌으로 알고 있었다. 방심했다고 생각하는 편이 옳을 것이다.

"걱정하지 마. 내일 처리하고 올게." 레이코는 애써 밝은 얼굴로 말했다.

"지울 거야?"

"응. 어쩔 수 없는 일이잖아."

"하지만 반반 아냐?"

"반반?"

"병이 유전될 확률 말이야. 아들이라고 해도 결함이 있는 X염색체를 갖고 태어날 확률은 50퍼센트잖아. 게다가 딸일 경우에는 유전이 되어도 발병하지 않을 거고."

"당신, 무슨 말을 하는 거야?"

"다시 말해 우리 아이가 그레고리우스 증후군에 걸릴 확률은 4분의 1이라는 거야. 거꾸로 말하자면 평범한 아이로 태어날 확률이 4분의 3이라는 거잖아."

"그래서?" 레이코는 그의 얼굴을 빤히 쳐다보며 말했다. "낳자는 거야?"

"선택의 여지도 있다는 말이야."

"그만둬. 난 각오하고 왔어. 마음을 혼란스럽게 하지 마."

"하지만 4분의 3은……."

"숫자 따위가 무슨 의미가 있어. 제비뽑기를 하는 게 아니잖아. 만약 아들이고 유전되었다면 어떻게 할 거야? 아, 꽝이었구나, 이렇게 실망할 거야? 병을 갖고 태어나지만 그 아이에게도 인격이 있어. 내 입장에서는 제로 아니면 백퍼센트야. 그리고 나는 제로를 선택하게 될 수도 있는 거야. 결혼 전부터 이미 정해져 있던 일이잖아."

맞는 말이었다. 자식은 제비뽑기처럼 당첨이나 꽝으로 받아들일 수 있는 존재가 아닌 것이다. 미야모토는 대꾸할 말이 없어 입을 다물었다.

하지만 납득한 것도 아니었다. 뭔가가 그의 가슴속에서 움직이기 시작했다. 아주 오랫동안 잊고 있었던 뭔가가.

미야모토는 고민 끝에 생각했다. 낙태하는 것이 최선이라고는 할 수 없었다. 이윽고 그는 자신의 가슴에 응어리져 있던 것의 정체를 찾았다.

이윽고 그의 귀에 어떤 청년의 목소리가 살아났다.

—내일만이 미래가 아니에요.

그렇다, 미야모토는 깨달았다. 자신은 '그'의 말을 찾고 있었던 것이다.

그는 레이코에게 아이를 낳아달라고 애원했다. 그녀의 아버지에게 결혼 허락을 받으러 갔을 때처럼 머리를 숙였다.

"어떤 결과가 되더라도 후회하지 않을게. 태어나는 아이가 어떤 아이라도 진심으로 사랑하고 그 아이가 행복해지도록 노력할게. 내가 할 수 있는 모든 것을 할게."

레이코는 애초에 그의 말을 받아들이려고 하지 않았다. 감정만으로 모든 걸 말한다며 화를 냈을 정도다. 그런데도 계속 머리를 숙이며 간청하는 그를 보자 진심을 이해한 것 같았다.

"당신은 그게 어떤 일인지 알기나 해?"

"알아. 남자 아이가 유전인자를 갖고 태어나면 고생은 하겠지. 그래도 상관없어. 나는 레이코가 그 아이를 낳았으면 좋겠어. 그 아이도 분명히 이 세상에 태어나고 싶을 거야."

생각해보겠다고 레이코는 대답했다. 실제로 꼬박 사흘 동안 그녀는 골똘하게 생각했다.

"나도 각오를 굳혔어."

그녀가 내린 결론이었다. 그녀는 이 일을 부모님과 의논하지 않았다. 그래서 임신 4개월이 되고 나서 임신 사실을 알렸을 때 부모님 특히 아버지는 격노했다. 무책임하다며 불같이 화를 냈다.

"책임은 지겠습니다. 이건 두 사람이 결정하고 두 사람 생각대로 해야 할 일입니다. 어떤 결과가 나와도 후회하지 않겠습니다. 우는 소리도 하지 않겠습니다."

아버지는 마지막까지 찬성하지 않았다. 결국 싸우고 절교하는 사람처럼 처가를 나와야 했다.

그러자 계속 아무 말이 없던 어머니가 그들을 뒤따라 집에서 나왔다.

"둘이 결정한 일일 테니까 낳는 것에 대해 나는 아무 말도 하지 않을게. 하지만 이것만은 기억해둬." 그녀는 미야모토와 레이코의 얼굴을 번갈아 보고 나서 말을 이었다. "만약 그 병에 걸리면 본인도 그렇지만 너희도 죽을 만큼 고통스러울 거야. 지옥의 고통이 오히려 나을 거라는 생각이 들 정도로."

레이코의 어머니는 남동생을 같은 병으로 잃었다. 그때의 괴로운 추억을 이야기하려고 하지는 않았지만, 그 일이 가슴에 앙금처럼 남아 있을 것이다.

"고통을 받아들일 생각입니다. 아이와 함께."

미야모토가 말하자 그녀는 그의 눈을 지그시 바라보며 고개를 끄덕였다.

그로부터 수개월 뒤에 레이코는 아들을 출산했다.

"이름은 도키오야." 갓 태어난 아기를 안고 미야모토가 말했다. "때 시時 자와 날 생生 자를 써서 도키오時生야. 괜찮지?"

레이코는 반대하지 않았다. "미리 정해놓았던 거야?"

아니 그냥, 하고 그는 대답했다.

도키오의 몸을 검사하자는 말은 미야모토도 레이코도 입 밖에 내지 않았다. 레이코도 그랬을지 모르지만 결과를 안다고 해서 달라질 게 없다는 것이 그의 생각이었다. 사실 그에게는 어떤 확신이 있었다. 검사를 하면 아마 나쁜 쪽으로 나올 거라는 생각. 울컥하는 비관적인 생각과는 의미가 달랐다. 그는 이미 알고 있었다고 해야 할지도 모른다.

도키오는 건강한 사내아이로 자랐다. 미야모토는 결혼 전에 꿈꾸었듯이 사륜구동 왜건 차를 사서 거기에 아들과 아내를 태우고 여기저기 지방으로 여행을 다녔다. 특히 도키오가 좋아한 것은 도쿄에서 홋카이도까지 차로 건너가서 다시 전국을 거의 일주했을 때였다. 도키오의 얼굴이며 몸이 까맣게 타버렸다. 라벤더 밭이 보이는 언덕에서 바비큐 파티를 열기도 했다. 좁은 차 안에서 셋이 나란히 누워 선루프를 열어놓고 별이 가득한 하늘을 바라보면서 잠이 들었다. 추억의 땅, 오사카에 데리고 간 적도 있다. 빵 공장 옆 공원이었다. 그곳이 왜 추억의 땅인지는 이야기하지 않았지만.

초등학교 시절은 아무런 문제도 없었다. 도키오는 공부를 아주 잘했고 스포츠도 만능이었다. 리더십이 있어서 친구도 많았다.

중학교 시절도 거의 무사하게 지나갔다. '거의'라고 한 것은 졸업을 코앞에 두고 어떤 징후가 나타났기 때문이다.

도키오가 몸 마디마디가 아프다고 호소하기 시작했다. 그것은 관절통과 비슷한 통증인 것 같았다. 그는 자신이 축구를 너무 해서 그렇다고 여긴 모양이었다. 미야모토 부부는 그에게 저주받은 피에 대해서는 이야기하지 않았다.

미야모토는 도키오를 병원에 데리고 갔다. 정형외과 같은 곳이 아니었다. 그는 전부터 그레고리우스 증후군에 대해 가장 많은 자료를 가졌다는 병원을 찾아내 권위 있다고 소문난 의사와 접촉을 시도했었다. 이후 뭔가 의심이 날 때는 즉시 데리고 오라는 말을 들었다.

그 병원이 현재 도키오가 입원해 있는 곳이다.

의사가 내린 결론은 미야모토가에 있어서는 가장 잔혹한, 그러나 동시에 부부가 각오해온 상황이기도 했다. 그레고리우스 증후군이 틀림없다는 것이었다.

“진행은 최대한 억제하도록 노력하겠습니다. 그러나 완전히 사라지게 하기는…….” 의사는 그 다음 말을 하지 않았다.

그 자리에서 레이코가 울음을 터뜨렸다. 그녀가 흘린 눈물이 방울방울 바닥으로 떨어졌다.

고등학교에 들어가자마자 도키오는 입원해야 했다. 보행이 힘들어졌기 때문이다. 하지만 그는 학교에서 받아온 새 교과서를 침대로 가지고 와서 언제라도 학교에 돌아갈 수 있도록 혼자 열심히 공부했다.

“아버지, 나 언젠가는 다 낫겠죠?” 도키오는 가끔 미야모토에게 묻곤 했다.

물론, 하고 미야모토는 대답했다.

얼마 뒤에 도키오가 컴퓨터를 갖고 싶다는 말을 꺼냈다. 미야모토는 다음 날 바로 컴퓨터를 사다주었다. 하지만 그 컴퓨터도 얼마 지나지 않아 사용할 수 없게 되었다. 도키오가 손가락마저 마음대로 움직일 수 없게 된 것이다.

미야모토는 친구인 컴퓨터 기사와 의논해 당시로서는 고가였던 음성입력 시스템을 들여놓았고, 도키오가 손가락 하나만으로 거의 모든 조작이 가능하도록 개조했다. 도키오는 인터넷을 이용해 침대에 누워서도 전 세계와 교신할 수 있게 되었다.

그러나 그레고리우스의 악마는 증상의 진행을 조금도 늦춰주지 않았다. 검은 운명이 야금야금 도키오의 온몸을 갉아먹었다. 보통사람처럼 식사도 할 수 없게 되고, 배뇨와 배변도 힘들어졌다. 면역력이 저하되었고 심장에서도 장애가 나타나기 시작했다.

이윽고 사태는 마지막 단계로 접어들었다. 깨어 있으면서도 무반응이거나 기묘한 발작을 일으키는 일이 잦아졌다. 의식 장애의 결과라는 생각이 들었다.

그나마 다행히 의식이 또렷할 때는 소리를 들을 수 있었다. 그래서 미야모토와 레이코는 시간이 허락하는 대로 옆에 있으면서 가능한 한 모든 이야기를 아들에게 들려주었다. 연예인 이야기, 스포츠, 이웃이나 친구들 이야기 등. 도키오가 좋아할 때는 눈의 깜빡임이 많아졌다.

그리고 드디어 오늘 밤을 맞이하게 되었다.

간호사가 급한 걸음으로 부부 곁으로 다가왔다. 미야모토는 온몸이 긴장되었다. 그러나 그들과는 관계가 없는 듯 간호사는 아무렇지 않게 두 사람 앞을 지나갔다.

미야모토가 엉거주춤 일어나려던 몸을 다시 앉히며 레이코에게 불쑥 물어보았다.

"후회하지 않아?"

"뭘?"

"도키오를 낳은 것."

"아아." 레이코는 고개를 끄덕인 뒤에 미야모토에게 되물었다. "당신은?"

"나는……후회 안 해."

"그래. 다행이야." 그녀는 무릎 위에서 두 손을 몇 번이고 문질렀다.

"당신은 어때? 낳기 잘했다고 생각해?" 미야모토가 다시 물었다.

"나는……." 레이코는 얼굴을 가리던 앞머리를 쓸어 올리며 말했다. "저 아이에게 물어보고 싶어."

"뭘?"

"태어나길 잘했다고 생각한 적이 있는지, 행복했는지 아니면 우리를 원망하는지."

"하지만 이제는 무리겠지." 그녀는 얼굴을 손바닥으로 가리며 말했다.

도키오가 자신의 병명에 대해 알았던 건 분명하다. 아들이 사용하던 컴퓨터의 데이터를 봤을 때 미야모토는 그것을 알았다. 도키오가 인터넷을 사용해 '그레고리우스'라는 키워드로 몇 군데 기관에 접속한 흔적이 있었던 것이다.

미야모토는 입술을 혀로 적시며 심호흡을 했다.

"사실은 이야기해주고 싶은 게 있어. 도키오에 대한 이야기."

레이코가 그를 향해 고개를 돌렸다. 눈이 충혈되어 있었다.

"아주 오래전에 나는 저 아이를 만난 적이 있어."

"뭐라고?" 레이코는 고개를 갸우뚱하며 외쳤다. "무슨 소리야?"

"지금부터 20년도 전에. 내 나이 스물세 살 때였지."

"……도키오 이야기를 하고 있는 거 아냐?"

"도키오 이야기야." 미야모토는 레이코의 눈을 빤히 바라보았다. 아무래도 이 이야기를 믿게 해야만 했다.

"그때 도키오를 만났었어."

겁에 질린 듯한 얼굴로 레이코가 몸을 뒤로 뺐다. 미야모토는 고개를 가로저었다.

"내 머리는 정상이야. 언젠가는 이야기해야 한다고 생각했지만 도키오가 의식이 있는 동안은 하지 않기로 작정했어. 하지만 이제는 그때가 온 것 같군."

"도키오를 만났다니……무슨 말을 하는 거야?"

"말 그대로야. 저 녀석은 시간을 초월해서 나를 만나러 왔었어. 지금 상태로 말하자면 저 아이는 이제부터 스물세 살이었던 나를 만나러 가는 거지."

"어떻게 이런 상황에서 그런 농담을……."

"농담이 아니야. 나도 오랫동안 믿지 못했어. 지금 와서야 자신을 갖고 말할 수 있어."

미야모토는 아내의 얼굴을 보았다. 믿을 수 있는 이야기가 아니라는 것은 알고 있다. 하지만 적어도 머리가 어떻게 된 건 아니라는 것만은 알았으면 했다.

이윽고 그녀가 물었다. "어디서 만났어?"

"아사쿠사 놀이공원에서." 그가 대답했다.

1

덜컹덜컹, 요란하면서도 경박한 소리를 내며 롤러코스터가 미끄러져 내려온다. 일본에서 가장 오래 되었다는 제트코스터. 손님들은 허풍스럽게 비명을 지르고 있다. 그들의 얼굴이 모두 웃고 있는 것을 보고 다쿠미는 불쾌해졌다.

하나같이 머리가 형편없이 나쁜 것 같고 고생이라고는 모르는 얼굴이다.

시간은 다섯 시 조금 전. 그는 벤치에 앉아 아이스크림을 먹었다. 비가 올 듯 말 듯한 어정쩡한 날씨. 탁한 하늘을 배경으로 노란 풍선 하나가 떠다닌다.

하늘을 쳐다보는 동안 녹아버린 소프트 아이스크림이 고깔 모양의 콘에서 흘러나와 손바닥을 적셨다. 얼른 몸에서 멀리하려고 했지만 이미 늦었다. 헐렁하게 풀어놓은 감색 넥타이 끝에 아이스크림이 녹아 툭 떨어졌다.

"앗, 이런 젠장!"

비어 있는 손으로 넥타이를 풀려고 했지만 제대로 되지 않았다. 넥타이가 손에 익숙하지 않아 푸는 것도 서툴기만 하다. 하는 수 없이 소프트 아이스크림을 다 먹고 나서 두 손으로 풀었다. 지저분한 손을 씻지도 않고 만진 넥타이는 아이스크림이 묻어 끈적끈적 지저분해졌다. 벤치에 앉은 채로 넥타이를 옆에 있는 쓰레기통에 던져 넣었다.

시원했다.

세븐스타 담뱃갑을 꺼내 한 개비 입에 물었다. 싸구려 지포라이터로 불을 붙이고 입술 끝으로 연기를 뿜어냈다. 담배를 낀 오른손 손가락에 나카니시中西를 때렸을 때 느꼈던 감촉이 아직도 남아 있다.

나카니시는 불과 두 시간 전까지 다쿠미의 상사였던 남자다. 그래 봤자 다쿠미와 나이차는 거의 없을 것이다. 그러나 깔끔하게 이발한 머리와 단정하게 맞춰 입은 더블 재킷 양복이 나름대로 차분한 분위기를 자아내기는 했다. 하지만 그 양복이 누군가에게 빌린 것임을 다쿠미는 알고 있다.

나카니시의 부하는 다쿠미를 포함해 세 명이었다. 오늘의 활동 장소는 간다 역 근처였다. 노리는 대상은 올해 대학에 갓 입학한 학생처럼 보이는 지방 출신자였다.

"지방 출신이라는 걸 어떻게 구분하죠?" 다쿠미가 나카니시에게 물었다.

"그런 건 척 보면 알아. 촌스럽게 차려입고 다니니까."

"유행에 뒤떨어져 있다는 겁니까?"

"그건 아니야. 곧 5월이니까 그런 대로 유행에도 신경은 쓸 거야. 그런데 시골뜨기들은 그럴싸하게 차려입은 티가 금방 난다니까. 요컨대 어울리지가 않는 거지."

자기도 몸에 맞지 않는 양복을 입은 주제에, 하며 다쿠미는 속으로 혀를 내밀었다.

다른 두 사람은 단독으로 행동하지만 다쿠미는 한동안 나카니시 옆에 따라다니기로 되어 있었다. 그는 이 일을 시작한 지 겨우 이틀째였다. 첫날인 어제는 이케부쿠로 쪽으로 갔는데 혼자서는 한 세트도 팔지 못했다.

상품은 다쿠미의 주머니에도 들어 있지만 어제부터 줄곧 '이런 걸 사는 바보가 있을까' 라고 생각했다.

"저치한테 붙어볼까?" 나카니시가 길 끝을 턱으로 가리키며 말했다.

청바지에 폴로셔츠를 입은 젊은이가 혼자서 걸어왔다. 바쁜 것처럼 보이지는 않았다.

"잠깐만 시간 좀 내주시겠습니까? 앙케트에 응답만 해주시면 됩니다만. 시간은 별로 걸리지 않을 테니까." 나카니시가 조금 전까지와는 전혀 다른 부드러운 목소리로 말을 걸었다.

그러나 젊은이는 나카니시의 얼굴을 보지도 않고 역 쪽으로 가버렸다. 다쿠미의 귀에 나카니시가 혀 차는 소리가 들렸다.

그 뒤에도 몇 명인가를 붙잡고 말을 걸어보았다. 너도 그렇게 가만히 있지 말고 어떻게 좀 해보라는 소리를 듣고서야 다쿠미도 닥치는 대로 말을 걸어보았다. 하지만 잠깐이나마 멈춰 서는 사람조차 없었다.

그러다 드디어 나카니시가 한 젊은이의 발길을 멈추게 했다. 역시 폴로셔츠를 입은 목이 긴 청년이었다. 아직 고등학생 정도로밖에 보이지 않았다.

앙케트에 응답해달라고 부탁하는 나카니시에게 젊은이는 선뜻 그러겠다고 대답했다.

"그럼 우선 직업부터. 어디 봅시다, 학생이십니까?" 나카니시가 능청스럽게 질문을 시작했다. 젊은이는 예, 하고 대답했다.

이때부터는 "지금 어디로 가실 생각인지", "좋아하는 탤런트는 누구인지" 따위의 별것도 아닌 질문이 잠시 이어졌다. 그러다가 그 별것도 아닌 질문 사이에 이런 질문이 끼어들었다.

"지금 얼마 정도 갖고 계십니까? A 5천 엔 미만, B 5천 엔 이상 만 엔 미만, C 1만 엔 이상 2만 엔 미만, D 2만 엔 이상."

"C." 젊은이가 대답했다.

만약 여기서 그가 A라고 대답했다면 질문은 금방 끝나버렸을 것이다. 나카니시는 표정을 바꾸지 않고 두 번째 앙케트 용지를 펼쳤다.

"여행을 좋아하십니까", "지금까지 가본 여행 중 가장 먼 곳은", "앞으로 어디를 가고 싶은지" 등의 질문이 시작되었다. 여행을 싫어하는 대학생은 거의 없다. 젊은이도 부드러운 표정으로 질문에 대답했다. 나카니시는 적당히 맞장구를 치거나 감동한 것처럼 보이면서 손님의 비위를 맞췄다.

"만약 민박, 여관, 호텔비가 반액이 된다면 좀더 자주 여행을 갈 수 있을 텐데 하는 생각을 하십니까?"

이것이 마지막 질문이었다. "그렇다"고 폴로셔츠의 청년은 대답했다.

"예, 정말 감사합니다. 지금 말입니다. 마지막까지 앙케트에 대답해주신 분에게는 전국 민박과 여관 등에서 사용할 수 있는 특별할인권 세트를 나눠드리고 있습니다. 수고스럽지만 마지막 란에 이름과 연락처를 적어주시겠습니까?"

"아, 예에……." 젊은이는 건네준 볼펜으로 시키는 대로 이름과 주소를 적어 넣었다.

나카니시는 큼직한 전자계산기 같이 생긴 단말기를 꺼내 앙케트 용지에 기입된 번호를 재빨리 입력하기 시작했다. 젊은이가 기재를 마치는 것과 나카니시가 입력을 마친 것은 거의 동시였다.

"예, 수고하셨습니다. 그럼 이것이 특별할인권 세트입니다." 나카니시가 윗옷 주머니에서 노란 종이 다발을 꺼내 그것을 학생 앞에서 팔랑팔랑 흔들었다.

"보십시오. 홋카이도에서부터 규슈까지 유명한 숙박시설을 확보하고 있습니다. 어디서 사용하시든 할인이 되고 여기 같은 경우, 1박 1만 엔의 숙박료가 5천 엔이 됩니다. 그 밖에도 자, 뷔페식으로 마음껏 먹을 수 있는 음식점도 있습니다. 이것만 있으면 어디로 여행을 가도 훨씬 싸게 먹히지요."

빠른 어조로 설명하는 나카니시에게 젊은이는 오로지 고개를 끄덕였다.

"자, 그리고 친구분과 같이 여행을 하는 경우가 많다고 하셨죠? 그럼 한 세트 더 적으시겠습니까?" 나카니시는 주머니에서 한 다발을 더 꺼냈다.

"아, 예." 젊은이는 대답하고 할인권 다발 두 개를 받아들었다.

"그럼 두 세트에 9천 엔입니다. 고액의 지폐를 주셔도 상관없습니다. 거스름돈은 있으니까요."

여기서 비로소 젊은이가 낭패스러워하는 기색을 다쿠미는 옆모습으로 보았다. 거스름돈이라는 말에 드디어 자신이 돈을 내야 하는 것임을 알아챈 것이다. 동시에 자신이 중간쯤부터는 특별할인권 세트를 사겠다는 응답을 해왔다는 사실을 자각했을 것이다.

나카니시는 재빨리 자신의 지갑에서 거스름돈용 천 엔짜리 지폐를 꺼내 준비했다.

젊은이는 망설이는 표정으로 청바지 주머니에서 지갑을 꺼냈다. 그리고 1만 엔짜리를 내밀었다.

"예, 정말 감사합니다." 돈을 받아든 나카니시는 거스름돈 천 엔을 쥐어주고는 얼른 젊은이 앞을 떠났다. 다쿠미도 그의 뒤를 따랐다.

"이런 식으로 하는 거야. 간단하지." 나카니시가 자랑스러운 듯 말한다.

"저 학생 아직도 우리를 보고 있는데요." 다쿠미는 뒤를 돌아보며 말했다.

"안 되겠군. 저쪽으로 돌아가자."

큰 서점 옆으로 꺾어져 골목으로 들어갔다.

"어때?"

다쿠미가 얼굴만 내밀고 모습을 살폈다. 폴로셔츠의 젊은이는 사라지고 없었다.

"없습니다."

"좋아." 나카니시가 담배 한 개비를 꺼내 물었다. "이거 다 피우고 다시 나가자."

"난 도저히 못할 것 같은데요." 다쿠미는 얼굴을 찡그렸다.

"그렇게 나오면 곤란하지. 요는 기선 제압과 타이밍이야. 옆에서 들으면 왜 이런 수법에 걸려드는 걸까 싶겠지."

"예."

"중요한 건 손님으로 하여금 손님 자신이 잘못했다고 생각하게 만드는 거야. 너 이 세트가 어째서 4천5백 엔인지 모르지?"

"모릅니다. 5천 엔 같으면 두 세트에 만 엔이니까 거스름돈도 필요 없을 것 같은데."

"거스름돈이 있다는 게 핵심인 거야. 손님은 도중까지 할인권 세트를 공짜로 받는 줄로 알지. 그런데 갑자기 이쪽에서 두 세트에 만 엔입니다, 이렇게 말했다고 생각해봐. 손님 중에는 뭐가 만 엔인가 싶어 어리둥절해하는 자도 있지. 그런 손님에게는 만 엔에 사야 한다고 다시 설명을 해야만 돼. 그렇게 되면 모처럼 이끌어낸 우리 쪽 기선 제압이 엉망이 돼버리지. 손님은 뭐야, 그런 거였단 말인가, 하고 깨닫고 사지 않겠다고 나오게 되어 있어."

"그건 알겠는데 거스름돈이 있는 게 왜 괜찮은 건지……."

"고액권으로 내주셔도 됩니다, 거스름돈은 있으니까……이걸 단숨에 설명함으로써 그때까지의 대화는 상품을 사고파는 상담이었다는 걸 자연스럽게 손님에게 인지시킬 수가 있는 거야. 그렇게 되면 손님은 공짜로 받는다는 건 자신의 착각이었음을 깨닫게 되지. 그래서 포기하고 돈을 내는 거야."

간단한 원리잖아, 하고 웃으면서 나카니시가 담배꽁초를 땅바닥에 버렸다. 그것을 밟아 끈 다음, 가자, 하고 말했다.

확실히 그럴 듯한 테크닉이긴 하지만 근본이 썩어빠진 인간만이 할 수 있는 일이군, 하고 나카니시의 얄팍한 어깨를 보면서 다쿠미는 생각했다.

원래 있던 장소로 돌아오자 다쿠미는 단독으로 손님을 잡으라는 명령을 받았다. 몇 명에게 말을 걸어보고 그중 몇 명이 앙케트에 응답하는 데까지는 할 수 있었지만 상품은 하나도 팔지 못했다. 돈을 내야 한다는 걸 안 순간 모두 도망가버렸기 때문이다.

"넌 틀려먹었어. 손님에게 생각할 틈을 주지 말아야지."

전화 부스 옆에서 다쿠미는 나카니시의 설교를 들었다.

"뭔가 속임수를 쓰는 것 같아 싫습니다."

"머저리 같은 녀석. 그런 소리만 했다가는 이 장사는 끝이야."

그때 다쿠미의 시야에 한 젊은이가 들어왔다. 조금 전 나카니시가 물건을 팔았던 폴로셔츠의 학생이었다. 두 사람이 있는 곳으로 다가왔다. 아마 지금까지 찾아다녔던 모양이다. 나카니시도 알아채고 얼굴을 찡그렸다.

"저기, 아까 이걸 샀는데요." 두 다발의 할인권 세트를 내밀며 젊은이가 말했다.

나카니시는 눈도 마주치지 않았다. 앙케트를 할 때와는 전혀 다른 사람이 된 듯한 차가운 옆모습만 보이고 있었다.

"오늘은 꼭 돈이 필요해서요. 이걸 돌려드릴 테니까 아까 그 돈을……."

나카니시가 큰 소리로 혀를 찼다. 그러고는 천천히 학생 쪽으로 얼굴을 돌렸다.

"무슨 소리야. 이제 와서 그러면 곤란하지. 당신 아까 계약했잖아. 서류에 이름이랑 다 써놓고."

"그건 앙케트의 연장인 줄 알고……."

"그거야 내 알 바 아니지. 이쪽은 이미 기계에 등록이 됐으니까 취소할 수가 없어." 나카니시가 전자계산기처럼 생긴 기계를 들이댔다.

학생이 고개를 숙였다.

"부탁입니다. 그건 내일 고향에 가려고 남겨놓은 돈이에요. 그게 없으면 집에 갈 수가 없어요."

"난 몰라. 그건 그쪽 사정이지." 나카니시가 걸음을 옮겼다.

"앗, 잠깐만요. 부탁입니다. 제발 돌려주세요." 학생은 연거푸 고개를 꾸벅거리면서 나카니시의 양복 소매를 잡아당겼다.

"이거 놔. 이 머저리 같은 놈."

"나카니시 씨." 다쿠미가 끼어들었다. "몰랐다고 하잖아요. 돌려줍시다."

나카니시가 눈을 부릅떴다. "뭐야, 넌 빠져."

"9천 엔 정도는 크게 문제될 것도 없잖습니까."

"너 누구 편이야. 그런 소리는 천 엔이든 이천 엔이든 벌고 나서 지껄여. 실적도 없는 놈이 잘난 척은."

내뱉은 말과 함께 침방울이 다쿠미의 얼굴에 튀었다. 그것이 그의 신경을 자극했다.

"그만두겠습니다. 이런 치사한 일은 도저히 못합니다." 다쿠미가 상품인 앙케트 용지 따위가 든 가방을 발치에 놓았다.

"맘대로 해. 미리 말해두지만 일당은 없어."

"알았어요. 그 대신 이 학생 돈은 돌려주십시오."

그러자 나카니시가 팔을 뻗어 다쿠미의 넥타이를 움켜쥐었다.

"잘난 척하지 마. 내가 왜 너한테 그런 지시를 받아야 하지, 엉?"

동시에 구두 끝으로 다쿠미의 정강이를 걷어찼다. 갑작스러운 통증에 다쿠미는 그 자리에 쪼그리고 앉았다. 그 직후에 바로 눈앞으로 침방울이 툭 떨어졌다.

"멍청한 놈." 머리 위에서 목소리가 들렸다.

다쿠미가 일어섰다. 아직도 불만이 있느냐는 얼굴로 나카니시가 노려보았다.

잠깐 동안 몸의 힘을 쭉 뺀 다음 이번에는 온몸의 신경을 오른팔에 집중시켰다. 다음 순간, 팔꿈치가 뻗어나가는 것과 동시에 주먹이 나카니시의 코와 뺨 사이로 날아갔다. 슬로모션 영상 같았다.

나카니시의 몸이 전화 부스 옆까지 날아갔다. 잘 닦인 그의 구두 바닥이 보였다.

순간 제정신이 돌아왔다. 지나가던 사람들이 멈춰 서 있었다. 그 폴로셔츠 학생의 모습은 보이지 않았다. 도망간 모양이었다.

나도 도망가는 게 좋겠군, 다쿠미는 뛰기 시작했다.

2

담뱃갑이 빈 것을 알고 벤치에서 일어났다. 내일부터 다시 일을 찾아야 한다는 사실이 다쿠미를 우울하게 했다.

고개를 숙이고 걷는데 발밑으로 공 하나가 굴러왔다. 연식 야구공이었다. 집어 들고 보니 초등학생 정도 되는 사내아이가 달려오고 있었다. "죄송합니다."

아이는 공을 받아들고 오던 곳으로 되돌아갔다. '도깨비퇴치게임'이라는 간판이 걸려 있었다.

다쿠미도 주머니에 손을 찔러 넣은 채 그쪽으로 다가갔다. 조금 전 남자 아이가 공을 던지고 있었다. 표적은 금방망이를 든 붉은 도깨비의 배였다.

안타깝게도 남자 아이의 공은 번번이 표적을 맞추지 못했다. 아직 미련이 남아 있는 듯했지만 어머니인 듯한 여자의 손에 이끌려 아이는 그 자리를 떠났다.

다쿠미는 공 파는 사람에게 갔다. 공 다섯 개가 백 엔이었다. 한 번에 여러 개를 사면 득이 되는 모양이었지만 그 정도로 할 생각은 없었다.

공의 감촉을 맛보면서 투구 위치에 섰다. 오랜만에 잡아보는 공이었다. 자신도 모르게 커브 자세를 취했다. 자신 있는 결정구였다.

왕년의 투구 자세를 떠올리면서 붉은 도깨비의 배를 향해 가볍게 던져보았다. 마음먹은 대로 하자면 곧장 표적에 명중해야 했다. 그런데 그의 손을 떠난 공은 그와는 조금 다른 궤도를 그리며 붉은 도깨비의 어깨쯤에 가서 맞았다.

"컨디션이 좋지 않군." 혼잣말을 하면서 오른쪽 어깨를 돌렸다.

조금 신중하게 두 번째 공을 던져보았다. 그러나 이번에도 표적에는 맞지 않고 도깨비의 허벅지를 스쳤을 뿐이다.

다쿠미는 윗옷을 벗었다. 오기가 생기기 시작했다.

그곳에 캐처가 있다고 가정하고 중간을 향하도록 해서 세 번째, 네 번째 공을 던졌지만 하나도 맞지 않았다. 있는 힘을 다해 던진 다섯 번째 공은 엉뚱한 곳으로 가버렸다.

다쿠미는 공 파는 사람에게 가서 다섯 개의 공을 다시 받아왔다. 그때서야 관객이 있다는 것을 알았다. 관객이라고 했지만 한 명이었다. 나이는 스무 살 정도나 되었을까. 키는 크지 않았지만 호리호리하면서도 야무진 몸집이었다. 햇볕에 탄 얼굴과 머리 모양으로 보아 서퍼인지도 모르겠다는 생각이 들었다. 티셔츠 위에 지저분한 요트 점퍼를 입고 있었다.

뭘 보나, 하고 불평 한마디 해줄까 싶었지만 청년의 뭐라 형용할 수 없는 친근한 미소를 보고 다쿠미는 입을 다물었다. 마치 주인을 발견한 애완견을 연상케 하는 눈빛이었다.

다쿠미는 청년의 눈을 의식하면서 공을 던졌다. 일구, 이구 모두 빗나갔다. 요트 점퍼를 입은 청년이 킥킥 웃는 모습이 눈에 들어왔다.

"뭐야, 뭐가 그렇게 우습다는 거지?" 다쿠미가 거친 목소리로 말했다.

청년은 웃음이 가시지 않은 얼굴로 고개를 가로저었다.

"미안합니다. 우스워서 웃는 게 아니에요. 여전하구나 싶어서."

"여전하다니, 뭐가."

"폼이……. 공을 던지는 방식. 그 무렵부터 그랬군요. 팔꿈치가 약간 내려간 폼으로 팔로만 던지는 그 자세."

"미안하군. 내버려둬."

화가 나는 녀석이었다. 공을 던지는 다쿠미의 결점을 정확하게 꿰뚫어보는 것이 마음에 들지 않았다. 예전에 코치에게서도 자주 듣던 말이었다.

—다쿠미, 팔꿈치가 내려가잖아…….

세 번째도 빗나갔다. 네 번째도 맞지 않았다. 던지면 던질수록 조절이 엉망이 되는 느낌이다.

"투수 중에는 희한한 녀석이 있죠." 요트 점퍼를 입은 청년이 말을 걸어왔다.

"홈베이스를 향해 던질 때는 노 컨트롤이면서 견제구가 되면 무조건 정확한 유형. 아마 쓸데없는 생각을 하느라 어깨 힘이 빠져 있기 때문일 거예요."

"무슨 말을 하고 싶은 거야?"

"그냥 뭐. 그런 투수도 있다는 이야기죠."

이상한 소리를 지껄이는 녀석이구나 싶었다. 그러나 그의 말이 귀에 거슬린 것도 사실이다. 홈으로 던질 때는 노 컨트롤이면서 견제구는 정확하다, 그것은 바로 다쿠미가 자주 듣던 말이었다.

마지막 공을 쥐고 투구 동작으로 들어가려고 했다. 그때 청년과 눈이 마주쳤다. 그는 웃지도 않고 진지한 눈으로 다쿠미를 바라보고 있었다.

다쿠미는 한숨을 내쉬었다. 표적을 한 번 본 다음 이번에는 붉은 도깨비에 등을 향하도록 섰다.

9회 말 투아웃, 1점 리드, 주자는 1루— 상황을 머리에 그려본다. 그라운드의 흙냄새. 응원하는 목소리.

그는 몸을 재빨리 반전시켜 퍼스트가 아닌 붉은 도깨비의 중심을 향해 공을 던졌다. 공은 표적을 향해 멋지게 날아갔다.

붉은 도깨비가 금방망이를 쳐들고 우우, 하고 부르짖었다. 명중이었다.

청년이 박수를 쳤다. "해냈군요. 역시."

드디어 표적을 맞춘 다쿠미는 안도의 한숨을 내쉬었지만 그것을 얼굴에 드러내는 것도 신경에 거슬렸다. 어쩌다 우연히 맞은 걸로 여길지도 모른다. 그는 공 파는 곳으로 가서 백 엔을 더 내밀었다. 공 다섯 개를 받아들고 다시 투구 위치로 돌아왔다.

이번에는 처음부터 견제구 방식을 도입했다. 붉은 도깨비에게 등을 향하고 몸을 휙 돌리면서 던졌다. 컨트롤은 아까까지와 비교가 되지 않았다. 공은 연거푸 표적을 맞추고 붉은 도깨비가 연달아 비명을 질러댔다.

마지막 1구도 멋지게 명중했음을 확인하고 다쿠미는 윗옷을 집어 어깨에 걸치고 밖으로 나왔다.

"잘하네요." 청년이 말을 걸어왔다.

"작정하면 그렇게 되는 거야. 처음에는 어깨가 풀리지 않아서 제대로 못 던진 거지."

"역시 견제구의 제왕이네요."

"뭐라고?" 다쿠미는 멈춰 서서 청년을 보았다. "어떻게 그걸 알지?"

"예? 뭘요?"

"방금 말했잖아. 견제구의 제왕이라고. 내게 그런 별명이 있었다는 걸 어떻게 아느냔 말이야?"

청년은 검은 눈동자를 이리저리 움직인 다음 양손을 가볍게 펼쳐보였다.

"알고 있었던 건 아니고요. 방금 던지는 걸 보고 그런 생각이 들었을 뿐입니다."

"흐음."

다쿠미는 은근히 신경이 쓰였지만 그의 말을 믿지 못할 이유가 없었다. 고등학교 야구부 시절의 일을 듣도 보도 못한 청년이 알고 있을 리가 없기 때문이다.

"그래. 알았다. 그럼 난 이만."

한 손을 들어 인사를 하면서 걸음을 옮겼다. 그런 그의 얼굴 앞에 갑자기 청년이 뭔가를 내밀었다. 자세히 보니 조금 전에 그가 쓰레기통에 던져버린 감색 넥타이였다.

"빨면 아직 쓸 수 있어요. 아깝잖아요. 가난뱅이 같은데."

가난뱅이라는 말에 울컥 화가 났지만 그것보다 더 궁금한 게 있었다.

"너, 언제부터 나를 감시한 거야. 뭣 때문에?"

"감시하고는 조금 다른데요. 찾고 있었다고 하는 게 더 정확할걸요. 분명히 말하지만 고생을 좀 했어요. 무엇보다 단서라고는 아사쿠사 놀이공원밖에 없었거든요. 뭔가 힌트가 될만한 걸 좀 줬으면 좋았을 텐데요. 덕분에 난 요즘 줄곧 공원 입구 옆에 있었다고요."

그의 말이 무슨 의미인지를 다쿠미로서는 알 수가 없었다. 머리가 좀 이상한 녀석 아닐까 싶은 생각이 들었다.

"난 네가 누군지 도통 모르겠는데." 넥타이를 낚아채며 발길을 돌려 걷기 시작했다.

그러자 뒤에서 그가 말을 걸어왔다.

"난 당신에 대해 잘 알아요. 미야모토 다쿠미 씨."

3

발걸음을 멈추지 않을 수가 없었다. 그는 뒤를 돌아다봤다.

"어떻게 내 이름을 알지?"

"그러니까 말했잖아요. 나는 당신을 잘 안다고. 그래서 찾고 있었다니까요."

"넌 누구냐?"

"도키오. 미야모토 도키오." 그는 고개를 한 번 끄덕하면서 그렇게 말했다.

"미야모토? 너 누굴 놀리는 거야?"

"놀리는 게 아니라니까요." 그의 눈은 분명 진지함 그 자체였다.

"무슨 소릴 하는 거야?"

다쿠미가 묻자 도키오는 이맛살을 찡그리며 머리를 긁었다. 긴 머리가 헝클어졌다.

"당신한테 어떻게 설명하면 될지 계속 생각했어요. 사실을 말해도 절대 믿어주지 않을 거고 머리가 이상한 녀석이라고 여기는 것도 싫고."

"허튼소리 그만하고 설명하면 되잖아. 넌 뭐 하는 녀석이야. 뭣 때문에 나한테 온 거냐고."

"글쎄요……알기 쉽게 말하면 친척 같은 사람 정도로 해둘까요?"

"친척? 웃기는 소리 하지 마." 다쿠미는 내뱉듯 외쳤다. "나한테 친척이라고는 없어. 그 비슷한 건 있지만 진짜 친척이 아니야. 그쪽 인간들한테 너 같은 녀석에 대해 들어본 적도 없고."

"그러니까 친척이라고 하지 않았잖아요. 친척 같은 사람이라고 했어요. 적어도 피를 나눈 사이라고요."

"피?"

그렇다니까요, 하고 도키오가 고개를 끄덕였다.

다쿠미는 그의 얼굴을 바라보다가 조금 물러나서 이번에는 그의 온몸을 살폈다. "뭡니까?" 하고 도키오가 기분 나쁜 듯 투덜거렸다.

"그렇군, 이제야 알았다. 너, 그 여자 끄나풀이지?"

"그 여자라니요?"

"시치미 떼지 마. 이번에도 또 말도 안 되는 말을 전하러 왔겠지. 그건 그렇고 그 여자, 역시 다른 데 가서 아이를 낳았군. 그래놓고 혼자서 잘난 척은."

"잠깐! 무슨 오해를 하고 있는지는 모르지만……."

"누구한테 부탁받았는지는 모르지만 그 작자한테 말해둬. 내가 더는 가까이 오지 말라고 하더라고."

다쿠미는 다시 성큼성큼 걷기 시작했다. 이번에는 무슨 말을 해도 멈춰 설 생각이 없었다.

그러나 아사쿠사 놀이공원 거리를 지난 곳까지 도키오가 그를 따라왔다.

"잠깐만요. 잠깐 내 이야기를 들어봐요." 소매를 붙잡으며 말했다.

"들어주지. 네가 그 여자의 끄나풀이 아니라면……. 그럼 넌 누구야?"

도키오는 대답할 말이 없었다. 그걸 보고 다쿠미가 그의 가슴을 가볍게 쿡 찔렀다.

"그것 봐, 대답 못 하지. 이제 알았으니까 썩 꺼져." 그러고는 다시 걸음을 옮겼다.

그래도 도키오는 말없이 그의 뒤를 따라왔다. 간곡하게 뭔가 전하고 싶은 게 있는 모양이지만 다쿠미는 그 말을 들어줄 생각이 없었다. 그 여자와는 평생 상종하지 않기로 결심했다.

놀이공원을 지나 센소지를 향해 가는 도중에 도자기 가게가 있었다. 그 앞에서 다쿠미가 멈춰 섰다.

"좋아, 알았다. 네가 정말 나와 피를 나눈 친척이라면 증거를 보여줘."

"증거라니……?" 도키오는 난감한 표정을 지었다.

"손을 내밀어봐, 양손 모두."

"이렇게?" 그가 양손바닥을 다쿠미 앞으로 내밀었다.

"그게 아니고. 손바닥이 아니고 손등이야. 두 손을 나란히 내밀어봐. 나랑 같은 피를 나눈 사람이라면 손등에 특징이 있을 거야."

"그런 이야기는 들은 적이 없는데." 고개를 갸우뚱하면서도 도키오는 다쿠미가 시키는 대로 했다.

"이건 중요한 거야."

다쿠미는 도자기 가게 쪽을 힐끗 한 번 보고 나서 그중에서 가장 큰 접시를 집어 들었다. 3천 엔이라는 가격표가 붙어 있었다. 그것을 도키오의 손등 위에 올려놓았다. 그는 어라, 하는 얼굴을 했다.

"나랑 같은 피를 가졌다면 함부로 남의 물건을 깨뜨리거나 하지는 못할 거야."

"앗, 잠깐……."

자, 그럼, 하며 다쿠미는 그 자리를 떠났다. 도키오가 손등에 접시를 올려놓은 채 움직이지 못하는 것을 확인하고 걸음을 재촉했다.

센소지 경내로 들어가 절의 중간문을 향해 걸었다. 평일인데도 여전히 관광객이 많았다. 중년 여자 몇이 아사쿠사 신사를 배경으로 사진을 찍고 있었다. 그녀들이 간사이 사투리로 떠드는 소리를 듣고 다쿠미는 기분이 나빠졌다. 그 여자도 저 비슷한 말투를 했다.

"어머나, 많이 컸네. 벌써 다섯 살인가."

그녀와 처음 만났을 때의 일을 다쿠미는 지금도 기억하고 있다. 장소는 불단이 있는 다다미방이었다. 중요한 손님이 올 때면 부모님은 그 방에서 손님을 맞이하곤 했다.

그녀는 분홍색의 얇은 옷을 입고 있었다. 가까이 다가가니 달콤한 향수 냄새가 났다.

그때 자신이 무엇을 했는지 무슨 이야기를 했는지는 전혀 기억에 없다. 단지 꽤 오랫동안 단둘이 있도록 해주었고, 왜 그랬는지는 훨씬 나중에 알게 되었다.

그녀는 1년, 혹은 2년에 한 번 정도 찾아왔다. 그때마다 과자며 장난감 따위의 선물을 다쿠미에게 주었다. 하나같이 상당히 고급 물건이었을 것이다.

그러나 그녀의 방문이 차츰 다쿠미에게 부담스러운 것으로 변해갔다. 첫째, 그녀의 태도가 어딘가 기분이 나빴다는 데 있었다. 다쿠미의 얼굴을 볼 때마다 그녀는 감격스러운 표정으로 그의 몸을 여기저기 쓰다듬었다. 화장품 냄새가 갈수록 코를 찌를 듯해진 것도 싫었다.

또 한 가지 우울한 이유는 그녀가 올 때마다 부모님이 싸우기 때문이었다. 자세한 이유는 알 수 없었지만 어머니가 그녀의 방문을 달가워하지 않아 아버지 쪽에서 비위를 맞추고 달래는 것 같았다.

하지만 다쿠미가 중학교에 입학했을 무렵부터 그녀가 모습을 보이지 않았다. 그 이유는 모른다. 본인이 환영받는 방문이 아니라는 낌새를 알아차렸는지도 모르고 부모님이 방문을 거절한 건지도 모른다.

그녀가 누구인지를 안 것은 고등학교 입시 직전이었다. 입시를 위해 호적등본이 필요했는데, 그것을 구청에서 받아 온 어머니가 다쿠미에게 이상한 이야기를 했다.

"이걸 이대로 그쪽 사람에게 전해야 하는 거야. 절대 열어보거나 해서는 안 돼."

어머니가 건네준 봉투는 풀로 단단히 봉해져 있었다.

어머니의 당부가 궁금해진 다쿠미는 원서를 제출하러 가는 도중에 그 봉투를 열어보고 말았다. 그리고 '양자'라는 두 글자를 발견했다.

4

절의 중간문을 나와 우마미치 거리를 역과는 반대 방향으로 걸었다. 고토토이 거리를 건너 조금 더 가서 골목길로 접어들었다. 작은 민가가 나란히 있는 가운데 다쿠미가 사는 셋방이 있다. 2층짜리 건물로 여기저기 금이 간 벽에 외부 계단이 붙어 있다. 그 계단의 난간은 피부병에 걸린 것처럼 녹이 슬고 칠이 벗겨져 있다.

계단을 올라가려다가 위에 누군가 있다는 것을 알았다. 다쿠미는 고개를 들고 걸음을 멈췄다. 계단 꼭대기에서 나카니시가 다리를 쩍 벌리고 앉아 있었다. 천박스러운 에나멜 구두의 뾰족한 끝이 보였다.

나카니시가 그를 내려다보면서 입을 반쯤 헤, 벌리고 있었다.

다쿠미는 그 자리에서 뒤로 돌아섰다. 그대로 뛰어 도망갈 생각이었지만 마음대로 되지 않았다. 바로 뒤에 두 남자가 서 있었던 것이다. 둘 다 싸구려 양복을 입고 있다. 방금 전까지 다쿠미와 같이 호객꾼 동료였던 자들이다.

다쿠미는 반대쪽을 보았다. 그쪽도 두 남자가 길을 막고 서 있었다. 복장을 보아 그들도 나카니시의 동료일 거라는 짐작이

갔다.

네 남자는 다쿠미를 노려보기만 할 뿐 다가오지 않았다. 하지만 그렇다고 아무것도 할 생각이 없는 것 같지도 않았다. 그들은 지시를 기다리고 있을 뿐이었다.

나카니시가 일어나서 계단을 내려왔다. 누구의 눈을 의식하는 건지 옛날 야쿠자 영화에 나오는 주인공처럼 바지 주머니에 두 손을 찔러 넣었다. 촌스러운 구두는 계단을 밟을 때마다 덜컹, 덜컹, 천박한 소리를 냈다.

나카니시가 다쿠미를 노려보면서 그의 정면에 섰다. "아까는 너무하셨는걸."

다쿠미의 주먹이 들어갔던 부위가 부어 있었다. 힘을 조절해 가면서 때렸다고 생각했는데 조금 심하게 맞은 것 같았다. 아마 얼굴 근육을 움직일 때마다 거북한 통증이 있을 것이다. 그래서인지 나카니시의 입가가 평소보다 조금 일그러져 있었다. 그것이 그의 얼굴을 한층 상스러운 모습으로 만들었다.

다쿠미가 손가락 끝으로 뺨을 긁으며 말했다. "아팠나?"

나카니시의 얼굴이 일그러지면서 왼손이 뻗어와 다쿠미의 멱살을 잡았다.

"실력이 쓸만하던걸. 날 우습게 만들어놓고 그냥 넘어갈 줄 알았냐?"

"그렇다면, 뭐, 나도 한 대 맞아주면 되잖아."

"말 안 해도 갚아줄 생각이다. 한 대는 아니지만."

말을 마치기가 무섭게 나카니시가 오른쪽 주먹을 쥐고 등 뒤로 가져가 자세를 잡았다. 비틀거릴 정도로 느릿한 동작이었지만 이 주먹을 피했다가 상대를 더 화나게 해서는 득이 될 것 같지 않았다. 하지만 코를 맞기는 싫었다. 주먹이 닿기 직전에 다쿠미는 얼굴을 살짝 옆으로 돌렸다. 나카니시의 박력도 없는 펀치가 광대뼈 조금 아래에 명중했다. 박력 없는 펀치긴 했지만 나름대로 충격이 있었다. 귓속에서 위잉, 하는 소리가 들렸다.

나카니시가 멱살을 잡았던 손을 놓았다. 하지만 그걸로 다쿠미를 놓아준 건 아니었다. 어느새 뒤에 서 있던 남자들이 다쿠미의 두 팔을 등 뒤로 꺾어서 비틀었다. 다쿠미가 몸부림쳤지만 상대의 힘이 생각보다 강해 뿌리칠 수가 없었다. 돌아보니 두 남자가 그의 팔을 하나씩 잡고 있었다.

나카니시가 어디서 준비해왔는지 각목을 집어 들더니 그것을 야구방망이처럼 들고 다쿠미의 배를 향해 휘둘렀다. 다른 남자는 발길질을 해왔다. 각목과 발길질이 번갈아 쏟아졌다. 다쿠미는 혼신의 힘을 다해 배에다 힘을 잔뜩 넣고 긴장했다. 그래도 몇 대 중 한 대는 내장까지 울릴 정도로 제대로 맞았다. 고통과 동시에 위에 있던 음식이 올라오는 느낌이 들더니 입 안에 조금 전 먹은 아이스크림 맛이 신트림과 함께 목구멍을 넘어왔다. 비명도 나오지 않고 숨쉬기도 힘들어졌다. 서 있기도 힘들어 무릎이 푹 꺾였다. 그때서야 다쿠미를 뒤에서 옥죄었던 손이 풀어졌다. 다쿠미는 그 자리에 주저앉았다.

다섯 남자가 제각기 뭐라고 지껄이면서 그를 발길로 차고 혹은 몽둥이로 때렸다. 다쿠미는 머리를 싸안고 온몸을 돌처럼 둥

글게 말았다.

그때 누군가 외치는 소리가 들렸다. 다섯 남자의 목소리가 아니었다. 그와 동시에 다쿠미에 대한 공격이 멎었다. 다시 울려 퍼진 고함이 이번에는 또렷하게 다쿠미의 귀에 들렸다. 조금 전 그 이상한 청년, 도키오가 달려오는 중이었다. 저런 머저리가, 하고 다쿠미는 생각했다.

"넌 또 뭐야?" 남자 하나가 말했다.

"비겁하잖아. 5대 1이라니." 도키오가 소리쳤다. 손에 든 뭔가는 어디서 주워 왔는지 찢어진 우산이었다.

"시끄럽다. 꼬맹이는 저리 비켜." 남자는 도키오의 가슴을 찔렀다.

다쿠미도 똑같은 말을 속으로 중얼거렸다. 그래, 제발 저리 좀 비켜라.

그러자 무슨 생각을 했는지 도키오는 들고 온 우산을 쳐들고 상대 남자에게 덤벼들었다. 하지만 공격은 즉각 무산되고 거꾸로 남자의 스트레이트가 도키오의 얼굴에 쏟아졌다. 도키오가 뒤로 나가자빠지면서 엉덩방아를 찧었다.

나카니시가 그의 몸 위에 올라타고 가는 턱을 잡았다. "너 뭐야. 미야모토가 아는 놈이구나."

아니, 하고 다쿠미는 말하려고 했다. 그런데 숨이 막힌 것처럼 목소리가 나오지 않았다. 그 사이에 도키오가 대답했다. "친척이다."

다쿠미는 자기도 모르게 눈을 감았다. 쓸데없는 소리를…….

"뭐야, 그랬어? 그럼 연대책임을 지면 되겠군." 나카니시가 느물느물 웃으며 말했다.

"그냥……보내줘라." 다쿠미가 목소리를 짜내 외쳤다. "아직 꼬마잖아."

옆에 있던 남자가 시끄럽다며 다쿠미의 몸을 발로 차려고 했다. 그러자 다쿠미는 그 발을 양손으로 막으며 그대로 일어나서 나카니시를 도키오에게서 떼어 놓았다.

"이 아이는 아무 상관 없어. 친척도 아니고. 나도 모르는 녀석이야."

나카니시는 어깨를 흔들며 비웃음을 터뜨렸다.

"그 주제에 누굴 감싸주는 거냐. 너 같은 똘마니가 건방진 소리를 잘도 하는군."

다쿠미는 나카니시의 말을 못 들은 척하고 도키오 쪽으로 고개를 비틀었다. "머저리 같은 녀석! 얼른 피해!"

"피하지 않을 거예요."

"피하라니까!"

거기까지 외친 순간 머리에 충격을 받았다. 뭔가로 맞은 모양이었다. 통증보다 먼저 의식이 가물가물 멀어졌다. 그래도 다쿠미는 정신을 잃지 않았다. 그는 도키오를 덮치듯이 감싸며 적어도 이 낯선 청년이 다치는 것만은 막으려고 했다. 한편으로는 각목으로 맞고 발길질을 당하면서 왜 내가 이런 짓을 하는 걸까 싶기도 했다. 나답지 않아. 평소의 나 같으면 이런 녀석 따위는 어찌 되거나 상관하지 않을 텐데…….

정신이 들었을 때 다쿠미는 땅바닥에 누워 있었다. 얼굴에 아스팔트 감촉이 느껴졌다. 눈을 뜨니 몽롱한 시야 안으로 오렌지색 요트 점퍼가 들어왔다. 도키오가 두 다리를 뻗고 건물 벽에 기대 앉아 있었다. 고개가 앞으로 꺾여 흘러내린 머리칼이 도키오의 얼굴을 덮고 있었다.

다쿠미는 몸을 일으켰다. 온몸의 관절이 삐걱삐걱 비명을 지르는 것 같았다. 머리가 어질어질하고 온몸이 부어올라 열이 나는 것 같았다.

그는 비틀비틀 일어나 도키오에게 다가갔다. 요트 점퍼 어깨를 잡고 어이, 하고 흔들어봤다. 도키오의 머리가 앞뒤로 흔들렸다.

힘없이 흔들리던 머리가 갑자기 멈추더니 도키오가 눈을 떴다. 오른쪽 코에서 코피가 흐르고 있었다. 다행히 그렇게 심하게 맞은 것 같지는 않았다. 다쿠미는 안도의 한숨을 내쉬었다.

"괜찮은 거야?" 입을 연 순간 입 안으로 피비린내가 퍼졌다.

도키오는 다쿠미를 보고 눈을 몇 번 깜빡였다. 사태를 이해 못한 얼굴이다.

"아……아버지."

"뭐어?"

"아니, 저기, 다쿠미 씨야말로……괜찮아요?" 입을 벌리기가 어려운지 발음을 알아듣기 힘들었다.

"괜찮냐고? 지금 이 상황에서 그런 말이 나와? 쓸데없는 소리를 지껄여서는……."

장을 보고 돌아가는 듯한 뚱뚱한 아주머니 하나가 기분 나쁜 얼굴로 두 사람을 보면서 지나갔다. 그녀가 빠른 걸음으로 사라지는 것을 확인하고 나서 다쿠미는 도키오에게 물었다. "일어설 수 있겠어?"

"아, 예. 아마."

도키오가 얼굴을 찡그리면서 일어서 청바지 엉덩이를 탁탁 털었다. 그 모습을 보고 깨달았지만 다쿠미의 양복은 엉망진창이 되어 있었다. 찢어진 무릎 사이로 생생한 상처가 보였다.

"일단 내 방으로 가자."

"이 부근인가요?" 도키오가 두리번거렸다.

"바로 저 위야." 다쿠미가 녹슨 외부계단을 가리켰다.

열고 닫을 때마다 번번이 어딘가 걸리는 문을 연 순간 "우와 지저분하다!" 하고 도키오가 작은 소리로 중얼거렸다.

"시끄러워. 불만 있으면 들어오지 말던가."

낡은 가죽구두를 벗어던지고 다쿠미는 방으로 들어갔다. 두 평도 안 되는 부엌과 세 평짜리 다다미방이 전부였다. 선정적인 책이며 만화 잡지가 여기저기 흩어져 있고, 인스턴트식품과 과자 봉지가 어지럽게 널려 있다. 한동안 청소를 하지 않아 발 딛는 곳마다 부스럭 소리가 나고 먼지가 날린다. 잡동사니를 쑤셔넣은 벽장의 문은 반쯤 열려 있어 지저분한 이불자락이 삐죽 나와 있었다. 게다가 뭔가 썩은 듯한 냄새로 가득 차 있다. 다쿠미는 한 번도 빨지 않은 커튼을 젖히고 창문을 열었다.

"아무데나 적당히 앉아."

다쿠미는 윗옷을 벗고 부엌 개수대에서 얼굴을 씻었다. 입안이 얼얼하다. 그런 다음 허수아비처럼 부엌 바닥에 큰 대 자로 누워버렸다. 온몸이 통증으로 욱신거려 도대체 어느 부분의 상처가 심한 건지 스스로도 알 수가 없었다.

도키오는 다다미방 한가운데 어리둥절한 채로 서 있다가 이윽고 결심한 듯 『소년 점프』 잡지 더미 위에 앉았다.

"이런 데서 살았구나." 도키오는 희한하다는 표정으로 방 안을 둘러보았다.

"지저분해서 미안하다."

"정말 지저분하네. 하지만 그래도 왠지 기분이 좋네요."

"뭐가?"

"뭐랄까……이런 셋방에 살았던 적도 있구나 싶어서." 코피를 쏟은 얼굴로 도키오가 웃었다.

"이상한 녀석이군. 살았던 적이 있는 게 아니지. 지금도 엄연히 살고 있잖아. 그런데 너 용케도 여길 알아냈구나. 내 뒤를 따라다닌 거야?" 큰 대 자로 누운 채 다쿠미가 물었다.

"따라오다가 놓쳐버렸잖아요. 그런 짓을 할 줄이야."

손등에 큰 접시를 올려놓고 도망친 일을 말하는 모양이다. 흐음, 하고 다쿠미는 콧소리를 냈다.

"불쑥 나타나서 친척이니 뭐니 지껄이는 녀석을 내가 믿을 것 같아?"

"그야 뭐, 의심스러운 게 당연할지도 모르긴 하지만요."

"당연하지. 그런데 놓치고도 용케 여기까지 왔군."

"예. 어렴풋이 기억이 있어서."

"기억이라니?"

"전에 데리고 온 적이 있어요. 센소지에 갔다 오는 길이었던가. 아무튼 초등학교 때였어요. 젊을 때 이 부근에 살았던 적이 있다면서."

"누가?"

"누구냐면……." 말을 하려던 입을 잠시 다물고 나서 도키오는 잠시 뒤 덧붙였다. "아버지가."

"뭐어?" 다쿠미는 입을 크게 벌렸다. "네 아버지가 살던 데가 나랑 무슨 상관이 있다는 거야?"

"그건 그렇지만요, 이 부근에서 가난뱅이 젊은 남자가 산다고 하면 대개 비슷한 곳이 아닐까 싶어서."

"흐음, 그럼 우연이라는 거야?"

"그러게요. 운이 좋았지요, 뭐."

"운이 좋기는, 그런 꼴을 당해놓고. ……어이, 담배 가진 거 있어?"

"없어요. 안 피워요."

"흐음, 아무 짝에도 소용없는 녀석이군."

다쿠미는 팔을 뻗어 코카콜라 빈 병을 집었다. 거꾸로 뒤집으니 꽁초가 보였다. 손가락 끝으로 몇 개를 꺼내 그중에서 가장 긴 것을 골라 입에 물고 지포라이터로 불을 붙였다. 분명 세븐스타인데 맛은 전혀 다른 담배로 변해 있었다. 이렇게 형편없는 담배 맛은 처음이었지만 다쿠미는 끝까지 피웠다.

"뭣 좀 물어봐도 돼요?" 도키오가 말했다.

"뭔데."

"아까 그 사람들은 뭐죠?"

"아, 그놈들? 나랑 같이 근무하는 동료들이지. 오늘 아침까지였지만."

"근무라니?"

"시시한 일이었어. 너무 시시해서 그만뒀지. 그만두면서 손을 좀 봐줬더니 복수하러 온 거야. 이력서에 진짜 주소를 써넣는 게 아니었는데. 이력서 같은 건 아무렇게나 써도 되는걸." 다쿠미는 맛없는 담배 연기를 내뿜으며 말했다. 피우다 버린 꽁초는 연기 색깔도 깔끔하지가 않았다.

"형편없이 당한 거네요."

"그렇지 뭐."

"왜 같이 때리지 않았어요. 충분히 저항할 수 있었을 텐데. 복싱을 했다고 하지 않았어요?"

입으로 담배를 가져가려던 손길이 멈칫했다. 다쿠미는 곁눈질로 도키오를 힐끗 보았다.

"그 여자한테 들었군."

"그 여자라니요?"

"시치미 떼지 마. 누굴 머저리로 아는 거냐?"

손가락 끝으로 잡을 수 없을 정도로 짧아진 담배꽁초를 비벼 끄고 다음 꽁초를 찾았다.

복싱 체육관에 다닌 건 겨우 6개월뿐이었다. 고등학교 때였다. 야구부를 그만둔 뒤에 몰두할 다른 뭔가가 필요해서 시작한 운동이었다. 하지만 먼저 입문한 패들의 대단한 실력에 기겁을 하면서 한계를 느끼고 좌절했다.

"한 대 정도는 같이 때려줘도 좋았잖아요." 도키오는 여전히 불만인 모양이다.

"한 대를 때리면 놈들은 화가 머리끝까지 나서 나를 열 대는 더 때렸을걸."

"아버……다쿠미 씨도 다섯 명을 해치우기는 좀 무리지요."

"난 그렇게 세지 못해. 설사 다섯 명을 쓰러뜨렸다고 해도 다음에는 쉰 명이 몰려오겠지. 그때는 나를 묵사발로 만들어 놓기 전에는 포기하지 않을 거야. 그럴 바에는 다섯 명한테 실컷 맞아주는 게 낫지."

"그런 건가."

"그런 거다. 그보다 너에 대해 제대로 물어보지 못했는데."

다쿠미가 그렇게 말했을 때 현관의 잠금장치가 딸깍, 하고 열리는 소리가 났다. 문이 열리고 머리를 하나로 묶은 치즈루千鶴가 들어왔다. 싸구려 가죽 미니스커트를 입고 낡아빠진 점퍼를 입고 있었다. 그녀는 부엌에 누워 있는 다쿠미를 보고 눈이 휘둥그레졌다.

"무슨 일이야, 도대체. 또 싸운 거야?"

"싸운 게 아니야. 일하다가 좀 옥신각신했을 뿐이야."

"옥신각신이라니……." 그녀는 무슨 말인가를 하려다가 다다미방에 있는 낯선 젊은이를 보고 입을 다물었다. 도키오가 인사하자 그녀도 고개를 숙였다.

"도키오야. 나랑 같이 있다 괜히 얻어맞았어."

"어머, 불쌍해라." 치즈루는 미안한 표정을 지었다.

"치즈루, 담배."

"그보다 먼저 치료를 해야겠어." 그녀는 방으로 들어와 다쿠미 옆에 쪼그리고 앉았다. 그의 부은 볼을 만진다.

"아얏! 만지지 마. 그보다 담배."

"담배는 상처에 좋지 않아. 잠깐 기다려. 약을 사올 테니까. 돈 있어?"

다쿠미는 바지 주머니에 손을 넣었다. 천 엔짜리가 몇 장 있어야 했다. 그런데 손가락에 닿는 건 동전뿐이었다. 그는 얼굴을 찡그렸다. 나카니시가 사라지면서 했던 말을 떠올렸다. 너 때문에 오늘은 공쳤어. 변상을 받아야겠거든…….

다쿠미는 주머니에서 뺀 손을 벌렸다.

"320엔뿐이야?" 치즈루는 실망한 얼굴이었다.

"미안. 약값, 나 대신 좀 내줘." 그렇게 말하면서 다쿠미는 그녀의 허벅지를 어루만졌다. 그녀는 다쿠미의 손을 찰싹 때리면서 일어섰다.

"그대로 가만히 있어. 금방 다녀올 테니까."

"부탁해."

치즈루는 꽁지머리를 흔들면서 나갔다.

다쿠미는 두 번째의 꽁초에 불을 붙였다. 치즈루가 뿌린 싸구려 향수 냄새가 희미하게 남았다.

“저 사람, 다쿠미 씨의 애인인가요?” 도키오가 물었다.

그래, 하고 다쿠미가 대답했다. “아주 좋은 여자지.”

“으음……그렇군요.” 도키오는 왠지 곤혹스러운 얼굴을 했다. “하지만 결혼은 하지 않을걸요.”

“왜? 저 여자랑 결혼하면 안 되겠어?”

“아니, 저기……안 되는 건 아니지만.” 도키오는 머리를 긁적였다.

“저 여자랑 결혼할 생각이야. 지금은 무리지만.”

“흐음, 글쎄요.” 도키오는 고개를 숙였다.

“뭐야, 네가 왜 풀이 죽어서 그래?”

“아니, 뭐 풀이 죽은 건 아니고……괜찮은 사람 같아서.”

“너한테 그따위 소리 들을 처지가 아냐. 게다가 아니면 뭐야. 너 어느새 치즈루한테 한눈에 반해서 지금 질투하는 거야?”

“그럴 리가요.”

“그럼 내가 누구랑 결혼하든 무슨 상관이야. 내버려둬.”

“내가 뭐, 내버려두긴 하겠지만.” 도키오는 무릎을 안고 자세를 고쳐 앉았다.

다쿠미는 상체를 일으켜 발의 통증을 참으면서 책상다리를 했다. 옆에 있는 『평범한 펀치』라는 책에 손을 뻗어 그라비어인쇄가 된 페이지를 하나씩 넘겼다. 여전히 수영복 차림의 아그네스 럼(Agnes Nalani Lum. 1956년 출생해 1970년대 후반 일본에서 활약한 중국계 하와이 여성 광고 모델—역주)이 햇볕에 탄 피부를 드러내고 있다. 그냥 홀딱 벗을 일이지, 하고 속으로 투덜거렸다.

치즈루가 좋은 여자긴 하지만 가슴이 이 여자 정도로 크면 더 좋겠는데, 하는 생각도 든다.

하야세 치즈루는 긴시초의 술집에서 일한다. 전에 다쿠미는 그 맞은편에 있는 다방에서 웨이터로 근무했다. 일하러 가기 전에 치즈루가 일하는 다방에 들러 커피를 마시고 간 적이 많았다. 거기서 자주 마주치다 보니 어느새 친해져 연인 사이가 되었다. 처음 섹스를 한 것은 두 번째 데이트에서 돌아와 이 지저분한 방에서였다. 쓸만한 이불이 너무 얇아 행위 중에 치즈루는 등이 아프다고 투덜거렸다. 그래서 데이트 전에는 이불을 모두 말리기로 했지만 그 습관도 오래가지 않았다. 다쿠미가 그녀의 자취방으로 가기 시작했기 때문이다.

"나 왔어" 하며 힘차게 문을 열고 치즈루가 돌아왔다.

5

옷을 벗고 보니 생각했던 것보다 상처가 훨씬 많았고 그 하나하나 모두 깊었다. 치즈루가 여기저기 상처를 만질 때마다 다쿠미가 아프다고 비명을 질러댔다. 하지만 그녀는 그런 소리는 들리지도 않는다는 듯 재빨리 상처를 소독하고 약을 바르고 붕대를 감았다. 익숙한 손놀림이었다. 그 모습을 보고 도키오가, 다쿠미 씨가 자주 다치곤 합니까, 하고 물었다.

"그런 이유도 있지만 내가 이래 봬도 간호사 지망생이었거든.

간호학교도 다녔으니까."

"그래요?"

"다니긴 했지만 금방 꼬랑지를 내렸잖아."

"그게 아니야. 사실은 돈이 없어서 그만둘 수밖에 없었어." 치즈루가 뾰로통해졌다.

"마음만 먹었으면 일을 하면서 다닐 수도 있었잖아."

"그렇게 여유 있는 형편이 아니었거든."

자, 이제 치료 끝, 하면서 그녀가 다쿠미의 등을 힘껏 때렸다. 그는 아파서 얼굴을 찡그렸다.

"도키오 군이라고 했지. 그쪽 상처도 봐야 해."

"난 괜찮아요." 도키오가 손을 흔들었다.

"봐달라고 해. 그냥 두면 곪을지도 몰라."

다쿠미의 말에 도키오는 잠시 망설이는 표정을 지었다가 치즈루를 보면서 "그럼……" 하고 고개를 끄덕였다.

도키오가 요트 점퍼와 티셔츠를 벗었다. 날씬하지만 근육이 단단하게 발달해 있고 그 이상으로 눈길을 끄는 것은 보기 좋게 탄 피부였다.

"잘 태웠네. 수영이나 무슨 운동을 하나 본데?" 치즈루도 같은 인상을 받은 것 같다.

"아……예. 뭐 그냥 좀." 도키오는 고개를 갸우뚱하면서 애매하게 대답했다.

"어머? 이건 오늘 생긴 상처가 아니네." 치즈루가 그의 옆구리를 가리켰다. 거기에는 10센티 정도의 상처가 있었다. 뭔가에

베인 상처 같았다.

“예에? 어떤 상처?” 도키오가 자신의 상처 자국을 보더니 “그러게. 정말이네. 오늘 다친 게 아닌 것 같네요” 하고 말했다.

다쿠미가 무슨 상처냐고 묻자 글쎄요, 하며 그는 고개를 갸우뚱했다.

“무슨 소리야. 그렇게 끔찍한 상처 같으면 기억이 날 텐데. 자기 몸에 난 상처잖아.”

“그건 그렇지만……으음 나도 다쿠미 씨처럼 워낙 상처가 많아서요.”

“도키오 군도 자주 싸워?”

“아니요, 싸운 적은 없어요.” 그렇게 말하고 나서 그는 다쿠미를 보고 웃었다. “난생처음이었어요. 오늘 같은 싸움은.”

“그런 건 싸움이라고 하지 않아. 일방적으로 맞기만 했는데 뭐.”

“맞는 것도 처음이었어요.”

“뭐가 그렇게 신나, 너 좀 머리가 이상한 녀석 아냐?”

다쿠미가 머리 옆에다 손가락을 빙글빙글 돌리며 말했다.

“솔직히 말하면 약간 신이 나기도 했어요. 지금까지 맞아본 적도 때려본 적도 없어서 그런 걸 동경했었거든요. 정말 흥분되던데요.”

농담으로 하는 말이 아닌 듯 도키오의 눈빛이 반짝거렸다.

“흐음, 꽤나 고상하게 살아온 모양이군.”

다쿠미가 아니꼬운 투로 말했다.

“고상한 건 아니고……. 그런 걸 할 수 없는 몸이었거든요.”

"어디가 나빴어? 지금은 건강해 보이는데."

치즈루가 눈이 휘둥그레지며 물었다.

"예. 지금은 건강한 것 같아요."

도키오가 새로 산 옷의 감촉을 확인하듯이 자기 팔을 문질렀다.

치즈루는 도키오의 상처에도 꼼꼼하게 반창고를 붙이고 붕대를 감아주었다. 그 모습을 보면서 다쿠미는 그녀의 핸드백을 열어 담배를 찾았다. '에코' 담배만 한 갑 들어 있었다. 매사에 알뜰한 그녀는 에코밖에 사지 않는다.

"그런데 다쿠미 씨, 일을 하다가 싸웠다고 했는데 혹시 전에 말한 그 호객 판매?"

도키오의 손목에 붕대를 감으면서 치즈루가 물었다.

"맞아."

"그럼 혹시 또 그만둔 거야?"

"으응."

"흐음, 그랬구나. 또 그만뒀구나." 치즈루의 옆모습에 실망한 기색이 드러났다. 다쿠미는 그 표정이 의미하는 바를 알고 있었다.

"어차피 호객 판매로 평생 먹고살 수는 없는 거 아냐. 그런 일은 단순한 아르바이트야. 화나는 걸 참으면서까지 계속하고 싶지는 않아."

"하지만 호객 판매를 해서 실적이 좋으면 사무직으로 옮기게 해준다고 하지 않았어?"

"그따위 거짓말을 믿는 바보가 어디 있어. 호객 판매는 아무리 오래 일해도 거리의 세일즈맨이야."

"하지만 어떤 일이든 아무것도 하지 않는 것보다는 낫잖아. 논다고 누가 돈을 주는 것도 아니고."

"노는 건 아니잖아. 내일부터 다시 일을 찾을 생각이야. 정말이라니까."

또 시작이구나 싶은 생각이 드는 건지 치즈루는 아무 말도 하지 않고 한숨을 내쉬었다.

치즈루의 치료가 끝난 것 같아 도키오는 "고맙습니다" 하고 말했다. 그녀는 생긋 웃으며 "앞으로는 조심해요" 하고 말했다.

"상처를 치료하고 나니까 슬슬 출출해지는걸. 치즈루, 뭐든 좀 만들어줘."

"만들려고 해도 재료가 하나도 없어."

"사오면 되잖아."

"돈은?"

"320엔."

"그럼 틀렸네." 치즈루가 담뱃갑을 집어 핸드백에 넣었다. "그리고 난 이제 나가봐야 해. 지각하면 월급이 또 깎인단 말이야."

"뭐야, 그럼 나더러 아무것도 먹지 말라는 거야?"

"그런 말 안 했어. 도대체 누가 잘못한 거야? 걸핏하면 일을 그만두고 말이야. 누구나 조금씩은 싫은 걸 참으면서 일한다고. 나도 지겨운 적이 얼마나 많은데."

"지겨우면 그만두면 되잖아."

"나는 그럴 수가 없어. 아직은 굶어 죽고 싶지 않거든."

"굶어 죽지 않아. 조금만 기다려. 내가 크게 한 건 하면 치즈루도 편하게 해줄 테니까. 크게 한탕 할 테니까."

치즈루가 그의 얼굴을 빤히 쳐다보다가 천천히 고개를 가로저었다. 그러고는 그대로 아무 말도 하지 않고 핸드백에서 지갑을 꺼내 천 엔짜리 한 장을『만화 에로틱』위에 놓았다.

그런 거 필요 없다고 말하려고 했지만 다쿠미는 그 말을 안으로 삼켰다.

"미안. 곧 갚을게."

그 말을 듣고도 그녀는 쓴웃음과 함께 한숨을 내쉬었다.

"도키오 군. 이런 사람 옆에 붙어 있다가는 되는 일이 없어. 얼른 다른 친구를 찾는 게 좋을 거야."

그러나 도키오는 대답하지 않고 대신 그녀가 놓아둔 천 엔짜리로 손을 뻗었다. 두 손으로 지폐를 펴들고 자세히 바라보더니 "이토 히로부미네" 하고 중얼거렸다.(천 엔짜리 지폐에 그려진 인물은 이토 히로부미부터 시작해 1984년에 나쓰메 소세키, 2004년에 노구치 히데오로 바뀌었다―역주)

"본 적이 없는 건 아닐 텐데." 다쿠미가 그의 손에서 돈을 낚아챘다.

"다쿠미 씨, 그 일 어떻게 할 거야?" 치즈루가 물었다.

"그 일이라니?"

"어머니한테 가봐야 되는 거 아냐?"

"그런 여자가 무슨 어머니냐고 말했잖아."

그렇게 말하고 나서 다쿠미는 도키오 쪽을 봤다.

"너 돌아가면 그 여자한테 말해줘라. 더는 나를 상관하지 말라고, 날 그냥 내버려두라고 말야."

그러나 도키오는 그가 하는 이야기가 무슨 의미인지 모르겠다는 듯 눈을 깜빡거렸다. 입도 반쯤 벌렸다.

"도키오 군, 다쿠미 씨 친구 아니었어?"

"그 여자가 보낸 스파이야. 아니냐?"

"글쎄 그게……아까도 물었지만 그 여자가 누군데요?"

도키오가 물었다.

"시치미 떼지 마. 그 여자가 그 여자지 누군 누구야. 도조東條 노파가 보낸 게 뻔하지."

도키오의 표정에 변화가 일어났다. 뭔가를 깨달은 듯 크게 숨을 들이쉬었다.

"도조 할머니요? 아이치 현에 계시는?"

"이제야 실토를 하는군."

다쿠미는 도키오 쪽을 향해 가부좌를 튼 다리를 바꿔 앉았다.

"대답해. 너, 그 여자의 뭐야? 내가 보기엔 필시 아들인 것 같은데."

"아들? 그럼 다쿠미 씨의 동생?"

치즈루가 두 사람의 얼굴을 번갈아 보았다.

"하지만 전혀 닮지 않았어."

"아닌데요."

도키오는 다쿠미를 보면서 고개를 가로저었다.

"도조 할머니……그 사람의 아들이 아니라고요."

"그럼 넌 누구 아들이야? 너랑 그 여자의 관계가 뭐냐고? 넌 어디서 와서 어디로 갈 작정인데?"

다쿠미가 연달아 질문을 퍼부었다.

도키오는 다쿠미를 보고 이어서 치즈루를 보았다. 그러고 나서 다시 다쿠미 쪽으로 고개를 돌렸다. 턱이 보일 듯 말 듯 떨렸다. '뭐야, 이 녀석?' 하고 다쿠미가 생각한 순간 그가 입을 열었다.

"나는……외톨이에요."

"뭐라고?"

"외톨이라고요. 난 갈 데라고는 아무 데도 없어요. 돌아갈 곳도 없고요. 난 누구의 아들도 아니에요. 나는……내 부모는 이 세상에 없어요. 이제 두 번 다시 그 사람들을 만날 수가 없어요."

도키오의 눈에서 갑자기 눈물이 흘러나왔다.

6

다쿠미는 치즈루와 함께 자취방을 나왔다. 도키오를 혼자 있게 해주자고 그녀가 말했기 때문이다. 다쿠미는 영문을 알 수 없었지만 분명 도키오의 태도에는 함부로 말을 걸 수 없는 절박함이 있었다.

"뭐지, 저 녀석? 갑자기 울음을 터뜨리고 말이지." 걸으면서 다쿠미가 뒤쪽 자신의 자취방을 엄지손가락으로 가리켰다.

"여러 가지 사정이 있는 거야. 다쿠미 씨처럼 말이지."

"그런 것 같긴 한데 아무 말도 하지 않으니 알 수가 없잖아."

도키오는 자신의 부모가 이 세상에 없다고 말했다. 양친을 일찍 여의고 천애고아의 몸이라는 의미일 것이다. 그렇다면 사정은 조금 다르지만 치즈루의 말처럼 자신과 같은 신세라는 생각이 들었다.

하지만 좀 이상하긴 하다. 그는 다쿠미와의 관계를 친척 같은 거라고 했다. 천애고아인 사람끼리 친척이라니, 있을 수 있는 일일까.

역으로 가는 도중에 치즈루와 헤어진 다쿠미는 단골 라면 가게로 들어갔다. 카운터 자리만 있는 가게로 메뉴는 라면과 교자밖에 없다. 특별히 맛있지도 않지만 싼값에 가는 집이다. 라면과 교자 그리고 공기밥을 주문하고 셀프서비스인 물을 컵에 따랐다.

교자는 양아버지가 좋아하던 음식이다. 이것과 맥주만 있으면 다른 건 아무것도 필요 없다며 혼자서 몇 접시나 주문하곤 했다. 그런 남편을 보고 양어머니는 항상 눈살을 찌푸리며 주의를 주었다. 그렇게 먹으면 냄새가 배여서 손님들이 불쾌할 거라고. 그러면 얼굴이 불쾌해진 양아버지가 손바닥을 흔들면서 대답했다. 괜찮아, 자기 전에 우유를 잔뜩 마시면 냄새가 사라져, 라고.

다쿠미도 몇 번인가 실험을 해봤지만 우유는 별로 효과가 없는 것 같았다. 교자를 먹은 다음 날이면 양아버지가 어김없이 마늘 냄새 나는 입김을 내뿜으면서 일하러 나가는 것을 보았기 때문이다. 그런 상태로 나가서 손님들이 견디기 힘들지 않았을까 하고 다쿠미는 지금 다시 떠올려도 우스워진다. 당시 양아버지는 개인택시를 운전하고 있었다.

미야모토 부부에게는 자식이 생기지 않았다. 검사 결과에 따르면 남편 쪽에 문제가 있었던 것 같다. 그 사실은 두 사람을 실망시켰다. 두 사람 모두 아이를 무척이나 좋아했기 때문이다. 그들은 결혼과 동시에 단독주택에 세 들어 살았는데 셋방이나 아파트가 아니고 단독주택을 고집한 이유도 언젠가 태어날 아이를 마당에서 놀게 하고 싶다는 마음에서였다.

그래도 부부는 낙담하지 않고 둘이서 사이좋게 살자고 결심했고, 아이가 없어도 행복한 부부는 얼마든지 있다고 서로 위로했다.

하지만 그들에게는 역시 미련이 남았다. 뭔가 부족하다는 느낌을 지울 수가 없었다. 자신의 피를 이 세상에 남기고 싶은 게 아니었다. 한 인간을 키운다는 훌륭한 경험을 자신들도 해보고 싶다는 마음이 있었다.

결혼한 지 꼭 10년째가 되던 어느 날, 친척에게서 운명의 전화가 걸려왔다. 양자를 들이지 않겠느냐는 내용이었다. 오사카에 사는 어떤 미혼녀가 임신을 했는데 아버지가 누구인지 모른다. 물론 당사자는 알았을 테지만 아무리 캐물어도 어차피 자기한테 돌아올 사람이 아니기 때문에 말할 필요가 없다는 대답만 되풀이한다는 것이다. 아가씨의 어머니는 어디 가서 남자에게 농락을 당하고 버림받은 거라 짐작하고 어떻게든 아이를 낙태시키려고 했다. 그런데 딸은 고집스럽게 말을 듣지 않았다. 그러는 동안에도 배 속의 아이는 자꾸 자라서 낙태하라는 말조차 할 수 없게 되었다. 뚜렷이 모습을 갖추기 시작한 아기를 죽인다는 건 사람이 할 짓이 아니었고 임신부도 위험해진다. 일단 낳게 하는 수밖에 없는 단계로 접어들었다.

아가씨의 어머니는 궁지에 몰렸다. 안 그래도 남편을 일찍 잃어 생활이 힘든 형편이었다. 그런 처지에서 딸의 아이까지 키운다는 것은 터무니없이 힘들 것 같았다. 어쨌거나 아기 엄마는 아직 너무 어려 혼자 생활을 꾸려갈 수도 없는 소녀였다. 게다가 아이까지 데리고 있으면 딸이 제대로 된 결혼을 하기도 어려울 것이다.

아가씨의 어머니는 고민 끝에 곧 태어날 아기를 자식이 없는 집에 양자로 보내는 방법을 생각했다. 하지만 그럴만한 대상이 없었다. 그래서 아는 사람에게 의논해보았는데 그 아는 사람이 바로 미야모토 부부에게 전화를 건 친척이었다.

느닷없이 들어온 양자 이야기에 어리둥절하면서도 부부는 의논을 거듭했다. 그때까지도 양자를 들이는 일에 대해 전혀 생각을 하지 않았던 건 아니었다. 그러나 구체적인 대상이 없는 상태에서는 아무리 의논을 해봐야 현실성 없는 이야기였다. 그래서 실질적으로는 이때 처음으로 진지하게 의논을 하게 되었다.

아이를 갖고 싶다는 마음에는 변함이 없었다. 남의 아이라도

키우는 기쁨은 충분히 느낄 수 있을 것이다. 하지만 걱정이 되는 건 아버지가 어떤 사람인지 모른다는 것이었다. 어떤 피가 흐르는지 알 수 없다는 것 때문에 앞으로도 계속 신경을 쓰게 될 것 같았기 때문이다.

부부는 이 이야기를 가지고 온 친척에게 한 가지 제안을 했다. 그것은 태어나는 아기를 보고 나서 판단하면 안 되겠느냐는 것이었다. 실제로 아기를 봤을 때 키우고 싶다는 욕구가 생길지 어떨지에 대해 스스로에게 물어보고 싶다는 것이다. 이 제안을 생각해낸 사람은 아내 쪽인 듯했다.

중간에 선 친척은 아가씨의 어머니에게 그 뜻을 전했다. 그래도 괜찮다는 대답이 돌아왔다.

그로부터 약 두 달 뒤에 아가씨는 아기를 낳았다. 아들이라는 말을 듣고 미야모토 부부는 뛸 듯이 기뻤다. 가능하면 아들이 더 좋겠다는 이야기를 했기 때문이다.

사실 이야기가 나온 그때부터 두 달 동안 미야모토 부부는 가슴 설레며 아기의 출산일만을 기다렸다. 아기를 보고 나서 대답을 하겠다고 말은 했지만, 부부는 이미 새로운 가족을 맞이한 새로운 생활에 대해 상상의 나래를 펼치고 있었다. 따라서 아기의 얼굴을 볼 것도 없이 대답은 이미 나와 있었다.

한시라도 빨리 아기와 대면하고 싶은 부부의 마음을 아는지 모르는지 그 기회는 좀처럼 주어지지 않았다. 이윽고 중간에 선 친척에게서 연락이 왔는데 그것은 의외의 내용이었다. 아기를 낳은 아가씨가 도저히 아이를 양자로 보낼 수 없다고 고집을 부리기 시작했다는 것이다.

미야모토 부부는 이야기가 다르지 않느냐고 화를 냈던 모양이다. 특히 아내가 더 심하게 흥분했다. 드디어 염원하던 자식을 얻을 수 있다는 마음에 찬물을 끼얹은 것이니 무리도 아니라고 할 수 있다. 그러나 그들은 자신의 감정대로 중간에 있는 친척을 향해 흥분할 정도로 어리석지 않았다. 차츰 안정을 되찾은 두 사람은 누가 먼저랄 것도 없이 말했다. 자기가 낳은 아이를 내놓고 싶지 않은 게 당연하다, 그 아가씨가 직접 키우겠다면 그게 가장 좋은 일이다라고.

결국 이때 미야모토 부부는 아기와 대면할 수 없었다.

그런데 그로부터 약 1년 뒤 이들 부부에게 다시 그 친척이 전화를 걸어왔다. 1년 전 그 아기를 맡아줄 생각은 없느냐고.

아닌 밤중에 홍두깨란 바로 이런 경우를 두고 하는 말이겠지만 부부는 우선 사정을 알고 싶었다. 중간에 선 친척의 이야기로는 아가씨는 어떻게든 자기 힘으로 아기를 키우려고 했지만 원래 병약한 그녀가 아이를 키우면서 일을 하기는 너무나 힘들었다. 그녀의 어머니가 하는 부업에만 의지하고 살았지만 도저히 제대로 살아갈 수 있는 상태가 아니었다. 이대로는 아이가 언제 영양실조에 걸릴지도 모르니 어쩔 수 없이 양자로 보내는 일에 딸도 납득했다고 한다.

벚꽃 전선이 규슈부터 올라오기 시작한 어느 날, 미야모토 부부는 오사카로 갔다. 안내받은 곳은 집이라고 부르기에는 너무나 초라한 오두막이 빼곡한 동네였다. 그 오두막 하나에 어머니와 딸이 아기와 함께 살고 있었다. 아기의 엄마는 야윌 대로 야윈 몸에 안색도 좋지 않았다. 중학교를 졸업한 뒤 섬유 공장에서 일했는데 병약하다는 이유로 해고당했다고 한다. 어머니는 왜소한 체구로 아직 40대 중반일 텐데 마치 노파처럼 주름이 많았다.

아기는 습기 찬 다다미 위에 누워 있었다. 돌이 지난 아기라고는 생각할 수 없을 정도로 작고 움직임도 둔했다. 늑골이 튀어나온 몸에서 가느다란 손발이 움직이는 모습을 보고 미야모토의 아내는 미약한 곤충을 상상했다.

딸의 어머니가 무릎을 꿇고 고개를 숙이며 "잘 부탁드립니다" 하고 말했다. 딸은 그 옆에서 꼼짝도 하지 않고 고개를 숙이고 있었다. 모녀가 똑같이 낡아빠진 카디건을 걸치고 있었다.

미야모토의 아내가 아기를 안아 들었다. 놀랄 정도로 가벼웠다. 그녀는 무릎 위에 아기를 얹고 얼굴을 들여다보았다. 야윈 탓에 한층 커 보이는 눈으로 아기가 그녀를 마주보고 시선을 맞추었다. 안색은 좋지 않았지만 눈빛만은 맑았다. 아기가 그녀에게 뭔가를 호소하는 것처럼 보였다.

아내는 남편을 보았다. 옆에서 들여다보던 남편은 아내와 눈을 맞추고 보일 듯 말 듯 고개를 끄덕였다. 이것이 두 사람의 마지막 결정이었다.

부부는 그 길로 아기를 데리고 가겠다고 말했다. 딸은 이미 체념하고 있었는지 그 말에 아무런 거부도 하지 않았다. 부부는 아가씨의 어머니와 이런저런 이야기를 했지만 그 내용에 대해서는 훗날까지 기억에 남아 있지 않았다. 부부가 둘 다 기억하는 것은 자신들이 아기를 안고 그 집을 나올 때 보인 아가씨의 태도였다. 그녀는 똑바로 앉아서 합장한 채 손끝을 깨물고 그들이 보이지 않을 때까지 그 자세를 무너뜨리지 않았다.

신칸센이 아직 없던 시절이었기 때문에 미야모토 부부는 야간열차로 돌아왔다. 열 시간 이상 걸리는 긴 여행이었지만 아내는 품에 안은 아기를 보느라 시간 가는 것을 잊었다. 다른 승객들이 아기를 데리고 여행하는 부부의 모습을 보고 미소를 보내주는 것도 기뻤다.

그렇게 해서 다쿠미는 미야모토가의 자식이 되었다.

라면을 국물까지 다 먹고 난 뒤 다쿠미는 일어서려고 했다. 그러나 그때 벽에 붙은 쪽지가 그의 눈길을 잡았다. 교자를 포장해준다고 쓰여 있었다.

그는 자신이 먹은 음식 값과 주머니에 있던 잔돈을 머릿속에서 비교했다. 라면 가게에 들어오기 전에 담배를 한 갑 샀었다.

"아저씨, 교자 2인분 싸주세요."

그의 주문에 다른 손님의 라면을 만들던 주인이 말없이 고개를 끄덕였다.

다쿠미는 새로 산 담배를 꺼내 은박지를 뜯고 한 개비를 꺼냈다. 그러고는 카운터 위에 놓여 있는 커다란 성냥갑으로 손을 뻗어 담배에 불을 붙였다. 연기가 기름투성이 천장을 향해 춤추는 모습을 바라보면서 컵의 물을 한 모금 마셨다.

고등학교 입시를 며칠 앞둔 어느 날 밤에 다쿠미는 양부모에게서 자신의 출생에 대해 들었다. 들었다기보다 그가 먼저 물어보았다고 해야 할 것이다. 호적등본을 보고 자신이 친자식이 아니라는 것을 안 그는 언제 이 의문을 입에 올려야 할지 고민했다. 생각다 못해 물어본 것은 결심이 섰기 때문이라기보다 더는 그 고민을 견딜 수가 없었기 때문이었다.

아들의 태도가 이상하다는 것을 눈치 챈 양어머니는 아들이 그 호적등본을 본 게 아닐까 싶은 생각이 들었다. 그래서 그가 먼저 질문했을 때도 양부모 모두 낭패스러워하는 기색은 없었다. 드디어 올 것이 왔구나 하고 체념했는지도 모른다.

이야기는 양아버지 구니오邦夫가 주로 했다. 양어머니 다쓰코達子는 남편의 기억을 보충하기 위해 가끔 끼어들었을 뿐이다. 그녀는 시종 고개를 푹 숙이고 다쿠미와 눈을 맞추려고 하지 않았다. 서글픈 이야기지만 그런 모습을 보고 아, 이 사람은 분명 친어머니가 아닐지도 모른다고 느꼈던 기억이 다쿠미에게 떠올랐다.

긴 이야기를 마친 뒤에도 다쿠미는 그다지 실감이 나지 않았다. 텔레비전 드라마 이야기를 들은 것 같은 객관적인 기분이었다. 충격도 없었고 슬프지도 않았다. 키워준 부모는 다쿠미가 얼마나 큰 슬픔과 분노로 가득 찬 감상을 털어놓을지 말없이 기다리는 것 같았지만 솔직히 말해 무슨 말을 하면 좋을지 도무지 알 수가 없었다.

"그런 사정으로……." 양아버지 구니오가 입을 열었다. "아버지와 어머니는 너와는 피가 섞이지 않은 사람이다. 하지만 그뿐이다. 너를 자식이 아니라고 생각한 적은 한 번도 없었고 앞으로도 그 생각은 변함이 없을 거야. 그러니까 뭐냐……그래, 이 일은 더 이상 마음 쓰지 않아도 되는 거야. 그러지 말았으면 한다."

"그래, 다쿠미. 지금까지 했던 것처럼 지내면 되는 거야. 엄마도 너를 보면서 젖을 먹여 키운 자식 같다는 생각이 들 때도 있었단다."

은혜를 베풀어준 두 사람의 입에서 그런 말을 듣고 보니 더는 대꾸할 말이 없었다. 지금까지 했던 대로 지내라고 하지만 다쿠미 역시 달리 선택할 수 있는 길이 떠오르지 않았다.

"친어머니는……그 사람인가요?" 그는 바닥을 바라보면서 물었다. "그……몇 년 전까지 가끔 집에 찾아오던 그 여자. 오사카 사투리를 쓰는……."

잠시 뜸을 들인 뒤에 양아버지가 대답했다.

"그래, 바로 그 사람이다. 지금은 결혼해서 도조 스미코라는 이름이라고 하는데 결혼 전 성姓은 아사오카였어."

한자로 어떻게 쓰는지 묻자 양아버지는 신문의 전단지 뒤에 볼펜으로 '도조 스미코東條須美子', '아사오카麻岡'라고 썼다.

그렇다면 내 원래 이름은 아사오카 다쿠미가 되는 건가, 하고 그는 생각했다.

양아버지에 의하면 아사오카 스미코는 아들을 양자로 보내고 나서 3년 뒤에 아이치 현에 있는 도조라는 전통 과자 가게로 시집을 갔다. 미야모토 부부에게 편지로 그 사실을 알려왔다고 한다. 어떤 경위로 결혼하게 되었는지 상대가 어떤 사람인지까지는 적혀 있지 않았다. 그러나 다쿠미를 걱정한다는 것, 한 번이라도 좋으니까 만나고 싶다는 생각은 편지 문구만으로도 간절하게 느껴졌다.

그때까지 거의 그녀와 연락을 취하지 않았던 미야모토 구니오가 이때는 답장을 보냈다. 당신이 행복해지기를 기원한다, 다쿠미는 건강하게 잘 자라고 있으니 아무 걱정 말라는 내용으로 안심시켰다.

그러자 얼마 지나지 않아 그녀에게서 두 번째 편지가 왔다. 이번에는 상당히 명확하게 다쿠미를 만나게 해줄 수 없겠느냐는 내용이었다. 편지를 보낸 목적이 그것뿐인 것 같았다.

미야모토 구니오는 아내와 의논했다. 그 자신은 별로 내키지 않았다. 그리고 그것은 아내도 마찬가지인 것 같았다. 아들은 이제 완전히 가족으로서 안정이 되었기 때문에 갑자기 낯선 여자를 만나봐야 어리둥절할 뿐일 것이다. 게다가 다쓰코에게는 약간의 의구심도 있었다. 결혼 덕분에 안정을 얻은 생모가 이제 와서 아들을 도로 데려가겠다고 나오는 게 아닐까 하는 불안이었다.

하지만 냉정하게 거절하기에도 마음이 무거웠다. 구니오는 고민 끝에 적당한 시기가 되면 생각해보겠다는 표현으로 명확한 답을 얼버무렸다.

그런데 아들의 생모는 이 답장을 액면 그대로 받아들였다. 아니, 진의를 깨닫기는 했지만 못 알아들은 척했는지도 모른다. 다쿠미가 다섯 살이 된 지 얼마 지나지 않은 어느 날 갑자기 미야모토가를 찾아온 것을 보면.

초라한 행색이었던 아가씨는 고작 몇 년 사이에 안정된 여인으로 변모해 있었다. 여전히 야위기는 했지만 몸집에는 여자다운 탄력이 엿보였다. 세련된 화장에, 분홍색 양장도 싸구려가 아닌 것 같았다.

그날은 마침 미야모토 부부가 둘 다 집에 있었다. 그들 앞에서 도조 스미코는 고개를 숙이고 부디 다쿠미를 만나게 해달라고 간청했다. 방울방울 떨어지는 눈물에서 일부러 연기를 하는 듯한 분위기는 느껴지지 않았다.

지금과는 시대가 달랐다. 아이치 현에서 상경한다는 것은 정신적으로나 육체적으로나 힘들었던 시절이었다. 게다가 상경했다고 해서 목적이 달성될지 어떨지도 알 수 없는 일이었다.

미야모토 부부는 다쿠미를 만나게 해주기로 했다. 그러나 조건을 붙였다. 자신이 생모라는 사실을 절대로 밝히지 말 것과 다쿠미 앞에서 눈물을 보이지 말 것, 두 가지였다. 스미코는 반드시 약속을 지키겠다고 다짐했다.

불안하긴 했지만 미야모토 부부는 그녀와 다쿠미를 단둘이 만나게 해주었다. 그녀에 대한 배려라기보다 자신들을 위해서였다. 자기가 낳은 아들을 몇 년 만에 마주하는 모습을 보고 부부의 마음이 동요하거나 혼란스러워질까 봐 두려웠던 것이다.

몰라보게 성장한 다쿠미를 확인한 스미코는 부부를 향해 다시 한 번 깊이 고개를 숙였다. 충혈된 눈에서는 당장이라도 눈물이 쏟아질 것 같았지만 그녀는 마지막까지 울지 않았다. 그리고 남은 약속도 끝까지 지켜주었다. 그녀가 돌아간 뒤에 다쿠미가 했던 말은 "그 아줌마, 어디 사는 사람이에요?"였다.

그 뒤 1년 혹은 2년마다 한 번씩 스미코가 미야모토가를 찾아오게 된 것은 다쿠미도 기억하고 있는 그대로였다. 그러나 부부로서는 차츰 걱정이 되기 시작했다. 더구나 다쿠미가 성장하면서 왜 그 여자가 가끔 찾아오는지, 왜 자기랑 단둘이 만나게 하는 건지 의문스럽게 여기기 시작했다. 그리고 스미코의 눈빛에 어떤 집착 같은 것이 싹트고 있다는 것도 신경이 쓰였다.

다쓰코가 더 이상 다쿠미를 만나지 말아달라고 부탁하면 어떨까, 하고 말했다. 그러나 구니오는 이제 와서 그런 말을 할 수는 없다고 아내를 달랬다.

그러나 이 문제도 자연스럽게 해결이 되었다. 스미코가 더는 오지 않았기 때문이다.

키워준 부모에게서 그런 이야기를 듣고서도 다쿠미는 그때 당장은 도조 스미코라는 여자에게 특별한 감정이 없었다. 가끔 찾아왔던 이상한 아주머니라는 기억이 있을 뿐 정신적으로는 아무 관계도 없는 타인에 불과했기 때문이다. 적어도 보고 싶다는 생각은 한 번도 하지 않았다. 이런 귀찮은 일은 정말 싫다는 것 정도가 그때의 생각이었다.

세상에서 흔히 말하는 충격적인 사실을 알게 된 직후였지만 다쿠미는 고등학교 입시도 문제없이 극복했다. 고등학교에 가서는 야구부에 들어갔다. 부모님의 고백을 듣기 전이나 들은 뒤나 특별히 달라질 건 없는 듯했다. 양아버지는 여전히 택시운전사로 늦게까지 일했고, 양어머니도 다쿠미를 위해 늘 영양이 풍부한 식사를 마련해주었다.

하지만 변화는 확실하게 찾아오고 있었다. 사슬처럼 굳게 이어져 있던 가족 간의 유대관계가 서서히 느슨해지는 게 보이기 시작했다.

7

라면 가게를 나온 다쿠미는 항상 물건을 사는 슈퍼마켓에 들렀다. 바겐세일로 내놓은 두루마리 화장지를 계산대로 가지고 가서 낯이 익은 여점원에게 "전에 그거 또 있어요?" 하고 물었다. 30대 중반 정도로 보이는 뚱뚱한 점원은 웃으면서 고개를 끄덕였다.

"있어요."

그녀는 계산대 뒤에서 길쭉한 비닐봉지에 담은 것을 꺼내왔다.

"감사합니다."

"괜찮아요. 어차피 버릴 건데요."

오른손에는 두루마리 화장지와 불룩한 비닐봉지, 왼손에는 라면 가게에서 포장해준 교자 꾸러미를 들고 다쿠미는 집을 향해 걸었다.

집에 돌아오니 도키오는 벽장 앞에서 잠들어 있었다. 어지간히 피곤했는지 마치 코를 고는 것처럼 숨소리가 컸다. 다쿠미는 짐을 내려놓고 구형 텔레비전의 스위치를 당겼다. 아는 사람에게 얻어온 중고품이라 화면이 나오기까지 한참 시간이 걸렸다. 그사이에 그는 담배를 꺼내 물고 불을 붙였다.

드디어 나타난 화면에는 유명한 남자 탤런트와 그가 이끄는 탐험대의 모습이 방영되고 있었다. 1, 2개월 간격으로 방영되는 스페셜 프로그램이었다. 아프리카 오지 아니면 남미 정글 등의 비경秘境으로 들어간 탐험대가 매회 어마어마한 대발견을 하거나 충격적인 장면과 마주치는 내용이었다. 이번 무대는 바다인 듯 탐험대는 배를 타고 있었다. 과장된 어조의 내레이션을 듣고 보니 그들의 목적은 거대한 상어를 발견하는 데 있는 것 같았다. 이제 와서 새삼스럽게 '조스'를 찾겠다니, 하며 다쿠미는 씁쓸하게 웃었다. 스티븐 스필버그의 영화가 크게 히트했던 건 4년 전이다.

담배를 피우면서 도키오를 물끄러미 바라보았다. 텔레비전 소리가 큰 데도 잠이 깰 기척이 없었다. 다쿠미는 일어나서 벽장을 열었다. 맨 위에 얹혀진 이불을 잡아당겨 도키오에게 그것을 덮어주었다. 타인에게 이런 배려를 해준 적이 없는데, 하고 그는 생각했다. 자신과 관계없는 사람이 감기에 걸리거나 부상을 입거나 무슨 상관이냐는 생각으로 살아왔다.

어차피 남이잖아, 혀가 꼬여 발음을 알아듣기 힘든 고함이 다쿠미의 귀에 되살아났다. 그것은 양아버지의 목소리였다.

양부모의 고백을 들은 뒤에도 미묘한 균형을 유지하면서 부모 자식 관계는 유지되었다. 자식은 키워준 부모를 배려하고 부모는 아이의 정서적 혼란을 걱정했다. 이른바 '지금까지 했던 대로 자연스럽게 처신해야 한다'는 사명감이 아슬아슬한 줄타기를 성공시켰다고도 할 수 있다. 부자연스럽기는 했지만 만약 그런 노력을 계속할 수 있었다면 언젠가 다시 예전 관계로 발전했을지도 모른다. 그러나 파탄은 의외의 국면에서 발생했다.

양아버지의 외도가 발각된 것은 다쿠미가 고등학교 2학년이 된 직후였다. 양어머니가 어떻게 그걸 알았는지 정확한 정황은 모른다. 어느 날 집에 들어갔더니 머리를 산발한 양어머니가 울부짖고 있었다. 옆에는 양아버지가 셔츠 소매가 찢긴 채 화난 얼굴로 가부좌를 틀고 앉아 있었다.

부모와 자식은 서로 신경 쓰면서 생활했지만 부부간에는 그런 배려가 없었다. 오히려 집안을 감싸고도는 스트레스의 여파가 그쪽으로 몰렸다고도 할 수 있다. 양아버지는 노골적으로 다쿠미와 얼굴을 마주치는 걸 피했다. 그에게 있어서 집은 이미 편안한 장소가 아니었을 것이다. 그래서 따로 숨구멍을 찾았던 건지도 모른다.

양아버지의 외도가 발각된 뒤부터 집안 공기는 냉랭해졌다. 더는 서로 배려할 여유도 없어졌다. 그런데 그것이 점점 더 악순환을 낳았다. 이번에는 양아버지가 인명사고를 일으킨 것이다.

일방적으로 잘못이 있었던 게 아니고 감옥에 들어가야 할 정도의 사건은 아니었지만 즉시 택시 영업을 재개할 수 있는 상황도 아니었다. 다른 재주가 없는 양아버지는 온종일 집에만 있는 날이 많아졌다. 아내는 그런 남편에게 바가지를 긁었다. 여자에게 온통 정신이 팔려 있으니 일에 집중하지 못해 실수했을 거라는 식이었다. 대꾸할 말이 없는 남편은 술에 의지하기 시작했다. 그 양이 날이면 날마다 늘어갔다. 취해 있는 시간이 늘어나고 말투도 난폭해졌다.

구니오는 술에 취해 있으면서도 한 가지 의문을 품었다. 수입이 없는데도 아내의 행동에 절박한 분위기가 없는 게 이상했다. 자기 집에 저축한 돈이 얼마나 있는지 정도는 그도 파악하고 있었다.

어느 날 그는 아내를 미행했다. 외출하는 그녀의 모습에서 수상한 낌새를 느꼈기 때문이다. 그녀의 행선지는 은행이었다. 더구나 미야모토가와는 전혀 관계없는 은행이었다.

은행에서 나오는 아내를 기다렸다가 그녀의 손에서 핸드백을 낚아챘다. 거기서 나온 것은 두툼한 만 엔짜리 지폐와 매월 정해진 액수가 입금되어 온 사실을 증명하는 예금통장이었다.

송금인은 도조 스미코였다. 그녀가 아들을 키워주는 사례로 계속 송금해온 것이다. 그런데 그 사실을 안 것은 다쓰코뿐이었다. 물론 의도적으로 남편에게도 말하지 않았다.

구니오는 사실을 알고 불같이 화를 냈다. 당신 혼자만 그 돈을 썼냐고 따지고 들었다. 아내는 부인했다. 만일의 상황을 생각해서 쓰지 않고 저축을 해놓았고 다쿠미를 위해서만 사용할 생각이었다는 게 그녀의 변명이었다. 하지만 예금통장을 보면 돈은 자주 인출되고 있었다.

통장에 남아 있던 돈과 지금까지 다쓰코가 사용한 돈, 앞으로 입금될 예정인 돈에 대해 부부는 날마다 언쟁을 벌였다. 그들에게서 십여 년 전 함께 야간열차를 타고 오사카로 양자를 맞이하러 갔던 사이좋은 부부의 모습은 더 이상 찾아볼 수가 없었다.

"어차피 남이잖아."

싸움 끝에 구니오가 내뱉은 말이었다. 그때 그는 술을 잔뜩 마신 상태로, 이 말과 동시에 아내에게 손찌검을 했다. 양아버지가 양어머니에게 폭력을 휘두르는 모습을 본 건 이때가 처음이었다.

더는 이 집에 있을 수가 없구나, 그때 다쿠미는 생각했다.

갑자기 도키오가 일어났다. 잠이 깨는 기척이 전혀 없었기 때문에 다쿠미는 어리둥절했다.

"뭐야, 안 잤어?"

"지금 깼어요." 도키오는 주위를 두리번거렸다. "으음, 그러니까 여긴 다쿠미 씨의 셋방이군요."

"그래."

"그리고 저기……. 지금이 1979년……인가요?"

"너 그게 무슨 뚱딴지같은 소리야. 몇 대 맞더니 머리가 이상해진 거 아냐?"

"아니, 멀쩡해요. 그냥 확인차." 그렇게 말하고 나서 그는 코를 벌름벌름 움직였다.

"교자 냄새가 나요."

"맞았어. 배고플 거 같아서 사왔다."

다쿠미가 교자 꾸러미를 집어 도키오 앞에 놓았다.
"우와아, 알고 있겠지만 나도 교자를 좋아해요."
"네 취향을 내가 어떻게 알아? 그래도 좋아한다니 다행이다."
"다쿠미 씨는 벌써 먹고 온 거예요?"
"그래, 먹고 왔어."
"라면과 교자만 파는 가게죠?"
"그 가게를 알아?"
"간 적은 없지만." 도키오는 어깨를 약간 치켜 올리며 말했다. "이야기로 들은 적이 있어요."
"흐음, 그런 시시한 가게가 소문이 나 있다니."
도키오가 꾸러미를 열고 나무젓가락을 갈라 교자를 먹기 시작했다. 맛있는지 계속 고개를 끄덕였다.
"맛있냐?" 다쿠미가 물어보았다.
"맛있다기보다 들은 대로네요."
"무슨 소리를 들었는데?"
"맛은 그저 그렇지만 왠지 먹기 시작하면 멈출 수가 없다고."
하하하, 하고 다쿠미는 소리 내서 웃고 몇 개비째인지 모를 담배에 불을 붙였다.
"맞는 말이다. 누가 그러든? 나랑 같은 의견인데."
"우리 아버지요. 말했잖아요. 옛날 이 부근에서 살았다고요. 젊은 시절 그 가게에 자주 들락거렸다고 이야기해준 적이 있어요."
"그래? 그 가게가 그렇게 옛날부터 있었어? 몰랐는걸."
"하지만 지금 열심히 먹어두는 게 좋아요. 앞으로 7, 8년 지나면 없어질 테니까."

"없어진다고? 망하는 거야?"

"강제 퇴거가 있을걸요. 빌딩이 세워질 거예요." 그렇게 말하고 나서 도키오는 입술을 핥으며 고쳐 말했다. "빌딩이 설 것 같다는 생각이 들어요. 이 부근은 분명 갑자기 확 변할 거예요."

"이런 동네는 변할 수가 없어. 하지만 뭐 만일 그 가게가 없어진다면 아쉬울 거야. 퇴거 이야기가 나오더라도 열심히 분발하라고 주인에게 말해둬야겠군."

"무리예요. 땅 투기꾼이 있으니까."

"땅 투기꾼? 그게 뭐야?"

"아니, 아무것도……." 도키오가 고개를 흔들며 시선을 다른 데로 돌렸다. "그건 뭐예요?"

그가 발견한 것은 슈퍼마켓에서 받아온 불룩한 비닐봉투였다. 다쿠미가 히죽히죽 웃으며 그것을 끌어당겼다.

"이건 나의 요긴한 구호양식이야." 봉투를 가볍게 두드리며 다쿠미가 말했다.

"식빵 같이 보이는데."

"식빵이야. 하지만 보통 식빵하고는 조금 달라. 식빵을 썰 때 양쪽 끝은 상품이 되지 않거든. 이건 그 가장자리만 모아놓은 거야. 서른 개나 되는 걸 공짜로 받아온 거지."

그러자 도키오가 갑자기 눈을 빛냈다.

"빈자의 피자구나!"

"뭐라고?"

"거기다 케첩을 바르는 거죠? 그리고 오븐 토스터에 구우면 빈자의 피자 완성."

다쿠미가 벌떡 일어섰다. 웃어넘길 일이 아니라는 생각이 들었다. 그는 도키오 앞에 쪼그리고 앉았다.

"너 그거, 누구한테 들었어?"

"누구한테가 아니고, 그냥 소문으로……."

"소문으로 들은 게 아니지. 내가 이렇게 먹는다는 건 아무도 모르거든. 모양새도 좋지 않은 걸 아무에게나 이야기할 수는 없으니까. 하지만 너는 알고 있잖아. 어떻게 알았지?"

도키오의 얼굴에서 미소가 사라졌다. "우리 아버지도 똑같이 했다고요. 그건 다쿠미 씨의 오리지널이 아니잖아요. 식빵도, 케첩도 옛날부터 있었던 건데."

"그걸 피자라고 했단 말이야?"

"그런 모양이에요. 사람 생각은 다 같은 거예요."

"흐음, 그래 좋아. 그럼 한 가지 더 물어보자." 다쿠미는 도키오의 앞머리를 움켜잡고 위로 획 잡아당겼다.

"그 아버지라는 사람이 누구냐? 이름을 말해봐."

8

"아파요!"

"아프겠지. 벗어나고 싶으면 내 질문에 대답해!"

"알았어요. 말할게요. 말할 테니까 놔요."

"대답부터 해. 아버지 이름이 뭐야?" 머리카락을 더 세게 거머쥐었다. 도키오의 얼굴이 일그러졌다.

"기무타쿠……."

"뭐?"

"기무라 다쿠야木村拓哉라고 해요. 기무라는 흔한 성이고, 다쿠는 다쿠미 씨의 이름이랑 같은 '拓', 야는 시가 나오야(志賀直哉. 유명한 소설가의 이름—역주)의 '哉'. 그냥 생략해서 기무타쿠."

"왜 줄여서 부르지?"

"몰라요. 아마 그게 부르기가 더 편해서겠죠."

"흐음." 다쿠미가 그의 머리카락을 잡은 손을 놓았다. "잠깐. 네 성이 나랑 같은 미야모토라고 했잖아. 그런데 왜 아버지는 기무라지?"

"그러니까 저기……사실은 내 이름이 기무라 도키오였는데 내 마음으로는 미야모토 도키오라고요. 하지만 거기에는 여러 가지 사정이 있어요."

"그렇겠지." 다쿠미가 도키오 앞에 책상다리를 하고 앉았다. "아까는 네가 갑자기 울음을 터뜨리는 바람에 제대로 물어보지 못했지만 이번에는 울어도 소용없어. 얼른, 그 사정이라는 걸 이야기해봐."

눈물을 보인 건 스스로도 부끄러웠는지 도키오가 머리를 만지면서 "꼴불견이었겠네" 하고 중얼거렸다.

"너는 부모도 없냐?"

"없어요." 도키오가 고개를 끄덕였다. "이 세상에는 없어요. 두 번 다시 만날 수 없는 분들이에요."

"이상한 소리만 하지 말고. 죽었다는 거야?"

"그건……." 뭐라고 입 속에서 중얼거리더니 도키오가 말을 이었다. "맞아요. 죽었어요, 병으로. 불치의 병이었어요."

"어느 쪽이?"

"예?"

"아버지랑 어머니 중 누가 병으로 죽었느냐고 묻잖아. 설마 같이 죽은 건 아니겠지?"

"예, 같이는 아니에요. 하지만 같이 죽은 거나 마찬가지예요. 연달아 죽었으니까."

"그래? 그거 참 안된 일이군."

"하지만 그 부모님은 내 친부모가 아니었어요."

"뭐? 정말이야?"

"나는 고아였던 모양이에요. 그런데 양부모님이 맡아서 키워 주셨어요."

"그래?" 다쿠미가 도키오의 얼굴을 물끄러미 바라보았다. "우연이군. 나랑 똑같잖아. 사실은 나도 그렇거든."

"알고 있어요. 원래 이름은 아사오카 다쿠미 씨, 친어머니는 도조 스미코 씨지요?"

다쿠미가 책상다리를 한 채 등을 곧게 세워 팔짱을 꼈다.

"너의 그런 점이 마음에 안 들어. 어떻게 나에 대해 그렇게 자세히 알지?"

"우리 아버지가요, 죽기 직전에 이렇게 말했어요. 너한테는 이 세상에 피를 나눈 사람이 딱 하나 있는데 그 사람은 미야모토 다쿠미라는 남자다, 라고요. 그러고 나서 그 미야모토 다쿠야라는 인물에 대해 여러 가지로 이야기해줬어요. 출생에서부터 경력까지."

"어떻게 네 아버지가 나를 알고 있지?"

"몰라요. 아마 몇 년 동안 조사를 했던 게 아닐까요?"

"무엇 때문에?"

"글쎄요. 하지만 아버지는 이렇게 말했어요. 자기가 죽으면 그 미야모토 다쿠미라는 사람을 만나러 가라고."

"만나서 어떻게 하라고 했는데?"

"거기까지는 말해주지 않았어요. 만나면, 어떻게 해야 할지 알게 될 거다……. 아버지는 그렇게 말했어요. 그 말만 하고 돌아가셨어요."

다쿠미는 팔짱을 풀지 않고 도키오의 눈을 빤히 노려보았다. 농담하는 눈빛은 아닌 것 같았다. 하지만 그의 이야기가 너무 황당했다. 얼른 믿어지지 않는 내용이다.

"피를 나눈 사이라고?"

"네."

"어떤 사이? 정말 마음에 들지 않는 사실이지만 나랑 피를 나눈 사람이라고는 도조 노파밖에 없거든. 그렇다면 너도 그 여자랑 피를 나눈 사이라는 이야기야?"

"단언할 수는 없지만 그렇지 않을까 싶어요. 아버지는 나랑 피를 나눈 사람이 한 사람밖에 없다고 했어요. 도조 씨를 포함하면 두 사람이 되는데."

"흐음, 그것도 그렇군. 하지만 네 아버지가 말한 게 모두 사실이라고 단정할 수는 없지."

"그건 그렇지만." 도키오가 고개를 숙였다.

다쿠미로서는 믿어야 될지 말아야 될지 알 수가 없었다. 알지도 못하는 곳에서 자신에 대해 조사한 사람이 있었다는 게 기분이 나쁘다. 낯선 청년에게서 갑자기 피를 나눈 사이라는 말을 들었지만 그것도 얼른 이해가 되지 않는다. 고약한 덫에 걸려들었나 싶은 의심도 든다. 그러나 도키오를 보고 있으면 어딘가 반갑고 친숙한 기분이 되는 것도 사실이다. 적어도 그에게 자신을 향한 악의가 있다는 생각은 들지 않았다.

"너는 지금 뭐 하고 있어? 학생이야?"

"으음, 아니요, 학생은 아니에요. '프리터'라고나 할까."

"뭐? 프리터? 그게 뭐야. 들어본 적도 없는 직업인데."

"아니, 저기, 직업 이름이 아니고. 프리터라는 건 여러 가지 아르바이트를 전전하는 걸 의미하는 말인데. 프리 아르바이터라고, 전에도 있었던 모양인데 몰라요?"

"몰라."

"그런가……. 그럴지도 모르겠네."

"그럼 뭐야. 요컨대 실업자란 말이군."

"뭐, 쉽게 말하자면 그렇죠."

"실업자면 실업자라고 하면 되잖아. 꼴같잖은 멋 따위 부리지 말고. 흐음, 젊은 녀석이 직업도 없다 이거군." 그렇게 말하고 나서 다쿠미는 문득 우습다는 생각이 들어 머리를 긁었다. "뭐, 지금은 나도 그런 소리 할 입장은 아니다만."

"치즈루 씨의 이야기로는 이것저것 직업을 여러 번 바꾼 모양이던데요."

"난들 바꾸고 싶어서 그랬겠냐. 하지만 뭐랄까 나한테 어울리는 일을 찾지 못해서 그러는 거지. 어딘가에 내 정열을 불태울 일이 있을 것 같다는 생각이 들어."

"조만간 찾을 거예요, 아마." 도키오가 자못 자신만만한 얼굴로 고개를 끄덕였다.

"그렇게만 되면 좋겠다만." 다쿠미가 코밑을 문질렀다. 기분이 나쁘지는 않았다. 직업에 관해 자신의 생각을 말하면 너나 할 것 없이 철없는 망상이라며 무시만 당했다. 그런 생각으로는 무슨 일을 해도 오래 가지 않을 거다, 자기한테 어울리는 직업 따위는 없다, 직업에 맞게 자신을 변화시켜 나가야 하는 거다……. 항상 그런 식으로 말했다. 치즈루조차 다쿠미를 경멸하는 눈초리로 볼 때가 있다. 도키오는 다쿠미의 생각을 긍정해준 최초의 인간이었다.

"집은 어디야?"

"기치조지……였어요."

"기치조지? 그런데……였다는 건 무슨 의미야?"

"거기 살았다는 의미예요. 부모님이 돌아가시기 전까지는."

"지금은?"

도키오가 고개를 가로저었다. "지금은 집이 없어요."

"그럼 오늘까지 어디에서 자고 다녔는데?"

"그건, 그냥 여기저기……역 대합실이나 공원 같은 데서."

"뭐야, 직업도 없고 거기다 집도 없다고? 나보다 더 형편없잖아."

"하하하, 그럴지도 모르겠네."

"웃을 일이 아니야. 쳇, 기왕에 피를 나눈 사이라면 어디 부잣집 도련님으로 나타났으면 좋았잖아."

"면목이 없네요." 도키오가 고개를 숙였을 때 어디선가 꼬르륵 소리가 났다. 도키오의 배였다.

"노숙자에다가 결식아동이라니, 교자만으로는 부족하겠군."

다쿠미가 맥 풀린 표정을 지었다. "하지만 달리 먹을 것도 없고. 알겠지만 돈도 없어. 너 돈은 좀 가지고 있어?"

도키오가 바지 주머니를 뒤져 헝겊으로 만든 지갑을 꺼냈다. 거꾸로 들고 흔들자 백 엔짜리 동전 네 개와 10엔짜리 다섯 개가 떨어졌다.

"의외로 있었네."

"450엔을 갖고 빼기기는. 좋아, 일단 이 돈은 내가 맡아둔다."

"예? 왜요?"

"너, 잘 곳도 없잖아. 어차피 오늘 밤은 여기서 잘 수밖에 없는 녀석이니 숙박비를 받는 게 당연하지."

도키오가 불만스러운 듯 입을 삐죽 내밀더니 "그럼 저거 먹을게요" 하고 말하며 식빵 조각이 든 봉투를 가리켰다. "빈자의 피자라는 걸 한번 먹어보고 싶었어요."

"미리 말해두지만 네 이야기를 전적으로 믿는 건 아냐." 오븐 토스터에서 '빈자의 피자'를 꺼내면서 다쿠미가 말했다.

"냄새 좋은데." 도키오가 코를 벌름거리면서 중얼거렸다.

"도대체가 네 녀석 이야기에는 핵심이 빠져 있어. 너랑 내가 구체적으로 어떤 사이인지 알 수가 없잖아. 어째서 네 부모가 죽기 전에 그런 이야기를 했는지도 분명치가 않아. 생각하면 생각할수록 수상해."

"믿어줬으면 좋겠는데."

"만약 네가 거짓말을 하는 게 아니라면 네 아버지가 거짓말을 한 거야. 무엇 때문에 그런 짓을 했는지는 알 수 없지만. …… 자, 이제 다 됐다."

다쿠미가 지저분한 접시에 '빈자의 피자'를 담아 도키오의 앞에 놓아주었다.

잘 먹겠습니다, 하고 나서 도키오가 접시에 덤벼들었다.

"맛이 죽이는데요. 피자 맛하고는 비슷하지도 않지만 맛있어요." 도키오의 눈이 휘둥그레졌다.

"실컷 먹어라. 빵은 얼마든지 있으니까. 단, 케첩은 너무 많이 바르지 마."

다쿠미는 담배를 피우면서 도키오가 먹는 모습을 지켜보았다. 피를 나눈 사이, 그 말을 들은 탓인지 생판 남 같다는 생각은 들지 않았다.

그런데 도키오가 먹는 손길을 멈췄다. 그의 눈이 텔레비전을 향했다. 브라운관 안에서 핑크레이디가 춤을 추면서 노래를 부르고 있었다. 「핑크 타이픈」이라는 곡이었다.

"핑크레이디다……." 도키오가 중얼거렸다.

"그게 어쨌다는 거야?"

"젊어서요. 이렇게 젊은 시절도 있었구나."

"무슨 소리야. 이 친구들은 젊다는 것밖에 내세울 게 없는데."

"이 곡, 어디선가 들은 적이 있어요." 조금 생각하고 나서 말했다. "아, 맞다. 빌리지 피플의 「인더 네이비」다. 헤헤헤, 일본 사람이 리메이크했구나."

"니시시로 히데키(西城秀樹. 1970년대 일본의 유명한 아이돌 가수 겸 배우—역주)가 「영맨」으로 히트를 쳤기 때문에 두 번째 히트를 노린 거겠지. 「UFO」로 레코드 대상도 받았고 지금은 뭘 해도 히트가 될 판이야."

"내 기억……." 도키오는 말을 하다 말고 고개를 가로젓더니 다시 말했다. "내 예상으로는 핑크레이디가 얼마 뒤면 해체될 것 같은데."

"뻥이지? 캔디스도 바로 얼마 전에 해체됐는데."

"뻥?"

"농담하느냐는 의미야. 몰라?"

"아니, 알고는 있는데 다쿠미 씨가 그런 말을 쓸 줄은 몰랐어요." 도키오가 눈을 깜빡거렸다.

"이상한 녀석이군." 다쿠미가 팔을 뻗어 텔레비전을 껐다.

케첩 바른 식빵 조각을 다 먹은 도키오가 짝짝, 손뼉을 쳤다.

"그런데 말이죠, 치즈루 씨가 한 말이 무슨 의미예요?"

"그 여자가 뭐라고 했는데?"

"어머니한테 가지 않아도 되느냐고. 아마 도조 씨를 말하는 것 같은데."

"아, 그거……."

다쿠미는 담뱃불을 비벼 껐다. 도키오에게 이야기해도 될지 망설여졌다. 생판 남이라면 절대로 이야기하지 않을 내용이었다.

그는 일어나서 냉장고 위에 놓여 있던 우편물 다발 중에서 한 통의 편지를 꺼냈다.

"방금 네가 했던 이야기를 믿는 건 아니지만 그래도 일단 너한테 보여주지."

"내가 읽어봤자……."

"괜찮아, 열어봐."

도키오는 먼저 봉투 뒷면을 들여다보았다. 발신인을 확인하는 것 같았다.

"도조 준코東條淳子가 누구죠? 도조가의 사람이라는 건 알겠는데."

"그 여자의 딸이야. 의붓딸이긴 하지만. 그 여자는 후처거든."

"아, 그건 들은 적이 있어요."

"기무타쿠 씨한테서?"

"으음, 예." 도키오는 봉투 안의 편지를 꺼냈다.

편지 내용은 다쿠미에게 꼭 한 번 와달라는 것이었다. 도조 스미코가 병석에 누워 있다, 더구나 나을 가능성이 매우 낮다고 한다, 마지막으로 한 번만이라도 자신이 낳은 아들의 얼굴을 보고 싶을 테니까 그 소망을 들어주고 싶다는 것이다.

편지를 다 읽은 도키오는 망설이는 눈빛으로 입을 열었다.

"무시할 거예요?"

"너까지 가라, 마라 할 참이야?"

"명령할 수는 없지만 그래도 가보는 게 좋지 않을까요?"

"왜?"

"왜냐고요? 불쌍하잖아요."

"불쌍해? 누가 불쌍하다는 거야. 너 내가 어떤 식으로 버림받았는지 네 아버지한테 못 들었나 보구나. 개나 고양이 새끼도 아닌데 자식을 키우기 힘들다고 남에게 줘버린 거야. 그런 짓을 한 여자를 왜 내가 가엽게 여겨야 하지?"

"마음은 이해하지만." 도키오는 다시 한 번 편지로 눈길을 떨어뜨렸다. "여비며 비용도 보내주겠다고 써 있어요."

"돈 문제가 아니야." 다쿠미는 그의 손에서 편지를 낚아채 냉장고 위에 다시 올려놓았다.

9

눈을 뜨자 집 안에서 뭔가 굽는 냄새가 났다. 다쿠미가 눈을 비비면서 몸을 일으켰다. 부엌에 이불을 깔고 누워 있어야 할 도키오의 모습이 보이지 않았다. 창문 커튼이 젖혀 있고 강렬한 햇살이 다다미 바닥을 비추고 있었다.

하루에 5분씩 틀리는 자명종 시계를 보았다. 오전 열한 시가 지나 있었다.

얇은 이불을 아무렇게나 개서 벽장 안에 쑤셔 넣었다. 어제 맞은 상처가 욱신거렸다. 화장실에 들어가 조심조심 얼굴을 들여다봤더니 볼의 부기는 어느 정도 빠진 대신 시퍼렇게 멍이 들어 있었다.

식빵 조각이 많이 줄어든 걸 보니 도키오가 구워 먹은 모양이었다. 불길한 예감이 들어 냉장고를 열었더니 아니나다를까 케첩이 쑥 들어가게 줄어 있었다. 이 녀석이! 케첩은 아껴먹으라고 했건만.

담뱃갑으로 손을 뻗어 한 개비를 꺼내려고 했을 때 겉포장에 볼펜으로 쓴 글씨가 보였다.

—잠깐 산책하고 올게요. 열쇠도 빌려갑니다. 도키오.

놀란 다쿠미는 얼른 벗어던진 바지 주머니를 뒤졌다. 열쇠고리가 들어 있었는데 방 열쇠만 빠져 있었다. 열쇠고리에는 두 개의 열쇠가 들어 있는데 나머지 하나는 치즈루의 자취방 열쇠였다.

"이 녀석이……." 다쿠미는 담뱃갑에 손가락을 넣었다. 텅 비어 있었다. 어젯밤에 마지막 한 개비를 피운 기억이 떠올랐다.

"제기랄!" 혀를 차며 빈 담뱃갑을 집어던졌다.

그때 현관문이 열렸다. 도키오가 돌아온 건가 싶어 돌아보니 얼굴을 내민 건 치즈루였다. 치즈루가 오전에 다쿠미를 찾아오는 일은 좀처럼 없었다.

"어어, 이렇게 일찍 웬일이야?"

"상처는 어때?"

"그저 그래. 멍은 좀 늘었지."

치즈루가 그의 얼굴을 정면에서 빤히 들여다보았다.

"그렇구나, 이 정도면 크게 표는 나지 않겠어. 괜찮을지도 모르겠다."

"뭐야? 뭐가 괜찮다는 거야?"

이거……, 하며 그녀는 광고지 한 장을 내밀었다. 다쿠미는 그것을 받아들고 거기에 인쇄된 내용을 읽고 나서 얼굴을 찡그렸다. 경비 회사의 구인 광고였다.

"나더러 빌딩 경비원이나 하라는 거야?"

"괜찮은 직업이잖아. 오늘 면접이 있는 모양이니까 가보면 어때?"

"웃기지 마. 나는 이걸 사용하는 일을 하고 싶어." 자신의 관자놀이를 가리키며 다쿠미가 말했다. "경비원이라니, 필요 없어."

"그런 소리 했다가는 세상의 모든 경비원들한테 혼날 거야. 순간적인 판단력 같은 게 필요한 일이야. 다쿠미 씨같이 잔디머리로는 안 될지도 모르지만 밑져야 본전이니까 일단 가보라는 거야."

"뭐야? 잔디 머리라니?"

"뇌세포 대신 잔디가 잔뜩 들어 있을 것 같은 머리를 말하는 거야."

"내가 바보라는 소리야?" 다쿠미는 광고지를 집어던졌다. "바보가 아니니까 여러 가지 앞일까지 생각하는 거야. 나는 미래에 꿈을 가질 수 있는 일을 하고 싶다고. 경비원을 해가지고 억만장자가 될 수 있어? 수영장이 딸린 저택에 살 수 있어? 내가 항상 말했지. 나는 큰일을 하고 싶은 사람이야. 크게 일을 한판 벌일 거라고. 기왕에 일을 소개해줄 거면 그런 꿈이 있는 일자리를 갖고 오란 말이야."

치즈루는 바닥에 떨어진 광고지를 주워들고 깊은 한숨을 내쉬었다.

"큰일을 하고 싶다고……. 크게 한판 벌이겠다고……." 혼잣말처럼 중얼거리고 나서 다시 한 번 한숨. "그런 말은 바보가 아니고는 아무도 입 밖에 낼 수 없는 말이야."

"뭐라고?"

"내가 이렇게 간곡히 부탁할게." 치즈루는 바닥에 무릎을 꿇고 고개를 숙였다. "제발 면접이라도 보러 가줘. 그리고 가능하면 채용되도록 열심히 노력해줘."

"치즈루……."

곤혹스러워하고 있는데 갑자기 문이 열렸다. 종이봉투를 든 도키오가 들어왔다.

"어라, 치즈루 씨, 뭘 그렇게 빌고 있어요?"

그녀는 아무 대답이 없었다. 대신 다쿠미가 그녀의 손에 들려 있던 광고지를 도키오에게 보여주었다.

"말이 되냐고! 여길 갔다 오라고 하잖아."

광고지를 보고 도키오가 고개를 끄덕였다.

"으음, 경비원이라. 재미있겠는데."

"맞다. 네가 갔다 와라. 너도 실업자니까."

"다쿠미 씨!" 치즈루가 고개를 들었다. "진지하게 생각해줘!"

전에 없이 험악한 그녀의 서슬에 다쿠미는 어쩔 줄 모르고 허둥거리다, "어쩔 수 없군" 하고 중얼거렸다.

치즈루가 어딘가에서 구해 온 양복은 촌스러운 색깔이기는 했지만 다쿠미의 몸에 딱 맞았다. 넥타이를 매고 나니 일단은 어엿한 회사원처럼 보였다.

"경비원 모집에 넥타이까지 매고 갈 필요는 없는데."

"면접은 달라. 인상이 중요하니까." 넥타이의 각도를 바로잡아주면서 치즈루가 말한다.

"잘 어울리는데요." 도키오가 싱글벙글 웃으며 맞장구쳤다.

그는 다다미 위에 신문을 펼치고 구석구석 샅샅이 읽는 중이었다. 조금 전 들고 들어온 종이봉투의 내용물은 역에서 주워온 신문다발이었다. 지금 세상에서 어떤 일이 일어나는지를 알고 싶다고 했다. 우라시마 타로(浦島太郎. 용궁에 다녀왔다는 전설상의 인물—역주)도 아니고 정말 이상한 녀석이구나, 하고 다쿠미는 생각했다.

"난 지금 차비도 없는데."

"어제 내 돈 다 가져갔잖아요." 도키오가 말했다.

"450엔으로 뭘 하겠어?"

치즈루가 한숨을 내쉬며 지갑에서 천 엔짜리 두 장을 꺼냈다.

"만약의 경우를 위해 빌려주기는 하겠지만 이상한 데 쓰면 안 돼."

"땡큐! 미안해." 다쿠미가 지폐를 주머니에 쑤셔 넣었다.

치즈루와 도키오의 성화에 밀려 다쿠미는 자취방을 나왔지만 내키지 않는 외출이었다.

경비 회사 사무실은 간다에 있었다. 광고지에 나와 있는 약도를 보고 찾아가 보니 지은 지 30년은 되었을 것 같은 낡은 빌딩이었다. 그 빌딩 3층이 사무실인 모양이었다.

면접은 오후 세 시부터였다. 치즈루에게 빌린 손목시계를 보니 아직 20분 정도 여유가 있었다. 다쿠미는 주위를 둘러보았다. 슬롯머신 간판이 눈에 들어왔다.

운수도 볼 겸 한판 하고 갈까, 그는 어슬렁어슬렁 그곳을 향해 걸음을 옮겼다.

그러나 20분 뒤에 그곳을 나온 그는 기분이 잡쳐 있었다. 중간쯤까지는 느낌이 좋았는데 어느 순간부터 전혀 맞지 않더니 썰물이 쓸어가듯 기계가 동전을 하나씩 먹어치워 순식간에 1,500엔이라는 거금이 날아갔다.

재수 더럽게 없군, 다쿠미는 길바닥에 침을 뱉었다.

빌딩 엘리베이터를 타고 3층 사무실에 도착했을 때는 이미 세

시가 넘어 있었다. 문을 열고 들어가자 접수창구 같은 책상에 머리가 희끗희끗한 사내 하나가 짙은 감색 제복을 입고 앉아 있었다.

"저기……면접을 보러 왔는데요." 다쿠미는 그 남자에게 말했다.

반백 머리의 남자는 그를 멀뚱멀뚱 쳐다보기만 했다. 안경 렌즈에 형광등이 비쳤다.

"면접은 세 시부터야. 늦었잖은가." 남자가 눈썹을 찡그리며 말했다.

"예, 죄송합니다."

까다로운 영감이군, 하고 다쿠미는 속으로 혀를 찼다. '조금밖에 안 늦었잖아, 이 영감아.'

"경비 업무라는 건 시간 엄수가 절대 조건이야. 그런데 면접부터 늦게 왔으면 보나마나 끝장이지. 도대체 무슨 생각으로 온 건가?"

다쿠미는 말없이 고개를 숙였다. 가슴속에 분노가 차오르기 시작했다. 그 분노의 일부는 치즈루를 향한 것이기도 했다. 제기랄, 왜 내가 이런 사람에게 이딴 소리를 들어야 하는 거야!

"다른 지원자들 중에는 30분 전부터 와 있는 사람도 있어. 그게 사회의 상식이라고. 알아? 엉? 할 말 있으면 해봐."

"……죄송합니다." 간신히 목소리가 나왔다. 분노가 한계에 이르고 있었다.

백발의 남자는 혀를 차며 오른손을 내밀었다.

"좋아. 면접을 봐줄 테니까 이력서를 줘봐." 그러더니 다시 한 번 혀를 찼다.

이 두 번째의 혀 차는 소리가 다쿠미의 인내심을 간신히 지탱하던 마지막 실을 끊었다. 그는 이력서를 내밀려던 손을 거두고 백발의 남자를 노려보았다.

"뭐야, 이 영감탱이. 당신이 뭔데 잘난 척이야. 기껏해야 야간 경비 주제에. 이따위 면접 내가 거절하겠어." 카운터를 힘껏 걷어차고 놀란 상대가 미처 뭐라고 하기도 전에 몸을 획 돌려 사무실을 나왔다. 화를 참을 수 없다는 표시로 문도 난폭하게 닫았다.

엘리베이터를 타고 1층으로 내려올 때까지 여전히 화가 가라앉지 않았다. 그러나 빌딩을 나와 역을 향해 걷는 중에 바로 후회가 엄습해왔다.

이런, 큰일 났군. 또 사고를 쳤잖아.

아무리 생각해도 잘못은 자신에게 있었다. 면접 전에 슬롯머신 가게에 들어간 것이 화근이었다. 내키지 않는 면접이기는 했지만 일단 부딪혀보지도 못했으니 치즈루를 볼 면목이 없다.

간다에서 국철을 타고 우에노에서 내렸다. 터벅터벅 자취방을 향해 걷다가 치즈루가 기다릴 걸 생각하니 마음이 무거웠다. 어느새 자기도 모르게 발길이 다른 방향으로 걷고 있었다.

퍼뜩 정신을 차리고 보니 어느새 나카미세 거리를 걷고 있다. 익숙한 길이기는 하다. 그는 옆길로 빠져 뒷골목에 있는 다방으로 들어갔다. 최근 생긴 곳인데 커다란 유리창으로 지나가는 사람들을 바라볼 수 있는 다방이었다. 안에는 사람들이 많았다.

제일 구석 자리에 앉아 커피를 주문했다. 여기서 대충 시간을 보내는 수밖에 없다.

테이블은 텔레비전 게임 장치를 겸한 것이었다. 게임 종류는 물론 인베이더 게임이다. 올해 들어서면서 이상한 붐이 일어나 많은 사람들이 인베이더 게임에 빠져들었다. 지금도 이 다방 손님 대부분이 게임에 열중하고 있다. 커피를 마시면서 대화하는 손님은 하나도 없다. 모두들 고개를 숙이고 화면을 응시한다. 그들의 양손은 조작 레버를 잡고 있다.

다쿠미는 주머니에 손을 넣어보았다. 슬롯머신에서 돈을 잃었기 때문에 동전밖에 남지 않았다. 커피 값을 제외하고 나머지 백 엔짜리 동전을 테이블 끝에 쌓아 놓았다. 우선 맨 위의 동전 하나를 천천히 기계에 투입했다.

얼마 뒤 그는 신나게 전자음을 울리며 게임에 몰두하고 있었다. 왼손으로 레버를 움직이고 오른손으로 단추를 눌렀다. 인베이더 게임에는 한참 전부터 푹 빠져 있었다. 어떻게 하면 효과적으로 적을 물리칠 수 있는지, 고득점 UFO를 격추할 수 있는지 등을 모두 숙지하고 있었다.

첫 번째 넣은 백 엔으로 그는 상당히 오랜 시간을 보낼 수 있었다. 그만큼 고득점을 기록했다는 뜻이기도 하다. 사실 그 게임기에서는 최고 득점이었다. 다음에는 그 기록을 깰 목적으로 다시 백 엔짜리 동전 하나를 넣었다.

첫 번째 단계를 쉽게 넘기고 잠깐 얼굴을 들었을 때였다. 거리로 난 유리창 너머로 치즈루의 모습이 보였다. 그녀가 두리번거리면서 다방으로 들어오려 하고 있었다.

다쿠미는 자기도 모르게 테이블 뒤로 숨었다. 이런 모습을 들키면 무슨 잔소리를 할지 상상이 갔다.

한동안 똑같은 자세로 있다가 조심조심 얼굴을 들었을 때는 치즈루가 사라지고 없었다. 그가 있는 걸 알아채지 못한 것 같았다.

'큰일 날 뻔했네……', 그는 다시 게임에 빠져들었다.

집에 돌아오니 도키오가 아직도 신문을 읽고 있었다. 아예 펼쳐놓은 신문 위에 올라앉은 상태로 "오셨어요" 하고 인사했다.

"아주 열심이군. 재미있는 기사라도 있어?"

"예, 여러 가지. 대처가 선진국 첫 여성 수상이 된 게 바로 얼마 전이었군요."

"그래, 그랬지. 맞아." 양복을 벗어 옷걸이에 걸었다. "치즈루는 갔어?"

"예, 한 시간쯤 전에."

한 시간 전이라면 다방에 나타난 그 무렵이다. 그녀는 뭐 때문에 그런 곳에 왔던 걸까.

"면접, 어땠어요?"

"으응, 그거, 틀렸어." 다쿠미는 편안한 옷으로 갈아입고 벌렁 누웠다.

"틀렸다고요? 경쟁률이 높았던가 봐요?"

"글쎄다, 연줄이 있는 것 같더라. 어쩐지 채용할 사람이 정해져 있는 것 같던데, 뭘."

"그게 무슨 소리예요? 치사하잖아요."

"그러게 말이다. 어찌나 화가 나던지." 거짓말이 청산유수다. 그래도 조금은 마음이 켕겼다.

"틀렸다고 하면 치즈루 씨가 실망할 텐데." 도키오가 말했다.

"뭐라고 그러던데?"

"상당히 기대하는 것 같던데요. 이번에는 꼭 착실하게 근무했으면 좋겠다고."

"쳇! 그게 다인 줄 알지." 머리카락 안으로 손가락을 집어넣고 벅벅 머리를 긁었다.

도키오가 신문을 접더니 하품을 늘어지게 했다. "아아! 배고프다."

"빵이라도 먹지 그래."

"계속 먹으니까 아무래도 좀 힘들어요. 먹을만한 걸로 뭐라도 좀 사와봐요."

"돈이 없어."

"예에! 어째서요?" 도키오는 눈을 휘둥그레 떴다. "아까 치즈루 씨한테 2천 엔 받았잖아요."

"그건……면접 비용으로 다 썼어."

"뭐라고요? 면접을 받는데 왜 돈이 필요한 거죠?"

"몰라. 필요하다니 어쩔 수 없었어."

"그럼 어제 450엔은?"

"그것도 없어졌어. 차비로."

"예? 그건 좀 이상한데요. 여기서 간다까지는 JR이 아니고 국철인 데다가 이번에 오르긴 했지만 그래도 기본요금은 백 엔이라고 신문에 나왔던데."

"시끄러워! 없는 건 없는 거야. 나더러 어쩌라고?"

"그럼 오늘 저녁은 어떻게 해요?"

"그거야 어떻게 되겠지. 그런데 넌 언제까지 여기 있을 작정이야? 너를 여기 계속 있게 해주겠다고 약속한 기억은 없는데. 얼른 네 갈 길로 가." 다쿠미는 몸을 돌려 도키오에게 등을 보였다.

10

그날 밤 저녁 식사는 결국 '빈자의 피자'와 라면으로 때우게 되었다. 인베이더 게임을 하고 남은 돈이 조금 있어서 겨우 라면을 살 수 있었다.

"이런 식생활을 계속 하다가는 몸에 좋지 않아요. 중성지방하고 콜레스테롤이 쌓인다고요." 라면을 국물까지 다 먹고 나서 도키오가 말했다.

"그게 무슨 소리야? 어려운 이야기네."

"별로 어렵지 않을 텐데요. 몰라요? 콜레스테롤?"

"들은 적은 있지. 전화를 건 쪽에서 돈을 지불하는 거지?"

"그건 콜렉트 콜이고요."

"시끄러워! 뭐든 무슨 상관이야. 너 말이야, 내 덕에 이나마 먹는 주제에 무슨 불만이 그렇게 많아. 싫으면 먹지 마."

"450엔은 냈잖아요. 이 라면이야 백 엔도 안 될 텐데."

"어제 교자도 먹었잖아."

"그건 3백 엔도 안 하는 거잖아요."

"심부름 값이라는 게 있어." 다쿠미는 도키오를 노려보았다. 도키오도 마주 노려보았다. 한동안 그러다가 다쿠미가 먼저 시선을 돌리고 담뱃갑으로 손을 뻗었다.

도키오가 킥킥 웃음을 터뜨렸다.

"뭐야? 정말 이상한 녀석이네."

"아니요, 어쩐지 이렇게 티격태격하는 것도 재미있다는 생각이 들어서요. 전에는 이런 식으로 옥신각신한 적이 없었는걸요."

"누구랑?"

"그러니까……." 도키오는 뭔가 말을 하려다가 고개를 흔들었다. 그러다 고개를 숙였다. "아무것도 아니에요."

"이상한 녀석이라니까." 다쿠미가 텔레비전을 켰다. 디스코 사운드를 타고 젊은이들이 춤을 추고 있었다. 그는 혀를 차면서 채널을 돌렸다. 존 트라볼타가 붐을 일으킨 이후로 너나 할 것 없이 이상한 춤을 배우느라 열을 올리고 있다.

"저기요, 치즈루 씨 말인데요. 아주 좋은 사람이던데요." 도키오가 불쑥 말했다.

"갑자기 무슨 소리야?"

"오늘도 나를 걱정해줬어요. 다친 데는 어떠냐고."

"간호사가 꿈이었다니까."

"그래서 이상한 거예요. 다쿠미 씨, 왜 그 사람이랑 결혼하지 않았을까요?"

"말 좀 이상하게 하지 마. 결혼할 생각이라고 했잖아. 뭐, 지금은 좀 무리긴 하지만." 다쿠미가 뺨을 긁으며 말했다.

"결혼……할 수 있으면 좋을 텐데."

"네가 걱정할 일은 아니야." 다쿠미는 텔레비전 화면으로 눈길을 돌렸다. 뷰티 페어(1976년에 결성된 일본 여자레슬러 팀의 이름—역주)가 코미디언을 상대로 기량을 겨루는 참이었다. 그는 입을 크게 벌리고 하하하, 소리 내서 웃었다.

새벽 한 시가 지났을 무렵 두 사람은 일단 잠자리에 들었다. 하지만 다쿠미는 금세 일어났다. 아무래도 궁금한 게 있다. 치즈루다.

경비 회사 면접을 보러 가라고 한 건 그녀 쪽이었으니까 당연히 그 결과가 궁금할 것이다. 일이 끝나면 즉시 다쿠미 집으로 찾아올 줄 알았다. 치즈루가 일하는 긴시초의 술집은 근무시간이 열두 시 반까지라 일이 끝나면 바로 전철을 타고 아사쿠사바시까지 온다. 그런 다음, 역에 세워둔 자전거로 다쿠미의 집까지 오면 한 시 전에는 도착해야 맞다. 그런데 새벽 한 시가 되어도 오지 않은 것이다.

오늘 밤에는 올 생각이 없다는 건가. 하지만 면접 결과를 궁금해하지 않을 거라고는 생각하기 어려운 성격이다. 아니면 무슨 일이 있어서 퇴근이 많이 늦어지는 걸까.

다쿠미가 이불 속에서 나와 옷을 입었다. 도키오도 따라서 상체를 일으켰다. 아직 잠들지 않았던 모양이다.

"이런 시간에 어딜 가려고요?"

"응. 잠깐 나갔다 올게."

"그러니까 어디를 가느냐고요?"

귀찮은 녀석이다 싶으면서도 다쿠미는 "그 친구 집" 하고 대답했다. "치즈루네 집 말이다."

"아, 예." 도키오가 고개를 끄덕였다. "그럼 방해하지 않는 게 좋겠네요."

"무슨 소리야? 그런 이야기가 아니야. 면접 결과에 대해 일단 보고는 해야겠다 싶어서." 거기까지 이야기를 한 순간 퍼뜩 어떤 생각이 떠올라 도키오를 내려다보았다. "너도 같이 갈래?"

"나도? 왜요?"

"그냥, 특별히 이유는 없지만 싫으면 관두고."

솔직히 말하면 도키오가 같이 가면 치즈루의 추궁을 피하기 쉽지 않을까 하는 속셈이 있었기 때문이다. 단둘이 이야기를 하다 보면 면접을 보지도 않았다는 사실이 들통날 것 같다는 생각이 들었다.

다쿠미가 구두를 신고 있는데 "잠깐만요" 하며 도키오가 말했다. "나도 갈게요."

도키오의 조언으로 방에 메모를 놓고 가기로 했다. 혹시 치즈루와 길이 어긋나면 곤란하기 때문이다. 광고지를 한 장 찾아다가 그 뒤에 "치즈루의 집으로 간다. 다쿠미" 하고 써서 부엌에 놓았다.

치즈루가 세 들어 사는 자취방은 사시마에바시 옆에 있다. 다쿠미가 사는 곳보다 좀더 깔끔한 건물이다. 1층 맨 구석방이라 여름에도 창문을 열고 잘 수가 없어서 답답하다며 항상 투덜거린다. 작년 여름에는 덜컹거리는 고물 선풍기 바람을 맞으면서 다쿠미와 그녀는 온몸이 땀에 흠뻑 젖곤 했다.

"아직 들어오지 않은 것 같은데." 창문의 불빛이 꺼져 있는 것을 보고 다쿠미가 말했다.

"잠들었을지도 몰라요."

"그럴 리가 없어. 그 여잔 아무리 일러도 세 시까지는 안 자. 야식도 먹고 그날 안으로 속옷만은 빨아놓지 않으면 마음이 개운치 않은 성격이라."

"우와, 가정적이네요."

"그렇지? 그래서 마누라로 삼기에는 아주 좋은 여자야."

그래도 정면 쪽으로 돌아가서 일단 문을 노크해보았다. 응답이 없다.

"역시 안 들어온 모양이야. 안에 들어가서 기다려야겠어." 그는 열쇠를 꺼냈다.

"마음대로 들어가는 건 좀 그렇잖아요."

"어째서? 여기 이렇게 열쇠까지 있는데."

"그건 알겠는데, 여자 방에 무단으로 들어가기는 좀……아무래도 좋지 않을 것 같은데요. 프라이버시 침해라고요. 또 남에게 보이고 싶지 않은 물건이 있을지도 모르잖아요?"

"뭐가? 보이고 싶지 않은 게 뭔데?"

"그, 왜……속옷 같은 거."

하하하, 하고 다쿠미는 소리 내서 웃었다.

"그 여자 속옷은 실컷 봤어. 팬티 속도 그렇고."

"다쿠미 씨는 그럴지도 모르지만 나까지 들어가는 건 좀 그래요. 그럼, 나는 밖에서 기다릴래요."

"신경 쓰지 않아도 된다니까."

"그럴 수는 없어요. 게다가……." 도키오가 코밑을 문질렀다. "다쿠미 씨도 오늘 밤에는 밖에서 기다리는 게 더 나을 것 같은데요."

"어째서?"

"그냥 그 뭐냐, 면접 결과를 이야기할 거잖아요. 가능한 한 비위를 맞춰주는 게 좋지 않겠어요? 밖에서 오래 기다렸다고 하면 치즈루 씨도 무척 감격할 거고."

도키오의 말을 듣고 다쿠미는 생각에 잠겼다.

"그것도 그렇겠다. 그럼 저기 가서 좀 기다릴까. 날씨도 별로 춥지 않고." 열쇠를 주머니에 도로 넣고 걸음을 옮겼다. "하지만 오해하지는 마. 평소에 내가 치즈루한테 쩔쩔매는 입장은 아니니까."

셋집 정면이 보이는 위치에 플라스틱 양동이가 두 개 놓여 있었다. 뚜껑에 매직으로 이름이 적혀 있었다. 두 사람은 거기에 앉았다.

"저기요……경비원 취직이 틀려버렸으니 내일부터는 어떻게 먹고살 거예요?" 도키오가 물었다. 다쿠미로서는 가장 듣기 싫은 질문이었다.

"그야 뭐 어떻게 되겠지."

"어떻게요?"

"그러니까 뭐냐, 아르바이트라던가……. 나도 아무 생각 없이 사는 건 아니니까 걱정 마."

"하지만 현 시점에서는 무일푼이잖아요." 그렇게 말하고 나서 도키오가 다쿠미의 얼굴을 올려다보았다. "혹시 또 치즈루 씨한테 돈을 얻어 쓸 생각은 아니겠죠?"

"그건 또 무슨 소리야. 듣자듣자 하니까 내가 그 여자의 기둥서방 같잖아."

그러나 도키오는 잠자코 있었다. 사실 기둥서방 아닌가, 하고 생각하는 건지도 모른다.

"무시하지 마. 나는 나대로 여러 가지 생각이 있어." 다쿠미가 자못 큰소리를 쳤다. 그러나 그 말에 설득력이 없다는 것은 그 자신이 가장 잘 알고 있다. 솔직히 말해서 진지하게 생각하는 것이라고는 아무것도 없었다. 아니, 진지하긴 하지만 좋은 생각이 떠오르지 않는 것이다.

역시 대학 정도는 졸업을 해둘 걸 그랬구나 싶은 아쉬움이 고개를 쳐들기 시작했다. 앞으로의 인생을 생각할 때면 항상 그랬다.

혼자 힘으로 살아보고 싶다, 키워준 부모에게서 떠나고 싶다……. 그런 생각에서 그는 고등학교를 졸업하자마자 즉시 취직했다. 배관 설비를 만드는 회사였다. 그는 거기서 비파괴 검사 업무를 맡았다. 파이프에 불량이 없는지를 초음파나 전자기기를 이용해서 조사하는 것이다. 지루한 일이었다. 더구나 배당받은 독신자용 기숙사에는 변태 선배가 있었다. 어느 날 밤에 됫병 술을 들고 방으로 들어온 그 선배는 취해서 잠든 다쿠미의 속옷을 벗기고 그의 물건을 핥으려고 덤벼들었다. 도중에 정신이 든 다쿠미가 상대의 얼굴을 있는 힘을 다해 발로 찼다. 그러자 선배의 코가 과장이 아니라 정말로 얼굴 한가운데로 푹 파묻혔다. 자기는 아무 잘못이 없다고 생각했는데 결국 그 일은 기숙사 동료들의 싸움으로 처리되었다.

요컨대 싸움은 쌍방의 책임이라고 하면서 다쿠미에게도 견책처분이 내렸던 것이다. 상사에게 불평을 해봤지만 들어주지 않았다. 회사로서는 사원의 변태 행위 유무에 대해서는 언급하고 싶지 않았을 것이다. 월급쟁이라는 입장이 괜히 부질없게 느껴지고 일도 시답지 않다는 생각이 들었기 때문에 그는 그 자리에서 회사를 그만두었다. 입사한 지 10개월째의 일이었다. 변태 선배 쪽은 정형외과에 가서 주저앉은 코뼈를 수술한 뒤에 무사히 직장에 복귀한 모양이었다.

그러나 결과적으로 보면 그 배관 설비 회사가 가장 오래 근무한 셈이 된다. 그 뒤에도 여러 가지 직장을 전전했지만 6개월 이상 지속한 적이 거의 없다. 치즈루가 일하는 술집 맞은편에 있는 다방만 해도 8개월밖에 일하지 않았다. 그때도 손님과 싸우고 그만두었다.

그럭저럭 하는 사이에 스물세 살이 되었다. 재수를 한 번 했더라도 이번 봄에는 대학을 졸업했어야 할 나이다. 지난 5년간 도대체 뭘 하고 살았는지 스스로도 잘 모르겠다. 그 생각을 하면 우울해진다.

경비 회사 면접만이라도 제대로 받을 걸 그랬구나, 하고 이제 와서 후회해봐야 이미 늦었다.

"치즈루 씨, 집에 들어오지 않을 건가." 도키오가 중얼거렸다.

"그런가 본데." 그래도 약간 걱정이 되기 시작했다. "지금 몇 시지?"

"몇 시나 됐을까요." 도키오가 두리번거렸다. 그도 시계가 없었다.

두 시가 넘었을까, 아니면 세 시 가까이 되었을지도 모른다. 다쿠미가 아는 한 치즈루의 귀가가 이렇게 늦어진 일은 없었다.

"다쿠미 씨 집에 가서 기다릴까요?"

"메모를 써놓고 왔잖아."

"보지 못했을지도 모르고."

다쿠미는 고개를 갸우뚱거렸다. 그 메모를 보지 못했을 리는 없다. 가슴이 쿵쾅거리기 시작했다. 치즈루가 언젠가 이상한 말을 한 적이 있었다.

—손님 중에 귀찮게 집적대는 사람도 있었어. 싫다고 하는데도 굳이 집까지 데려다주겠다는 거야. 다른 데 가서 딱 한 잔만 더 하고 가자면서. 그래서 마지못해 따라갔더니 러브호텔로 들

어가려고 하는 거야. 간신히 둘러대고 도망치긴 했지만 그때는 정말 싫었어.

그런 이야기를 들을 때마다 다쿠미는 더 이상 치즈루에게 술집 종업원 일을 못하게 하고 싶었다. 그러나 그만두라고 단호하게 명령할 자격이 없다는 것도 알고 있다. 결국 조금만, 조금만 더 하고 생각하면서 오늘까지 와버렸다.

"내가 가서 잠깐 보고 올게." 다쿠미가 일어나서 주머니에 손을 넣어 열쇠를 꺼냈다. 이번에는 도키오도 아무 말 하지 않았다.

문을 열고 전등을 켰다. 깔끔하게 정리된 원룸이었다. 싱크대에는 그릇 하나 나와 있지 않고 식탁 위에도 아무것도 놓여 있지 않았다.

안쪽에 있는 침실에는 침대와 경대가 나란히 놓여 있다. 작은 책꽂이에는 문고본과 만화.

다쿠미는 순간 뭔가 위화감이 들었다. 치즈루가 깔끔한 걸 좋아하기는 하지만 그렇다 하더라도 이건 뭔가 지나칠 정도로 말끔하게 정리가 되어 있었다. 벗어 놓고 나간 옷가지 하나 눈에 띄지 않았고 경대 위도 말끔하게 치워져 있었다.

옷장을 열어보았다. 언제나 그 안에는 옷이 빼곡하게 걸려 있었다. 옷걸이를 걸기 위한 파이프를 박아준 것은 다쿠미였다. 그런데 거기에도 아무것도 없었다. 옷장 안을 가로지르는 파이프만 보일 뿐이었다.

어떻게 된 거지, 싶었을 때 메모지 한 장이 눈에 들어왔다. 그는 그것을 집어 들었다.

—다쿠미 씨에게

즐거운 일도 많았지만 아무래도 이제는 끝내야 할 것 같아.

방 안의 물건은 아는 사람이 처분해주기로 했어. 미안하지만 방 열쇠는 집주인에게 돌려줘. 보증금을 돌려받을 수 있을 것 같으니까 그건 당신이 써. 즐거운 추억에 대한 사례로 생각해줘.

건강 조심해. 그럼, 안녕.

치즈루

처음 그 메모를 읽는 도중에 다쿠미의 머릿속은 공백 상태가 되었다. 그래서 다시 한 번 읽어봤지만 여전히 글자가 머리에 들어오지 않았다. 들어오는 자체를 거부하는 것이다. 그러나 그것은 내용을 이해했기 때문이지 다른 이유가 없었다. 이해했으면서도 현실이라고 생각하고 싶지 않아서였다.

그는 메모를 들고 넋이 나간 얼굴로 우두커니 서서 옷장 안쪽 판자를 뚫어지게 보았다.

멀리서 목소리가 들렸다. 다쿠미 씨, 다쿠미 씨, 하고 누군가가 부르고 있다. 그러나 대답할 생각도 들지 않았다.

"다쿠미 씨!"

누군가 어깨를 두드렸다. 그때서야 그는 목소리가 나는 쪽으로 돌아다보았다. 서서히 눈의 초점을 맞추고 보니 도키오가 걱정스러운 얼굴로 서 있었다.

"왜 그래요?" 그는 다쿠미의 얼굴 앞에서 손바닥을 흔들었다.
"그냥, 아무것도 아니야……."
"그게 뭐예요?" 도키오가 다쿠미의 손에서 메모를 낚아챘다. 내용을 읽고 나더니 눈이 휘둥그레졌다. "이거, 치즈루 씨가 남기고 간 메모잖아요. 떠나버린 거군요."
"그런 모양이야."
"그런 모양이라니……이제 어떻게 할 거예요?"
다쿠미는 후욱, 하고 숨을 토해냈다. 그 순간 온몸의 힘이 쭉 빠졌다. 그는 그 자리에 주저앉았다.

11

그날 밤은 한숨도 자지 못했다. 치즈루의 방에서 계속 기다렸지만 그녀는 돌아오지 않았다. 아침이 되어 도키오가 냉장고에서 롤 케이크 두 개를 발견하고 먹을 거냐고 물었다. 식욕이 있을 리 없었다. 도키오가 팩에 든 우유를 마시면서 케이크 두 개를 다 먹었다.
"집에는 오지 않은 거네요." 도키오가 조심스럽게 말했다.
다쿠미는 대답하지 않았다. 목소리를 낼 기운조차 없어 침대에 기대 무릎을 껴안고 앉아 있다.
"뭐든 짚이는 데라도 있어요?" 다시 물었다.
"짚이는 데라니, 뭐?"

"뭐긴요, 치즈루 씨가 가버린 이유에 대해서 말이에요."

"그걸 알면 내가 이러겠어?" 다쿠미는 한숨을 내쉬었다.

"너무 갑작스럽잖아요. 어제 경비 회사 면접하고 무슨 관계가 있는 건가."

다쿠미는 대답하지 않았다. 그 자신도 가장 궁금한 점이다.

"다쿠미 씨, 면접은 확실히 받아보고 온 거 맞아요?" 도키오가 날카롭게 따지고 들었다.

"받았다니까. 받았는데 떨어졌으니 어쩔 수 없잖아. 내가 뭘 잘못했다는 거야?" 자기도 모르게 울컥 화를 냈다.

"그런 건 아니지만……." 도키오는 머리를 긁적거렸다.

오전 열 시가 되어 문이 열렸다. 치즈루가 왔나 싶어 돌아봤지만 그게 아니었다. 얼굴을 내민 사람은 작업복을 입은 서른 살 정도의 뚱뚱한 남자로 모르는 얼굴이었다.

남자는 폐품수거업자였다. 치즈루에게서 의뢰를 받고 방 안의 물건을 수거하러 온 모양이었다. 그 남자 외에 세 명의 아르바이트인 듯한 젊은이들도 들어왔다.

그들은 이삿짐 업자를 방불케 하는 재빠른 동작으로 가구들이며 전기제품 등을 차례차례 실어나갔다. 책꽂이의 책, 찬장 안의 그릇까지 모조리, 커튼까지 떼어갔다. 한 시간이 지났을 즈음에 방 안은 텅 빈 둥지처럼 되었다. 아무것도 없는 휑뎅그렁한 방에 다쿠미와 도키오만 남았다.

"저기, 이걸 우편함에 넣어두라고 하던데요." 작업복 남자가 보여준 것은 방 열쇠였다. 다쿠미가 그것을 받아들었다.

"저기……, 의뢰한 사람이 하야세 치즈루 맞습니까?" 그가 물어보았다.

"그렇습니다."

"연락처나 뭐 그런 걸 따로 받지는 않았습니까?"

"못 받았습니다. 무슨 일이 있으면 여기로 연락하라고 하더군요." 남자가 메모를 보여주었다. 그것을 보고 다쿠미는 실망했다. 거기 적혀 있는 건 바로 자신의 이름과 주소였기 때문이다.

자신의 셋방으로 돌아왔지만 망연자실한 느낌은 그대로였다. 다쿠미는 방 한가운데 가부좌를 틀고 앉아 치즈루가 없어진 이유에 대해 생각했다. 짐작할만한 이유가 없는 것도 아니다. 지금까지 정나미가 떨어지지 않았던 게 오히려 행운이었다. 하지만 왜 이렇게 갑자기 떠났는지에 대한 의문이 남았다.

도키오가 이따금 뭐라고 말을 걸어왔지만 건성으로 맞장구를 쳤다. 담배를 피우고 싶었지만 담뱃갑은 이미 비어 있고 사러 갈 돈도 없었다. 이러니 치즈루가 떠난 것도 무리가 아니었다.

저녁이 되자 그는 다시 집을 나섰다. 도키오도 따라왔다.

"따라오는 건 좋은데, 그냥 좀 걸을 거야."

"어디까지?"

"긴시초."

도키오가 멈춰 섰다. 그러나 다쿠미는 돌아보지 않고 "싫으면 방에서 기다려" 하고 말했다. 몇 초 뒤에 발소리가 다시 따라왔다.

긴시초 역 앞 거리에서 한 골목 들어간 곳에 술집 '제비꽃'이 있다. 맞은편 다방은 전에 다쿠미가 일하던 곳이다. '제비꽃' 출입문에 영업 중이라는 팻말이 걸려 있었다.

다쿠미가 문을 열었다. 카운터를 사이에 두고 바텐더와 마담이 뭔가 열심히 이야기를 나누고 있었다. 이 두 사람이 그렇고 그런 사이라는 건 치즈루에게 들어서 알고 있었다. 손님은 한 명도 없다.

"어서 오십시오." 바텐더가 고개를 들었다. 사마귀 같은 얼굴을 가진 남자였다.

"죄송합니다. 손님이 아닙니다." 다쿠미가 고개를 숙이며 말했다. "치즈루, 오지 않았나요?"

"치즈루?" 바텐더가 이맛살을 찡그리며 마담 쪽을 돌아다보았다.

"오빠는 누구……?" 짙은 화장을 한 마담이 물었다.

"치즈루와 사귀는 사람입니다."

"어머머." 그녀는 다쿠미의 머리부터 발끝까지 훑어보고 난 다음 시선을 돌려 물었다. "그쪽 총각은? 친구?"

"그렇습니다. 잘 부탁합니다." 도키오가 허리를 깊이 숙여 인사했다.

마담이 다쿠미 쪽으로 시선을 돌렸다.

"치즈루, 그만뒀어요. 어제 갑자기. 몰랐어요?"

"왜 갑자기 그만둔 거죠?"

"몰라요. 우리도 골탕 먹는 입장이니까. 갑자기 대신 일할 아이를 찾으려고 했지만 쉽게 나타나지도 않고. 급료도 필요 없다고 한 걸 보니까 어지간히 급한 이유가 있는가 보다 싶어 참긴 했지만."

"급료라니요……. 오늘까지 일한 돈 말입니까?"

"그래요."

이번 달도 중반이 지나 있다. 치즈루 입장에서는 쉽게 포기할 돈이 아닐 것이다. 그걸 포기하면서까지 모습을 감추다니 무슨 일이 있었던 걸까.

"그러고 보니까 2, 3일 전에 치즈루가 이상한 소리를 했는데. 아는 사람 중에 경비 회사 면접을 받게 했다던가. 그 아는 사람이 바로 당신 아닌가요?"

"네, 제가……."

"흐음, 역시 그랬군." 마담은 심술이 묻어나는 미소를 지었다. "그 회사 인사 담당이 우리 가게 손님이에요. 그래서 아는 사람이 면접을 보러 갈 거니까 잘 봐달라고 치즈루가 부탁하던데. 면접 결과는 어떻게 됐어요?"

대답할 말이 없어 잠자코 있자 마담이 바텐더와 마주 보고 웃었다.

"떨어졌나 보군. 그거 참 안됐네."

울컥 화가 치밀었지만 다쿠미는 꾹 참았다.

"치즈루가 여기를 그만두고 어떻게 한다고 말하던가요?"

"아무 말도……. 나도 멋대로 그만두겠다는 사람의 앞날 따위는 아무 관심도 없으니까. 내 참, 정말이지 그렇게 잘 봐줬는데."

치즈루 말로는 빈틈만 보이면 급료에서 영문도 모를 돈을 공제한다던데, 다쿠미는 그 말을 하고 싶은 걸 눌러 참았다.

"방해해서 죄송합니다." 다쿠미는 고개를 숙여 인사하고 나가려고 했다.

"만약 치즈루 씨가 있는 곳을 알면 연락해주시겠습니까?" 옆에서 도키오의 목소리가 들렸다.

저 능구렁이 같은 여자가 그런 연락을 해줄 리가 없지, 하고 다쿠미는 속으로 욕을 퍼부었다.

'제비꽃' 마담은 잠시 망설이는 얼굴을 한 뒤에 마지못해 그러겠다는 표시로 고개를 끄덕였다. "그럼 전화번호를 적어놓고 가요."

다쿠미가 옆에 있던 컵받침에다 집 주소와 전화번호를 적었다. 그것을 보고 마담이 입가를 씰룩거렸다. "전화는 집주인이 바꿔주는 건가?"

"조만간 한 대 놓을 생각입니다."

"그전에 일을 해야지." 마담이 컵받침을 카운터 위에 던지며 말했다.

두 사람이 가게를 나와 조금 걷고 있는데 반대쪽에서 두 남자가 다가왔다. 둘 다 검은 양복을 입고 있었다. 다쿠미와 도키오를 스치며 지나간 그 두 사람은 '제비꽃'으로 들어갔다.

"저런 손님이 오는가 보군." 다쿠미가 중얼거렸다.

"저런 손님이라니요?"

"저자들은 일반인이 아니야. 눈을 보면 알아."

호객 세일즈 사무실에도 비슷한 눈빛을 가진 남자들이 있었던 것을 떠올렸다.

"야쿠자라는 말인가요?"

"글쎄다. 그럴지도 모르지만, 세상에는 보통 사람도 아니고 야쿠자도 아닌 인간들이 있으니까."

직업을 여러 번 갈아치우면서 얻은 지식 가운데 하나였다.

돈이 없어서 집에 갈 때도 걸어가야 했다. 아사쿠사까지 먼 길을 두 사람은 나란히 터벅터벅 걷기 시작했다.

"그런데 말예요. 경비 회사 면접 말인데요, 다쿠미 씨는 분명히 연줄이 있는 사람이 채용되는 것 같다고 했었죠?"

"그래, 그랬지."

"그런데 아까 그 마담 이야기로는 치즈루 씨가 인사 담당한테 부탁까지 해놓았다잖아요. 어떻게 된 거죠?"

"몰라. 술집 호스티스의 청탁 정도로는 아무 소용이 없었겠지."

"다쿠미 씨, 정말 면접은 보고 온 거 맞아요?"

"뭐야, 내가 거짓말이라도 한다는 거야?"

"그런 말은 아니지만 만약 가지도 않았다면 치즈루 씨가 알게 됐을지도 모르죠. 치즈루 씨가 그 인사 담당이라는 사람한테 물어봤을지도 모르니까."

"갔었어. 당연히 면접이야 봤지." 다쿠미는 걸음을 빨리했다.

사실 그 역시 도키오와 똑같은 생각을 했었다. 치즈루라면 그 정도의 노력을 했을지도 모른다. 그리고 그가 경비 회사에서 어떤 태도를 취했는지 알았다면 더는 그와 함께 있어 봐야 좋을 게 없다는 생각이 들었는지도 모른다.

하지만 그렇다고 셋방까지 처분할 것까진 없잖아!

“그런 거였군. 그러고 보니 알겠어요.” 옆에서 도키오가 중얼거렸다.

“뭘 알았다는 거야?”

“그러니까 치즈루 씨랑 헤어지게 된 이유 말이에요. 그 사람, 정말 좋은 여자기에 다쿠미 씨랑 결혼을 했어도 이상하지 않겠구나 생각했다고요.”

“너 자꾸 그런 식으로 과거형으로 지껄이지 마. 아직 헤어진 걸로 정해진 것도 아니잖아.”

“하지만 이미 끝난 것 같은데요. 이게 운명이니까…….”

다쿠미가 도키오의 말을 끝까지 듣지도 않고 멱살을 잡았다. 오른손 주먹을 꽉 쥐고 치켜들자 도키오가 얼굴을 찡그리며 눈을 감았다. 이를 악물고 있었다. 그 모습을 본 다쿠미는 왠지 때릴 수가 없었다. 깊은 애정 같기도 한 기묘한 감정이 울컥 솟았기 때문이다.

다쿠미가 내동댕이치듯 손을 놓았다. 도키오는 목을 누르면서 콜록콜록, 기침을 해댔다.

“너 따위가 내 마음을 알 리가 없지.” 이 말과 동시에 다쿠미는 걸음을 옮겼다.

아즈마 다리를 건너면서 다리가 아프기 시작했다. 가미야 바(일본에서 가장 오래된 주점—역주) 앞을 지났을 무렵 도키오가 발길을 멈췄다.

“우와! 하나도 다르지 않네. 분명 1880년 창업이었지. 아하하! 덴키브랜(가미야 바에서만 마실 수 있는 백 년 전통의 칵테일—

역주) 간판도 그대로다." 도키오 혼자 신이 나 있었다. "20년이나 지났는데도……."

"20년? 너 지금 언제 이야기를 하는 거야?"

"아니, 그러니까 그 뭐냐……. 앞으로 20년이 지나도 달라지지 않을 것 같다 그거죠."

"설마. 20년 뒤에는 망하겠지." 다쿠미가 안으로 들어갔다.

그렇지가 않다니까요, 하고 말하면서 도키오도 따라 들어갔다.

낡은 테이블이 몇 개 나란히 있고 하루 일을 마친 회사원들이 테이블을 에워싸고 있었다. 다쿠미는 먼저 실내를 돌아보더니 안쪽 테이블로 눈길을 주었다. "앗, 있다, 저기 있어" 하고 사람들을 헤치며 그 테이블로 다가갔다.

그곳에는 회색 작업복을 입은 사토 간지佐藤寛二가 동료와 맥주를 마시고 있었다. 안주는 껍질째 나온 콩과 튀김이었다. 다쿠미가 그의 어깨를 치며 아는 체를 했다. "어이!"

머리를 반으로 갈라 단정하게 빗은 사토는 그를 쳐다보고 노골적으로 싫은 내색을 했다. "뭐야, 네가 여긴 어쩐 일로……?"

"그런 얼굴 하지 마. 한때 초밥집에서 같이 배달하던 친구 아니냐."

"웃기지 마. 매출을 속여 도망친 녀석이. 덕분에 나까지 잘렸어."

"지난 이야기 할 거 없고. 그보다 오랜만이다. 같이 한잔할까?"

"맘대로 해. 하지만 여기서 말고 다른 테이블에 가서 해."

"왜 그래, 쌀쌀맞게. 옆에서 마시면 좋잖아. 귀찮게 하지 않을 테니까."

"사양하겠어. 네 녀석 속셈은 내가 다 알지. 우리가 식권을 사느라 혼잡한 틈을 타서 네 몫까지 내게 하려는 거지? 그 수에는 이제 안 넘어가." 사토가 그를 외면해버렸다.

다쿠미는 콧잔등을 긁었다. 정곡을 찌르는 말이었던 것이다.

"알았어. 그럼 솔직하게 말하지. 지금 당장 돈이 좀 필요해서 그래. 금방 갚을 테니까 천 엔만 빌려줘. 은혜는 꼭 갚을 테니까." 콧소리를 내면서 두 손을 비벼댔다.

사토가 혀를 차면서 파리를 쫓듯이 손을 휘휘 내저었다.

"저리 가. 너한테 빌려줄 돈 없어!"

"그러지 말고 부탁한다. 내 사정이 이래." 고개를 꾸벅꾸벅 숙였다.

"좋아. 천 엔 빌려주지. 하지만 그러기 전에 작년 여름 축제 때 빌려간 3천 엔부터 갚아. 그것도 아직 안 갚았잖아."

맞는 말이었다. 이런 식으로 나오면 아무리 봐도 가망이 없다. 다쿠미는 체념하고 물러나기로 했다. 그러나 테이블을 떠나기 전에 사토 앞에 놓여 있는 접시에서 닭튀김 하나를 집었다.

"앗, 이 자식이!"

사토의 목소리를 등 뒤로 들으면서 다쿠미는 뛰듯이 그곳을 나왔다.

센소지 일주문 앞까지 와서 발을 멈췄다. 튀김을 먹으면서 뒤를 돌아보았다. 도키오가 따라오지 않은 것 같아서였다. 그러나 그는 조금 떨어진 곳에 서서 다쿠미를 빤히 노려보고 있었다.

"뭐야, 너 왜 사람을 그런 눈으로 보는 거야?"

도키오가 크게 한숨을 내쉬었다.

"한심하잖아요!"

"뭐라고?"

"남에게 빌붙을 생각만 하고, 한심하지 않느냐고 묻는 거예요. 내가 보기에는 한심해요. 멋있는 사람인 줄 알았는데."

"그거 참 미안하게 됐다. 그런데 나는 원래 이런 인간이야." 다쿠미는 계속 튀김을 먹으면서 말했다.

"남의 음식까지 훔쳐 먹다니 들개랑 다를 게 없잖아요."

"그래. 나는 들개야. 개나 고양이랑 똑같은 인생이야." 들고 있던 닭 뼈를 도키오를 향해 던졌다. "자기 멋대로 낳아놓기만 하고 귀찮다고 버린 자식이 나야. 그런 자식이 인간이 될 리가 없지."

그러자 도키오는 슬픈 얼굴을 하고 천천히 고개를 가로저었다. "낳아준 것만으로도 감사해야 하는데."

"흥, 아니꼬운 소리 하지 마. 아이를 만들기만 하는 건 누구라도 할 수 있어." 다쿠미는 발길을 돌려 걸음을 옮겼다.

그러나 바로 뒤에서 기척이 느껴졌다. 누군가 어깨를 잡기에 돌아보니 도키오가 그를 때리려고 덤비는 참이었다. 머리보다 몸이 먼저 반응했다. 스윙 백으로 펀치를 날리고 이어서 스트레이트를 퍼부었다. 놀라 얼른 힘을 뺐지만 이미 그의 주먹이 도키오의 볼에 들어가 있었다. 도키오는 2미터 정도 날아가 엉덩방아를 찧었다.

다쿠미가 당황하며 달려갔다. "앗, 어이! 괜찮아?"

"아야……." 도키오가 얼굴을 누르고 있다.

"그러게 함부로 까불지 말라니까."

싸움이 난 줄 알고 사람들이 모여들었다. 그러나 때린 쪽이 맞은 사람을 일으켜 세우는 모습을 보고 사람들도 안심한 것 같았다.

"다쿠미 씨, 나랑 같이 가요." 볼에 손을 댄 채 도키오가 말했다.

"가다니, 어딜?"

"아이치 현. 도조 씨한테 가자고요. 그렇게 하지 않고는 해결이 나지 않을 테니까."

도조라는 말을 듣고 마음이 다시 싸늘해졌다. 다쿠미는 일어섰다. "다쿠미 씨!" 하고 부르는 소리를 무시하고 그는 다시 걷기 시작했다.

집 앞까지 와서야 비로소 뒤를 돌아보았다. 도키오가 비틀거리며 따라오고 있었다. 다쿠미는 한숨을 내쉬었다. 아직도 그의 정체를 알 수가 없다. 그런데도 같이 있으면 마음이 편안해지는 건 무슨 이유일까.

도키오가 쫓아오기를 기다렸다가 열쇠로 문을 열고 안으로 들어갔다. 그 순간 누군가 다가와 그의 양팔을 뒤로 꺾었다. 어두워서 아무것도 보이지 않았다.

어둠 속에서 "미야모토 다쿠미 씨, 맞지?" 낮은 목소리가 들려왔다.

12

다쿠미는 상대의 팔을 뿌리치려고 몸부림쳤다. 그러나 그 힘은 생각했던 것보다 억세서 꿈쩍도 하지 않았다.

"뭐야, 넌 누구야?" 다시 몸을 흔들어보았다.

"이봐, 얌전히 구는 게 좋을걸." 다시 남자의 목소리가 앞에서 들렸다. 이어서 형광등 스위치 끈을 당기는 소리가 났다. 방이 갑자기 환해지자 다쿠미는 부신 눈을 깜빡였다.

눈앞에 남자가 있었다. 부엌 구석에 쌓아놓은 잡지에 걸터앉아 싱글싱글 웃고 있다. 40대 중반 정도 됐을 것 같은 그 남자의 얼굴을 다쿠미는 본 적이 있었다. '제비꽃'을 나온 직후 길에서 스쳐지나간 남자들 중 하나였다.

"당신은 바로 전에……."

"길에서 만났지. 기억해주다니 형씨도 꽤나 빈틈이 없군." 남자의 시선이 다쿠미의 팔을 뒤로 꺾어 붙잡은 남자를 향하면서 다시 말했다. "이런 자는 바보가 아니야. 동물적인 감으로 핵심을 파악한다는 것은 타고난 능력이니까. 머리가 제법 좋은걸, 형씨!" 다쿠미의 뒤에서 고개를 끄덕이는 기척이 느껴졌다.

"칭찬해주는 건 고맙지만 이건 좀 놓고 말하지."

"미안하네. 혹시 당신이 바보일 경우 섣불리 소란을 피우면 재미없을 것 같아서."

남자가 턱을 조금 움직이자 다쿠미를 잡았던 힘이 스르륵 빠졌다. 다쿠미는 어깨를 돌리면서 뒤를 돌아보았다. 키가 크고 코밑에 수염을 기른 이 남자도 길에서 스친 또 한 명의 사내였다.

문이 열리고 다른 남자가 나타났다. 금테 안경을 쓴 젊은 남자였다. 그 남자에게 끌려오듯 도키오도 들어왔다.

"친구도 같이 있었나?" 잡지 더미 위에 앉아 있던 남자가 재미있다는 듯이 말했다.

"무슨 일이에요?" 도키오가 다쿠미를 보며 물었다. 다쿠미는 말없이 고개를 가로저었다.

"이봐, 거기 좁은 데 모여 있지 말고 들어오지 그래. 하긴 여기가 형씨들 방이긴 하지만."

남자의 말에 다쿠미가 구두를 벗으며 물었다.

"당신, 누구야?"

"일단 앉으라고."

다쿠미는 그 자리에서 가부좌를 틀고 앉았다. 도키오도 옆으로 왔다. 콧수염 남자와 젊은 남자는 두 사람 뒤에 선 상태 그대로였다.

"그건 그렇고 방이 너무 지저분하군. 가끔 청소라도 좀 하는 게 어때?" 남자는 잡지 더미에 앉은 채로 방 안을 둘러보며 말했다.

당신이 무슨 참견이냐고 말하고 싶었지만 다쿠미는 아무 말도 하지 않았다. 지금은 남자가 부드러운 태도를 취하고 있지만 그 이면에 잔혹한 감정을 숨기고 있는 게 확실했다. 이런 상대를 자극해서 좋을 게 전혀 없다는 것이 지금까지의 인생에서 다쿠미가 배운 상식이다.

"으음, 질문이 뭐였더라?" 남자가 이마에 손을 얹었다. "그렇지, 이쪽이 누구냐는 질문이었지. 미안하지만 이름은 가르쳐줄 수 없어. 그래도 알아야겠다면 가명을 말할 수밖에 없지만 그런 이름 따위 알아봐야 아무 소용도 없겠지."

"가명이라도 좋으니까 가르쳐주면 좋겠군. 안 그러면 호칭이 불편하니까."

다쿠미가 말하자 남자는 입을 크게 벌리고 소리도 내지 않고 웃었다.

"형씨가 내 이름을 부를 일은 없을 것 같은데. 하지만 뭐 그렇게까지 알고 싶다면 말해주지. 성은 이시하라石原, 내친김에 이름까지 말하자면 유지로裕次郎다."

"이시하라 유지로……." 다쿠미가 한숨을 쉬었다.

"도지사의 동생 이름이네." 옆에서 도키오가 불쑥 끼어들었다.

자칭 이시하라는 그를 빤히 본 다음 다시 다쿠미에게로 시선을 돌렸다.

"우리는 사람을 찾고 있어. 형씨도 잘 알고 있는 사람이지. 하야세 치즈루라고 하면 금방 알아듣겠지. 오호라, 안색이 달라졌는걸."

실제로 치즈루의 이름이 나오자 다쿠미는 크게 동요했다.

"그 여자를 왜 찾는 거지?"

"갑자기 저자세로 나오는군. 역시 연인이 걱정은 되는 모양이지? 좋아, 좋다고. 아, 뭐 대단한 이유는 아냐. 그냥 우리 입장에서는 아주 중요한 물건을 돌려받아야 하기 때문이야."

"중요한 물건?"

"그게 뭐냐고 물어도 대답하기 곤란해. 아무튼 중요한 물건이야. 그리고 아까 그 여자의 집에 갔다 왔는데 깨끗이 비우고 떠났더군. 하는 수 없이 그 여자가 일하던 곳이 '제비꽃'이라고 했나, 아무튼 거기서 형씨 이야기를 들었다 이 말이야."

"그렇다면 다른 이야기도 들었을 텐데. 나도 치즈루를 찾기 위해 '제비꽃'에 갔던 거야. 그러니까 댁들이 여기로 와봐야 아무 의미도 없어."

"글쎄, 그게 그럴까."

"내가 거짓말을 한다는 건가?"

"그런 말은 아니지만 형씨 자신이 모르는 것도 있어. 있잖아 왜, 흔히 말하지 않던가, 훈수를 두는 사람이 판을 더 잘 읽는다고."

"만약 내가 뭔가 못 보고 넘어간 게 있으면 그게 뭔지 가르쳐줬으면 좋겠군. 하지만 정말 아무것도 짚이는 데라고는 없어."

"아, 그렇게 미리 안달할 건 없어."

이시하라는 양복 주머니에서 담뱃갑을 꺼냈다. 감색 포장이었다. 거기서 한 개비를 빼서 물더니 가느다란 갈색 라이터로 불을 붙였다. 다쿠미의 눈에는 남자가 뱉어내는 연기까지도 고급스럽게 보였다.

한동안 담배를 피운 뒤에 남자는 두리번두리번 발밑을 둘러보았다. 이윽고 콜라 캔을 발견하더니 거기에 꽁초를 넣었다. 그러고 나서 다시 양복 주머니에 손을 넣어 이번에는 하얀 봉투를 꺼냈다. 두툼한 걸 보니 뭔가가 들어 있는 듯한데 그것을 다쿠미의 눈앞에 던졌다.

"20만 엔이 들어 있어. 우선 그 정도만 받아두라고."

"무슨 의미지?"

"정보 제공료 및 필요 경비라고 생각하면 돼. 당장 먹고사는 것도 빠듯한 모양이니까 도와주려는 거야. 단, 형씨가 여자친구를 찾았을 때 재빨리 알려주기만 하면 돼. 걱정하지 마. 우리가 형씨의 여자친구를 해치거나 하지는 않을 거야. 이쪽은 일단 중요한 물건민 돌려받으면 되거든."

"아무리 그래도 치즈루의 행방에 대해서는 정말 아무 단서가 없어. 돈이 아무리 많아도 찾을 방법이 없다고."

"그럼 우리에게 있는 단서만이라도 가르쳐줄까. 형씨의 여자친구는 간사이 쪽에 가 있어. 아마 오사카가 아닐까 싶은데."

"오사카?"

"거 봐, 벌써 뭔가 생각나는 얼굴인데."

"정말 아무것도 생각나지 않아. 내가 태어난 곳이 오사카라고 하기에 그래서 좀 마음에 걸렸을 뿐."

"하하, 형씨가 오사카 출생이라고? 그거 마침 잘됐군."

"살았던 기억은 없어. 아기 때 이쪽으로 와서 한 번도 간 적이 없으니까."

"됐어. 그런 신상 이야기까지는 할 필요 없고. 아무튼 우리로서는 형씨가 하야세 치즈루를 찾아내 주기만 하면 아무 불만 없어. 혹시 20만 엔으로는 부족하다는 건가?"

다쿠미는 남자의 얼굴에서 시선을 떼고 봉투를 내려다보았다.

"치즈루를 해치지 않겠다는 보증은 있나?"

"이런, 내가 거짓말을 한다는 건가?" 이시하라의 눈이 조금 커졌다. 그 눈동자에 오싹하도록 기분 나쁜 빛이 살짝 엿보였다. 다쿠미는 입을 다물었다. 이시하라가 웃으면서 고개를 끄덕였다.

"좋아, 아무튼 형씨는 한시라도 빨리 여자친구를 찾아내는 거야. 만약 그녀가 걱정된다면 다른 누구보다 빨리 찾아낼 필요가 있지 않겠어?"

다쿠미가 입을 다물자 이시하라가 일어섰다. "그럼 갈까." 이번에는 부하들을 향해 말했다.

"잠깐! 그 중요한 물건이라는 걸 치즈루가 훔쳤나?" 다쿠미가 이시하라의 등 뒤에 대고 물었다.

남자는 구두를 신고 나서 빙긋이 웃었다. "그건 나도 잘 몰라. 본인을 만나 물어봐야겠지."

"그렇다면……?"

다시 캐물어보려고 했지만 콧수염을 기른 남자가 제지했다. 이어서 옆에서 젊은 남자가 다가와서 다쿠미의 손목을 잡더니 손바닥에 뭔가를 쥐어주었다. 펼쳐 보니 전화번호인 듯한 숫자가 쓰여 있는 메모지였다.

"그럼 연락을 기다리겠네. 우리도 가끔 상황을 살피러 올 테니까." 이시하라는 그렇게 말하고 방을 나갔다. 두 명의 부하도 그 뒤를 따랐다.

다쿠미는 맨발로 현관으로 걸어가 문을 잠갔다. 그때 비로소 아까 집을 나갈 때 분명히 문을 잠갔다는 기억이 났다. 그렇다면 이시하라는 어떻게 안으로 들어왔을까. 거기까지 생각하자 그들에 대한 불길한 느낌이 한층 더 강해졌다.

도키오는 부엌 가운데 서서 봉투 안의 내용물을 확인했다.

"뭐 하는 거야?" 다쿠미가 봉투를 낚아채며 말했다.

"와! 엄청나다. 딱 20만 엔이에요."

"그래서 뭐가 어떻다는 건데?"

"다쿠미 씨, 놈들이 시키는 대로 할 건가요?"

"할 턱이 없지. 내가 이런 푼돈을 받고 치즈루를 팔 것 같아?"

"이시하라라는 그 남자, 치즈루 씨를 해치지 않겠다고 했지만 믿을 수 없는 거잖아요."

다쿠미가 고개를 끄덕였다. 그렇다면 정말로 이시하라의 말대로 한시라도 빨리 치즈루를 찾아야 한다.

"저자들은 도대체 뭐 하는 사람들일까?" 자기도 모르게 중얼거렸다.

"다쿠미 씨도 전혀 짚이는 데가 없어요?"

"없어. 치즈루한테 이야기를 들은 적도 없어." 다쿠미는 그 자리에 주저앉았다. "중요한 물건이라는 게 도대체 뭐야. 왜 치즈루가 그런 걸 갖고 있다는 거지?"

그녀와의 과거 일들을 이것저것 생각해보았지만 단서가 될만한 기억은 떠오르지 않았다. 그녀를 보고 싶다는 생각만 더 간절해질 뿐이다.

"아무튼 그 돈은 돌려줘야겠네요." 도키오가 말했다.

"그래야지. 녀석들에게 빚을 지고 싶지 않으니까."

그렇게 말하면서도 돈이 든 봉투를 바라보는 다쿠미의 마음은 복잡했다. 이 군자금 없이 어떻게 치즈루를 찾는단 말인가.

"오사카라고 했잖아요. 뭐든 짐작할만한 단서 같은 건 하나도 없는 겁니까?"

"글쎄다. 있긴 한 가지 있는데."

전에 치즈루와의 대화 중에 친구가 오사카 술집에서 일한다는 이야기를 들은 적이 있다. 만약 그녀가 오사카에 갔다면 그 친구를 만날 가능성이 높다.

"어쨌거나 일단 오사카에 한번 가봐야겠어."

"그래야겠네요."

다쿠미는 다시 봉투를 보았다. 오사카에 가려면 돈이 필요하다. 그러나 현재 가진 돈으로는 신칸센은 고사하고 버스도 탈 수가 없다.

"저기요, 일시적으로 빌리는 건 어때요?" 도키오가 제안했다.

"그리고 나중에 일해서 갚겠다고? 게다가 치즈루가 있는 곳도 가르쳐주지 않고? 그런 소리 해봐라. 농담이 아니고 정말 반쯤 죽도록 당할걸."

"그게 아니고 일단 그 돈을 밑천으로 해서 한 방에 자금을 늘리는 거예요. 그리고 얼른 그 사람들에게 20만 엔을 갚는 거예요. 치즈루 씨를 찾는 건 그들과 완전히 손을 끊고 나서 시작하면 돼요."

다쿠미가 도키오의 얼굴을 빤히 쳐다보았다. 도키오의 얼굴은 농담하는 표정이 아니었다.

"이 돈으로 도박이라도 하자는 거야?"

"아……, 뭐 그런 게 되나?"

다쿠미는 천천히 고개를 가로저었다. 그러고 나서 웃었다.

"나도 바보지만 너도 꽤나 정신 나간 녀석이구나. 아니, 나보다 훨씬 더 머저리야. 그런 짓을 해서 만약 다 잃으면 어떻게 되는 줄 알아? 군자금은 없어지고 빚만 생기는 거야. 눈뜨고 볼 수 없는 일이 벌어질걸."

그러나 도키오가 다쿠미를 보며 다시 고개를 가로저었다. 진지한 눈빛이었다. "오늘이 며칠이죠?"

"오늘? 으음, 그러니까……." 벽에 걸린 달력으로 눈길을 주었다. "26일."

"내일이 27일이군요."

"그게 어떻다는 거야?"

"신문에서 봤는데 일본 더비(Derby. 대규모 경마—역주)가 있는 모양이던데."

"경마 말이야?" 다쿠미가 몸을 뒤로 젖히며 눈을 부릅떴다. 자세를 고쳐 앉으며 손을 거세게 흔들어댔다. "하필 판돈이 제일 큰 도박에 걸어서 어쩌자는 거야? 어차피 할 거면 슬롯머신이 낫지. 그건 상황에 따라 그만둘 수도 있으니까 손해도 적어. 게다가 요즘 나는 연거푸 잃기만 했기 때문에 지금쯤 운이 회복되는 추세란 말야."

다쿠미가 슬롯머신 구슬을 튕기는 시늉을 하자 도키오가 그 손을 탁 때렸다.

"그런 시시한 수입 가지고 해결될 상황이 아니잖아요. 슬롯머신 따위는 시간 낭비, 돈 낭비지."

"너 경마를 뭘로 알고……."

다쿠미가 거기까지 말을 했을 때 도키오가 일어섰다. 방 한쪽에 접어놓은 신문을 가지고 와서 다쿠미 앞에 펼쳤다.

"하이세이코라는 말 알죠?"

"너 지금 누구 놀리는 거냐? 경마는 안 해도 하이세이코 정도는 알아. 천하의 명마잖아. 「안녕 하이세이코」라는 노래까지 있었어."

"그 하이세이코가 낳은 말이 내일 일본 더비에 나올 거예요." 도키오가 신문을 두드렸다. "가츠라노 하이세이코 말입니다. 이 말에 거는 거예요."

"걸다니, 얼마나?"

"20만 엔을 몽땅 가츠라노 하이세이코에 거는 거예요."

다쿠미는 놀라 뒤로 넘어갈 뻔했다.

"아무래도 넌 머리가 좀 이상한 녀석이야. 그래, 하이세이코가 강하기는 했지. 하지만 그 2세가 강하다는 보장은 없어. 더구나 아무도 반드시 그 말이 이길 거라는 장담은 못 할 테고."

"그런데 나는 장담할 수 있어요. 가츠라노 하이세이코는 반드시 이기지만 제일 인기가 높으니까 배율은 그렇게 높지 않을 거예요. 크게 따려면 가진 돈을 몽땅 거는 수밖에 없어요."

"어떻게 장담할 수 있지? 너 혹시 경마장 브로커라도 잡은 거야?"

"그런 뒷거래가 아니고 사실이에요. 나도 경마에 대해 잘 몰라요. 하지만 전에 말에 대해 공부하다가 우연히 알았어요. 위대한 아버지가 이루지 못한 꿈을 아들이 해낸 예로……." 거기까지 말해놓고 도키오는 머리를 긁적였다. "이런 말 해봐야 이해가 안 되겠지만."

"몰라. 아무튼 나는 그런 머저리 짓은 안 해. 차라리 돈을 시궁창에 버리는 게 낫지. 그럴 거면 슬롯머신에 걸어볼란다."

"그거야말로 돈 낭비 아닌가요?"

"어째서? 네가 지껄이는 말이 훨씬 더 정신 나간 소리지."

"다쿠미 씨, 부탁이에요." 도키오가 갑자기 무릎을 꿇고 고개를 숙였다. "내일 아무 말 말고 마권을 사세요. 한 번만 나를 믿어주세요."

"……무슨 소리를 하는 건지."

"설명은 할 수 없지만 난 알아요. 내일 하이세이코 2세가 이겨요. 걸면 무조건 딸 거예요."

"네 말만 믿고 어떻게, 그 이유를 알지도 못하는데."

"만약 돈을 잃게 되면 무슨 짓을 해서라도 20만 엔을 마련할게요. 새우잡이 배를 타서라도 꼭 마련할게요."

"너 제정신이냐?"

도키오는 계속 고개를 숙였다. 다쿠미는 한숨을 내쉬었다.

"알았어. 그럼 이렇게 하자. 5만 엔만 걸어볼게. 어때?"

"미야모토 다쿠미 씨!" 도키오가 갑자기 고개를 들었다. 다쿠미는 깜짝 놀라 몸을 움찔했다.

"뭐야, 나를 협박하는 거냐?"

"아들을 믿어주세요. 아버지의 꿈을 이루어줄 사람은 아들밖에 없어요."

"아들이라니, 너……도대체 왜 그렇게 하이세이코의 아들 편을 드는 건데."

그러나 다쿠미는 왠지 더 이상 말이 나오지 않았다. 자신을 쳐다보는 시선에 심상치 않은 기백을 느꼈기 때문이다. 도키오는 자신의 내면에 있는 뭔가를 다쿠미에게 전하고 싶어 하는 것 같았다. 그 뭔가의 서슬에 압도되었다. 특히 어찌 된 영문인지 아들이라는 말을 듣는 순간 마음이 크게 동요되었다.

"10만 엔이면 어때?" 다쿠미가 그렇게 말해보았다. "그걸로 타협하자. 그것만으로도 나는 벼랑에서 뛰어내릴 각오로 내놓는 거야."

도키오는 일단 고개를 숙이고 있다가 이윽고 그대로 고개를 끄덕였다.

"하는 수 없군요. 믿으라고 하는 게 오히려 무리죠. 하지만 절대로 후회는 하지 않을 거예요."

"그렇다면 다행이다만."

다쿠미는 손에 든 봉투를 바라보았다. 벌써 후회가 되기 시작했다.

13

다음 날은 경마에 좋은 화창한 날씨였다. 오후가 되고부터 다쿠미와 도키오는 아사쿠사 국제 거리에서 한 골목 안으로 들어간 곳에 장외마권 매장으로 갔다. 일본 더비라 그런지 평소보다 사람들이 유난히 많았다.

"어디 보자……. 이제 한판 승부를 걸어볼까."

다쿠미가 발을 들여놓으려 했을 때 "잠깐!" 하며 도키오가 소매를 잡아당겼다.

"뭐야? 이제 와서 무서워진 건 아니지?"

"그게 아니고요. 약속해줘야 할 게 있어요."

다쿠미가 얼굴을 찡그렸다.

"여기까지 와서 무슨 잔소리가 그렇게 많아. 그만 좀 해라."

"어제도 말했지만 만약 어긋나면 목숨을 걸고라도 내가 변상할게요."

"그 의지는 알겠어. 그래, 나 역시 굳이 너를 새우잡이 배에 타게 하고 싶지는 않다만."

"난 진심이에요." 도키오가 보기 드물게 눈빛이 진지했다. "그러니까 다쿠미 씨도 나한테 약속해줘요. 만약 가츠라노 하이세이코가 이기면 내 부탁을 들어주는 거예요."

"네 몫을 챙겨주는 건 생각하고 있어. 절반씩 갖는 걸로 하자."

도키오는 초조한 듯 고개를 흔들었다.

"돈이야 아무래도 좋아요. 만약 이 승부에 이기면 도조 씨한테 가는 거예요."

"아직도 그 소리야?" 다쿠미가 얼굴을 돌렸다.

"어차피 오사카에 갈 거잖아요. 아이치 현은 그 중간이니까 잠깐 들러서 얼굴을 보이는 정도야 못할 게 뭐 있어요."

"너, 아직 사태를 못 파악한 거야? 어제 그놈들보다 먼저 치즈루를 찾아내야 한다고. 한가하게 노인네 얼굴을 보러 갈 틈이 어디 있어?"

그러자 도키오가 엄한 눈빛으로 다쿠미를 쳐다보았다.

"도조 씨도 남은 시간이 별로 없어요."

다쿠미가 입을 다물었다. 도조 스미코의 수명 따윈 아무래도 좋지만 도키오의 시선에는 왠지 모르게 마음이 약해진다.

"시간이 없어. 마권을 사올게." 다쿠미가 걸음을 옮겼다.

마권 매장에서 10만 엔을 내놓을 때는 아무래도 심장이 격렬하게 두근거렸다. 그래도 옆에서 일용 노동자인 듯한 사내들이 내는 감탄을 듣자 기분이 조금 우쭐해졌다.

다쿠미는 도키오와 함께 가까운 다방으로 들어갔다. 안쪽에 텔레비전이 놓여 있는 곳이다. 화면에서는 경마 실황중계가 나왔다. 두 사람 주위에는 똑같은 목적으로 들어온 듯한 남자들이 심각한 얼굴로 화면을 노려보고 있었다.

다쿠미가 커피를 한 모금 마시고 테이블을 손가락으로 두드렸다.

"괜히 긴장되는걸. 돈이 10만 엔이나 되니까." 손바닥에 땀이 배어났다.

"긴장할 필요 없어요. 반드시 하이세이코의 아들이 이길 거니까."

"너의 그 자신만만한 태도가 왠지 소름이 끼친다니까." 다쿠미가 테이블 너머로 도키오 쪽으로 얼굴을 들이댔다. "그 정보 확실한 거지. 어디서 얻어들은 정보냐?"

"브로커 같은 거 모른다고 했잖아요. 하지만 반드시 이겨요."

"모르겠다. 모르기는 하지만 여기까지 왔으니 그 자신감에 거는 수밖에 없지." 다쿠미는 텔레비전으로 눈길을 주었다. 드디어 레이스가 시작되려 하고 있었다. 아나운서는 흥분한 목소리로 다방 안의 공기를 뜨겁게 만들었다.

"다쿠미 씨, 아까 한 이야기 말인데요."

"뭐야. 시끄러운 녀석이네. 지금 그런 이야기할 상황이 아니잖아."

"이기면 가주는 거죠, 도조 씨한테."

"그래, 알았다, 알았어. 어디든 가줄게." 텔레비전 화면을 응시한 채 다쿠미는 대답했다.

됐어, 하고 도키오는 작게 중얼거렸다.

화면에서는 스물여섯 마리의 말이 나란히 서서 준비를 마치고 긴장된 공기 속에서 문이 열렸다. 말들 일제히 스타트, 하는 아나운서의 말이 들렸다.

다방 안의 손님들이 죄다 몸을 앞으로 내밀었다. 몇 명이 신음을 내고 바로 옆의 손님은 "린드, 달려!" 하고 외쳤다. 린드푸르반이라는 말에 건 모양이다.

경마를 거의 보지 않는 다쿠미는 말의 포지션이 어떤 건지, 달리는 모습이 어떤 건지 따위는 아무것도 몰랐다. 그저 검은 몸통에 하얀 블링커(말의 눈 옆을 가리는 천—역주)를 댄 가츠라노 하이세이코만 눈으로 좇았다. 등 번호는 7번.

말들이 마지막 직선 코스로 들어섰다. 바깥 쪽 말에 밀리듯이 가츠라노 하이세이코가 안쪽으로 다가든다. 뒤에서 4번을 단 말이 맹렬하게 추격한다. 그 말이 린드푸르반인 모양이다. 옆의 손님이 절규하는 소리가 들린다.

서로 엉키듯이 두 마리의 말이 골을 향해 달려들었다. 어느 쪽 말이 이겼는지 알 수가 없다. 다방 안은 비명으로 가득 찼다.

"7번이 이겼어."

"아니, 4번이야, 4번."

모두들 한마디씩 외쳤다. 다쿠미는 그 자리에 멍 하니 서 있었다. 도키오 혼자만 침착한 모습으로 커피를 마시고 있었다.

이윽고 텔레비전에 사진 판정 결과가 비쳐졌다. 흑백의 정지 화면은 가츠라노 하이세이코가 코 끝 차이로 앞서 있음을 보여 주었다.

옆의 손님이 테이블을 발로 찼고 다쿠미는 큰 소리로 환호성을 질렀다.

30분 뒤 다쿠미와 도키오는 유명한 전골 전문 식당에서 전골을 먹고 있었다.

"세상에! 너한테는 두 손 두 발 다 들었다. 멋지게 맞췄어. 그 정도로 자신 있게 장담하기에 무슨 근거가 있겠지 싶어서 내가 넘어가주긴 했다만 정말 맞았다는 걸 알았을 때는 소름이 돋더라."

하하하, 웃으며 다쿠미가 맥주잔을 기울였다. 맥주 맛은 최고였고 주문한 고기도 최고급 품질이었다. 가츠라노 하이세이코는 인기가 가장 높았지만 그래도 430엔이 배당되었다. 10만 엔이 43만 엔으로 둔갑했으니 이 정도 사치는 부려도 될 것 같았다.

"그러니까 내가 반드시 이긴다고 했잖아요." 도키오도 신이 난 얼굴로 고기를 건져 입으로 가져갔다.

"어때, 이제 그만 솔직하게 털어놓지 그래? 어떻게 가츠라노 하이세이코가 이길 거라고 예상했지?"

"그건 설명하기 어렵다고 했잖아요. 말해봐야 아마 믿어주지 않을 거예요."

"말을 안 하면 믿고 말고도 할 수 없잖아. 아니면 혹시 너한테 무슨 예지 능력 같은 게 있다는 거야?"

농담으로 한 말이었는데 도키오는 생각에 잠기는 얼굴이 되었다.

"맞아요. 그런 식으로 이해하는 게 나을지도 몰라요."

"어라. 이 녀석, 뻥이지?"

"봐요, 역시 믿지도 않으면서."

"아니, 실제로 맞췄으니 믿지 않을 수가 없긴 하지만 말이다." 다쿠미는 주위에서 엿듣는 사람이 없다는 것을 확인한 다음에 작은 목소리로 말했다. "만약 그렇다면 떼돈을 벌 수 있잖아. 승산 있는 말에 자꾸 거는 거야. 어때?"

도키오가 쓴웃음을 지으며 말했다.

"유감스럽지만 그렇게는 되지 않을 거예요. 이 시대의 경마에 대해 알 수 있는 거라고는 오늘 레이스 정도니까."

"너무 야박하게 굴지 말고 앞으로 한두 번만 더 예상을 해줘 봐. 잘만 하면 억만장자도 될 수 있겠다."

그러자 도키오는 젓가락을 놀리던 손길을 멈추고 한숨을 쉬면서 다쿠미를 가볍게 노려보았다.

"그런 소리 할 때가 아니잖아요."

도키오는 짧게 혀를 차고 전골 안의 고기로 젓가락을 가져갔다.

"하지만." 도키오가 빙그레 웃으며 이어 말했다. "미래의 일에 대해 아주 조금은 예상해줄 수도 있어요."

"돈이 되지 않는 이야기라면 할 거 없어."

"충분히 돈이 될 이야긴데. 예를 들어 다쿠미 씨가 누군가랑 만날 약속을 했다고 쳐요. 약속 시간에 늦을 것 같을 때나 갈 수 없게 되면 어떻게 하죠?"

"어떻게 하냐고? 그야 어떻게 해서든 연락하는 수밖에 없지."

"어떻게요?"

"그야 뭐, 예를 들어 약속한 다방에 전화를 건다든지."

"약속 장소에 전화가 없으면?"

"그건……." 조금 생각한 뒤에 고개를 가로저었다. "그럴 때는 나중에 사과하는 수밖에 없겠지."

"그쵸! 하지만 앞으로 20년만 지나면 그런 일로 곤란해하지 않아도 돼요. 거의 모든 사람이 전화기를 들고 다닐 테니까. 주머니에 들어갈 정도로 작아서 걸어 다니면서도 전화로 이야기할 수 있어요."

"어린애 상상 같은 이야기군." 다쿠미가 웃어넘기듯 말했다. "꿈을 깨뜨려서 미안하다만 당분간은 그렇게 되지는 않을 거야. 너 알아? 앞으로 3년만 있으면 돈을 넣지 않고도 공중전화를 걸 수 있다더라. 명함 정도 크기의 얇은 카드 하나로 5백 엔이나 천 엔어치의 통화를 할 수 있게 될 모양이야. 그렇게 되면 점점 공중전화도 늘어나겠지. 그런데 뭐 하러 제가끔 전화기를 갖고 다니겠어."

"전화카드……그 공중전화용 카드는 분명 크게 붐을 일으키겠지만 휴대전화가 보급되면서 서서히 명맥이 사라지고, 공중전화 자체도 많이 줄어들 거예요. 사람들이 제각기 휴대전화를 이용해서 의사소통을 하게 될 테니까 여러 가지 기능이 자꾸 늘어갈 테고. 전화선 자체가 고속화, 다양화되어 완전히 네트워크 사회가 될 거라고요. 이거 틀림 없는 이야기니까 다쿠미 씨가 잘 기억해두면 좋을 거예요."

"SF에는 흥미 없어." 다쿠미가 성가시다는 듯 손사래를 치고 나서 맥주를 더 주문했다.

전골 전문점을 나오더니 다쿠미가 도키오에게 말했다.

"넌 먼저 집에 가. 나는 잠깐 들러야 할 데가 있어."

"어디요?"

"여기저기 빚이 좀 있어서 이번 기회에 청산할 생각이야."

"아, 예." 도키오가 고개를 끄덕였다. "그게 좋겠네요. 그럼 집에 가서 기다릴게요."

다쿠미는 한 손을 들어 작별인사를 하고 도키오의 모습이 사라지기를 기다렸다가 걸음을 옮기기 시작했다. 하지만 얼마 안 가서 깡충깡충 뛰기 시작했다. 콧노래가 절로 나왔다.

전화 부스를 발견하고 안으로 들어갔다. 콧노래를 계속하면서 동전을 넣고 번호를 눌렀다. 전화번호는 외우고 있었다.

몇 번의 발신음이 들린 뒤에 "여보세요" 하는 졸린 듯한 여자 목소리가 들렸다.

"유카리? 나야. 다쿠미."

"으응, 무슨 일?"

"반갑지 않은 목소리군. 오늘 나랑 같이 다니면 좋은 일이 있을 텐데."

"웃기지 마. 나를 불러낼 거면 빌린 돈이나 먼저 갚으라고."

"그깟 돈 당장 줄게. 그보다 다른 여자애들도 불러. 오랜만에 새러데이나잇 피버로 땡기자!"

"바보! 오늘은 선데이야."

"아무러면 어때. 어딘가에 한 집 정도는 문을 연 디스코가 있을 거야. 오늘은 내가 쏜다. 신나게 놀아보자."

"……무슨 일 있어?"

"나와 보면 알아. 안 나오면 후회할걸. 오늘은 일본 더비, 행운의 신 가츠라노 하이세이코에게 감사해야지."

"경마에서 땄어?"

"10만 엔 집어넣고 왕창 땄지."

수화기 너머에서 환호성을 지르는 여자 목소리가 들렸다.

그로부터 세 시간 뒤 다쿠미는 미친 듯이 춤을 추고 있었다. 온갖 연줄을 동원해 정기 휴일인 바를 억지로 열게 하고 오로지 술만 있으면 덤벼드는 패거리들을 불러 모아 즉석 디스코 파티를 여는 중이었다. 싸구려 스테레오에서는 비지스의 노래가 흐르고 위스키며 맥주병의 마개가 기세 좋게 펑펑 열렸다. 공짜로 술을 마실 수 있다는 이유만으로 신이 난 패거리들은 그를 더욱 부추기기 위해 손 박자를 아끼지 않았다. 기분에 못 이겨 알몸이 되는 남자도 있었다.

가게 문이 열리고 도키오가 들어온 것은 파티의 흥이 최고조에 달했을 때였다. 다쿠미가 테이블 위에 서서 존 트라볼타를 흉내 내고 있었다.

"앗, 도키오! 용케도 여길 알아냈구나." 다쿠미가 테이블에서 뛰어 내려왔다. "이봐, 다들 여기 보라고, 이 친구가 아까 이야기한 내 동생뻘 되는 아이야."

술렁거림이 일었다.

"대단하다! 나한테도 뭐든 예언 좀 해줘." 한 여자가 교태를 부리며 말했다.

"그럴 수는 없을걸. 이 녀석은 내 전속이야." 다쿠미가 도키오의 어깨를 껴안았다. 그러고 웃음을 보냈다. "그치? 안 그래?"

그러나 도키오는 웃지 않았다. 무표정한 얼굴로 다쿠미를 뚫어지게 노려보다 말했다. "뭐 하는 겁니까?"

"뭐냐면……그러니까 그, 뭐냐, 약간의 축하를 위해……."

도키오가 다쿠미의 팔을 뿌리쳤다.

"이럴 때예요? 이러라고 돈을 따게 해준 게 아니잖아요."

"그렇기는 하지만, 그 정도 땄으니까, 조금만……."

도키오의 얼굴이 일그러지면서 다쿠미를 때리려고 덤벼들었다. 그의 오른쪽 주먹이 다쿠미의 얼굴로 날아왔다. 취하기는 했지만 피할 수 없는 스피드는 아니었다. 그런데 왠지 다쿠미는 움직일 수가 없었다. 주먹은 그의 콧잔등에 명중했다.

동료 가운데 하나가 일어섰다. "야! 너 뭐 하는 거야?" 도키오의 멱살을 잡았다.

"잠깐, 놔둬." 얼굴을 감싸면서 다쿠미가 일어섰다. 도키오와 눈이 마주쳤다. 도키오는 슬픈 얼굴로 그를 보았다.

다쿠미는 사람들을 둘러보았다. "미안하지만 오늘은 여기까지다. 다들 그만 가봐."

모여 있던 무리들은 여우에 홀린 듯한 얼굴을 하고 있었다. 이상하다는 표정으로 다쿠미와 도키오를 번갈아보면서 가게를 나갔다. 그중 하나가 "다쿠미가 저렇게 맥없이 얻어맞다니 희한한 일이네" 하고 중얼거렸다.

다쿠미는 얼굴을 눌렀던 손바닥을 보았다. 피가 묻어 있었다. 그런데도 왠지 화가 나지 않았다. 오히려 부끄러웠다.

"미안해요." 도키오가 사과했다.

"아니." 다쿠미가 고개를 흔들었다. "왠지 모르지만 피할 수가 없더라. 뭔가 피하면 안 될 것 같다는 생각이 들던데."

옆에 있던 냅킨으로 코를 닦았다. 냅킨이 순식간에 붉게 물들었다.

"가요, 다쿠미 씨." 도키오가 말했다. "연인을 찾아야 하잖아요. 그 다음엔 당신을 낳아준 사람을 만나줄 거죠?"

피에 물든 냅킨을 움켜쥐고 다쿠미는 고개를 끄덕였다.

"그래야지, 그럼 출발할까."

도키오가 미소를 짓자 덧니가 살짝 보였다.

14

이튿날 밤 다쿠미는 도키오와 함께 긴시초에 가기로 했다. '제비꽃'으로 가기 위해서다. 돈도 들어왔겠다. 택시를 타고 가자는 다쿠미의 제안을 도키오는 일언지하에 거절했다.

"어때서 그래. 둘이서 전철을 타고 가는 차비를 생각하면 큰 차이도 없잖아."

"그 정신상태가 틀렸다니까요. 군자금이 들어왔다고 하지만 그걸로 충분할지 어떨지도 아직 모르잖아요. 치즈루 씨를 찾는 데 시간과 발품이 얼마나 들지 알 수도 없고."

"알았어. 시끄러운 녀석."

도키오가 말하면 왠지 다쿠미는 거역할 수 없었다.

결국 전철로 가기로 했다. 아사쿠사바시까지 가서 소부 선을 갈아탔다. 도키오는 전철을 탄 뒤에도 앉지 않고 열심히 밖을 쳐다보았다.

"뭘 그렇게 열심히 보냐?"

"아무것도 아니에요. 그냥 동네를 보는 거예요."

"특별히 볼 것도 없는 경치일 텐데."

스미다 강을 건넜을 때였다. 크고 작은 다양한 건물들이 빼곡하게 서 있고 그 간격을 채우듯이 민가가 사이사이 있었다. 통일감도 없고 잡다한 인상밖에 주지 않았다.

"다쿠미 씨는 왜 아사쿠사에 살 생각을 한 거예요?" 도키오가 물었다.

"특별히 이렇다 할 이유는 없어. 여러 가지 직업을 전전하면서 여기저기 돌아다니다 우연히 자리 잡은 데가 아사쿠사일 뿐."

"하지만 좋아하죠?"

"글쎄. 나쁘지는 않아." 다쿠미가 코밑을 손가락으로 문질렀다. "사람들이 재미있는 데가 있어."

"인정도 있고요?"

다쿠미가 와하하, 웃었다.

"뒷골목 이퀄 인정이란 말이지, 너 참 단순하다. 내가 보기에 뒷골목보다 방심할 수 없는 동네는 없어. 너나 할 것 없이 모조리 뱃속에 구렁이를 키우고 있거든. 그걸 감추기도 하고 가끔 살짝 보이기도 하면서 흥정을 하고 살아가는 것이 뒷골목 인생이야. 하지만 나는 그게 좋아. 끈적끈적한 인간관계 따위는 질색이거든. 그날그날 살아가는 게 다고 속으면 속는 쪽이 나쁜 거야. 다들 그런 각오로 살아."

거기까지 말하고 나서 그는 고개를 살짝 갸우뚱했다. "하지만 그게 진짜 인정인지도 모르지. 이 친구가 날 배신한다 해도 어쩔 수 없지, 이런 식으로 마음먹고 사는 거야. 서로 얕잡아 보고 덤비는 건 인정이 아니야."

"좋은 곳이네요." 도키오는 창밖으로 눈길을 돌렸다. "왠지 부러워요."

"이런 걸 부러워하다니. 난 말이지, 반드시 언젠가는 고급주택가에 살 거야. 세다가야나 덴엔초후 같은 전원주택에서 살 거야. 크게 한판 벌여서 큰 저택을 지을 거라고."

"그게 다쿠미 씨의 꿈인가 보군요."

"그뿐이 아니야. 나는 스케일이 좀더 큰 생각을 하고 있어. 예를 들자면 말이지, 땅이나 아파트를 많이 사서 그걸 사람들에게 세놓는 것만으로 꼬박꼬박 돈이 들어오게 하는 거 말야. 최고라고 생각하지 않아? 고급 외제차를 타고 스타일 끝내주는 외국 여자를 끼고 다니는 거야."

그러자 도키오가 다쿠미의 얼굴을 물끄러미 바라보았다.

"다쿠미 씨도 그런 야망이 있었군요. 그런 시대였군요."

"뭐야, 그 말투는?"

"아니, 그냥……성실하게 돈을 벌겠다는 생각은 없는 건가 싶어서요."

"지금 시대는 궁상을 떨어봐야 나만 손해야. 허풍이든 뭐든 좋으니까 큰 건수에 승부를 거는 놈이 이기는 거야."

"하지만 인생은 돈이 다가 아니잖아요."

“무슨 소리야? 마지막에는 돈이라고. 그래서 일본이 전쟁 뒤에도 밑바닥에서 다시 일어선 거 아냐? 외국 놈들은 일본인을 갖고 토끼장 같은 집에 산다느니, 일벌레라느니 지껄인다지만 그거야 단순히 패자의 시샘이지. 그런 놈들은 돈다발로 따귀를 갈겨주면 돼.”

다쿠미의 말에 도키오는 시선을 떨어뜨렸다. 그러고 나서 다시 창을 내다보면서 입을 열었다.

“그런 기세로 일본인은 전 세계를 상대로 돈을 벌어들일 거예요. 적어도 앞으로 10년 동안은. 경기가 좋아져서 모두들 다투듯 사치를 부리게 될 거라고요. 축제 분위기로 들뜨겠지요. 하지만 그 뒤에는 뭐가 남을 것 같아요?”

“뭐가 남느냐고? 그렇게만 되면 만만세 아냐?”

도키오는 고개를 가로저었다.

“꿈이라는 건 항상 어느 순간 갑자기 깨어나는 법이거든요. 거품이 꺼지듯이 말이죠. 부풀대로 부풀었다가 툭, 하고 터지면 그걸로 끝. 그 뒤에는 허무함 외에는 아무것도 남지 않아요. 성실하게 소박하게 쌓아올린 것이 없기 때문에 정신적으로나 물질적으로나 의지가 되어주는 게 없어요. 그때 비로소 일본인은 깨달을 거예요.”

“뭘 말이야?”

“자신들이 잃은 것들에 대해. 앞으로 10년 남짓 지나면 누구나 소중한 것을 잃어버릴 거예요. 그중에는 아까 다쿠미 씨가 말한 인정이라는 것도 포함될 거고요.”

"뭘 좀 아는 것처럼 말하는데? 하지만 그런 일이 있을 까닭이 없어. 일본은 앞으로도 자꾸자꾸 커질 거야. 그 흐름에 처지지 않는 사람이 승자야."

다쿠미가 불끈 주먹을 쥐어 보였다. 도키오는 작게 한숨만 쉴 뿐 아무 대답도 하지 않았다.

긴시초에 도착했을 즈음에는 네온사인이 번쩍이는 시간대에 접어들고 있었다. '제비꽃'의 출입문에도 '영업 중'이라는 팻말이 걸려 있다. 그 문을 열고 안으로 들어갔다. 아직 이른 탓인지 손님은 카운터에 한 명만 있을 뿐이었다. 그 손님 옆에 마담이 앉아 있었다. 사마귀 얼굴의 바텐더가 잠시 웃는 얼굴로 돌아보다가 얼른 표정을 퉁명스럽게 바꿨다.

"아, 당신들은……." 마담 역시 김샌다는 표정을 지었다.

"뭐 하러 또 온 거야? 치즈루 일이라면 아무것도 모른다고 했잖아."

마담이 말하자 옆에 있던 손님이 의외라는 얼굴로 두 사람을 쳐다봤다. 서른 살은 되어 보이는 얼굴에 굴곡이 깊은 생김새를 가진 남자다.

"마담, 이 사람들은?"

"치즈루의 친구라네요. 그 아이가 있는 곳을 찾는 모양인데."

"흐음." 남자는 흥미가 있다는 시선이다.

"누구야, 당신은?" 다쿠미가 남자에게 물었다.

그러자 남자는 빙그레 웃으며 "남에게 이름을 물을 때는 먼저 자기 이름부터 밝혀야지" 하고 말했다.

"그럼 됐어." 다쿠미는 마담 쪽으로 돌아섰다. "당신이 그자들에게 내 이야기를 떠벌였지?"

"누구를 말하는 거지?"

"시치미 떼지 마. 토요일에 우리가 나간 뒤에 들어온 두 남자 말이야. 그자들도 치즈루의 행방을 물으러 온 거잖아. 그런데 당신은 내가 왔다 간 이야기를 해줬지. 아냐?"

마담은 입가를 일그러뜨리고 한숨을 쉬었다.

"그게 뭐 어때서? 치즈루를 찾는 사람들끼리 서로 이야기를 하면 좋겠다 싶어서 당신들을 가르쳐준 거야. 친절을 베풀었으면 고마운 줄 알아야지."

다쿠미는 흥, 하고 콧방귀를 뀌더니 도키오를 향해 돌아섰다. "들었지? 딴소리만 하잖아."

"다른 볼일 없으면 가. 아니면 이쪽 손님처럼 얌전히 앉아 술이라도 한잔 마시던지. 영업 중인 가게에 들어와서 뭘 물어보려면 그 정도는 당연하잖아."

"재미있군. 그럼 한잔 마셔줄까. 돈이 없는 줄 알면 큰 착각이야."

"잠깐만요, 다쿠미 씨." 호언장담하는 다쿠미의 소매를 도키오가 뒤에서 잡아당겼다. "수법에 넘어가면 안 돼요."

"이런 소리를 듣고 가만히 있으란 말이야?" 다쿠미가 그의 손을 뿌리치고 바텐더를 노려보며 말을 이었다. "좋아, 비싼 술이나 실컷 권해보지 그래."

"호오!" 사마귀 얼굴의 바텐더의 눈이 휘둥그레졌다. "고급술에도 여러 가지가 있는데. 예를 들면 뭘 원하시는지?"

"그건……." 다쿠미는 잠시 말이 막혔지만 금세 다시 입을 열었다. "나폴레옹. 나폴레옹 줘."

"나폴레옹이라, 그런데 어떤 나폴레옹?"

"나폴레옹이면 나폴레옹이지. 아니면 여기는 그런 비싼 술은 아예 팔지도 않는 건가?"

다쿠미가 말하자 바텐더는 껄껄, 큰 소리로 웃었다. 마담도 웃음을 터뜨렸다.

"뭐야? 뭐가 그렇게 우스워?"

그러자 뒤에서 도키오가 귓속말을 했다. "나폴레옹이라는 건 브랜디급 상품 중에 하나예요. 술 이름이 아니라고요."

"뭐? 그래?……."

"그렇다니까. 술에 대해 제대로 알지도 못하면서 깡패 졸개 따위가 함부로 허풍을 떨면 쓰나." 바텐더가 내뱉듯이 말했다.

다쿠미는 온몸의 피가 거꾸로 솟는 것 같았다. 왼손을 꽉 쥔 주먹을 가슴까지 올린다. 거기서 몇 초만 지났으면 카운터를 넘어갔을 테지만 그전에 그의 손을 도키오가 잡아 눌렀다.

"이러면 안 돼요, 다쿠미 씨."

"그 사람에게……." 마담 옆에 있던 손님이 말했다. "헤네시를 내드리게. 내가 내는 거야."

바텐더가 의외라는 얼굴을 했지만 금방 예, 하고 대답했다.

"쓸데없는 짓 하지 마시오." 다쿠미가 상대 남자에게 말했다.

남자는 입가에 웃음을 머금었지만 바텐더나 마담처럼 기분 나쁜 미소는 아니었다.

"자네 이야기를 더 듣고 싶어서 사주는 거야. 사양 말고 드시게."

바텐더가 잔을 다쿠미 앞에 놓았다. 한껏 거만한 손놀림으로 브랜디를 따른다.

다쿠미는 잠시 망설이다가 잔으로 손을 뻗었다. 잔을 들어 입술에 대기만 했는데도 달콤한 맛이 코끝에 닿았다. 살짝 핥아보고 나서 한 모금 마셔본다. 은은한 향기를 응축한 듯한 그 맛이 기분 좋은 자극과 함께 혀에 퍼졌다.

"덴키브랜과는 격이 다를걸." 바텐더가 잔을 닦으면서 재미있다는 듯 말했다.

"별것도 아니군. 이깟 술." 말은 그렇게 하면서도 다쿠미는 잔을 놓지 않았다. "남이 대접하는 거라도 손님은 손님이니까 질문에 대답은 해주지 그래." 마담을 향해 말했다.

"난 아무것도 모른다고 했잖아."

"그자들은 뭐야. 어째서 치즈루를 찾는 거냐고?"

"그 친구들이 누구인지는 몰라. 치즈루의 행방을 물으러 왔을 뿐이니까. 하지만 그자들의 목적은 치즈루가 아닌 것 같던데."

"그건 알아. 치즈루가 뭔가를 갖고 있다더군."

"뭘 갖고 있다고? 그런 말은 못 들었는데."

"그럼 어떤 말을 들었지?"

"그 사람들은 오카베岡部 씨와의 일을 이야기했어. 오카베가 치즈루라는 여자한테 돈을 물 쓰듯 했던 게 정말이냐고."

"오카베? 그건 또 누구야?"

"우리 가게 손님. 그 사람들 하는 말을 들어보면 찾는 상대가 오카베 쪽이 아닐까 싶던데. 그러니까 오카베 씨를 찾기 위해 치즈루를 찾는 게 아니었을까?"

"오카베라는 그자는 뭐 하는 놈인데?"

마담은 고개를 가로저었다.

"오래전에 전화 일을 한다고 들은 적이 있을 뿐이고 자세한 이야기는 몰라."

"전화?"

"사실 나도 오카베를 찾고 있네." 다쿠미에게 브랜디를 사준 남자가 말했다. "그래서 여기 와서 이야기를 듣고 있었던 거야. 이 가게를 자주 드나들었던 모양이기에. 마침 치즈루라는 사람에 대해 묻는 중에 자네들이 들어온 거지. 하지만 덕분에 상황을 이해하게 됐어. 오카베는 치즈루와 같이 어딘가로 사라진 것 같군."

"오카베는 뭐 하는 자요? 그리고 당신에 대해서도 알고 싶은데."

"그건 자네와는 관계가 없는 일이야."

"그자들하고 한패인가? 그렇다면 마침 잘됐군. 돌려주고 싶은 게 있어." 다쿠미는 주머니에서 반으로 접은 돈 봉투를 꺼냈다. "그자들이 맡겨둔 돈이니 전해주면 좋겠군."

남자의 얼굴에서 미소가 사라졌다. 예리한 눈으로 봉투와 다쿠미를 번갈아 노려보았다.

"그랬구나. 자네에게 돈을 주고 치즈루를 찾게 하려는 거였군."

"이제 이 돈은 필요 없어."

"잠깐. 나는 그 돈을 준 자들이랑 한패가 아닐세." 그렇게 말하고 나서 남자는 마담과 바텐더에게로 시선을 돌렸다. "계산서 부탁할까."

"이쪽 이야기는 아직 끝나지 않았어." 다쿠미가 말했다.

"그러니까 여기서 나가 어디 한적한 데 가서 차분히 이야기하자고."

"어머! 여기가 어때서 그러세요. 오늘은 한참 동안 손님도 오지 않을 것 같고, 우린 입이 무거운 사람들인데." 마담이 한껏 친절을 베푸는 얼굴로 말했다. 그 눈에는 호기심의 빛이 번득였다.

"성가시게 하고 싶지 않아서." 남자는 일어서서 윗옷 안주머니에서 지갑을 꺼냈다.

'제비꽃'을 나온 뒤 남자는 말없이 역으로 향하는 길을 걷기 시작했다. 다방이나 조용한 곳을 찾는 것처럼 보이지도 않았다.

큰길로 나오자 남자는 발길을 멈추고 그대로 다쿠미와 도키오를 돌아다보았다.

"어때? 나하고 거래를 하지 않겠나?"

"거래? 무슨 거래?"

"자네는 치즈루를 찾을 무슨 단서가 있을 거 아닌가. 그걸 가르쳐주면 좋겠는데. 대신 나는 치즈루에 대해 뭔가 알아내면 반드시 자네한테 연락하지."

다쿠미는 주머니에 양손을 찔러 넣고 도키오 쪽을 힐끗 돌아보고 나서 남자에게 눈길을 돌렸다. 입가만 웃음을 지어 보였다.

"그런 거래에 내가 응할 것 같아? 당신이 어디의 누군지도 모르는데."

"난 직업 때문에 사람을 찾는 것 뿐일세. 걱정하지 않아도 돼."

"그 말을 믿을 근거라도 있어? 당신이 신뢰할만한 사람이라는 증거를 보여줘. 만약 그런 걸 보여준다고 해도 치즈루를 찾는 일만은 남에게 맡기지 않을 테지만."

흐음, 하고 고개를 끄덕이던 남자는 콧잔등을 문질렀다.

"믿으라고 강요하는 것도 무리일지 모르지. 그래도 이 충고는 들어두는 게 좋을 거야. 지금 자네들이 움직이는 건 좋지 않아. 자네들 입장에서 좋지 않다는 의미야. 한동안 치즈루 씨 찾는 일을 보류해두면 안 되겠나? 시기가 오면 내가 연락하지. 그때가 되면 치즈루가 있는 곳도 알아냈을 거야."

"여전히 봉창 두드리는 소리만 하는군, 이 아저씨." 다쿠미는 엄지손가락으로 상대 남자를 가리키며 뒤에 있는 도키오에게 말했다. 그러고 나서 다시 남자를 보며 고개를 가로저었다.

"무슨 복잡한 사정이 있는지는 모르겠지만 나랑은 관계없는 일이야. 난 치즈루를 찾을 거야. 아무도 방해하지 못해."

"자네들이 섣불리 움직였다가는 치즈루도 위험해."

"그렇게까지 말이 나왔으면 이제 자세한 사정을 이야기해주지 그래?"

하지만 남자는 다쿠미의 말에는 응할 생각이 없는 듯 입술을 굳게 다물고 다쿠미를 바라보았다.

"가자." 다쿠미는 도키오에게 말하며 걸음을 옮겼다.

"잠깐! 알았네." 남자가 다쿠미 앞에 섰다. "유감스럽게도 아직은 모든 사정을 이야기할 수가 없어. 언젠가는 가능하겠지만 지금은 좀 곤란해."

"그럼 마음대로 해. 저리 비켜주지."

"자네를 말리는 건 무리인 것 같으니까 이것만은 말해두지. 자네에게 돈을 준 자들이 하는 말을 들으면 안 돼. 그들과는 얽히지 않는 게 좋아."

"그런 소리 안 해도 얽히지 않을 거야. 당신도 마찬가지고."

남자는 주머니에서 수첩을 꺼내 재빨리 뭔가를 적더니 그 페이지를 찢어 내밀었다. 보니까 전화번호인 듯한 숫자가 써 있다.

"뭐요, 이건."

"내 연락처. 뭐든 어려운 일이 생기면 전화하게. 가능하면 치즈루와 그 동행자의 소재를 알면 제일 먼저 연락해주면 좋겠네. 이름은 다카쿠라高倉로 해두지."

"다카쿠라라. 그럼 나머지 이름은 겐健이라고 하겠군." 다쿠미는 메모지를 땅바닥에 버렸다. "할 말은 그것뿐이야?"

남자는 한숨을 내쉬었다.

"할 수만 있다면 자네들을 감금이라도 하고 싶은 심정이군."

"할 수 있으면 해보지 그래."

다쿠미는 도키오를 향해 "가자!" 하고 말하며 걸음을 옮겼다. 이번에는 남자도 막지 않았다.

"저기요, 뭔가 좀 이상하지 않아요?" 도키오가 걸으면서 말을 걸어왔다. 다쿠미가 버린 메모를 들고 왔다.

"네가 말 안 해도 알아. 제기랄, 치즈루 이 여자는 어쩌자고 그런 자식이랑 사라진 거야?"

"오카베에 대해 아까 다카쿠라라는 사람을 붙잡고 좀더 따질 줄 알았는데."

"저 남자는 말하지 않을 거야. 분위기로 알 수 있어. 그보다 이쪽 목적은 치즈루야. 오카베인지 뭔지는 알 바 아냐. 이시하라 유지로나 다카쿠라 겐이나 아직 이렇다 할 단서는 없는 것 같으니까 우리가 빨리 치즈루를 찾기만 하면 되는 거야."

"내일 출발할 거죠?"

"물론이지. 우물쭈물할 이유가 없으니까."

솔직히 다쿠미로서는 지금 당장이라도 출발하고 싶은 심정이었다. 치즈루가 어떤 일에 말려들었는지 도무지 짐작할 수가 없었다. 수상한 공기만 주변을 감싸는 느낌이 들었다. 어디든 쫓아가서 그녀를 얼른 되찾아오고 싶었다.

긴시초 역 앞에서 저녁을 먹고 나서 집으로 돌아오니 계단 밑에 한 남자가 서 있었다. 키가 크고, 코밑에 난 수염이 낯익은 얼굴이었다. 이시하라의 부하였다. 다쿠미는 마침 잘됐다고 생각했다.

"외출을 했었군." 콧수염이 물었다.

"그게 잘못인가? 우리도 밥 먹고 술 마실 수 있잖아. 그보다 무슨 일이지?"

"그날부터 이틀이 지났어. 뭔가 진전이 있지 않을까 싶어서."

"하하, 보스에게 명령을 받고 온 건가. 덩치는 큼직한 사내가 고작 심부름꾼이라니."

수염이 씰룩 움직였다. 다쿠미가 반격할 수 있는 자세를 취했지만 남자는 아무 공격도 해오지 않았다.

"여자가 있는 데는 알아냈나?"

"그 일 말인데, 내 쪽에서 해둘 말이 있어." 다쿠미가 돈이 든 봉투를 꺼내 남자의 가슴팍에 안겨주었다. "이 돈은 돌려주지. 20만 엔, 그대로 들어 있어. 한 푼도 쓰지 않았다고."

"무슨 의미지?"

"치즈루는 단념하기로 했어. 더는 쫓지 않을 거야. 그러니까 그 돈은 받을 수 없다 이 말이야. 그쪽 보스에게도 그렇게 전해."

"진심인가?"

"물론이지. 이제 귀찮아졌어. 이걸로 주고받을 것도 없어진 거니까 더는 우리한테 엉겨 붙지 말아줘."

다쿠미는 도키오에게 눈짓을 보내고 계단을 올라갔다. 콧수염은 밑에서 올려다보기만 하고 불러 세우지도 않았다.

"그걸로 물러나 줄까요?" 방으로 들어오고 나서 도키오가 걱정스럽게 말했다.

"물러가지 않으면 어쩔 건데. 나는 이제 치즈루를 쫓아다니지 않겠다고 말했어. 놈들도 다른 데 가서 알아보는 수밖에 없겠지. 그보다 내일 출발할 준비나 하자."

준비라고 해봐야 크게 할 것도 없었다. 낡은 스포츠가방에 갈아입을 옷 몇 벌과 타월만 넣으면 되었다. 도키오 쪽은 처음부터 짐이랄 것도 없었다.

자기 전에 돈을 확인했다. 세어보니 약 13만 엔이 남아 있었다. 그걸 반으로 나누어 각자 지니기로 했다.

"한 사람당 6만 5천 엔. 그러고 보니 큰돈도 아니네." 그렇게 말하고 나서 다쿠미는 지갑 속을 들여다보았다.

"말해두겠는데, 원래는 이거 말고도 10만 엔씩은 있었던 거잖아요. 그걸 쓸데없는 일에 써버렸으니까 이렇게 된 거죠."

"알아. 나도 반성하고 있으니까 그렇게 몇 번씩 잔소리할 거 없어. 그보다……." 다쿠미는 도키오에게 슬금슬금 다가갔다.

"지난번에도 물었지만, 그때처럼 괜찮은 건수는 진짜 더 없는 거야? 숨기고 있는 거 아니냐고."

"괜찮은 건수라니요?"

"잘 알잖아. 가츠라노 하이세이코 같은 거 말야. 다른 건수도 또 있겠지."

도키오는 휴우 하고 한숨을 내쉬고 고개를 흔들었다.

"몇 번을 대답해야 알아들겠어요? 그걸로 끝이라니까요. 그것도 우연히 알게 된 거라 써먹을 수 있었을 뿐이라고요. 원래 그런 경마에는 흥미도 없었고."

"경마가 안 되면 경정이든 경륜이든 다른 수법도 있지."

"그런 거 없어요. 아무튼 그런 일은 두 번 다시 없어요. 절대로 기대하지 말아요."

"쳇! 한 번뿐인 꿈이다 이거지." 다쿠미는 얇은 이불 위에 벌렁 드러누웠다.

도키오가 불을 껐다. 그러나 한참 뒤에 말했다.

"저기요……. 이런 말 하는 걸 무신경하다고 할지도 모르지만." 거기까지 말하고 나서 잠깐 쉬었다가 다시 "아니야, 역시 말하지 않는 게 좋겠어" 하고 중얼거렸다.

"뭐야. 남자답지 못하게. 딱 부러지게 말해."

"저기, 그……치즈루 씨랑 오카베라는 사람은 어떤 관계일까요?"

다쿠미는 상반신을 일으키고 도키오 쪽으로 몸을 돌렸다. "무슨 말이 하고 싶은 거야?"

"둘이서 같이 사라진 거잖아요. 그렇다면 사랑의 도피행각 같은 게 아닌가 해서요. 그럼 두 사람의 관계는……."

"시끄러워!" 다쿠미는 험악한 얼굴로 소리쳤다. "그럼 뭐야? 치즈루가 그 오카베라는 놈이랑 나랑 동시에 양다리를 걸쳤다는 거야? 그런 여자는 절대 아니야."

"그렇지만."

"뭔가 사정이 있을 거야. 너도 알잖아. 수상한 놈들이 자꾸 나타나는 걸 봐. 그런 도피는 단순한 이야기가 아냐. 오카베라는 자가 도망치고 치즈루는 거기 말려들었을 뿐이야. 그 여자가 사라지고 싶어서 사라진 게 아닐 거라고."

"그럴까요?"

"아니라는 거야?"

"하지만 메모까지 남겨놓았잖아요. 그거 틀림없이 치즈루 씨 글씨지요? 작별인사가 적혀 있었잖아요. 그러니까 여러 가지 사정이 있다고 해도 치즈루 씨가 다쿠미 씨 앞에서 사라진 건 치즈루 씨 자신의 의지였다는 거죠. 분명히 말해서…….” 거기까지 말을 하다가 도키오는 입을 다물었다.

“뭐야, 더 말해봐.”

어두운 방 안에서 도키오가 심호흡을 하는 기척이 들렸다.

“분명히 말해서 역시 다쿠미 씨는 치즈루 씨한테 차인 게 아닐까 싶은데.”

무슨, 하고 말하려다가 다쿠미는 입을 다물었다. 도키오의 말이 정곡을 찔렀다는 것은 그 자신이 가장 잘 알고 있었다.

그래도 그는 짐짓 흥, 하고 코웃음을 쳤다. “그거야 치즈루를 만나보지 않고는 알 수 없지.”

그 말에는 도키오도 반론하지 않았다. 그런가, 하고 작은 소리로 중얼거릴 뿐이었다.

다쿠미는 돌아누워 이불을 뒤집어썼다.

15

이튿날 아침은 일찍 일어나 둘이서 도쿄 역으로 갔다. 도키오는 쉴 새 없이 역 구내를 둘러보았다.

“흐음, 별반 다르지 않군. 백화점 같은 건 없지만.”

“뭘 그렇게 중얼거리는 거야? 그보다 표를 사야지.”

매표소를 향해 가려던 다쿠미의 팔을 도키오가 잡았다.

“녹색 창구(JR 특급권, 침대권 따위를 예약 발매하는 별도의 사무실에 마련된 매표소―역주)는 이쪽이에요."

"녹색……? 거기서 사는 건가?"

"그리고 어떤 열차가 있는지도 조사해봐야죠." 그러고 나서 도키오는 싱글싱글 웃으며 다쿠미를 보았다. "다쿠미 씨, 혹시 신칸센을 한 번도 못 타본 거 아니에요?"

"시끄러워, 진짜 여행의 고수들은 그런 거 타지 않아."

"그거 참 그럴듯하네요. 그럼 내가 사올게요."

도키오 혼자서 녹색 창구로 들어갔다.

다쿠미는 아무 생각 없이 주위를 둘러보았다. 평일이라 여행객은 많지 않은 것 같다. 그 대신 양복 차림으로 경쾌하게 걷는 회사원들이 많이 보였다. 머리 모양을 단정하게 가다듬고 꽤나 중요한 서류가 들어 있을 것 같은 검은 가방을 들고 있다. 그들은 보통 사람들보다 걷는 속도가 빠른 것처럼 보였다. 그 기세로 일본 전국, 아니 전 세계를 날아다닐 것이다. 그들 중에는 다쿠미와 나이 차이가 크게 나지 않는 모습도 적지 않았다.

이쪽은 제대로 된 여행조차 해본 적이 없는데 뭐야……. 다쿠미는 왠지 자신만 처지게 될 것 같은 초조함이 엄습해왔다.

도키오가 돌아왔다.

"열차편이 많지 않은 걸 보고 깜짝 놀랐어요. 노조미('희망'이라는 의미를 가진 신칸센 열차 이름―역주)도 없고."

"희망이 없다고? 무슨 소리야?"

"아니요, 그냥 내 이야기……. 그보다 자, 여기 표 있어요. 특급권이랑 승차권."

"수고했어."

"아직 시간이 좀 남아 있으니까 도시락이라도 사올게요."

다쿠미는 얼른 도키오의 뒤를 따라갔다. 그러나 표를 들여다보고 놀라운 사실을 깨달았다.

"어이, 잠깐 기다려."

"왜요?"

"너 이거, 나고야까지잖아. 우리의 행선지는 오사카야."

그러자 도키오는 그 쪽으로 몸을 돌리더니 양손을 허리에 올렸다.

"도조 씨의 집에 가겠다는 약속을 했잖아요."

"갈 거야, 간다고. 하지만 그건 치즈루를 찾고 나서야. 이쪽은 지금 일분, 일초를 다투고 있어. 모르겠어?"

"오사카에 간다 해도 금방 찾을 수는 없을 거예요. 그렇다면 그전에 해야 할 일을 해두자고요. 시간이 많이 걸리는 것도 아니고 기껏해야 반나절인데."

"웃기지 마. 지금 이런 판국에 반나절이나 낭비할 시간이 어디 있어? 오사카행으로 바꿔 와." 다쿠미는 녹색 창구를 향해 걷다가 다시 발길을 멈춰 도키오에게 표를 내밀었다. "오사카행으로 바꿔 와."

도키오의 얼굴이 슬프게 일그러졌다.

"반나절이 안 되면 세 시간만 빼요. 나고야 역까지 왕복 시간을 빼면 도조 씨를 만날 수 있는 건 한 시간이 고작일 거예요. 그래도 안 되겠어요?"

"그렇게 만나고 싶으면 너 혼자 갔다 와. 너는 자신의 출생에 대해 뭔가 알게 될지도 모른다고 생각하겠지. 하지만 나는 알고 싶지도 않아."

"안 돼요. 그러면 안 되는 거라고요." 도키오는 머리를 거칠게 헝클어 보였다.

"뭐가 안 된다는 거야. 너는 무슨 이유로 굳이 그 노인네랑 나를 만나게 하고 싶은 거야?"

"그 때문에 다쿠미 씨의 인생이 달라질 테니까요. 틀림없이 변할 걸 알기 때문이에요."

"멍청한 녀석. 경마를 맞췄다고 예언자 행세를 하려는 거야?" 다쿠미는 녹색을 향해 걸음을 옮겼다.

"지금 그 사람을 만나두면……." 도키오가 뒤에서 말했다. "언젠가 당신은 말하게 될 거예요. 그때 생모를 찾아가 만나길 정말 잘했다고. 그 일을 당신 아들에게도 이야기하게 될 거예요. 눈을 빛내며 자랑스럽게 이야기할 거라고요."

다쿠미가 멈춰 섰다. 뒤를 돌아보다가 도키오와 시선이 마주쳤다. 도키오는 입을 한 일– 자로 다물었다.

정체불명의 감정이 다쿠미의 가슴을 옥죄어왔다. 도키오가 마권을 사라고 주장했을 때와 똑같았다. 그리고 그때와 마찬가지로 보이지 않는 그 물결을 다쿠미는 거스를 수가 없었다.

"30분이야." 그는 말했다. "30분만 만나주지. 그 이상은 절대 안 돼."

도키오의 얼굴에 안도의 빛이 퍼졌다.

"고마워요." 이상한 힘을 가진 청년은 다쿠미에게 고개를 숙였다.

16

히카리호(신칸센 열차 이름—역주)에서 내린 다쿠미가 나고야역의 플랫폼에서 크게 기지개를 폈다.

"우와! 벌써 나고야구나. 눈 깜짝할 사이에 왔네. 역시 신칸센은 빨라. 시계를 봐, 도쿄에서 출발한 지 두 시간 정도밖에 지나지 않았어."

"목소리가 너무 커요. 창피하게." 도키오가 미간을 찡그리며 작은 소리로 말했다. "신칸센 안에서도 계속 빠르다, 빠르다, 몇 번이나 감탄을 하는지 원. 그만하면 충분하잖아요."

"왜 그래, 빠른 걸 빠르다고 하는 게 뭐가 나빠."

"나쁘지는 않지만 너무 수선스럽잖아요. 차내 판매원 아가씨 치마가 짧다며 희희낙락하질 않나."

"그래, 그 아가씨들 다리 한번 늘씬하더라. 나한테 퉁명스럽게 구는 건 마음에 들지 않았지만. 그 아가씨한테 산 장어도시락도 맛이 좋았지. 갈 때도 사 먹자."

"신칸센을 탈 돈이 남으면."

도키오가 계속 앞장서서 걸었다. 다쿠미는 허둥지둥 그의 뒤를 따라갔다. 넓은 역 구내를 망설임도 보이지 않고 거침없이 걸어가는 도키오 양 옆에 선물을 파는 매점이 나란히 있었다.

"앗, 우이로(은단 비슷한 담약—역주)를 판다."

"나고야 명물이니까요." 도키오가 앞을 향한 채 대답했다.

"기시면(가늘고 납작한 국수—역주) 가게도 있어. 기시면도 이 곳 명물이지. 어이, 모처럼 왔는데 잠깐 먹고 가자."

"금방 장어도시락 먹었잖아요."

"별식이잖아. 여자가 밥 먹고 나서 단 음식을 먹고 싶어 하는 거랑 같아."

도키오는 발길을 멈추고 몸을 빙그르 돌려 다쿠미의 얼굴을 빤히 쳐다보았다. 다쿠미는 자기도 모르게 눈길을 돌렸다. 요즘 이런 식의 시선을 받는 일이 많아졌다. 그리고 다쿠미는 그의 이런 표정에는 왠지 맥을 못 추고 만다.

"다쿠미 씨, 지금 도망치는 거죠?"

"도망? 내가? 바보 같은 소리 하지 마. 내가 무슨 도망을 친다는 거야?"

"친어머니 만나는 걸 피하는 거잖아요. 어떻게든 뒤로 미루려 하고."

"별로 그런 생각도 없어. 그리 내키지 않는 건 사실이지만."

도키오는 한숨을 쉬고 옆에 있는 매점으로 눈길을 주었다. 그러고 나서 아아, 하며 얼굴을 찌푸렸다.

"왜 그래?"

"선물 사는 걸 깜빡 했네. 도쿄 역 매점에서 여러 가지 기념선물을 팔던데. 도자기 인형이나 과자 같은 거. 미처 생각을 못 했어요."

"그런 거 필요 없어. 게다가 도조가는 과자 가게야. 과자 가게에 과자를 가지고 가면 뭐가 되겠어?"

"모르시는 말씀. 과자 가게기 때문에 다른 곳의 명물이 궁금하지 않겠어요? 아사쿠사의 밤 양갱 같은 걸 사가면 틀림없이 좋아했을 텐데."

"기쁘게 해줄 필요 없다니까. 가자."

이번에는 다쿠미가 앞장서서 걸었다. 그러나 금방 멈춰 서지 않을 수 없었다.

"어이, 여기서 어디로 가는 거야?"

"주소를 봐요. 그 편지, 갖고 왔잖아요."

"아, 그거?"

다쿠미는 윗옷 주머니에서 반으로 접은 봉투를 꺼냈다. 도조 스미코의 의붓딸이라는 준코가 보낸 편지다. 겉봉에 주소가 쓰여 있다.

"으음, 그러니까 나고야 시 네쓰타 구熱田區……."

"네쓰타 구? 아쓰타 구겠죠."

"아쓰타 구라고 읽나? 아무튼 거기다."

"그럼 아쓰타 역이나 진구마에 역으로 가면 되겠네요. 메이테쓰(名鐵. 아이치 현과 기후 현에서 운영하는 대기업 철도 회사—역주)를 이용하는 게 더 낫겠어요. 이쪽이네요." 도키오가 엄지손가락으로 방향을 가리키더니 그쪽을 향해 걸었다.

메이테쓰 표도 도키오가 샀다. 다쿠미도 노선도를 봤지만 지금 자신이 나고야에 있다는 것 외에는 아무것도 알 수가 없었다. 어떤 노선을 이용해서 어디까지 가면 되는지 전혀 이해하지 못한 채 도키오에게 표를 받았다.

"너, 도조가에 간 적 있지?"

"아니, 없어요."

"그런데 마치 가본 것처럼 척척이군."

"나고야는 전에도 몇 번 온 적이 있어서 그래요. 자, 서둘러요."

메이테쓰 나고야 역 홈은 특수했다. 열차의 행선지는 여러 개가 있지만 기본적으로는 상행선과 하행선 두 가지밖에 없었다. 그러니까 행선지를 잘 확인하고 나서 타지 않으면 엉뚱한 곳으로 가버릴 우려가 있었다. 열차가 정지하는 위치도 행선지에 따라 다르기 때문에 기껏 줄을 서서 기다려도 승강구가 전혀 다른 곳일 경우도 있었다. 이처럼 약간의 적응이 필요한 상황이긴 했지만 다쿠미는 도키오의 뒤만 졸졸 따라가 문제없이 열차를 탈 수 있었다. 도키오가 나고야에 몇 번 온 적이 있다는 건 정말인 것 같았다.

열차 안은 사람이 많지 않아 네 사람이 마주 앉게 된 곳에 둘이 앉았다. 다쿠미는 창틀에 팔꿈치를 얹고 턱을 괴고 바깥의 흘러가는 경치에 눈길을 주었다.

"신칸센 안에서 보면 논이나 밭뿐이더니 이 부근은 상당히 개발이 되었군."

"노비 평야(아이치 현과 기후 현에 걸쳐 있는 평야—역주)는 넓으니까요. 그보다 다쿠미 씨, 이거 어떻게 읽는지 알아요?"

도키오가 가리킨 것은 벽에 붙은 광고에 인쇄되어 있는 주소였다. '地立'이라는 글자에 그의 검지가 닿아 있었다.

"그게 뭐야. 치다치? 치리쓰?"

하하하, 도키오가 재미있다는 듯이 웃었다.

"이건 치류라고 읽어요. 어렵죠. 하지만 옛날에는 더 어려워서 연못池의 잉어鯉와 붕어鮒라고 쓰고 치류우라고 읽었대요. 아마 잉어나 붕어가 많았던가 봐요. 하지만 그렇게 쓰면 너무 어려워서 지금 같은 글자로 바뀌었대요."

"흐음, 기왕에 바꿀 거면 읽을 수 있는 글자로 바꾸면 좋았을 텐데. 그건 그렇고 넌 참 별걸 다 아는구나. 그런 이야기는 누구한테 들은 거야?"

도키오는 일단 진지한 얼굴이 되었다가 다시 웃음을 지으며 말했다.

"아버지가 가르쳐줬어요. 예전에 아버지랑 이 부근에 자주 왔거든요."

"또 아버지야? 기무타쿠라나 그런 이름이었지. 아버지 본가가 이 부근이었어?"

"아니요, 그건 아니지만." 도키오는 고개를 숙이고 왠지 말끝을 흐렸다. 그리고 얼굴을 들었다.

"아버지는 이 부근을 좋아해서 자주 데리고 왔어요. 여러 가지 추억이 있는 곳이었던가 봐요."

"흐음, 좋은 아버지였군." 다쿠미로서는 관심도 없는 이야기였다. 그런데 문득 생각이 나서 물어보았다. "너희 아버지는 도조 노파를 만나러 왔던 거 아냐? 너랑 내가 피를 나눈 사이라고 가르쳐준 것도 그 아버지잖아."

"그렇지는 않은 것 같은데."

이때부터 한동안 도키오는 말이 없었다. 다쿠미도 더는 캐물을 생각이 없어서 조금 전처럼 계속 바깥 경치를 바라보았다. 많은 공장 지붕을 보면서 그는 여기가 몇 안 되는 공업도시라는 것을 떠올렸다.

"저기요, 한 가지 제안이 있는데." 도키오가 입을 열었다. "제안이라기보다 부탁이라고 하는 게 맞나."

"네가 그런 식으로 말할 때는 쓸만한 이야기가 없던데."

"다쿠미 씨를 불편하게 하지는 않을 생각이에요."

"그래, 좋아. 뭐야, 말해봐."

"으음……나에 대해서 말인데요. 일단 도조가의 사람들에게는 말하지 않았으면 해요. 이야기가 복잡해지는 데다 아직 나 혼자 조사해보고 싶은 것도 있고 해서."

"그건 또 무슨 소리야. 나는 너랑 내가 무슨 관계인지 알고 싶기도 해서 여기까지 올 생각을 한 건데."

"그러니까 그건 혹시 밝혀지게 되면 다행이라는 정도로 생각하라는 거예요. 아무튼 이번에 제일 중요한 건 다쿠미 씨가 친어머니를 만나는 일이잖아요. 내 일은 그게 끝나고 나서 해결해도 돼요."

"이상한 녀석이라니까. 네 쪽에서 먼저 자신의 출생에 대해 조사하고 싶다고 했잖아. 그래 좋아, 아무 말도 안 할게. 그럼 너를 어떻게 소개하면 되는 거야?"

"친구라고 하면 되지 않을까요? 혹시 친구라고 하면 안 되는 건가?"

"난 상관없어. 그럼 친구로 하지."

다쿠미는 턱을 괴던 팔을 빼서 목 뒤를 긁었다. 친구라는 단어가 주는 느낌이 그를 공연히 불안하게 했다. 오랫동안 자신에게는 그런 존재가 없었다는 사실이 떠올랐다. 지금까지 친하게 지낸 사람에 대해서도 절대 마음을 열지 않겠다고 결심하고 살아왔다.

진구마에 역에서 열차를 내리자 도키오는 아까 건네받은 편지를 들고 가까운 파출소로 들어갔다. 다쿠미도 하는 수 없이 따라갔다. 놀랍게도 경찰은 도조가를 알고 있었다.

"이 길로 곧장 걸어가면 아쓰타 진구가 있으니까 그곳을 지나서……." 사람 좋아 보이는 얼굴을 한 중년 경찰은 일부러 파출소에서 나와 길을 가르쳐주었다.

그의 말대로 가보니 오랜 목조가옥이 즐비한 주택가로 들어섰다. 왕래하는 사람이 많지 않아서인지 어딘가 고요한 안도감이 든다. 그런 거리 한 곳에 고풍스럽게 보이는 전통 과자 가게가 문을 열고 있었다. 감색 노렌(점포 이름을 적어 가게에 거는 천—역주)이 걸려 있고 '하루안'이라는 글자가 보였다.

"저기 같은데." 도키오가 말했다.

"그런 모양이다." 말하면서 다쿠미는 뒤로 물러섰다.

"왜 그래요, 가봐야죠."

"잠깐. 그전에 담배 한 대만 피우고 가자."

다쿠미는 담뱃갑을 꺼내 한 개비 빼물었다. 일회용 라이터로 불을 붙이고 하얀 구름을 향해 연기를 토해냈다. 주부인 듯한 여자 하나가 수상한 눈길로 두 사람을 곁눈질하면서 지나갔다.

슬롯머신에서 얻은 싸구려 손목시계를 보았다. 시간은 오후 한 시가 되려 하고 있었다.

"그 여자가 집에 있으리라는 보장도 없잖아." 다쿠미가 말했다.

"편지에 병으로 누워 있다고 쓰여 있었잖아요. 아마 집에 있을 거예요."

"하지만 어떤 상태인지도 모르고 갑자기 우리가 들이닥치면 그쪽에서 성가시게 여길지도 모르는데."

"그런 소리 말아요. 오기 전에 미리 전화하는 건 싫다고 한 건 다쿠미 씨잖아요. 기껏 편지에다 전화번호까지 적어놓았던데."

"일부러 기다리게 하는 것 같아서 싫었어."

"그래서 전화도 하지 않고 온 거잖아요. 자, 이러쿵저러쿵 잔소리하지 말고 가요. 담배도 다 피웠잖아요."

도키오는 다쿠미의 입에서 짧아진 꽁초를 빼앗아 길바닥에 버리고 운동화로 비벼 껐다.

"꽁초를 아무데나 버리는 건 좋지 않아."

"그런 생각을 하는 사람이 이런 데서 담배를 피우고 싶다고 해요?"

자, 하며 도키오가 다쿠미의 등을 떠밀었다. 다쿠미는 마지못해 무거운 첫걸음을 내디뎠다.

노렌을 젖히고 들어가자 안은 생각보다 어둑했다. 나무로 된 진열장에 전통 과자가 진열되어 있었다. 그 맞은편에는 하얀 가운을 입고 삼각모를 쓴 여점원이 두 명, 그리고 안쪽에는 뭔가 사무를 보는 듯한 기모노 차림의 여자 한 명이 있었다.

점원 한 사람은 고상한 차림새를 한 여자 손님을 상대하고 있었다. 나머지 한 명의 점원이 다쿠미와 도키오를 향해 "어서 오십시오" 하고 허리를 굽혀 인사했다. 가게와는 전혀 어울리지 않는 손님이 왔다고 생각하는 것 같은데 표정에는 드러나지 않았다. 그러나 얼마 지나지 않아 그 얼굴에 의아해하는 기색이 드러났다. 다쿠미가 아무 말도 하지 않고 우두커니 서 있기만 해서였다.

도키오가 옆구리를 쿡 찌르자 다쿠미도 뭔가 말을 하려고 했다. 그러나 말이 나오지 않았다. 뭐라고 자기를 소개하면 좋을지 알 수 없었다.

참다못해 도키오가 말했다. "도조 씨는 댁에 계십니까?"

안에 있던 기모노 차림의 여성이 두 사람을 보았다. 서른 살 정도의 야윈 여자였다. 머리를 틀어 올리고 금테 안경을 썼는데 수수한 생김새지만 화장만 조금 하면 상당한 미인일 것 같았다.

"어떤 도조 씨에게 볼일이 있으신지……." 거기까지 말을 마쳤을 때 그녀의 입술이 움직임을 멈췄다. 그녀의 시선이 다쿠미를 향했다.

이어서 헉, 하고 숨을 삼키는 기척이 있었다. "혹시……다쿠미 씨?"

다쿠미는 도키오와 얼굴을 마주하고 나서 상대 여성에게 시선을 돌리더니 보일듯 말 듯 고개를 끄덕였다. "예, 저기……."

"역시……. 이렇게 일부러 와주셨군요."

"아니, 일부러 왔다기보다 이 친구가 하도 가라고 성가시게 졸라대기에."

그러나 그녀는 다쿠미의 이야기는 듣지도 않는 것 같았다. 가게로 나오더니 "우선 이쪽으로……" 하며 안으로 안내하려고 했다.

"저기요, 그런데 당신은 누구……?" 도키오가 물었다.

그녀는 그때서야 정신을 차린 듯 눈을 깜빡이더니 고개를 까딱 숙였다.

"실례했습니다. 제가 준코입니다. 도조 준코라고 합니다."

그 이름을 듣고 다쿠미는 다시 도키오와 얼굴을 마주보았다.

준코의 안내를 받아 두 사람은 안으로 들어갔다. 가게 안쪽이 본채인 것 같았다. 하지만 그녀는 어느 방에도 들어가려 하지 않고 복도를 계속 걸어갔다. 이윽고 손질이 잘된 정원이 눈앞에 나타났다. 다쿠미는 그것을 곁눈질하면서 별채와 이어진 복도를 따라갔다.

"여기서 잠시 기다려주시겠습니까?"

안내해준 곳은 다실이었다. 넓이는 두 평 남짓이지만 제단까지 깔끔하게 갖추었다.

도조 준코가 사라진 뒤 두 사람은 다다미 위에 가부좌를 틀고 앉았다.

"굉장하네. 이런 별채를 만들다니, 땅이 남아도나 보다."

"역사가 있는 집이니까요. 전통 과자라는 게 옛날에는 사치품이었을 거예요. 지역 유지의 부인들을 다과회에 초대하고 그 자리에서 신제품 과자를 대접하지 않았을까요."

"흐음, 너는 나이도 어리면서 그런 건 잘도 안다."

"그런가……." 도키오가 머리를 긁적였다.

다쿠미는 창호지를 바른 들창을 열고 정원을 바라보았다. 이끼가 낀 석등이 보인다.

도조 스미코는 이 집에서 꽤나 우아하게 살고 있을 것이다. 생활고를 이유로 자식을 버린 여자가 다실까지 갖춘 집에서 사치 삼매에 빠져 살아왔구나 싶자 지금은 병상에 누워 있다고 했던 생각이 나면서 꼴 참 좋구나 하는 마음밖에 들지 않았다.

다쿠미는 담뱃갑을 꺼냈다.

"이런 곳에서는 금연이 아닐까요." 도키오가 말했다.

"왜? 다실이면 다방 같은 거잖아. 재떨이도 있는데 뭐." 그렇게 말하며 다쿠미는 제단 위에 놓여 있던 조개껍질을 모방한 도기를 집어다 놓았다.

"그건 향을 피우는 그릇이에요."

"상관없어. 씻으면 돼." 다쿠미는 담배에 불을 붙이고 거기에 재를 털었다.

"이 집, 재산이 상당할 것 같은데요."

"그러게 말야."

하나도 좋아 보이지 않아, 하고 다쿠미는 속으로 욕을 퍼부었다.

"다쿠미 씨의 태도에 따라 이 재산이 굴러 들어올 수도 있을 텐데요."

"어떻게 그런 일이 있어. 바보 아냐?" 다쿠미는 도키오의 얼굴에 연기를 뿜으면서 말했다.

도키오는 자기 쪽으로 날아오는 연기를 손으로 뿌리치면서 말했다.

"생각해봐요. 편지를 보면 남편은 돌아가신 모양이니까 현재 주인은 도조 스미코 씨겠지요. 그럼 다쿠미 씨는 엄연히 스미코 씨의 친아들이니까 당연히 상속권이 있을 거 아녜요?"

"아까 그 여자도 있잖아. 도조 준코라나 뭐라나 하는……."

"그야 그 사람에게도 있겠지만 다쿠미 씨에게도 어느 정도는 돌아올 거예요. 민법을 잘 조사해봐야겠지만."

"조사하지 않아도 돼. 그런 여자의 돈 누가 받을까 봐!"

다쿠미는 조개껍질 안에다 담배꽁초를 비벼 끄면서, 자신이 좀더 나쁜 사람이라면, 하고 생각했다. 만약 그렇다면 요령 있게 처신해서 이 집을 차지하는 것도 생각했을지 모른다. 아니, 나쁜 사람이라기보다 도조 스미코에 대한 증오가 조금 더 가혹하다면 어떨까. 다시 말해 거기까지는 생각지도 못하는 자신이 사실 물렁한 사람인지도 모른다고 생각하니 다쿠미는 울화가 치밀었다.

"그게 다쿠미 씨의 좋은 점이에요."

"뭐?"

"작은 일에서는 쩨쩨하지만 결정적인 순간에는 잔꾀를 부리지 않아요. 그게 다쿠미 씨의 성격이지요."

"무슨 소리를 하는 거야. 머리가 이상한 거 아냐?" 마치 마음 속을 들여다본 듯한 도키오의 말에 그는 당황스러웠다. 쑥스러움을 감추려고 담배를 피우려고 했지만 담뱃갑은 이미 비어 있었다. 빈 담뱃갑을 손바닥 안에서 구겨 제단을 향해 던졌다.

그때 누군가 걸어오는 소리가 들렸다. 잠시 뒤 밖에서 실례하겠습니다, 하는 목소리가 들리더니 장지문이 열렸다. 도조 준코가 들어와 두 사람 앞에 앉았다. 꽁초가 들어 있는 조개껍질에 힐끗 눈길을 주었지만 거슬린 것처럼 보이지는 않는다.

"어머님께 다쿠미 씨가 오셨다고 전했습니다. 꼭 만나고 싶다고 하시는데 괜찮으시겠습니까?"

일부러 여기까지 왔으니 만나지 않을 까닭이 없다. 그래도 그녀가 이런 식으로 물어오는 건 지금까지 다쿠미의 고집을 알기 때문일 것이다.

다쿠미는 뺨을 긁적거리면서 도키오를 보았다. 그는 아직도 내키지 않았다. 이제 와서 도망칠 수 없다는 건 알지만 고분고분 말을 듣는 것도 마뜩치 않았다.

"뭘 그렇게 뻗대요?" 도키오가 어이가 없다는 듯 말했다.

"내가 뭘 뻗댄다고 그래, 그런 거 없어." 그는 도조 준코에게 얼굴을 돌리고 작게 턱을 끄덕였다.

"감사합니다." 그녀는 고개를 숙였다. "하지만 어머님을 만나시기 전에 말씀드려야 할 게 있습니다. 편지에도 썼지만 어머님은 병환중이세요. 그래서 다소 보기 민망한 모습이 있을지도 모르지만 모쪼록 양해해주셨으면 합니다."

"많이 나쁘신가요?" 도키오가 물었다.

"의사 선생님 이야기로는 언제라도 숨을 거두실 수 있는 상황이라고 합니다." 도조 준코는 등줄기를 곧게 하고 앉은 채로 그때까지와 다름없는 담담한 어조로 말했다.

"무슨 병환이시죠?"

도키오가 다시 묻자 그런 거 알아서 뭐 하게, 아무러면 어때, 하는 생각을 담아 다쿠미는 도키오를 노려보았다.

"머리 속에 큰 핏덩어리가 있는데 수술로는 제거할 수 없다고 합니다. 그게 자꾸 커지기만 해서 그 때문에 뇌 기능에 장애를 초래했습니다. 지금까지 용케 버티고 살아오셨다고 의사도 놀랄 정도지요. 솔직히 말씀드리면 최근 어머님은 거의 잠만 주무셨어요. 며칠씩 깨어나지 못하시는 경우도 드물지 않습니다. 그러니 오늘 우연히 의식을 되찾으셨다는 것은 기적이나 진배없어요. 다쿠미 씨가 와주실 것을 어머님이 느끼신 건지도 모르겠습니다."

그럴 리가 없잖아, 하고 다쿠미는 속으로 중얼거렸다.

"그럼 다쿠미 씨, 저랑 같이 가시지요." 그녀는 몸을 일으켰다.

"이 친구랑 같이 가도 되겠지요?" 다쿠미는 도키오를 가리켰다.

도조 준코가 당황한 듯 아무 대답이 없어서 그는 다시 말했다.

"이 사람은 내 친구고 아까도 말했지만 이 친구가 조르지 않았으면 여기 오지도 않았을 겁니다. 이 친구가 같이 가는 게 안 된다면 나는 이대로 돌아가겠습니다."

"다쿠미 씨, 난……."

"넌 잠자코 있어!" 단호하게 내뱉고 나서 도조 준코 쪽을 보았다.

그녀는 눈을 내리뜨고 고개를 끄덕였다.

"알겠습니다. 그럼 두 분 모두 이쪽으로……."

그녀의 뒤를 따라 다쿠미와 도키오는 다시 복도를 걸었다. 아까와는 또 다른 곳이었다. 도대체 얼마나 넓은 집인지 다쿠미는 기가 막혔다.

이윽고 안으로 쑥 들어간 방 앞에 도착했다. 도조 준코가 장지문을 조금 열고 안에다 대고 말했다.

"다쿠미 씨를 모시고 왔습니다."

안에서는 아무 대답이 없었다. 무슨 소리가 있었는지 모르지만 적어도 다쿠미의 귀에는 들리지 않았다.

도조 준코가 다쿠미 쪽을 돌아보며 "자, 그럼 들어가시지요" 하고 말했다.

그녀가 장지문을 활짝 열었다.

17

맨 처음 다쿠미의 눈에 들어온 것은 링거 주사를 위한 기구들이었다. 그 옆에 왜소한 몸집에 통통한 여자가 반소매의 흰 가운을 입고 있었다.

이어서 그는 이부자리를 확인했다. 이불에는 환자가 누워 있고 흰 가운을 입은 여자가 이불 머리맡에 앉아 환자의 얼굴을 들여다보고 있었다.

이불 속의 여자는 눈을 감고 있었다. 볼은 초췌하게 야위었고 눈자위도 움푹 들어가 있었다. 피부는 잿빛에 가깝고 윤기라고는 없어 얼핏 노파처럼 보였다.

"자, 이쪽으로 앉아주십시오."

도조 준코가 두 개의 방석을 이부자리 옆에 놓았다. 그러나 다쿠미는 가까이 갈 마음이 들지 않아 방 입구 옆에 정좌했다. 거기에 대해서는 도조 준코도 아무 말 하지 않았다.

"어머님이십니다. 도조 스미코 씨세요."

다쿠미는 말없이 고개를 끄덕였다. 말이 나오지 않았다.

"또 잠이 드신 걸까?" 도조 준코가 가운 차림의 여성에게 물었다.

"조금 전까지는 의식이 있었는데……."

도조 준코가 무릎걸음으로 미끄러지듯이 머리맡으로 다가가 스미코의 귓가에 입을 대고 말했다.

"어머님, 들리세요? 다쿠미 씨가 왔어요. 다쿠미 씨가 여기에 와 계시다고요."

그러나 스미코의 얼굴은 아무런 움직임이 없었다. 죽은 사람 같았다.

"죄송합니다. 요즘은 계속 이런 상태네요. 깨어나셨나 싶으면 어느새 의식이 없어져버리고." 도조 준코가 다쿠미에게 설명했다.

"자고 있으니 어쩔 수 없군요." 다쿠미가 말했다. 스스로도 너무 냉정하다 싶은 말투였다.

"죄송하지만 조금만 더 이대로 기다려주시겠어요? 갑자기 눈을 뜨실 때도 있으니."

"그거야 뭐 잠깐 정도라면 상관없지만 우리가 예정이 없는 것도 아니고, 안 그래?" 도키오에게 동의를 구하듯 다쿠미가 말했다.

"기다려봐요. 모처럼 여기까지 왔으니." 도키오가 타이르듯 말했다.

"부탁입니다. 이대로 다쿠미 씨의 얼굴을 보지 못하시면 나중에 어머님이 슬퍼하실 테니."

다쿠미는 목 뒤를 문지르면서 지금까지 누군가에게서 이런 식으로 간청을 받아본 일이 없었다는 생각이 들었다.

"오래 되었습니까?" 그가 물었다.

"예……?"

"이런 상태가 된 게 언제부터죠? 와병 상태라고 하나."

"아, 예." 도조 준코는 가운 차림의 여자 쪽을 돌아보았다. "얼마나 됐지?"

"처음에 쓰러지신 것이 설이 지나서였고 그 뒤에 입원해 계셨으니까." 가운 차림의 여자가 손가락을 꼽으며 뭔가를 헤아렸다. "그럭저럭 3개월이 되는군요."

"그렇군요. 3월부터였지요." 그렇게 말한 뒤 도조 준코는 다쿠미를 보며 고개를 끄덕였다.

동정 어린 인사 따위는 죽어도 입에 담지 않겠다고 그는 스스로에게 다짐했다.

"이런 집에 사는 사람은 좋겠군요."

"무슨 말씀이신지?"

"보통 가정에서는 이런 식으로 간병을 받을 수 없겠지요. 이런 식으로 환자를 편안하게 눕혀둘 수 있는 방도 없을 거고 옆에서 항상 보살펴주는 사람을 고용할 수도 없을 것이고. 그러니까 뭐랄까. 불행 중 다행이라고나 해야 하는 건가. 역시 부자가 되고 볼일이군요."

화를 낼 테면 내라, 하는 심정으로 다쿠미는 도조 준코를 노려보았다. 그러나 그녀는 눈을 몇 번 깜빡인 다음 작은 목소리로 중얼거렸다.

"그럴지도 모르지요. 하지만 이렇게 해드릴 수 있는 것도 따지고 보면 어머님께 힘이 있으셨기 때문입니다."

의미를 잘 이해할 수 없는 다쿠미는 어깨를 으쓱 움직였다. 그의 당황스러운 마음을 꿰뚫어본 듯이 그녀는 말을 이었다.

"다쿠미 씨는 어머님이 유서 깊은 전통 과자 가게로 시집와서 유복한 생활을 하셨다고 생각하시는 거 아닌가요? 만약 그렇게 생각하셨다면 큰 착각입니다. 어머님이 오셨을 때 저희 가게는 파산 직전인 때로, 빚이 늘어 운영이 어려웠습니다. 경비 절약을 하려고 해도 명색이 유서 깊은 상점으로 통하기 때문에 상품의 질을 떨어뜨릴 수는 없었죠. 긍지가 높은 장인들이 동의하지 않았거든요. 솔직히 언제 망해도 이상할 게 없는 상태였습니다.

당연히 우리 집안 형편도 궁핍했습니다. 하지만 아버지는 그런 내막을 어머님께는 전혀 이야기하지 않고, 젊은 여자를 후처로 맞고 싶어서 꽤나 허세를 부렸던 것 같습니다. 말하자면 속여서 데리고 온 거나 진배없었죠. 하지만 어려움 없이 곱게만 자란 아버지는 가게나 집안을 일으켜 세울 지혜도 기력도 없었다고 합니다. 침몰해가는 배를 그저 넋을 잃고 바라보기만 하는 형상이었지요."

"그런데 할머니……스미코 씨가 일으켜 세우신 거군요." 도키오가 끼어들었다.

도조 준코는 힘주어 고개를 끄덕였다.

"당시 제 나이가 열 살이었기 때문에 모든 걸 기억해요. 어머님은 처음 얼마 동안은 놀라기만 하셨지만 어느새 마음을 바꾸셨던 것 같습니다. 우선 식비를 줄이는 것부터 시작했고, 다음에는 일상적인 잡비며 광열비 등의 절약에 착수하셨습니다. 그때까지 절약이라는 말을 모르고 자란 저는 반발도 많이 했습니다. 하지만 어머니는 절약뿐만 아니라 조금이라도 살림에 보탬이 되어야 한다며 부업까지 시작하셨어요. 이때는 점포 직원들에게서도 공격을 받았습니다. 사모님이 부업을 하다니 유서 깊은 점포의 이름이 무색하다는 이유였습니다. 그러자 어머니는 가게 일을 돕기 시작했습니다. 허드렛일부터 시작해서 이윽고는 지배인의 일까지 돕게 되었지요. 그렇게 해서 서서히 점포의 업무를 알게 되자 여러 가지 아이디어를 냈습니다. 재료를 사들이는 방식을 바꾸기도 하고 광고 방법을 연구하기도 하셨죠. 아마 장사에 재능이 있으셨던 모양입니다. 적은 투자로 최대의 효과를 얻는 방법을 생각해내는 데 명인이었습니다. 물론 생각만 하는 게 아니고 당신이 솔선하는 추진력도 있었습니다. 어머니가 고안해 낸 신제품 중에는 지금도 인기 품목이 많습니다. 처음에는 무시하던 종업원들도 차츰 어머니의 말을 귀담아 듣게 되었죠. 그 무렵부터입니다. '하루안'이 다시 활기를 되찾은 것이……."

도조 준코의 이야기를 다쿠미는 복잡한 심경으로 들었다. 그렇다면 스미코는 그런 형편에서 미야모토가에 다쿠미의 양육비를 송금했다는 이야기가 된다. 그 사실에 경악하면서도 감사 따위는 절대 하지 않겠다는 결심이 가슴에 벽을 만들었다.

"아버님으로서는 정말 재혼을 잘하신 거군요."

도키오의 말에 도조 준코는 빙그레 웃었다.

"그런 셈입니다. 아무 힘도 없는 아버지였지만 평생 동안 가장 큰 공적은 바로 어머님과의 재혼이었습니다."

"대단한 여성이시군요."

"그래서." 그녀는 다쿠미를 보며 말했다. "우리로서는 어머님께 이 정도 배려를 해드리는 게 당연합니다. 그리고 여기 계시는 요시에 씨 말입니다만……." 흰 가운을 입은 여자에게 시선을 주며 말을 이었다. "간호사도 아니고 그냥 보통 사람입니다. 원래는 공장에서 일하던 사람인데 어머님이 이런 상태가 되었을 때, 자기가 꼭 어머니를 곁에서 보살펴드리고 싶다는 제의를 해주셨습니다."

"사모님께는 말로 다할 수 없을 정도로 큰 신세를 졌거든요."
요시에라는 여자의 목소리에는 간절한 마음이 담겨 있었다.

다쿠미는 고개를 푹 숙이고 다다미를 바라보았다. 듣고 싶지 않은 이야기다. 누구나 스미코를 칭찬한다. 그러나 자기 입장에서는 원망스러운 여자라는 데 변함이 없다.

"이거야 참 기가 막히는군. 이건 그야말로 걸작이야." 그는 중얼거리듯 말했다.

예에, 하고 다 같이 되묻는 기척이 있었다.

"다들 그러지만……. 이쪽은 가난을 이유로 버림받았다 이 말이야. 버림받고 아무 연고도 없는 집에서 자랐고, 결국 아무것도 남아 있지 않아. 그런데 자식을 버린 사람은 다른 사람의 가난을 위해 기를 쓰고 일을 하고, 그 덕분에 감사와 존경을 받고 있다는 거군. 마치 신이라도 섬기는 꼴이잖아. 어린 자식을 버린 여자가 신처럼 떠받들어지다니." 그는 웃는 얼굴을 만들려고 했다. 볼이 굳어 있는 걸 알았지만 그래도 멈추지 않았다. "이거야 웃기는 이야기군. 금세기 최고의 폭소감이야."

도조 준코가 숨이 멎을 듯이 놀라고 있었다. 뭔가 이야기를 하려고 입술을 움직였다. 그때였다.

"앗! 사모님." 요시에가 작게 외쳤다.

도조 스미코의 뺨 근육이 희미하게 움직이더니 천천히 눈을 떴다.

18

"어머니!" 도조 준코가 얼른 환자에게 말을 걸었다.

눈을 뜬 스미코는 몇 번 눈을 깜빡이더니 고개를 움직였다. 뭔가를 찾는 것처럼 보였다.

"어머니, 알아보시겠어요? 다쿠미 씨가 오셨어요. 여기 옆에 계세요."

스미코의 시선은 한동안 허공을 헤맨 다음에 다쿠미의 얼굴에서 멈췄다. 그는 어금니를 악물고 그 시선을 받았다.

그녀의 야윈 볼이 일그러졌다. 입술이 열리고 거기서 입김이 나왔다. 뭔가 이야기를 하려는 것 같았다. 그러나 목소리가 되어 나오지는 않는다.

"예? 뭐라고요?" 도조 준코가 스미코의 입가에 얼굴을 가까이 가져갔다. "예, 그래요. 다쿠미 씨가 왔어요. 제가 와달라고 부탁했어요."

준코는 다쿠미 쪽을 돌아보았다.

"조금만 더 옆으로 가까이 와주시겠어요? 아무래도 잘 보이시지 않는 것 같아서."

그러나 다쿠미는 움직이지 않았다. 그토록 미워했던 여자를 위해 내가 뭐든 하나라도 해줄까 보냐, 하는 심정이 있었다. 그러나 그러기 전에 이미 움직일 수가 없었다. 도조 스미코가 내뿜는 기氣에 그의 마음이 압도되었다.

"다쿠미 씨……."

도키오가 그를 불렀지만 다쿠미는 그것도 무시했다.

그는 일어서서 이불 속의 스미코를 내려다보았다.

"나는……용서할 수 없어." 한껏 감정을 죽이면서 천천히 말했다. "나는 당신 자식도 아니야. 내가 여기 온 건 그 말을 해주고 싶어서라고."

"다쿠미 씨, 잠깐만 기다려주세요." 준코가 애원했다.

"그래요. 일단 잠깐 진정하자고요. 앉아요." 도키오도 말했다.

"시끄럽다니까. 너랑 한 약속이기도 했기 때문에 참고 여기까지 온 거야. 저 노인네도 만나줬어. 그럼 됐잖아. 더 이상 나더러 뭘 하라는 거야?"

그때였다. 스미코의 숨소리가 갑자기 거칠어졌다. 입을 벌리고 신음하기 시작했다. 푹 꺼진 눈을 크게 부릅떴다.

"앗, 큰일 났네."

요시에가 목소리를 내는 것과 동시에 스미코의 입에서 하얀 거품 같은 것이 흘러나왔다. 부릅뜬 눈은 흰자위만 남고 피부색은 순식간에 검게 변했다. 다시 경련을 일으키기 시작했기 때문에 준코가 이불 위에서 지그시 몸을 눌렀다.

도키오가 몸을 일으켜 환자에게 달려들려고 했다. 그런 그의 어깨를 다쿠미가 잡았다.

"내버려둬."

"하지만, 힘들어하시잖아요."

"네가 뭘 할 수 있다는 거야?"

"할 수는 없지만 뭔가 도울 일이 있을지도 모르잖아요."

"됐습니다. 예. 괜찮습니다." 도조 준코가 이불을 누른 채로 말했다. "이런 일이 자주 있거든요. 잠깐 진정시키면 괜찮을 겁니다."

그 말을 듣고 도키오는 다쿠미를 쳐다보았다.

"잠깐 옆에 가주는 게 뭐가 어때서 그래요? 상대는 환자예요."

"환자는 뭐든 다 용서가 된다는 거야?"

"그런 건 아니지만."

"시끄러워, 입 다물어!"

다쿠미는 다시 스미코를 바라보았다. 두 여자의 간호를 받는 그녀에게 예전에 미야모토가를 찾아왔을 때의 화사함은 없었다. 발작은 많이 진정된 것 같았지만 입에서 흘러나온 거품이 마른 자국이 입술 옆에 말라붙어 있었다.

그는 몸을 돌려 장지문을 열었다. 그러나 복도에 발을 내딛기 전에 환자를 향해 고개를 돌렸다.

"천벌이야."

그 말만 하고 걸음을 옮겼다. 어디를 어떻게 걸었는지 스스로도 알 수 없지만 그는 '하루안'의 점포 앞으로 나와 있었다. 길가에 가방을 놓고 그 위에 걸터앉았다.

잠시 뒤에 도키오도 밖으로 나왔다.

"그게 뭡니까? 그게 어른스러운 행동이라고 생각해요?" 도키오는 난감하고 기막히다는 얼굴이었다.

"약속은 지킨 거다. 자, 이번에는 오사카야. 더 이상 불평은 듣지 않을 테니까."

도키오는 한숨만 내쉴 뿐 수긍하지 않았다. 다쿠미는 일어나 혼자서 걷기 시작했다. 얼마 뒤에 도키오도 말없이 따라왔다.

진구마에 역에서 나고야행 표를 샀다. 그때서야 도키오가 드디어 입을 열었다.

"그대로 가도 되는 거예요?"

"불만 있어?"

"그래도 여러 가지 이야기를 나누는 게 낫겠다 싶어서 오자고 한 거라고요. 그분도 다쿠미 씨를 남의 집에 보내고 싶어서 보낸 것도 아닐 텐데."

"알지도 못하면서 역성들지 마. 그렇게 그 여자가 마음에 들면 너 혼자 여기 남아도 돼. 지금부터는 나 혼자 간다."

"내가 남아봐야 무슨 소용이 있다고……." 거기까지 말한 도키오의 입술이 갑자기 움직임을 멈추더니 다쿠미 뒤쪽으로 시선을 향했다. 다쿠미가 돌아보니 도조 준코가 종종걸음으로 다가오고 있었다. 차를 타고 쫓아온 모양이다. 작은 보따리를 들고 있었다.

"아, 다행이다. 놓치면 어쩌나 했는데." 그녀는 다쿠미를 보며 미소를 지었다.

그런 표정을 보여줄 거라고는 생각하지 않았기 때문에 다쿠미는 순간 할 말을 잃었다.

"괜찮은 겁니까? 환자를 내버려두고……." 그가 물었다.

"요시에 씨가 있어서 괜찮아요. 그보다 오늘 일부러 이렇게 와주셔서 정말 고맙습니다." 그녀는 다쿠미를 향해 고개를 숙였다.

그는 어색해서 자신의 목덜미를 문질렀다. "비웃는 소리로 들리는데."

"그런 생각은 없어요. 편지에도 썼지요. 딱 한 번만 얼굴을 보여주시면 된다고. 하지만 정말 와주실 거라고는 생각도 하지 못했어요."

"그 말을 하려고 여기까지 쫓아온 겁니까?"

"그것도 있고 또 한 가지 중요한 볼일이……." 그녀는 보따리를 풀었다. "이걸 꼭 전해드려야겠다는 생각에."

그녀가 내민 건 한 권의 책이었다. 게다가 손으로 만든 만화책이었다. 표지에는 네모난 상자 같은 것에 올라앉은 소년, 소녀가 색연필로 그려져 있다. 어딘가 모르게 데즈카 오사무手塚治虫(1928~1989. 일본의 만화가, 의사—역주)를 떠오르게 하는 터치로 상당한 솜씨였다. 그러나 무엇보다 눈길을 끄는 것은 그 책이 너무나 낡아서였다. 종이는 만지면 부서질 듯 변질되었고 가장자리에는 군데군데 무슨 얼룩 같은 게 묻어 있었다.

"그게 뭐죠?"

"어머니에게 부탁을 받았어요. 만약 다쿠미 씨가 오시면 이걸 꼭 전해달라고 하셨죠. 어머님 자신이 직접 전하지 못할지도 모른다고 하시면서."

"그게 아니라, 내가 이걸 받는 게 무슨 의미가 있다는 겁니까? 보니까 누군가가 그린 만화 같은데 그 사람은 왜 이걸 나한테 주려는 겁니까?"

그러자 도조 준코는 안경 속에서 눈을 깜빡인 뒤 고개를 갸우뚱했다.

"그건 저도 잘 모르겠어요. 어머니도 거기까지는 이야기해주시지 않았어요. 하지만 어머니에게 소중한 물건이라는 것만은 확실합니다. 가끔 어머니가 이걸 바라보는 모습을 본 적이 있어요. 아마 당신에게도 소중한 물건이라고 생각합니다만."

다쿠미는 만화책을 집어 들었다. 제목은 『공중교실』이라고 되어 있다. 네모난 상자는 교실을 표현한 것인 모양이다. 작자명은 쓰메즈카 무사오爪塚夢作男. 들어본 적도 없는 이름이었다.

"무슨 내용인지도 모르는 물건을 받아봐야 무슨 소용이 있다고."

"그렇게 말씀하지 말고 받아주세요. 만약 불필요한 물건이라고 생각하신다면 처분해도 되니까."

"그것도 좀……."

"받아두면 어때서 그래요? 그 정도도 못해요?" 도키오가 옆에서 말했다. "짐이 될 정도도 아니고. 혹시 다쿠미 씨가 필요없다면 내가 받아둘게요."

다쿠미는 도키오를 보고 나서 도조 준코에게 눈길을 돌렸다. 그녀는 고개를 한 번 더 끄덕였다.

"나중에 다시 돌려달라고 해도 곤란해요. 난 내다 버릴지도 모르니까."

"그래도 됩니다."

"그럼 일단 받아두겠습니다." 그는 그것을 가방 안에 넣었다.

"이젠 우리도 그만 가봐야해서."

나고야행 열차가 들어올 시간이 가까워졌다.

"시간을 빼앗아 정말 죄송합니다. 혹시 이쪽에 다시 오실 일이 있으면……." 거기까지 말해놓고 그녀는 고개를 가로젓더니 "아니요, 그만두지요. 그럼 모쪼록 건강하십시오."

다쿠미는 대답도 하지 않고 도키오를 향해 "가자" 하고 말했다. 그리고 아직 뭔가 주저하는 도키오를 남기고 개찰구를 지나 안으로 들어갔다.

도조 준코의 목소리가 뒤에서 다시 들렸다. "다쿠미 씨."

그는 발을 멈추고 돌아다보았다. 그녀는 호흡을 가다듬듯이 가슴으로 심호흡을 하면서 말했다.

"어머님이 지금보다 조금 더 기운이 있으셨을 때 저한테 말씀한 적이 있어요. 이 병은 천벌이라고. 받아 마땅한 대가라고."

그 말은 다쿠미의 가슴에서 뭔가 단단한 응어리를 만들었다. 그러나 그는 그것을 배 속으로 밀어 넣었다. 입술을 굳게 다물고 준코를 향해 인사한 다음 다시 걷기 시작했다.

19

나고야에서는 신칸센이 아니고 긴테츠 특급을 탔다. 그게 훨씬 더 싸기 때문이기도 하고 소요 시간도 한 시간 정도밖에 차이가 나지 않아서다. 게다가 열차의 객실도 편안해서 신칸센에

비해 손색이 없다는 것을 다쿠미는 처음 알았다.

도키오는 도조 준코에게 받은 수제 만화책을 열심히 보고 있었다. 가끔 "대단한 솜씨인데요. 이 그림. 다쿠미 씨도 한번 봐요" 하고 페이지를 펼쳐보였지만 다쿠미는 손을 흔들고 응하지 않았다. 스미코의 일은 빨리 잊겠다고 계속 스스로에게 다짐했다.

도키오가 멋대로 이야기해서 듣게 됐는데 『공중교실』은 기상천외한 SF 작품으로 우주인의 유적 위라는 것을 모르고 그 위에 세워진 초등학교 일부가 중력에 역행해서 공중으로 날아올라 그대로 온 세상을 떠돌아다닌다는 내용인 모양이다. 그걸 듣고 다쿠미는 어릴 때 본 NHK의 인형극 드라마, 「효코리효탄 섬」('볼록표주박 섬' 정도의 의미, NHK 텔레비전에서 방영된 유명한 인형극—역주)이구나 싶었다.

긴테츠 특급의 종점은 난바 역이었다. 어느새 열차가 지하로 들어갔는지 개찰구를 나와 긴 계단을 올라왔는데도 땅 위가 아니고 화려한 지하상가 안이었다.

"이건 또 뭐야. 어디가 어딘지 알 수가 있나." 다쿠미는 주변을 두리번거렸다.

"치즈루 씨가 있는 곳은 알아요?"

"지금부터 그걸 알아보자는 거 아니겠냐."

"어떻게?"

"그냥 따라오기나 해."

무지개 거리라는 지하상가 입구 부근에 공중전화가 즐비하게 있다. 빈 부스로 들어가 비치된 전화번호부를 집어 들고 업소만 모아놓은 페이지를 펼친다.

"'봄바'라는 가게를 찾는 거야. 거기서 치즈루 친구가 일한다고 들은 적이 있어 오사카에 왔으면 아마 만나러 갔을 거야."

"봄바?"

"도쿄 봄바즈의 봄바 말이다. 너 설마 도쿄 봄바즈(롤러스포츠계의 선구자. 롤러 게임을 비롯해 인라인스케이트, 롤러스케이트, 스케이트보드, 춤, 아크로바트 등의 경기를 주관하는 회사—역주)를 모르는 건 아니겠지. 롤러 게임은 본 적 있을 거 아냐. 뉴욕 아우트로즈 같은 거."

도키오는 이상하다는 얼굴로 고개를 흔들었다. 다쿠미는 흥, 하고 코웃음을 치고 전화번호부로 눈길을 돌렸다.

다행히 '봄바'라는 이름의 술집은 한 군데밖에 없었다. 전화번호와 주소를 적으려다가 필기구가 없다는 것을 깨달은 그는 망설임도 없이 그 부분을 찢었다.

"그게 무슨 짓이에요? 나중에 사용하는 사람이 곤란하잖아요."

"이 페이지가 필요한 사람은 그렇게 많지 않을 거야. 그보다 이거 뭐라고 읽지? 지명이 길기도 하다."

"소에몬초, 맞아요, 소에몬초."

"소에몬초? 흐음 어디 있는 거지?"

"지도를 사자고요."

지하상가 안에 있는 작은 서점에 들어가 오사카 지도를 사고 옆에 있는 우동 가게로 들어갔다. 유부국수에 주먹밥 두 개를 곁들인 450엔짜리 세트가 있어서 그걸로 2인분을 주문했다. 가게 안에는 가다랑어 국물 냄새로 가득 차 있었다.

"뭐야, 소에몬초는 바로 근처잖아. 걸어가도 얼마 안 걸리겠는걸."

테이블 위에 지도를 펼쳐놓고 다쿠미는 우동을 먹었다. 소문대로 오사카 우동은 국물 색깔이 흐리긴 해도 맛은 결코 흐리지 않다. 하지만 그로서는 아무래도 튀김 양념이 부족했다.

"치즈루 씨 친구 이름은 알아요?" 도키오가 물었다.

"내 기억으로는 다케코라고 들었는데."

"다케코? 본명일까요."

"본명이겠지. 직업상 붙이는 이름으로는 좀 촌스럽지 않아?"

"그 '봄바'라는 데 말인데요, 어떤 데일까요. 엄청난 고급 클럽이면 어떻게 하죠? 이런 차림으로 가면 쫓겨날걸요."

도키오는 청바지에 티셔츠, 요트 점퍼를 입은 모습이고 다쿠미는 꾸깃꾸깃한 면바지에 싸구려 재킷을 입은 차림새다.

"아 참……그 생각을 못 했구나. 뭐, 치즈루 친구가 일하는 데니까 기껏해야 '제비꽃' 정도의 업소가 아닐까 싶은데."

"거기야 도쿄라고 하지만 변두리 긴시초였죠. 이쪽은 오사카의 번화가 한복판이라고요."

"뭐, 쫓겨나면 그때는 그때야. 중고 옷가게라도 가서 양복이든 뭐든 사는 수밖에 없지."

이 거리에 중고 옷가게가 있으면 그렇다는 거지, 하는 뒷말은 속으로만 했다. 아사쿠사에는 그런 가게가 몇 군데나 있었다. 그 생각을 하니 오늘 아침에 떠나온 도쿄가 묘하게 그리워지는 기분이었다.

도키오는 무엇이 그리 재미있는지 지도의 다른 페이지를 펼쳐보다가 갑자기 "앗, 여기다" 하며 젓가락을 놀리던 손길을 멈췄다.

"찾았어?"

"아까 그 만화, 잠깐만 보여줘요."

"뭐야, 나중에 해."

"지금 당장 보고 싶어요. 좋아요, 내가 직접 꺼낼게요." 도키오는 다쿠미의 가방을 멋대로 열었다.

다쿠미는 관심도 없다는 표시로 주먹밥을 한 입 가득 베어 물었다. 만화책에 어떤 의미가 있는지 알 수 없지만 오기로라도 추호의 흥미조차 보이지 않겠다고 결심했다. 어디 적당한 장소가 나오면 버릴 생각이었다.

"역시 맞았군. 저기, 다쿠미 씨, 이것 좀 봐요."

"시끄러워. 그런 거 아무러면 어때."

"그러지 말고 좀 봐요, 다쿠미 씨와도 관계가 있는 일이에요." 그렇게 말하고 도키오는 만화책을 펼쳐보였다.

"왜 이래, 귀찮게."

"이 부분을 좀 보라고요. 주소가 쓰여 있잖아요."

도키오가 가리킨 페이지에는 초등학생으로 보이는 두 소년이 길가에서 동그란 돌멩이를 줍는 모습이 그려져 있었다. 그러나 도키오가 가리킨 건 소년들이 아니고 그 뒤에 그려진 전신주였다. 지명 표시판에 이쿠노 구 다카에 ×-×라고 적혀 있다.

"아마 작가의 집이 이 부근이었을 거예요. 그리고 이쿠노 구라는 게 바로 이 근처겠죠." 도키오는 지도 일부를 손가락으로 동그랗게 그렸다. 분명히 이쿠노 구라고 쓰여 있다.

"그런 모양이군. 하지만 그게 어쨌다는 거야?"

"도조 스미코 씨가 이 만화를 다쿠미 씨에게 준 데는 뭔가 의미가 있을 거예요. 아마도 다쿠미 씨의 출생과 성장에 관계가 있지 않을까 싶은데요."

"내 출생과 성장에 대해서라면 그 머저리 같은 여자에게 버림받고 도쿄의 미야모토 부부에게 맡겨진 게 다야. 그뿐이라고."

그러자 도키오는 눈을 치켜뜨면서 다쿠미를 바라봤다. 평소와는 다른 진지한 빛이 깃들어 있다.

"다쿠미 씨도 눈치 챘을 거예요. 알면서도 일부러 눈을 돌리는 거죠?"

"이상한 소리 하지 마. 내가 뭐 때문에 눈을 돌린다는 거야?"

도키오는 만화책을 덮었다.

"도조 스미코 씨가 다쿠미 씨에게 이걸 주고 싶었던 건 어떤 메시지가 담겨 있기 때문이라고 생각해요. 그녀가 전하고 싶었던 것이라면 하나밖에 없지 않겠어요?"

"무슨 소리를 하는 거야?"

"알면서도 얼버무리지 말라고요." 도키오는 고개를 흔들었다. "아버지에 대해서예요. 다쿠미 씨의 아버지가 누구인지에 대해 전하고 싶었던 거지요." 그는 만화책 표지를 가리켰다. "쓰메즈카 무사오. 이 만화를 그린 사람이 다쿠미 씨의 아버지일 거예요."

다쿠미는 젓가락을 집어던졌다. 그릇 안에는 맛을 낸 가다랑어 국물과 하얀 면이 몇 가락 남아 있었지만 먹을 마음이 사라졌다. 도키오의 말이 정곡을 찔렀다. 도조 준코가 만화책을 내밀었을 때, 그것이 손으로 만든 책임을 알았을 때부터 쓰메즈카 무사오라는 인물과 자신의 관계에 대해 한 가지 생각이 고개를 들었다. 그러나 일부러 더 이상 생각하기를 피했던 것이다.

"나한테 아버지라는 사람은 없어. 있다면 나를 키워준 미야모토 씨뿐이야."

"그 심정은 알아요. 하지만 진실을 아는 것도 중요하지 않을까요. 모든 것을 안 다음에 미워하든 말든 하면 되잖아요?"

"이제 와서 알고 싶지도 않아. 첫째, 어떻게 진실을 알지? 이 쓰메즈카 무사오라나 뭐라나 하는 웃기는 이름을 가진 남자가 어디의 누구인지도 모르는데."

"그러니까 이 동네에 가보자는 거예요." 도키오는 만화책 표지를 가볍게 두드리며 말했다. "이 만화의 무대가 되는 동네에."

"가본들 알 수도 없을 거야." 그렇게 말하고 나서 다쿠미는 후회했다. 관심이 있다는 것을 내색한 말이었기 때문이다. 그는 얼른 덧붙였다. "물론 갈 생각은 추호도 없지만."

"이 책을 보면 동네의 묘사가 상당히 자세하게 나와 있어요. 아마 근처 마을 모습을 그대로 그렸을 거예요. 이 그림과 비교하면서 돌아다니면 분명히 뭔가 단서가 잡힐 거예요. 오래전부터 살고 있는 사람에게 물어봐도 좋고. 하지만 문제는 정확한 지명이죠. 이쿠노 구 다카에라고만 되어 있는데 이 지도를 보면 이쿠노 구에 다카에라는 동네 이름은 없어요. 그러니까 아마 이건 가공의 이름일 거예요. 분명히 모델이 된 동네가 어딘가에 있어요."

"바보 같은 짓이야. 그런 이야기에 내가 움직일 것 같아?" 컵의 물을 마시고 음식 값을 테이블에 놓아 둔 뒤 다쿠미는 몸을 일으켰다.

밖으로 나와 도키오가 계산을 마치기를 기다리면서 다쿠미는 그가 한 말의 의미를 반추했다. 진실을 아는 것도 중요할 것이다. 다쿠미도 오래전부터 자신의 아버지가 어떤 사람인지 알고 싶었다. 하지만 알 도리가 없어 단념하는 수밖에 없었다. 그런 일이 반복되는 중에 그 희망은 마음속에서 봉인이 되어버린 상태였다. 그런데 지금 그 봉인이 열리려고 한다. 그 사실에 스스로 당혹해하고 만화책이라는 열쇠를 가짐으로써 자신의 마음이 어디로 날아가 버릴지 예측할 수가 없어 두렵기도 했다.

그건 그렇고…….

도키오라는 이 청년은 도대체 뭐 하는 자일까 하고 새삼 생각하지 않을 수 없었다. 본인 이상으로 다쿠미의 마음을 이해하고 그 마음의 굴곡마다 깃들어 있는 약한 부분을 정확하게 자극해 온다. 그의 말은 항상 자신의 뭔가를 깨어나게 한다.

피를 나눈 사이라고 하지만 도조가의 사람은 그를 모르는 것 같았다. 그렇다면 아버지 쪽 친척인가. 거기까지 생각하다가 다쿠미는 정신이 번쩍 들었다. 혹시 도키오 자신이 쓰메즈카 무사오를 찾고 싶은 게 아닐까. 기무라 다쿠야라는 아버지가 있었다고 하는데 어디까지 진짜인지는 알 수가 없다.

도키오가 계산을 마치고 밖으로 나왔다. "오래 기다렸죠?"

다쿠미는 방금 떠오른 생각을 입 밖에 내지 않기로 했다.

지하상가를 나와 에비스바시를 걸었다. 별로 넓지도 않은 거리를 많은 사람들이 오가고, 거리 양 옆에는 작은 상점과 패션 빌딩이 즐비하게 서 있었다. 고급 점포와 서민적인 가게가 혼재된 모습은 이 지역의 특징인지도 모른다.

아케이드가 있는 거리를 빠져나오니 전방에 다리가 보였다. 도키오는 그 다리 앞 왼쪽의 가게를 향해 흥분된 목소리로 말했다. "와아, 게 간판이다. 굉장히 크다."

게다가 다리를 건널 때는 뒤쪽을 올려다보며 그리코(유제품을 주로 한 식품 회사—역주) 간판을 보고 감탄하는 목소리로 떠들어댔다. 다쿠미는 그런 그를 무시하고 머릿속에 새겨둔 지도와 주위 풍경을 맞춰보았다. 오사카를 유람할 처지가 아니다. 일단 '봄바'를 찾아야 한다.

"두리번거리지 말고 빨리 걸어."

"그렇게 서두르지 않아도 되잖아요. 모처럼 오사카에 왔는데. 타코야키 먹어요, 저기 타코야키 노점상이 있어요."

노점을 가리킨 도키오의 손을 다쿠미가 탁 쳤다.

"너, 내가 치즈루를 찾는 게 마음에 들지 않는 거구나."

"아니, 그런 건 아니에요."

"그럼 잠자코 따라와. 나도 나고야까지 가줬잖아."

"……알았어요."

다쿠미는 걸음을 서둘렀다. 묘한 기분이었다. 방금 한 말은 나고야 역에 도착했을 때 두 사람의 입장을 완전히 뒤바꿔놓은 것이었다.

소에몬초에 접어들자 어느새 수상쩍은 남자들이 다가왔다.

"도쿄 사람인가? 멋진 아가씨 있어요. 어떻습니까?"

"2천 엔, 2천 엔! 2천 엔이면 돼요. 마음대로 만져요. 몇 번이고 마음대로 만지는 데 2천 엔!"

낮은 목소리의 오사카 사투리로 속삭인다. 그 목소리에 기묘한 박력이 있어 다쿠미는 살짝 마음이 흔들렸지만 이런 데서 놀 처지가 아니다. 손을 뿌리치면서 지나쳤다.

화려한 거리에서 조금 떨어진 곳에 '봄바'가 입주해 있는 빌딩이 있었다. 낡은 건물로 벽에는 여기저기 금이 가 있었다. '봄바'는 3층이었다. 엘리베이터를 기다리는데 문이 열리면서 두 남녀가 내렸다. 남자는 보라색 양복을 입고 여자는 온몸을 빨간색으로 휘감았다. 그리고 둘 다 금빛으로 번쩍이는 액세서리를 주렁주렁 달고 있었다.

"대단한 박력이네요." 엘리베이터를 타고 나서 도키오가 작은 목소리로 말했다.

문을 닫으려고 했을 때 빼빼 마른 남자 하나가 허둥대는 모습으로 엘리베이터 안으로 들어왔다. 다쿠미와 도키오를 향해 고개를 조금 숙이며 "실례" 하고 말했다.

3층에서 내리자 좁은 통로를 끼고 술집 간판이 나란히 걸려 있었다. 아마 점포마다 고급 클럽은 아닌 것 같았지만 또 다른 불안이 고개를 들었다.

"어딘가 좀 요상한 분위긴데. 돈은 팬티 안에 감춰둘까?"

다쿠미가 하는 말의 의미를 도키오도 이해한 모양이다.

"그래봤자 소용없어요."

엘리베이터 앞에서 두 번째 업소가 '봄바'였다. 다쿠미는 심호흡을 한 번 하고 나서 문을 열었다.

입구에서 안쪽을 향해 까만 카운터가 놓여 있다. 바로 앞과 안쪽에 손님이 두 명씩 앉아 있다. 카운터 안에는 두 명의 여자가 있었다. 하나는 머리가 짧고 날씬한 체형이고 또 한 여자는 긴 머리를 뒤로 묶었다. 짧은 머리 쪽이 연배가 위인 듯 30대 중반으로 보였다. 이쪽이 마담일 것이다.

두 여자는 의외라는 얼굴로 다쿠미와 도키오를 번갈아 봤지만 즉시 짧은 머리의 여자 쪽에서 웃는 얼굴을 만들었다. "어서 오세요. 두 분이신가요?"

음, 하는 대답과 함께 다쿠미는 안으로 들어갔다. 카운터 거의 중앙에 도키오와 함께 앉아 우선 맥주를 주문했다.

"여기는 처음이시죠. 어떤 분에게 듣고 오셨는지?" 짧은 머리의 여자가 물었다. 얼굴은 웃고 있지만 눈에는 호기심과 경계의 빛이 드러났다.

"음, 그냥." 애매하게 고개를 끄덕이면서 다쿠미는 물수건으로 손을 닦았다. "이 가게에 다케코 씨라는 사람이 있지요?"

"다케코? 아아……." 짧은 머리의 여자는 꽁지머리 여자 쪽을 돌아보았다.

"그 아이는 그만뒀어요." 꽁지머리 여자가 말했다.

"그래요? 언제쯤?"

"그게 그러니까……아마 6개월 정도 전이었지요." 짧은 머리의 여자가 다쿠미를 보며 말했다. "집안 사정이라면서 갑자기. 모처럼 찾아오셨는데 유감입니다만."

뜻밖의 대답이었다. 다케코라는 친구 이야기를 치즈루에게 들은 건 불과 한 달 정도 전이었다. 그렇다면 다케코가 여기를 그만둔 것을 치즈루도 몰랐다는 건가.

"지금 어디 있는지 혹시 모릅니까?" 우선은 매달려보았다.

글쎄요, 하고 짧은 머리의 여자가 고개를 갸우뚱하며 말했다.

"원래 아르바이트였거든요. 그렇게 긴 기간도 아니었고. 지금은 더 이상 연락도 안 되는 상태예요."

"그래요?" 다쿠미는 한숨을 내쉬고 맥주를 홀짝거렸다. 다케코를 만날 수 없다면 치즈루를 찾을 유일한 단서를 잃었다는 의미가 된다. 앞으로 어떻게 해야 한단 말인가.

옆에서는 도키오가 호기심을 감추지 못하고 내부를 둘러보았다. 벽에는 연극이나 콘서트 포스터가 덕지덕지 붙어 있다. 그런 쪽 관계자들이 드나드는 건지도 모른다.

다쿠미가 담배를 빼물자 짧은 머리의 여자가 얼른 손을 내밀며 라이터로 불을 붙여주었다.

"그럼 최근에 우리처럼 다케코 씨를 찾으러 온 사람은 없었나요? 비슷한 또래의 젊은 여자." 그렇게 말하고 나서 얼른 덧붙였다. "남자도 같이 왔는지 모르지만."

"그런 사람이 있었나?" 짧은 머리의 여자는 다시 옆에 있는 젊은 여자에게 묻는다.

"내 기억에는 없는데." 꽁지머리 여자가 뒤로 묶은 머리채를 좌우로 흔들었다.

"없다네요."

짧은 머리의 여자는 그런 사정이라는 얼굴로 다쿠미를 바라본다. 그로서는 말없이 고개를 끄덕이는 수밖에 없었다.

"여기, 당신이죠?" 갑자기 도키오가 말했다. 벽에 붙은 포스터를 가리켰다. 여성만으로 구성된 록 밴드인 듯하다. 연주 중인 사진이 확대되어 있었다.

"아, 예." 꽁지머리 여자가 대답했다.

다쿠미도 그 포스터를 자세히 보았다. 오른쪽 끝에서 기타를 치는 사람은 분명 꽁지머리 여자임이 틀림없었다. 그러나 머리는 묶지 않고 늘어뜨렸다.

"흐음, 밴드 이름도 '봄바'로군. 가게 이름에서 딴 겁니까?"

"예, 뭐 그냥 좋은 이름인 것 같아서."

"하지만 특이한 이름이네요. 무슨 뜻인가요?" 도키오가 계속 질문했다.

"말했잖아. 도쿄 봄바즈의 봄바라니까." 어지간히 답답했는지 다쿠미가 끼어들었다. "그렇죠? 안 그래요?" 여자들에게도 확인했다.

짧은 머리의 여자가 고개를 끄덕였다. "맞아요."

"정말? 흐음……." 도키오는 이상하다는 얼굴을 했다. "누가 붙인 거죠?"

"내가 붙였는데요." 짧은 머리의 여자가 대답했다.

무슨 쓸 데 없는 질문을 자꾸 하느냐고 면박을 주고 싶은 걸 다쿠미는 참았다. 가게 이름 따위 아무러면 어때. 치즈루를 찾을 방도를 생각해야 하는 이 마당에.

맥주 한 병을 비우고 나서 일어서기로 했다. 계산서를 보니 바가지를 씌우는 업소는 아닌 듯했다.

"명함 한 장 받아갈 수 있을까요?" 도키오가 말했다.

짧은 머리의 여자는 잠깐 의외라는 얼굴을 했지만 얼른 카운터 밑에서 명함을 꺼내주었다. 사카모토 기요미坂本清美라는 이름이 인쇄되어 있었다.

밖으로 나오고 나서 다쿠미는 자기 머리를 마구 헝클어뜨리며 긁었다.

"기가 막히는군. 여기서 다케코를 찾지 못하면 아무 소득도 없잖아."

"아니, 그렇지도 않을 것 같아요."

너무나 냉정한 목소리에 다쿠미는 도키오의 얼굴을 마주본다. "무슨 소리야?"

"다케코 씨, 찾은 것 같은데요."

"뭐라고?"

도키오는 방금 나온 빌딩을 가리켰다.

"두 사람 중 하나가 다케코 씨라고요. 아마 꽁지머리 쪽일 것 같은데."

다쿠미는 몸을 약간 젖히고 도키오의 얼굴을 바라본다. "어떻게 그런 걸……."

"가게 이름 말이에요. 난 도쿄 봄바즈에 대해서는 모르지만 아마 그건 스포츠팀 이름이겠지요. 그 봄바라는 말의 의미가 폭격기잖아요. 밴드 쪽은 모르지만 술집에 붙일 이름은 아닐 거예요."

"하지만 그 여자가 그렇다고 하던데."

"그러니까 거짓말을 한 거죠. 진짜 의미를 말하고 싶지 않으니까. 포스터에 '봄바'라는 스펠링이 쓰여 있었는데 BOMBA였어요. 폭격기의 철자는 BOMBER가 맞아요. BOMBA라는 영어 단어는 없어요."

"그래서?"

"BOMBA의 O와 A의 위치를 바꿔봐요. 그리고 마지막으로 O를 하나 더 붙이는 거예요."

"그러면 어떻게 되는데?"

"BAMBOO, 밤부." 도키오는 한쪽 눈을 찡긋 감았다. "영어로 대나무(다케)라는 의미죠."

20

한밤중인 새벽 두 시까지 다방에서 시간을 보내고 다시 '봄바'가 있는 빌딩 앞까지 돌아왔다. 시간이 시간이다 보니 아무래도 호객꾼의 모습은 보이지 않았다. 하지만 다른 의미에서 수상쩍은 남자들은 여전히 거리를 배회하고 있었다. 눈을 맞추면 무슨 시비를 걸어올지 모르기 때문에 다쿠미는 가능한 한 땅바닥을 보며 걸었다. 도키오에게도 그렇게 하라고 경고했다.

사카모토 기요미와 꽁지머리 여자가 가게를 나온 건 새벽 세시가 다 되어서였다. 빌딩 그늘에서 담배를 피우던 다쿠미는 꽁초를 구두로 비벼 껐다. 도키오가 비난하는 눈초리를 보냈지만 무시하고 걸음을 옮겼다.

둘은 나란히 걸어가는 두 여자를 미행했다. 길은 좁지만 늦은 시간인데도 취객이 많아 미행은 어렵지 않았다. 여자들이 뒤를 돌아볼 낌새도 전혀 없다.

넓은 길로 나온 곳에서 여자들은 택시를 잡았다. 다쿠미는 뛰듯이 걸어갔다. 여자들이 탄 택시가 출발하기 직전에 손을 들어 택시를 세웠다.

"앞의 택시를 따라가요."

"뭐야, 행선지를 모르는 건가?" 중년의 택시운전사가 말했다. 성가신 일이 될까 봐 꺼려하는 말투다.

"모르니까 따라가라는 거요. 아무 말 말고 시키는 대로 하면 될걸." 다쿠미는 비스듬히 뒤에서 운전수의 얼굴을 노려보았다. 볼의 근육이 늘어져 있었다.

운전사는 아무 대꾸도 하지 않는다. 하지만 왠지 운전이 난폭해진 것 같았다.

"죄송합니다. 그럴 사정이 좀 있어서……." 도키오가 옆에서 말했다. 사과할 게 뭐 있어, 하는 눈초리로 다쿠미는 그를 보았다.

"그야 그렇겠지. 이런 시간에 물장사 하는 여자를 쫓는 걸 보면." 그녀들이 앞 택시에 타는 모습을 본 모양이다. "그런데 형사는 아닌 것 같고 아예 오사카 사람도 아니군. 무슨 곡절이 있겠다 싶어서 이렇게 시키는 대로 가긴 하겠지만."

"죄송합니다. 감사합니다." 도키오는 운전사에게 보일 리도 없는데 고개를 숙였다. 그리고 뭐라고 한마디 하라는 듯 다쿠미를 쳐다보았다. 물론 다쿠미는 그의 시선을 묵살했다.

전방에 커다란 교차로가 나타났다. 그곳을 지나 조금 더 가더니 앞의 택시가 왼쪽으로 붙었다. 브레이크 등이 깜빡였다.

"뭐야, 얼마 오지도 않았는데 벌써 다 온 건가." 운전사가 맥이 빠진 듯 중얼거렸다.

"여기는 동네 이름이 뭐죠?" 도키오가 물었다.

"다니 큐요."

"다니 큐?"

"다니마치 9(큐)번지. 아아……." 운전사는 고개를 흔들었다. "그러고 보니 우에로쿠인가. 정식 이름은 우에혼마치 6(로쿠)번지."

다쿠미는 전혀 알지 못하는 지명이었다. 도키오는 알고 그러는지 모르고 그러는지 납득한 얼굴로 고개를 끄덕였다.

앞차에서 조금 떨어진 곳에서 두 사람이 탄 택시도 정지했다. 다쿠미는 지갑을 꺼냈다. 생각보다 싸게 먹힌 것 같다.

그런데 앞차에서 내린 건 짧은 머리 여자 혼자였다. 꽁지머리 여자는 내리지 않고 그대로 택시 뒷문이 닫혔다.

"도키오, 여기서 내려." 다쿠미가 말했다. "뒤처리는 알지?"
"알았어요. 게 간판 앞이죠. ……기사 아저씨, 여기서 저만 내릴게요."
문이 열리고 도키오가 내렸다.
"어이, 문 닫고 빨리 출발해요. 앞 차 놓치겠네." 운전사는 겁먹은 듯 기어를 천천히 넣었다. 일부러 그러는지 발진이 느렸다.
"꾸물거리지 맙시다. 끝까지 쫓아가면 팁은 충분히 챙겨줄 테니까."
무슨 의미인지 운전사는 어깨를 한 번 으쓱 올렸다 내렸다.
한동안 곧장 달린 뒤에 앞 차가 왼쪽으로 돌아 들어갔다. 다쿠미가 탄 택시 운전사도 방향 지시등을 켰다. 신호가 노란색으로 바뀌었지만 속도를 내서 교차로를 통과했다. 타이어가 도로에 긁히는 소리가 났지만 무사히 좌회전할 수 있었다.
"큰일 날 뻔했군." 다쿠미가 중얼거렸다.
"댁은 도쿄 사람이오?" 운전사가 물었다.
"그렇긴 한데……?"
"도쿄에 가면 예쁜 여자가 많지 않소. 여기까지 와서 굳이 술집 여자를 쫓아갈 일도 없을 것 같은데 말이오."
"그 도쿄의 예쁜 여자가 여기로 와버렸거든."
"오라, 앞 차에 탄 여자가 도쿄 아이?"
"저 여자는 여기 사람이지만 내가 찾는 여자가 있는 곳을 알지도 모르거든."
"흐음, 그런 이야기였군." 운전사가 의미심장하게 웃는 기척이 있었다.

"뭐요, 뭐가 우스운 거지?"

"아니, 우스운 게 아니고. 형씨, 집요한 남자는 여자한테 인기가 없는데."

"시끄럽군. 입 다물고 운전이나 해요."

이윽고 앞 차가 속도를 늦추고 옆길로 들어갔다. 다쿠미의 운전사도 신중하게 뒤를 쫓아간다. 돌아서자마자 바로 앞 차가 멈추는 게 보였다.

"스톱!"

다쿠미가 말했지만 운전사는 브레이크를 밟지 않고 그대로 앞 차 옆을 지나갔다.

"안 들려? 멈추라니까!"

"그렇게 바로 뒤에 세우면 아무리 둔한 사람이라도 수상하게 볼 거요."

운전사는 다음 모퉁이에서 브레이크를 밟았다.

"좋아, 이 정도면 충분하겠군."

다쿠미는 지갑에서 만 엔짜리를 꺼내 조수석에 던졌다. 뒤를 돌아보니 이미 꽁지머리 여자는 택시에서 내려 바로 옆 아파트로 들어가는 중이었다.

"잠깐! 이건 너무 많은데."

"팁은 듬뿍 주겠다고 했으니 그냥 받아둬요."

"그런 거 필요 없소이다."

"시끄럽기는. 대도시에서 온 사람이 한 번 줘버린 걸 도로 받을 것 같습니까."

운전사가 5천 엔짜리 한 장을 내밀었다.

"필요 없다니까 그러네."

"됐으니까 받아두쇼. 그보다……." 운전사가 등받이 너머로 얼굴을 내밀며 목소리를 낮춰 말했다. "뒤에 검은 차 한 대가 서 있는데. ……크라운인 것 같군."

다쿠미는 뒤를 돌아보았다. 역시 운전사 말대로 차 한 대가 도로 옆에 서 있었다.

"저 차가 아까부터 계속 따라왔소. 당신처럼 저 아가씨를 쫓아온 게 아닌가 싶은데."

"설마……."

"글쎄, 내 착각인지도 모르지. 아무튼 조심하쇼."

다쿠미가 내리자 택시는 즉시 사라졌다. 다쿠미는 발걸음을 서둘러 오던 길을 다시 가면서 수상한 크라운에 눈길을 주었다. 그러자 그 시선을 피하듯이 크라운은 조용히 움직이기 시작했다. 옆을 지나칠 때 다쿠미는 운전석을 보려고 했지만 유리에 까맣게 썬팅이 되어 있어서 아무것도 보이지 않았다.

뛰는 걸음으로 아파트 안으로 들어갔다. 왼쪽 옆에 관리인실이 있지만 창구에는 커튼이 드리워져 있었다. 오른쪽 옆에는 우편함이 있고 정면이 엘리베이터였다. 엘리베이터는 1층에 멈춰 있었다.

우편함 맞은편에서 발소리가 들렸다. 다쿠미는 계단 그늘로 몸을 숨겼다. 꽁지머리 여자가 신문과 우편물을 들고 나타나더니 바로 엘리베이터로 가지 않고 곧장 다쿠미 쪽으로 걸어왔다. 여차하면 앞으로 나서는 수밖에 없다. 그는 작정하고 몸의 긴장을 풀지 않았다.

그러나 그녀는 계단으로 올라갔다. 그 발소리를 들으면서 다쿠미는 뒤를 쫓았다.

꽁지머리의 집은 2층인 모양이다. 계단을 올라간 뒤 복도를 걷는 소리가 들린다. 그녀가 멈춰 서서 핸드백에서 열쇠를 꺼내려는 것을 보고 다쿠미는 달려갔다. 그 기척을 느꼈는지 그녀는 얼굴을 들었다.

"앗, 당신은……." 새빨갛게 칠한 입술을 크게 벌렸다.

다쿠미는 대답하지 않고 먼저 현관의 문패를 확인했다. '사카다坂田'라고 되어 있다. 확인하고 싶은 건 이름이지만 문패에는 성만 표시해 놓아 이름까지는 알 수가 없을 거라는 이야기는 도키오와도 했었다. 그럴 경우에는 어떻게 하면 되는지도 둘이서 정했다.

꽁지머리 여자는 아직도 아연한 표정이다. 다쿠미가 여자의 손에서 우편물을 낚아챘다.

"어머! 무슨 짓이야, 이리 줘요."

여자가 즉시 다쿠미의 팔을 잡았다. 그는 그것을 뿌리치면서 우편물의 수신인 주소란을 살펴보았다. 그런데 어찌 된 영문인지 몇 개나 되는 봉투의 수신인이 모조리 외국어로 되어 있다.

"이 사람이! 얼른 이리 내요." 여자는 다쿠미의 재킷 소매를 잡아당겼다.

겨우 '사카다'라는 글자가 힐끗 보였다. 그런데 그때 여자가 잡아당기는 바람에 우편물을 떨어뜨리고 말았다.

"앗, 젠장."

그는 얼른 주우려고 했다. 그런데 다음 순간 코에 충격을 받았다. 그 직전에 하이힐 구두코가 눈앞으로 날아왔었다는 것을 뒤로 자빠지고 나서야 알았다.

"발로 찰 것까지 없잖아!" 한 손으로 코를 잡고 일어서며 다른 한 손으로 여자의 멱살을 잡으려고 했다. 그러나 이번에는 그 손이 뒤로 꺾여 올라갔다.

"아악! 아야!" 다쿠미는 뒤로 돌면서 바닥에 무릎을 찧었다.

"사람 우습게보면 어떻게 되는지도 모르고. 내가 누군 줄 알고 그래!"

"누군지 모르니까 편지를 보려는 거 아냐!"

"당신, 가게에서도 이상한 소리를 지껄이더니. 노리는 게 대체 뭐야?"

"우리는 다케코라는 여자를 찾고 있을 뿐이야."

"그런 여자는 그만뒀다고 했잖아."

"거짓말이라는 걸 알거든. 두 여자 중 하나가 다케코야. 그런데 무슨 영문인지 그걸 숨기더군. '봄바'의 유래는 도쿄 봄바즈가 아니지. 영어로 대나무라는 단어 밤부에서 딴 게 틀림없어."

다쿠미가 말하자 그의 팔을 비틀었던 여자의 힘이 갑자기 풀어졌다.

"그거 당신이 생각해낸 거야?" 낮은 목소리로 물어온다.

"내가 아니고 아까 그 친구가 그러더군."

"후훗, 그렇군."

무슨 의미냐고 되물으려는 순간 떨어져 있는 봉투의 일부가 눈에 들어왔다. 수신인 앞부분이 가려져 있지만 '님' 바로 앞에 있는 글자는 '미美'였다. 그녀가 다케코라면 '님' 자 앞에는 '코子'라야 한다.

"당신은 다케코가 아니군."

다쿠미의 머리 위에서 코웃음을 치는 소리가 들렸다.

"그래, 아니야."

"그렇군. 나랑 같이 온 친구가 아마 다케코는 당신일 거라고 하기에, 내가 좀 성급했어. 미안" 하고 말하며 고개를 까딱 숙여 보였다.

"그게 무슨 사과야. 어엿한 어른인 척하면서 사과의 말 한마디를 제대로 못하네."

울컥 화가 났지만 반론할 수 있는 입장은 아니었다. 호흡을 가다듬고 나서 그는 작은 소리로 말했다.

"죄송합니다."

"제대로 하려면 이 정도로는 용서할 수 없는 일이지만." 여자는 그때서야 다쿠미의 팔을 놓았다.

그가 어깨를 돌리고 있는 옆에서 그녀는 우편물을 하나씩 주워 모았다.

"당신이 다케코 씨가 아니라면 아까 그 여자가 다케코겠군."

꽁지머리의 여자가 고개를 살랑살랑 흔들었다.

"그쪽은 기요미. 사카모토라는 성이 가짜고 본명은 사카다 기요미야. 다케코가 아니라고."

"그럼 가게 이름도 대나무에서 착안한 게 아닌가?"

"그건……." 그녀는 양손을 허리에 대고 다쿠미를 똑바로 쳐다보았다. "맞아. 대단한 추리야. 가게 이름의 유래를 알아본 사람은 지금까지 한 명도 없었는데."

"그런데."

입을 열려던 다쿠미의 얼굴 앞에 그녀는 한 통의 봉투를 내밀었다. 그 봉투의 수신인을 보고 그는 눈이 휘둥그레졌다.

"대나무 '竹'(일본어 발음으로 다케—역주)에 아름다울 미美를 써서 다케미야. 다케코가 아니라고."

21

다케미는 핸드백에서 열쇠를 꺼내 구멍에 끼운 다음 문을 절반 정도만 열었다.

"좋아, 일단 안으로 들어가자고."

다쿠미는 어둑한 실내와 그녀의 얼굴을 번갈아 쳐다보았다.

"들어가도 될까?"

"이대로 돌아가 주면 고맙겠지만 그러지 않을 것 같아서."

"꼭 물어보고 싶은 게 있어."

"한밤중에 이런 데 서서 이야기를 하면 이웃에 피해가 돼. 남들이 보면 모양새도 좋지 않고. 얼른 들어가."

"그렇다면." 다쿠미는 안으로 한발 들여놓았다.

안이 어둑하다고 생각한 건 입구 바로 앞에 세워놓은 가리개가 있어서였다. 상당히 높은 칸막이였다. 그 너머 방에는 불이 켜져 있다.

"나를 믿는다는 말이군."

다쿠미가 말하자 그녀는 다시 코웃음을 쳤다.

"누가 낯선 남자를 선불리 믿을까."

"그렇다면 이건 좀 경솔한 거 아닌가. 집 안으로 들이다니. 아까는 방심했지만 여자가 아무리 힘이 세도 완력으로 나를 이기기는 무리일 텐데."

"글쎄. 그럴까." 먼저 구두를 벗은 다케미는 팔짱을 끼고 그를 내려다보았다. 그 모습 그대로 갑자기 입을 열더니 "제시!" 하고 불렀다.

안에서 무슨 소리가 났다. 그리고 발소리. 그녀의 뒤에 있던 가리개가 스르륵 옆으로 움직였다.

2미터는 될 것 같은 검은 물체가 불쑥 나타났다. 불빛을 등지고 있어서 검게 보인 건가 싶었는데 그렇지 않았다. 그는 흑인이었다. 티셔츠를 입은 팔은 젊은 여자의 허벅지 정도로 굵었고 안에다 오리털 재킷을 입은 게 아닐까 싶을 정도로 가슴이 불룩했다. 입술은 기분 나쁠 정도로 꾹 다문 채 푹 꺼진 눈자위 안에서 놀란 눈으로 다쿠미를 노려보고 있었다.

"아……헬로! 아니지, 그러니까 하우 아 유……라고 해야 하나."

흑인인 그가 다쿠미 쪽으로 한발 다가서자 다쿠미는 뒷걸음쳤다.

"어서 오십시오."

"어어?"

"밤비에게 잘 해주셔서 감사합니다. 제시라고 합니다. 잘 부탁합니다."

그는 굵은 팔을 내밀어 다쿠미의 손을 잡고 악수했다. 바이스(공작물을 끼워 조이는 공구—역주) 같은 악력이었다. 다쿠미는 얼굴을 찡그리며 "저, 저야말로 잘 부탁합니다" 하고 대답했다.

"어때? 완력으로 이길 것 같아?" 다케미가 생글생글 웃으면서 물었다.

"좀 어렵겠는데." 다쿠미는 악수하던 손을 흔들었다. 아직도 좀 뻐근했다.

가리개 뒤로는 6, 7평 정도의 거실 겸 주방이었다. 그러나 거실 세트도 식탁도 없었다. 세간이라고 할 수 있는 것은 싸구려 유리 탁자뿐이고 거의 모든 공간이 기타와 앰프, 그 밖에 음악을 위한 기자재로 채워져 있었다. 제대로 된 의자 하나 없는데 구석에는 드럼 세트가 놓여 있다.

"완전히 스튜디오네. 여기서 밴드 연습을 하는 거야?"

"본격적인 연습은 못하지만 조금씩. 이런 데서 시끄럽게 굴었다가는 단번에 쫓겨날 테니까."

"저 친구도 멤버?" 제시를 가리키며 묻는다.

"드러머 겸 보이프렌드 겸 보디가드. 그런 장사를 하다 보면 귀찮게 구는 손님이 끈질기게 따라붙는 일도 많아. 하지만 어떤 작자든 제시만 보면 벌벌 떨어."

그야 그렇겠지, 하고 살짝 무안한 마음으로 다쿠미는 고개를 끄덕였다.

"밤비, 배고프지 않아? 뭐 먹을래?"

"아니, 괜찮아. 고마워."

"밤비……아, 그렇구나. 밤부를 애칭으로 밤비라고 부르는군."

"아니, 귀여운 아기사슴 밤비야. 그렇지, 제시?"

"응. 밤비는 귀여워. 세상에서 제일 예뻐."

두 사람은 껴안고 키스했다. 그러고 나서 그녀는 다쿠미를 노려보았다. "뭐 불만 있어?"

"아니."

다쿠미는 머리를 긁으며 대답했다.

어딘가에서 전화벨이 울렸다. 제시가 냉장고 위에서 전화기를 내렸다. 다케미가 수화기를 들었다.

"여보세요……뭐라고? ……으응, 거기도 갔구나. 여기도 있어. ……응, 어쩔 수 없어서 실토했어. ……응, 그래. 그러는 수밖에 없지 뭐."

전화를 건 사람은 짧은 머리의 여자였던 모양이다.

"그 녀석 뭐라고 할까. 당신이 다케코……가 아니고 다케미라고 하면."

"이쪽으로 오겠대. 도착하면 천천히 이야기할까."

"또 한 명은 사카다 기요미라고 했지. 이 집 문패에도 사카다라고 걸려 있던데. 그럼 자매?"

냉장고에서 꺼낸 캔 맥주를 들고 그녀는 몸을 흔들며 웃었다.

"그 말을 들으니 기분 좋은데. 하지만 다들 그렇게 말하더군."

"자매가 아니면 뭐지?"

"모녀. 마더 앤 도터."

"뭐?"

"엄마는 서른 살 정도로 보였을지 모르지만 2년 전에 마흔을 넘겼어. 하지만 이건 비밀이야. 가게에서는 서른네 살에서 더 나이를 먹지 않기로 했으니까." 다케미는 검지를 입술에 댔다.

"왜 성을 사카모토라고 바꾼 거야? 사카다 그대로 쓰면 안 되나?"

다케미의 질문에 그녀는 미간을 찡그렸다.

"본인 말로는 점쟁이가 개명하라고 권했대. 하지만 아마 거짓말일 거야. 오사카에서 사카다라고 하면 바보 사카다(사카다 도시오. 오사카 출신으로 「바보 사카다의 테마」라는 곡과 함께 등장하는 코미디언—역주)가 연상되기 때문에 이미지가 안 좋잖아. 나 같으면 사람들이 쉽게 기억해주기 때문에 별로 나쁘다는 생각은 들지 않지만. 그래서 나는 명함에 사카다 다케미로 쓰고 있지. 바보 사카다 다케미입니다, 이렇게 말하면 콘서트에서도 반응이 좋거든."

맥주를 마시며 웃는 다케코의 입술 위에 하얀 거품이 묻어 있었다.

약 20분 뒤에 도키오가 사카다 기요미와 함께 나타났다. 그도 역시 기요미가 우편물을 들고 가는 걸 확인하고 나서 접촉한 모양이다. 하지만 다쿠미처럼 우편물을 다짜고짜 낚아채거나 하지 않고 수신인 이름만 보여 달라고 솔직하게 부탁했다고 한다.

"남의 편지를 낚아채다니 좀 심한 거 아닌가요. 그건 엄연한 범죄라고요."

도키오가 말했다.

"그거야, 이 여자가 순순히 보여줄 사람이 아닌 것 같아서 그랬지 뭐."

"당연히 안 보여주지. 너무 수상하잖아." 다케미는 바닥에 책상다리를 하고 앉아 담배 연기를 토해내면서 말했다. 다쿠미와 도키오는 그녀와 마주보는 방향으로 앉아 있다. 기요미만 방석을 깔았다. 제시는 드럼 의자에 앉아 리듬을 찾듯이 몸을 흔들고 있다.

"도대체 왜 우리가 가게로 갔을 때 솔직하게 가르쳐주지 않은 거지? 그때 당신이 다케미라고 밝혔으면 이야기가 빨랐잖아."

"당신은 다케코 씨라는 사람을 찾으러 왔다고 했어. 그런 사람은 없으니까 솔직하게 없다고 대답했을 뿐인걸."

"없다고는 하지 않았어. 전에 있었는데 그만뒀다고 했지. 6개월 전에 그만뒀다고. 내가 다케코와 다케미를 착각했다는 걸 알면서도 일부러 거짓말을 한 거잖아."

이 주장에는 다케미도 반론을 하지 못했다. 그러더니 기요미와 얼굴을 마주한 뒤에 빙긋이 웃으며 말했다.

"아까는 당황했어, 다케코라는 말을 듣고. 그런 마음의 준비는 되어 있지 않았기 때문에 솔직히 망설였지. 남의 이름 정도는 제대로 기억해야지. 정말 치즈루가 말한 대로 바보네."

바보라는 말에 다쿠미는 피가 머리로 치솟았지만 치즈루의 이름을 들은 이상 그 자리에서 화를 낼 처지가 아니었다. 그는 몸을 앞으로 내밀었다.

"그렇지! 치즈루를 만났군."

다케미는 담배 연기를 한 번 더 뿜어내고 짧아진 담배를 크리스털 재떨이 안에 비벼 껐다. 이 방에는 어울리지 않는 고급 재떨이다.

"사흘 정도 전에 치즈루가 가게로 전화를 했어. 지금 가도 되느냐고 묻기에 괜찮다고 했더니 금방 왔더군."

"치즈루 혼자?"

"혼자였어."

"어떤 모습이었지?"

"어떻다고 대답하기는 곤란하지만."

다케미는 양손을 머리 뒤로 돌려 꽁지머리를 풀었다. 살짝 웨이브가 남아 있는 머리는 어깨를 지나 등을 덮었다.

"오래간만에 만나는 친구라 일단 반갑게 웃었는데 기운이 없는 것 같았어. 술도 별로 마시지 않았고."

"무슨 이야기를 했지?"

"꼭 무슨 형사가 취조하는 것 같아."

다케미는 얼굴을 찡그리며 불쾌한 표정을 지었다.

"얼른 이야기해주면 되잖아. 이쪽은 급하다고."

"어머, 정말 기분 나빠. 이야기해줄 마음이 싹 가시네."

"그게 무슨 소리야."

자리에서 엉거주춤 일어선 다쿠미를 도키오가 옆에서 눌러 앉혔다.

"진정해요. 여기가 누구네 집인 줄 알고 그래요?"

"이 사람들이 화나게 하잖아."

"지금은 이 사람들 말고는 기댈 데가 없잖아요. 자기 입장을 좀 생각하라고요."

도키오는 미간에 주름을 만든 뒤 다케미 쪽을 돌아보았다.

"용서해주세요. 이 사람은 지금 필사적으로 치즈루를 찾고 싶은 마음뿐이라서요" 하면서 고개까지 숙였다.

새로운 담배에 불을 붙인 다케미는 손가락 사이에 그것을 끼운 채 한동안 도키오의 얼굴을 흥미 있게 바라보았다.

"당신은 이 사람이랑 무슨 관계야?"

"뭐라고 해야 하나. ……그냥 친구 같은 사람입니다."

"흐음. 치즈루는 당신에 대해서는 아무 말도 하지 않았어. 제대로 된 친구라고는 한 명도 없다고 했는걸."

"누가 그렇다는 거야?"

다쿠미는 성난 어조로 물었다.

"당신이지 누구야."

단호한 대답에 그는 다시 엉덩이를 들썩이며 일어서려고 했지만 이번에는 자제하고 대신 그녀를 노려보았다.

"내 이야기를 했단 말이야?"

"그 아이는 당신 이야기를 하러 왔더군. 그렇다고 좋아할 건 없어. 그 아이는 우리에게 이렇게 말했거든. 혹시 자기 뒤를 쫓아 옛날 애인이 찾아올지도 모른다, 아마 다케미라는 이름을 대면서 찾으러 올 테니까 그 사람은 진작 그만뒀다고 해달라. 그래야 쉽게 포기할 거라면서."

다케미는 그렇게 말하고 나서 후우, 하고 한숨을 쉬었다.

"설마 다케코라고 할 줄은 꿈에도 생각지 못했어."

그깟 이름 아무러면 어때서, 하고 다쿠미가 중얼거렸다. 물론 다케미와 다른 사람들 귀에도 들린 게 분명하지만 그녀는 무시했다.

"그렇다면 치즈루 씨는 자신의 의지로 다쿠미 씨와의 인연을 끊을 생각이라는 거군요."

도키오가 다쿠미 입장에서는 괴로운 사실을 새삼 확인했다.

"대충 그런 의미가 되겠지."

다쿠미는 얼굴을 문질렀다. 기름기가 번들거리는 감촉이 있다. 손바닥을 보니 역시 기름기가 묻어 반들반들하다.

"내가 뭘 어쨌다고 그래." 다쿠미는 내뱉듯이 말했다.

"아무것도 하지 않았다던데. 치즈루가 그랬어. 그 사람은 아무것도 해주지 않았다고." 다케미가 차가운 시선으로 그를 보았다.

"일자리를 말하는 거라면 난 여러 가지 일을 했었다고. 그야 뭐 직업을 전전하긴 했지만 그건 나한테 맞는 길을 찾기 위해서였고, 그런 이야기는 치즈루에게도 몇 번이나 했어. 언젠가 나한테 맞는 일을 찾아 그걸로 한탕 크게 벌겠다고……. 그게 뭐가 이상하다는 거야."

그가 이야기하는 도중부터 다케미는 빙긋이 웃기 시작했다.

"세상에! 치즈루가 한 말이 맞구나. 언젠가 큰일을 하겠다, 한탕 벌이겠다……. 그게 입버릇이라고. 본인 입으로 직접 들으니까 왠지 더 웃긴다."

그런 말은 진짜 바보가 아니고는 하지 않아……. 치즈루가 했던 말이 다쿠미의 귀에 되살아났다. 경비원 면접을 받으러 가던 날이었다. 그 면접일 밤부터 그녀가 사라졌다.

"당신 나이가 몇이지?"

"그건 왜 갑자기?"

"그냥 궁금해서 그래. 말해봐."

"스물셋."

"그럼 나보다 연상이네. 그런데 전혀 그렇게 보이지 않아. 이 오빠가 훨씬 듬직해 보이네."

담배 끝으로 도키오를 가리키며 말했다.

"미야모토 다쿠미 씨라고 했지. 난 당신에 대해 아무것도 모르지만 치즈루가 한 말이 맞는 것 같아."

"그 여자가 뭐라고 했는데?"

그녀는 기요미 쪽을 힐끗 보고 나서 그에게 시선을 돌렸다.

"어린애라고 했어. 아직 어린애라고. 지금 보니까 정말 그래. 더구나 고생이라고는 모르고 자란 철없는 도련님이야."

"고생을 모른다고?" 다쿠미가 일어섰다. 이번에는 도키오가 말릴 틈도 없었다. "너, 그 말 진심으로 하는 거야?"

다케미는 움직이지 않고, 천천히 담배만 피웠다.

"진심이야. 당신은 고생이 뭔지 도통 몰라. 철부지 도련님이야."

"너……."

다쿠미가 한발 앞으로 내딛은 순간 바로 옆에서 검은 그림자가 일어섰다. 어느새 제시가 옆에 와 있었다. 경계심이 깃든 눈으로 다쿠미를 보았다.

"당신 복싱을 했다며. 그걸 내세워 걸핏하면 사람을 때린다지?" 다케미가 말했다. 이것도 치즈루에게 들었을 것이다.

"그게 어때서?"

그러나 그녀는 대답하지 않고 제시를 향해 뭐라고 말했다. 영어라 다쿠미는 알아듣지 못했다.

제시는 고개를 한 번 끄덕이더니 옆방으로 들어갔다. 얼마 뒤 돌아온 그는 양손에 붉은 글로브를 끼고 있었다. 장난감 글로브라는 걸 한눈에 알 수 있다.

"저 사람이랑 펀치 한번 날려볼래?"

다쿠미는 코웃음을 쳤다. "덩치가 크다고 펀치가 빠른 건 아니야."

"흐음, 그럼 한번 해봐. 복싱을 했다고 자랑하고 다녔다며."

"내가 이기면 어쩔래?"

"글쎄. 좋아! 어린애라고 한 거 사과하지."

제시가 다케미에게 뭐라고 말했다. 역시 영어였다. 그녀가 빠른 어조로 이야기하자 제시는 당황스러운 표정이었지만 고개를 끄덕이고 파이팅 포즈를 취하고, 그대로 다쿠미 쪽을 향했다.

"시작해도 되겠습니까?" 제시가 말했다.

"그럼, 언제라도 덤벼." 그도 자세를 잡았다.

제시는 난감한 얼굴을 보였지만 한숨을 쉬고 턱을 끌어당겼다. 커다란 눈이 날카롭게 빛났다. 그걸 본 순간 다쿠미의 뇌리에 불길한 예감이 스쳤다.

제시의 근육이 움직였다. 오른쪽 스트레이트다. 노려보면서 얼굴을 옆으로…….

그러나 아무것도 보이지 않았다. 글로브가 움직였다고 생각했을 때는 이미 충격을 받은 이후였다. 그리고 아득하게 의식이 멀어졌다.

22

눈을 뜨자 검은 얼굴이 눈 앞에 있다. 그 얼굴이 씨익 웃으니 하얀 이가 반짝였다. 와악, 소리를 지르며 다쿠미가 몸을 일으켰다.

제시가 뭔가 말하고 있는데 무슨 뜻인지는 알아들을 수가 없었다. 정신을 차린 뒤에야 다쿠미는 자신이 요 위에 누워 있다는 것을 알았다.

아, 그렇구나. 내가 맞은 거구나, 겨우 생각이 났다.

"앗, 정신을 차린 모양이야." 옆방에서 목소리가 들렸다. 드르륵 문이 열리고 도키오가 들어왔다. "어때요? 몸은."

"내가 정신을 잃었었어?"

"그래요. 거품을 물고 쓰러졌는걸요. 깜짝 놀랐어요."

"그것도 제시가 힘을 조절해서 때렸다던데."

뒤에서 다케미도 들어왔다. 두 사람은 이불 옆에 앉았다. 기요미는 돌아간 모양이다.

"대단한 펀치다."

다쿠미가 말하자 다케미는 깔깔 웃었다.

"당연하지. 6회전 보이로 끝나긴 했지만 왕년의 주니어헤비급 선수야."

"프로라고? 진작 말했어야지."

다쿠미는 얼굴을 찡그리며 머리를 쓸어 올렸다. 그때 후두부에 둔탁한 통증이 있었다. 손으로 만져보니 불룩하게 부어 있다.

"쳇, 혹이 났잖아."

"혹 정도로 끝난 게 다행이지. 제시에게 맞고 코뼈가 돌아간 사람이 몇 명인 줄 알아?"

다케미가 재미있다는 듯 말한다.

"다쿠미 씨, 그래도 우리는 이 사람들에게 감사해야 돼요. 오늘 밤은 여기서 재워주기로 했어요. 뇌진탕을 일으킨 뒤에는 한동안 안정을 취해야 한다면서."

도키오의 말에 다쿠미는 놀라 다케미를 보았다. 그녀가 무슨 불만 있어, 하는 얼굴로 마주보았다.

그는 수염이 자란 턱을 문질렀다.

"그랬군, 그건……고마워."

다케미는 어깨를 한 번 추스르고 담배를 입에 물었다. 그러자 바로 제시가 재떨이를 그녀의 앞에 갖다 놓았다.

"그리고 치즈루 씨 말인데요. 다케미 씨도 어디 있는지 모른대요."

다쿠미는 그녀를 쳐다보았다.

"물어보지 않았어?"

"물어보나마나 미처 있을 곳을 정하지 않은 것 같아. 정해지는 대로 알려주겠다고 했지만 아직 연락이 없는 걸 보니까 앞으로도 없을 것 같은데."

"그 여잔 남자랑 같이 있어."

"그런 모양이야. 도키오 군한테 들었어."

연기를 내뿜으면서 그녀가 말했다.

"더구나 이상한 놈들에게 쫓기고 있어. 그놈들의 목적은 치즈루가 아니고 같이 있는 남자야."

"그것도 들었어. 뭔지 모르지만 좋지 않은 일 같아서 나도 걱정이야. 하지만 정말이야. 치즈루한테는 어디 있는지 연락처도 듣지 못했어."

다쿠미는 이불 위에서 가부좌를 하고 앉아 팔짱을 꼈다. 그러나 치즈루가 있는 곳을 찾을 방법은 떠오르지 않았다. 다케미만이 기댈 수 있는 연고였다.

같은 생각인지 모두가 침묵했다. 각자 생각에 빠져 있는 것 같다.

"한 가지 이해가 되지 않는 게 있는데요."

도키오가 말했다.

"치즈루 씨는 왜 오사카로 왔을까요? 다쿠미 씨랑 헤어지고 새 출발을 하기 위해서라면 어디든 상관없는 거 아닌가."

"넌 그걸 말이라고 하냐. 도쿄 말고 번화가라면 역시 오사카 아냐. 그 여잔 호스티스밖에 할 게 없는 처지고."

"그렇다면 다케미 씨한테 취식을 부탁하거나 아니면 여러 가지를 의논했을 텐데."

"그럼 넌 뭐라고 생각하는 건데?"

"치즈루 씨랑 그 남자가 아마 오사카에 있을 거라고 처음 우리한테 말한 사람은 바로 그 이시하라라는 남자였어요. 이시하라는 왜 그렇게 생각했을까요? 그 사람들의 목적이 치즈루 씨와 같이 있는 오카베라는 남자라면 그 오카베가 오사카에 올 가능성이 높다는 의미가 아닐까요? 예를 들어 출신지가 이쪽이라거나. 그래서 치즈루 씨도 오카베를 따라 오사카에 온 거겠죠."

"그럴지도 모르지만 그렇다고 치즈루가 있는 곳을 알 수 있을까."

그러자 도키오가 다케미를 보고 말했다.

"치즈루 씨가 누군가랑 같이 있다는 말은 하지 않았죠?"

"물어보지 않았거든."

그녀는 고개를 갸우뚱했다.

"하지만 약간 걱정되는 말을 했어."

"뭐라고 했는데요?"

"믿을 수 있는 전당포를 혹시 아느냐고."

"전당포?"

"가진 물건 중에 필요 없는 걸 처분하고 싶다고 했던 것 같아. 커프스 버튼이나 넥타이핀 같은 거라고 했는데, 혹시 당신 거 아냐?"

그녀가 다쿠미를 보며 말했다.

"커프스 버튼에 넥타이핀?" 다쿠미는 코웃음을 쳤다.

"내가 그따위 꼰대들이나 하는 장식을 달고 다닐 사람처럼 보여?"

"그것도 그렇네."

다케미는 다시 고개를 갸우뚱한다.

"그리고 또, 도자기나 그림 같은 것도 팔고 싶다고 했어. 그런 물건을 사줄 사람이라면 전당포가 아니라도 된다고 했어."

"도자기? 그림? 그건 또 뭐야? 그 자식이 무슨 만물상인가."

"그래서 다케미 씨는 뭐라고 대답했어요?"

도키오가 다음 말을 재촉했다.

"다행인지 불행인지 나는 전당포 신세를 진 적이 없어서 아는 데가 없다고 했지."

도키오는 고개를 끄덕이며 신음을 냈다.

"치즈루 씨가 왜 그런 물건을 팔 생각이 들었을까요?"

"돈이 없었겠지. 그래서 조금이라도 보탬이 될까 해서 같이 있는 남자가 가진 물건을 팔기로 한 걸 거야. 그런데 커프스 버튼이나 넥타이핀이라니. 도대체 어떤 취향을 가진 녀석이랑 다니는 거야?"

다쿠미는 내뱉듯이 투덜거렸다.

"그렇다면 커프스 버튼과 넥타이핀은 이해가 가는데 도자기나 그림은 뭔지 모르겠네요. 치즈루 씨가 다케미 씨 말고 오사카에 아는 사람은 없을까요?"

"나 말고……."

다케미는 생각에 잠긴 얼굴이 되었다.

"굳이 말하자면 데쓰오?"

"데쓰오 씨?"

"중학교 동창이야. 부모님이 쓰루바시에서 꼬치구이 가게를 하고 있지. 옛날에 치즈루가 꼬치를 먹고 싶다고 해서 데쓰오의 가게로 데리고 간 적이 있어. 치즈루가 그 가게를 기억하고 있으면 거길 갔을 가능성은 있겠네."

"꼬치구이라……."

"아무리 생각해도 전당포와는 관계가 없을 것 같은데 이렇게 되면 부딪혀보는 수밖에 없군. 그 가게는 여기서 멀어?"

"전철로 한 정거장. 걸어가도 그렇게 멀지는 않아."

"좋아. 약도를 그려줘."

"그려줘?"

다케미는 눈을 부릅떴다.

"제발 그려주십시오, 이렇게 말할 수 없어?"

"이 여자가……."

다쿠미는 혀를 찼지만 도키오가 얼굴을 찡그리는 것을 보고 얼른 입을 다물었다. 그러고 나서 헛기침을 한 번 했다.

"그려주십시오."

"목소리가 작아."

"제발, 그려주십시오! 이러면 됐어?"

"도무지 정말, 조금만 더 고분고분하게 굴 수는 없는 거야? 치즈루가 이상한 남자들에게 쫓긴다고 하니까 돕기는 하지만 그렇지 않으면 당장 쫓아낼 사람이야."

다케미가 일어나서 옆방으로 가더니 광고지 한 장을 가지고 돌아와 자, 하면서 다쿠미 앞에 놓았다. '히로큐'라는 꼬치구이집 전단지였고 약도며 전화번호가 인쇄되어 있었다. 다쿠미는 그것을 난폭하게 접어 바지 주머니에 쑤셔 넣었다. 그 모습을 보던 다케미가 입을 열었다.

"이봐, 당신, 치즈루를 찾으면 어떻게 할 생각이지?"

"어떻게 하다니, 그건 나도 몰라. 일단 무슨 곡절인지나 들어 봐야겠지."

"설마 치즈루를 완력으로 데리고 돌아갈 생각은 아니겠지. 그런 생각이라면 앞으로 절대 도와주지 않을 거야. 당신이 데쓰오를 만나러 가기 전에 내가 전화해서 당신들에게는 아무것도 말해주지 말라고 못을 박아놓을 테니까."

"완력으로 어떻게 할 생각은 전혀 없어."

"그럼 다행이지만."

다케미는 계속 담배를 피우면서 눈을 치켜떴다.

"뭐야, 또 무슨 할 말이 더 있는 거야?"

"아니, 무슨 생각을 하는지 모르지만 좀 우습다는 생각이 들어서."

"뭐가?"

"치즈루가 남자랑 같이 있다는 거, 알잖아. 설마 두 사람 사이에 아무 일도 없다고 생각하지는 않겠지."

다쿠미는 얼굴을 찡그렸다. 듣기 싫은 말만 골라서 하는 여자구나, 하고 생각했다.

"그런 건 네가 말하지 않아도 알아."

그녀는 흐음, 하며 고개를 끄덕이더니 더 이상 아무 말도 하지 않았다.

그날 밤 다쿠미는 도키오와 둘이서 그 방에서 묵게 되었다. 다케미와 제시는 거실에서 잘 모양이다. 싫은 소리만 잔뜩 들었지만 그녀의 도움을 받고 있다는 자각은 있다. 하지만 마지막에 들은 말은 가슴에 걸렸다.

치즈루의 부드러운 피부의 감촉과 동그란 가슴을 떠올렸다. 그 몸을 지금은 다른 남자가 만지고 있다고 생각하자 미칠 듯한 초조감과 질투가 엄습했다. 그러나 그녀는 강제로 겁탈당하는 게 아니고 자기가 좋아서 받아들이고 있는 것이다. 지금 벌어진 상황을 생각하면 분명 그녀를 쫓는 일에 무슨 의미가 있는 거냐고 묻는 도키오와 다케미의 의문은 당연하다고 할 수 있다. 다쿠미 자신이 당장 포기하는 것이 신상에 좋을 것이고 무엇보다더는 꼴불견을 연출하지 않아도 된다는 것도 알고 있었다. 무엇 때문에 그녀를 쫓는 건지 그녀를 만나 어떻게 하고 싶은 건지 스스로도 분명치 않았다.

하루 동안 너무 여러 가지 일들이 있었던 탓인지 좀처럼 잠이 오지 않았다. 옆에서 도키오가 코를 골며 자고 있었다. 이 청년이 나타나면서부터 갑자기 자기 주변이 정신없이 돌아가기 시작한 것 같다는 생각이 들었다. 그리고 그것이 우연이 아닌 것 같다는 생각도 들었다.

요의를 느끼고 그는 살짝 이불에서 나왔다. 문을 열고 화장실로 갔다. 거실은 캄캄했지만 방 한 귀퉁이에 이불을 덮은 커다란 산이 있는 게 보였다. 제시와 다케미가 부둥켜안고 자고 있을 것이다.

화장실 앞에 섰을 때 갑자기 문이 열리며 다케미가 나왔다. 탱크톱 차림의 그녀도 눈앞에 그가 서 있는 걸 보고 놀라는 것 같았다. 눈을 크게 부릅뜨고 아아, 깜짝이야, 하고 중얼거렸다.

"아……미안." 다쿠미는 그 말만 해놓고 더 이상 말이 나오지 않았다. 그의 시선은 그녀의 드러난 어깨에 못 박히듯 꽂혀 있었다. 거기에는 빨간 장미가 그려져 있었다.

다쿠미의 시선을 눈치 챈 그녀는 그 부분을 손으로 가리고 그의 옆을 빠져 나갔다. 그 표정은 그녀가 처음 보이는 약한 모습이었다. 볼일을 보고 이불 속으로 다시 들어온 뒤에도 다쿠미의 망막에는 빨간 장미가 떠나지 않았다.

결국 다쿠미는 반쯤 잠들고 반쯤 깬 상태로 아침을 맞았다. 옆을 보니 도키오의 모습이 보이지 않았다. 이윽고 웃음소리가 들렸다. 도키오의 목소리였다.

방에서 나와 보니 주방에서 도키오와 제시가 뭔가 이야기를 하는 게 보였다. 둘이 나란히 아침식사 준비를 하는 모양이다. 제시가 앞치마를 두르고 프라이팬에 뭔가 볶고 있고, 도키오는 도마 위에 뭔가를 놓고 썰고 있다. 두 사람의 대화는 영어와 일본어가 반씩 섞인 기묘한 것이었다. 더구나 제시 쪽은 오사카 사투리다.

다쿠미가 서 있는 걸 알아본 도키오가 그를 보고 싱긋이 웃었다.

"좋은 아침."

"좋은 아침!"

"너 영어도 할 줄 아는 거야?"

도키오에게 물었다.

"할 줄 아는 정도는 아니고요. 엉터리로 몇 마디 정도."

"하지만 일단 이야기를 했잖아. 영어 회화를 배운 적 있어?"

"정식으로 배운 적은 없지만 영어는 초등학교부터 하니까."

"흐음, 초등학교부터라. 대단한 상류계급 이야기군. 나도 그런 집에 태어나고 싶었어."

다쿠미는 입가를 일그러뜨리며 유리 테이블 옆에 앉았다. 방 한 귀퉁이에서는 다케미가 이불을 뒤집어쓰고 잔뜩 웅크리고 있었다.

늦은 아침 식사가 시작될 무렵에서야 그녀는 몸을 일으켰다. 탱크톱 위에 셔츠를 걸친 차림으로 밖으로 나가더니 신문을 들고 들어왔다. 누구의 얼굴도 보려고 하지 않고 불쾌한 얼굴로 담배를 피우고 신문을 읽기 시작했다. 제시는 그런 그녀에 대해 아무 말도 하지 않고 유리 테이블 위에 야채 볶음과 된장국 따위를 차렸다. 그녀의 불쾌한 기분은 매일 아침마다 있는 일인지도 몰랐다.

"외국인도 된장국을 먹네."

능숙하게 젓가락질을 하는 제시를 보며 다쿠미가 말했다.

"건어물 같은 것도 좋아한대요. 놀랍죠? 하지만 낫토는 영 못 먹겠대요. 나도 그건 거의 먹지 않는데."

"낫토를 먹지 않다니 일본인이 아니군."

다쿠미가 말하자 "제시는 일본 사람 아니야" 하고 다케미가 중얼거렸다. 그녀는 아직 젓가락도 들지 않고 신문에 눈을 내리깐 채였다. 다쿠미는 뭔가 대꾸를 하려다가 그만두었다. 결국 다케미는 된장국 한 공기와 야채 볶음만 조금 먹었다.

아침 식사 설거지를 돕던 도키오가 한 장의 사진을 들고 주방에서 나왔다.

"저기요, 이거 하와이죠. 제시의 집인가요?" 하며 다케미 앞에 놓았다.

"제시 친구가 있어."

그녀가 겨우 표정을 풀었다.

그 사진에는 열 명 정도의 남녀가 찍혀 있다. 가운데 커플이 제시와 다케미였다. 다케미는 긴소매 셔츠를 입고 있다.

"하지만 유감이네요. 왜 다케미 씨는 수영복 차림이 아니죠? 다른 사람은 모두 수영복이잖아요. 아찔한 비키니를 입은 사람도 있고."

"그만해."

다쿠미가 말했다.

"사람에게는 여러 가지 사정이라는 게 있는 거야."

무슨 말인지 이해가 가지 않는다는 듯 도키오는 눈을 동그랗게 떴다.

다케미는 담배에 불을 붙이고 뭔가 생각에 잠긴 얼굴이 되었다. 다쿠미는 바닥에서 신문을 펼치고 일본과 미국의 경제 마찰에 관한 기사에 눈길을 주었다.

"열다섯 살 때……."

다케미가 입을 열었다.

"같이 살던 남자의 요구 때문에 억지로 문신을 한 거야. 그런 남자랑 사귄 것 자체가 실수였지. 그런 걸 젊음의 치기라고나 할까."

다케미는 담배연기를 뿜어냈다. 도키오는 아직 영문을 모르겠다는 표정이다.

"열다섯, 열여섯 살에 피붙이도 없고 직업도 없었어. 야쿠자한테라도 의지하지 않고는 살 수가 없었지."

"피붙이가 없다니, 어머니가 있었을 거 아냐?"

"그때는 형무소 안에 있었어. 상해치사 혐의로 실형을 먹었지."

다쿠미는 입을 다물었다. 상상도 하지 못했던 이야기였다.

"누굴 죽였느냐고 묻는 얼굴이네. 가르쳐주지. 그 사람이 죽인 건 자기 남편이야. 그러니까 내 어머니가 내 아버지를 죽인 거지."

설마, 하고 도키오가 중얼거렸다. 다쿠미는 침을 꿀꺽 삼켰다.

"아버지는 거의 알코올의존증에다가 제대로 일도 하지 않고 매일 밤마다 술만 마셨어. 그래서 어머니는 매일 바가지를 긁었고 날이면 날마다 부부싸움이었지. 어느 날 밤, 싸움이 점점 격렬해지다가 드디어 엄마가 그 남자를 아파트 계단에서 밀어 떨어뜨렸어. 그런데 하필 부딪힌 곳이 공교롭게도 급소였는지 남자가 죽어버렸지."

다케미가 담배를 비벼 껐다.

"하지만 그것뿐이면 집행유예로 풀려났을 텐데."

도키오가 불쑥 말했다.

다케미는 희미하게 웃으며 말했다.

"내 엄마라는 여자도 보통이 아니었어. 천생연분 부부였지. 그 무렵은 호스티스를 했는데 술에 취해서 손님을 때리곤 해서 걸핏하면 상해죄로 고소를 당했으니까. 정상 참작의 여지도 있지만 일단 감옥에 들어가 머리를 식히라는 의미였겠지. 변호사도 별로 의욕이 없었고. 그때부터 나는 천애고아나 다를 게 없는 신세였어. 정당방위였지만 세상 사람들 눈으로 보면 살인범과 다를 게 없었어. 대단한 꼬리표를 달고 살게 된 거지."

"그래서 야쿠자랑……?"

도키오가 물었다.

"뭐, 나도 될 대로 되라는 심정이었고. 서른이 넘은 아저씨였는데 돈은 많았어. 나를 고등학교에도 보내줬거든. 수영장에는 보내주지 않았지만."

그렇게 말하더니 그녀는 셔츠 단추를 풀고 오른쪽 어깨를 드러냈다. 거기에 그려진 장미를 보고 도키오가 작은 한숨을 내쉬었다.

"열다섯 살 소녀를 자기 여자로 만든 거니까 꽤나 신이 났지. 하지만 그만큼 질투도 많았어. 내가 나쁜 짓을 저지르지 못하게 하기 위해서라며 이런 문신을 해놓은 거야."

"용케도 그 남자한테서 빠져나왔군."

다쿠미가 말했다.

"어느 날을 경계로 집에 돌아오지 않더라고. 이상하다, 생각하고 있는데 젊은 패거리들이 와서 짐을 정리하기 시작했어. 그 중 한 남자에게서 그가 죽었다는 말을 들었지."

"살해당한 건가."

도키오가 혼잣말처럼 중얼거렸다.

"아마 그랬겠지" 하며 그녀는 고개를 끄덕였다.

"그런 뒤에도 여러 가지 우여곡절을 겪은 끝에 오늘까지 살아온 거야. 지금은 그나마 잘 지내는 편이지. 모든 게 제시가 지켜주기 때문이지만."

다케미는 제시를 보며 웃었다. 의미를 아는지 모르는지 확실치 않지만 제시도 빙긋이 따라 웃었다.

"대단하네. 하지만 다케미 씨를 보면 그런 고생을 한 것 같지 않아요."

"고생이 얼굴에 나타나면 비참해서 어떻게 살아. 더구나 비관해봐야 아무 소용없잖아. 누구나 좋은 가정에서 태어나고 싶지만 부모를 선택할 수 있는 사람은 없어. 주어진 카드로 열심히 승부를 보는 수밖에 없지."

그녀는 다쿠미를 보았다.

"초등학교에서 영어를 배우느냐 마느냐가 뭐가 중요해. 그런 일로 사람의 인생이 변하나."

다쿠미가 고개를 숙였다. 그녀는 아까의 이야기를 들었던 것이다.

"난 치즈루한테 여러 가지 이야기를 들었어. 당신도 참 불쌍하다고 생각해. 하지만 당신에게 주어진 카드도 그렇게 나쁜 편은 아니라고 생각하는데."

이렇게 말하는 그녀의 어조는 지금까지보다 조금 부드러웠다. 다쿠미는 아무 대답도 하지 않고 수염이 자란 얼굴을 문질렀다.

오후가 되기 전에 다쿠미와 도키오는 방을 나가기로 했다.

"잠깐만!" 하며 다케미가 일단 안으로 들어갔다. 돌아온 그녀는 한 장의 사진을 갖고 있었다.

"이거 갖고 가."

그녀와 치즈루가 함께 찍은 사진이었다. 1, 2년 전인지 치즈루는 지금보다 약간 통통하다. 반대로 다케미는 사진의 모습이 더 날씬한 것 같았다.

"치즈루의 사진이 있는 게 편할 거야."

그도 그럴 것 같았다. 다쿠미는 고개를 숙여 인사하고 사진을 받았다.

방을 나온 뒤에 도키오가 말했다.

"굉장한 사람이네요. 다케미 씨."

다쿠미는 조금 걷고 나서 중얼거렸다.

"그런 여자가 뭘 알아……."

그러나 그 말은 허탈하게 울렸을 뿐이다.

23

전철을 타고 쓰루바시 역에서 내리니 바로 꼬치구이 냄새가 났다. 역전 거리라기보다 뒷골목 분위기가 있는 거리를 광고지의 약도에 그려진 대로 따라 걸었다. 꼬치구이 가게 '히로큐'는 작은 민가가 밀집한 주택가 안에 있었다.

"밤비한테 전화가 왔었어. 요상한 도쿄 남자들이 갈 텐데, 이야기나 들어주라고."

데쓰오는 덩치가 큰 남자였다. 파마를 한 머리는 부스스했지만 단정하게 빗으면 어울릴지도 모른다. 그는 하얀 가운 같은 것을 입고 나막신을 신고 있었다.

커다란 카운터만 있는 가게 안에 손님은 없었다. 점원도 없는 것 같다.

다쿠미는 다케미에게 빌린 사진을 데쓰오에게 보였다.

"치즈루를 찾는다고? 응, 그저께 밤에 왔었지."

데쓰오는 망설이지 않고 말해주었다.

"누구랑 같이 왔던가요?"

도키오가 물었다.

"남자랑 둘이 왔더군."

"어떤 남자였지?"

다쿠미가 달려들듯 물었다.

"서른 살 정도, 아니, 그보다 좀더 먹은 아저씨. 한마디로 궁상맞은 타입이더군. 뭔가 허둥대는 느낌이던데."

"지금 어디 있는지, 그런 이야기는 하지 않았나?"

"별다른 이야기는 없었는데. 나도 바빴고 밤비 친구라고 해도 전에 한 번 만났을 뿐이라. ……그보다 형씨, 꼬치구이 안 먹어요? 맛은 걱정하지 말고."

뒷말은 도키오를 향한 것이었다. 그는 아니, 됐습니다, 하고 거절했다.

"전당포를 소개해달라거나, 그런 말은 하지 않았어?"

다쿠미가 물었다.

"전당포? 왜, 치즈루가 돈이 궁하대?"

"아니, 그건 잘 모르지만."

"전당포를 소개해달라고는 하지 않았는데……. 그런 말은 없었어."

"그래……."

역시 잘못 찾아왔나 하고 생각할 때 "대신" 하고 데쓰오가 말했다.

"지갑 안은 봤지."

"지갑?"

"돈을 낼 때 남자가 지갑을 열었을 때 그 속이 살짝 보였어. 만 엔짜리가 잔뜩 들어있던데. 그 정도 돈이 있는 사람이면 전당포 같은 데는 가지 않을걸."

"돈을 갖고 있었다고? 그럼 굳이 전당포에 갈 필요는 없었겠군."

다쿠미는 혼잣말처럼 중얼거렸다.

"그게 아니면." 데쓰오가 자신의 허벅지를 탁, 치며 말했다.

"전당포에 갔다 온 다음이었던가. 전당포에서 돈을 융통하고 나서 꼬치구이라도 먹고 기운을 차리자, 뭐 이렇게 된 건지도 모르지. 보통 꼬치구이는 돈이 없을 때 먹는 거지만."

"그럴 수도 있겠네요." 도키오가 다쿠미 쪽을 보았다.

"이 가게에 온 게 밤이라고 하니까 그 뒤에 전당포에 가지는 않았을 것 같고요."

"그런가."

"이 부근에 전당포가 있나요?" 도키오가 데쓰오에게 물었다.

"그야 있지, 전당포 정도는 얼마든지."

그렇게 말하더니 그는 점포 안쪽으로 가서 지도를 펼치면서 돌아왔다. 관내 지도인 것 같았다. "여기서는 이 '아라가와' 정도인가. 흐음, 의외로 많지 않네."

"이 부근의 전당포에 갔다는 보장이 없지." 다쿠미가 말했다.

"아니죠, 치즈루 씨나 같이 있는 남자나 오사카의 지리 감각은 아마 없을 거예요. 그러니까 다케미 씨에게 전당포를 물었던 거고요. 하지만 소개해주지 않았으니까 적당히 찾을 수밖에 없었겠죠. 그럴 때는 전혀 모르는 곳에서 찾기보다 그래도 약간은 알고 있는 곳에서 찾으려고 하지 않을까요?"

"그럴까."

"아무튼 부딪혀보는 수밖에 없어요." 도키오는 데쓰오에게 고맙다는 인사를 하고, 이어서 이 지도를 빌려줄 수 없느냐고 부탁했다.

"괜찮아. 갖고 가라고."

"감사합니다." 도키오가 고개를 숙여 인사하고 그 지도를 소중하게 접으려고 했다. 그러다 갑자기 손놀림이 멎었다. "그렇지, 여기가 이쿠노 구지."

"맞아. 그런데 그게 어떻다는 거야?"

"다카에라는 주소를 혹시 아세요? 이쿠노 구 다카에."

"다카에? 들은 적이 있는 것도 같고 없는 것도 같고."

잠깐만 기다려봐요, 하면서 데쓰오가 다시 안으로 들어갔다.

"지금 이 마당에 그런 걸 물어볼 필요는 없잖아."

"내친김에 물어보자고요. 괜찮잖아요. 나도 치즈루 씨를 찾으러 같이 다니고 있는 건데."

데쓰오가 돌아와 도로지도책을 펼쳤다. 그리고 또 한 권을 옆구리에 끼고 있다.

"그런 지명은 없는 것 같은데."

"그것 봐. 가공의 지명이라니까. 찾아봐야 소용없어."

"잠깐만 기다려봐요. 댁도 참 성질 한번 급하군."

데쓰오는 또 한 권의 도로지도책을 펼쳤다. 이번 것이 훨씬 오래된 것 같다. 각 페이지의 가장자리가 변색되어 뒤집혀 있다.

"앗! 있다. 이쿠노 구 다카에."

"예? 정말요?" 도키오의 얼굴이 빛났다.

"몇 년 전에 지명이 바뀐 적이 있거든. 그때 사라진 지명이군."

"그랬구나. 그래서 찾지 못했던 거군요." 도키오는 미안한 얼굴로 데쓰오를 쳐다보았다.

"저기……부탁드리기 죄송하지만 이 지도를……."

"아, 알았어요. 알았어. 갖고 가면 되잖소. 어차피 그런 낡은 지도는 별로 소용도 없고. 그 대신 다음에 올 때는 뭔가 먹고 가라고."

감사합니다, 도키오가 다시 고개를 숙여 인사했다.

가게를 나와 전당포 '아라가와'로 향했다. 도중에 담뱃가게가 있었고, 그곳 공중전화에서 남자가 누군가와 통화를 하고 있었다. 그 옆을 지나자 도키오가 고개를 갸우뚱했다.

"이상하네……."

"왜 그러는데?"

"아니, 방금 담뱃가게에서 전화하던 사람 말인데요. 어딘가에서 본 적이 있는 것 같아서."

"담뱃가게?" 다쿠미가 뒤를 돌아다보았다. 그러나 이미 공중전화에는 아무도 없었다.

"괜한 생각이야. 이런 데서 너를 아는 사람이 있을 리가 없잖아."

"그러게요. 그래서 이상하다는 생각이 들어요."

도키오의 얼굴에는 한동안 석연치 않은 표정이 가시지 않았다.

전당포 '아라가와'는 작은 가게였다. 입구를 끼고 유리로 된 진열장이 설치되어 있었다. 안에는 보석, 귀금속, 시계 등의 물건에서부터 새로 산 듯한 가전제품까지 진열되어 있었다. 악기와 일용잡화도 있다.

두 사람은 문을 밀고 안으로 들어갔다. 바로 정면에 카운터가 있고 그 안에서 백발의 남자가 주판을 튕기고 있었다. 두 사람이 카운터 앞에 서자 비로소 남자는 고개를 들었다. 환갑이 넘은 사람 같았다.

그는 대뜸 "잡힐 물건이 있습니까?"라고 물었다.

24

다쿠미가 다케미에게 빌린 사진을 내밀었다. 백발의 주인은 그를 빤히 올려다보았다.

"이게 뭐야?"

"이 아가씨, 여기 오지 않았습니까? 이쪽 여자 말예요." 치즈루의 얼굴을 손가락으로 가리키며 말했다.

그러나 주인은 사진에는 눈길도 주지 않고 다쿠미와 도키오의 얼굴을 수상한 눈으로 번갈아 보았다.

"당신들 뭐야. 경찰도 아닌 것 같은데."

"사람을 찾고 있어요. 여기 왔을지도 몰라서. 여기 이 사진을 좀 봐요."

전당포 주인은 손바닥으로 뿌리치듯 사진을 밀어냈다.

"우리 집은 그런 성가신 일에는 얽혀들고 싶지 않아. 가라고."

"잠깐 봐주는 정도면 되잖습니까. 이 가게에 왔는지 아닌지 그것만 가르쳐주면 되는데." 다쿠미가 목소리를 높이며 대들듯 말했다.

그러나 주인은 고개를 가로저을 뿐이다.

"우리 가게에 오는 손님은 누구나 이런 곳에 드나든다는 사실을 숨기고 싶어 하지. 그걸 내가 나서서 말해주면 신용이 없어질 거 아닌가. 무슨 사건에 연루된 거 같으면 경찰서에 가면 되지. 경찰이랑 같이 오면 가르쳐주지 못할 것도 없어."

상대의 설명은 타당했다. 그러나 다쿠미로서는 쉽게 물러설 수가 없었다.

"곤란한 사건을 일으킬지 몰라서 그럽니다. 이 여자가 이미 거기에 말려들었는지도 모르고. 하지만 경찰이라는 데가 그렇잖아요. 사건이 일어난 것이 분명해질 때까지는 움직이지 않죠. 그러니까 직접 알아보는 수밖에 없어서 이러는 겁니다."

"그거야 당신 사정이지, 나랑 무슨 상관이야. 영업하는 곳에 와서 귀찮게 굴지 말라고. 업무방해야. 가라니까!" 주인은 이번에는 얼굴 앞에서 손바닥을 흔들었다.

다쿠미는 사진을 들고 상대의 얼굴 앞에 내밀었다.

"한번 보기나 하라니까요. 이 여자 말입니다. 그저께 여기 왔을 텐데?"

"몰라." 주인은 얼굴을 돌리고 사진을 밀어냈다.

"다른 볼일 없으면 여기서 썩 나가. 아무리 그래 봐야 그런 질문에는 대답할 수 없다니까."

마침 그때 책상 위의 전화벨이 울렸다. 주인은 재빨리 수화기를 들었다.

"여보세요, 아라가와입니다만. ……아, 안녕하시오." 주인의 주름진 얼굴이 환해졌다. 지금까지 보여주던 퉁명스러운 얼굴과는 딴판이다. "이번에는 뭔가 좋은 보물이라도 발견했나. ……하하, 요시카와 에이지(1892~1962. 소설가—역주)의? ……아, 예, 예, 그거 나한테 가져오면 어떻게든 해보겠는데. 아는 사람 중에 고서 전문가도 있고. 앗, 잠깐만 기다려봐요. 죄송합니다."

주인은 수화기 한쪽을 손바닥으로 막고 다쿠미와 도키오를 보았다. 그 얼굴에서는 웃음이라고는 흔적도 남아 있지 않다.

"언제까지 거기 있을 거야. 손님도 아니면서 그렇게 서 있으면 업무 방해라고. 얼른 나가라고 하잖아."

그리고 쫓아내는 몸짓을 하더니 다시 수화기를 귀에 댔다. "아, 죄송합니다. ……아니요, 손님은 없습니다. 그냥 좀 귀찮은 것들이 와서."

하하하, 하고 웃는 주인의 옆얼굴을 본 순간 다쿠미는 온몸의 피가 한꺼번에 솟구치는 듯했다.

"누가 귀찮은 것들이라는 거야. 이 망할 놈의 영감탱이가." 그는 카운터 아래쪽을 힘껏 발로 찼다.

주인의 눈이 치켜 올라갔다. "무슨 짓이야! 경찰을 불러야겠군." 고함을 치면서도 수화기 한쪽을 손바닥으로 막는 것만은 잊지 않았다.

"재미있겠는데, 불러보지 그래."

다쿠미는 카운터 너머로 주인의 멱살을 잡으려고 했다. 그러나 뒤에서 도키오가 허리를 잡고 늘어졌다. "왜 이래요, 다쿠미 씨."

"이거 놔!"

"이러면 안 된다니까요!"

도키오가 다쿠미를 잡아끌었다. 그대로 입구를 지나 밖으로 끌려나왔다.

"이거 놓으라니까! 이 자식이!"

다쿠미가 날뛰는 바람에 두 사람은 길 위로 넘어졌다. 지나가던 사람들이 놀란 눈으로 그들을 보았다. 두 사람은 거의 동시에 일어났다.

"그만 좀 하세요!" 도키오가 소리쳤다.

"언제나 이런 식이잖아요! 당신이 참을성이 없기 때문에 모든 일이 엉망이 된다고요. 저 전당포는 이제 아무것도 말해주지 않을 거예요. 스스로 앞길을 막았다는 걸 왜 깨닫지 못하는 겁니까!"

"그런 말을 듣고 어떻게 가만히 있어!" 다쿠미는 걸음을 옮기며 말했다. 어느 방향으로 가고 있는지는 모른다.

"어딜 가는 거예요?" 도키오가 따라오며 물었다.

"알게 뭐야."

"이 근처에는 더 이상 전당포가 없어요. 알아요?"

"시끄러워. 나도 알아." 무안해서 괜히 소리를 쳐보았지만 앞으로의 대책은 아무것도 정해지지 않았다. 결국 그는 걸음을 멈추지 않을 수 없었다.

후우, 하고 숨을 한 번 토해낸다. "하는 수 없지, 그 친구한테 다시 가볼까."

"그 친구라니……." 도키오가 미간을 찡그렸다.

"다케미 씨한테?"

"치즈루가 의지할 데라고는 그 여자밖에 없어. 언젠가는 다시 연락을 해오지 않을까."

"글쎄요. 연락할 생각이라면 진작 했을 거예요. 다케미 씨도 그렇게 말했잖아요."

"그럼 달리 무슨 방법이 없잖아." 그렇게 말했을 때 전화 부스가 눈에 들어왔다. 갑자기 번득인 생각이 있어서 다쿠미는 거기로 다가갔다. 문을 열고 직업별 전화번호부로 손을 뻗었다.

"어떻게 할 생각인데요?"

"입 다물고 있어." 다쿠미는 전화번호부에서 전당포란을 찾아 그 페이지를 펼쳤다. 다음 순간 그의 얼굴이 일그러졌다.

"젠장! 뭐가 이렇게 많아!" 빼곡하게 적힌 전당포 전화번호를 바라보며 내뱉듯 말했다.

"오사카의 모든 전당포를 찾아다닐 생각이에요?"

"시끄럽다니까! 대충 두드려 맞춰보면 돼."

"어떻게 두드려 맞추겠다는 거예요. 아무런 단서도 없으면서."

"시끄럽다고 했잖아! 이 부근부터 찾아보면 돼. 어디 보자, 여기가 이쿠노 구지. 가쓰야마 미나미가 어디야." 다쿠미가 전화번호부에서 적당히 찾아낸 전당포 주소를 읽었다.

"어라, 가방은?"

"가방?" 다쿠미가 도키오의 두 손을 확인했다. 그는 아무것도 들고 있지 않았다. 그리고 자신도 빈손임을 깨달았다. "어디 갔어?"

"몰라요. 다쿠미 씨가 들고 있었잖아요."

다쿠미가 혀를 차며 전화번호부를 덮었다. 전화 부스에서 나와 문을 난폭하게 닫았다. 어디에다 두고 왔는지 금방 생각났다. 내키지 않는 걸음으로 방금 온 길을 되짚어 걸었다.

욕먹을 각오를 하고 다쿠미는 전당포 '아라가와'의 문을 열었다. 무슨 말을 들어도 대꾸하지 않고 가방만 찾아 나오기로 결심했다.

백발의 주인은 여전히 통화중이었다. 역시 분노에 가득 찬 얼굴을 보여줄 거라고 예상했다. 그런데 이들을 본 주인은 가볍게 놀라는 표정을 지을 뿐이었다.

"아, 그럼 제가 다시 전화를 드리겠습니다. ……예, 그럼 이야기는 그렇게." 전화를 끊고 주인은 다쿠미를 빤히 쳐다보았다. "가방을 찾으러 온 거군."

다쿠미가 말없이 고개를 끄덕였다. 낯익은 가방이 카운터 끝에 놓여 있었다. 그런 데 놓아둔 기억은 없으니까 아마 주인이 옮겨놓았을 것이다.

입을 다문 채 그는 가방을 집어 들고 나가려고 했다. 그런데 뒤에서 주인이 그를 불러 세웠다. "잠깐 기다려보게."

다쿠미가 돌아다보았다. 주인은 책상 위에 놓여 있던 안경을 쓰고 의자에 앉았다. 그 얼굴에 험악한 표정은 보이지 않았다.

"아까 그 사진, 잠깐 다시 좀 볼까."

"무슨 소리요?"

"알았으니까 잠깐 보여줘. 봐달라고 한 건 그쪽이잖나."

영문을 알 수 없었지만 다쿠미는 사진을 내밀었다. 주인은 안경을 고쳐 쓰면서 사진을 자세히 들여다보았다.

"흐음." 그는 고개를 들고 목 뒤를 탁탁 두 번 두드렸다.

"자네 뭔가 갖고 있지 않나?"

"뭔가? 그게 뭐요."

"보시다시피 여기는 전당포야. 저당물을 잡고 돈을 빌려주는 곳이지. 하지만 그거 말고 사 들이기도 한다네. 어쨌거나 뭔가 돈으로 바꿀 수 있는 걸 가지고 오면 자네들도 어엿한 손님이야. 손님으로 왔으면 그렇게 거북한 말은 하지 않았을 텐데."

주인의 말이 얼른 이해가 되지 않아 다쿠미는 아무 말도 할 수 없었다. 그러자 옆에서 도키오가 나섰다.

"그 사진에 있는 여자가 여기 왔었군요."

"글쎄올시다." 주인은 교활한 미소를 보내며 사진을 슬그머니 다쿠미 앞으로 밀어냈다.

"이봐요, 왔다는 겁니까?" 다쿠미의 기세가 등등해졌다.

"그러니까……." 주인은 짐짓 느릿한 어조로 말한다. "상대가 손님이라면 딱딱하게 굴지는 않겠다고 하잖소. 손님도 아닌 사람에게 함부로 아무 말이나 할 수는 없지."

역시 치즈루는 여기에 왔던 게 분명하다. 그렇다면 자세한 이야기를 들어야 한다. 요컨대 여기서 뭔가 돈이 될만한 것을 내놓으면 이 괴팍한 영감이 정보를 제공하겠다는 의미인 듯했다. 왜 그런 제안을 하는 건지는 확실치 않지만 주인의 마음이 변하기 전에 거래에 응하는 게 상책 같았다.

"이봐, 너 뭐든지 저당 잡힐만한 물건 없어?" 다쿠미가 도키오에게 물었다.

"그런 게 있을 리가 없잖아요."

"쳇! 아무 짝에도 쓸모없는 녀석." 다쿠미는 입고 있던 윗옷을 벗어 카운터 위에 놓았다. "이건 어떻소. 그렇게 싸구려는 아닌데."

그러나 전당포 주인은 팔꿈치가 튀어나온 재킷에는 눈길도 주지 않았다. 목덜미를 긁으면서 "아무래도 거래가 성립되기는 틀린 모양이군" 하고 중얼거렸다.

"잠깐만! 찾아볼 테니까 기다려요."

다쿠미는 카운터 위에 가방을 놓고 지퍼를 열고 내용물을 하나씩 꺼내기 시작했다. 지저분한 타월, 속옷, 지도책, 칫솔…….

전당포 주인이 손을 내밀었다. 그가 잡은 건 바로 그 만화책이었다. 제목은 『공중교실』, 작가는 쓰메즈카 무사오. 주인의 눈이 예리하게 빛을 뿜었다.

"손으로 그린 만화책이잖아. 꽤 오래된 물건인데. 왜 이런 걸 갖고 있지?"

"어떤 사람한테 받은 겁니다."

"호오!" 주인은 페이지를 넘기며 보았다. "작가는 모르는 이름이고 그리 잘 만들지도 않은 것 같지만 이런 걸 모으는 사람도 있긴 하니까. 콜렉터라는 사람들이 있지. 좋아, 이거라면 내가 사줄 수도 있는데."

"그건 안 돼요." 도키오가 전당포 주인이 아닌 다쿠미를 향해 말했다. "중요한 물건이잖아요."

그러나 다쿠미는 시선을 그에게서 주인에게로 옮겼다. "얼마에 살 겁니까?"

"다쿠미 씨!"

"글쎄올시다, 이 정도면 어떨까." 주인은 들고 있던 계산기를 톡톡 두드려 액정화면을 다쿠미 쪽으로 돌렸다. '3,000'이라는 숫자가 찍혀 있었다.

3천 엔? 이렇게 너덜너덜한 만화책이? 다쿠미의 머릿속에서 두 가지 생각이 교차했다. 땡 잡았다는 생각과 혹시 더 비싸게 쳐주지 않을까 하는 계산이었다.

그는 손가락을 계산기에 대고 단추 몇 개를 눌렀다. "이거면 어떻소?"

계산기의 숫자는 5,000이 되어 있었다. 주인이 얼굴을 찡그렸다.

"형씨, 이건 말하자면 낙서장인데. 콜렉터가 사줄지 어떨지도 모르는 물건이오. 그런 물건을 5천이나 받을 생각이오? 애당초 형씨 목적은 돈이 아니잖소. 3천에 결정합시다. 그러면 사겠는데."

끈적끈적한 어조를 듣고 있자니 다쿠미는 짜증이 나서 얼른 처치해버리고 싶어졌다.

"좋아요, 그렇게 합시다. 대신 여자가 왔었는지 가르쳐줘요."

"다쿠미 씨! 안 된다니까요." 도키오가 옆에서 끼어들어 만화책을 빼앗으려고 했다. 그것을 다쿠미가 막으면서 도키오의 멱살을 잡고 힘껏 들어올렸다.

"참견하지 마. 어차피 저따위 물건, 어디든 버릴 생각이었다고."

"그건 다쿠미 씨가 보관해야 할 물건이라고요. 아저씨, 그 만화책만은 손대지 말아요. 뭐든 다른 걸 사줘요." 도키오는 다쿠미의 손을 뿌리치려고 몸부림쳤다.

"어떻게 할까? 저 청년이 안 된다고 하는데." 전당포 주인이 느릿느릿 말한다.

"됐어요. 내가 됐다고 하면 되는 겁니다. 넌, 방해하지 마."

다쿠미는 도키오의 멱살을 잡은 채 출입문을 열었다. 그를 힘껏 밀어내고는 재빨리 문을 닫고 잠금장치를 걸어버렸다. 도키오가 유리문을 탕탕 두드렸지만 그것을 무시하고 다쿠미는 주인 쪽으로 돌아섰다.

"훼방꾼은 쫓아냈으니 거래를 마저 끝냅시다."

"그전에 거기를 좀 정리해주지 않겠소? 더러운 팬티를 보니 속이 메슥거려서."

다쿠미가 가방의 내용물을 정리하는 동안 주인은 천 엔짜리 세 장을 꺼내왔다. 세 장 모두 신권이었다. 다쿠미는 영수증에 사인을 해서 주었다.

"그 아가씨는……." 주인은 안경을 벗었다. "그저께 저녁에 왔었지. 처음 보는 손님이라 잘 기억하고 있소."

"혼자 왔습니까?"

"가게에 들어온 건 혼자였는데 저 밖에서 남자가 기다리더군. 저 청년처럼……." 주인이 입구를 턱으로 가리켰다. 유리문 너머에서 도키오가 안타까운 얼굴로 다쿠미를 보고 있었다.

"어떤 남잡니까? 서른 살 정도의 궁상맞아 보이는 남자던가요?" 데쓰오의 이야기를 떠올리면서 물었다.

"그랬던가? 덩치는 별로 크지 않았지. 저녁인데도 레이반(Ray Ban. 상표명—역주) 선글라스를 썼더군."

"레이반……? 그래, 뭘 가지고 왔죠?"

"커프스 버튼이랑 넥타이핀을 포함해서 일곱 가지. 상당히 좋은 물건이었지. 하나같이 상자에 담긴 신품. 더구나 보증서까지 붙어 있었소. 외국에서 사온 선물 같던데."

역시 커프스 버튼에 넥타이핀인가, 다쿠미가 속으로 되뇌었다.

"돈을 빌려줬습니까? 아니면……."

"매입했지. 한 장씩이나 주고." 주인은 손가락 하나를 세웠다.

"만 엔……정도는 아니겠군."

"무슨 소리! 단위가 달라."

데쓰오 이야기로는 남자의 지갑에는 만 엔짜리 지폐가 꽤 많이 들어 있었다고 했다. 10만 엔을 지갑에 넣으면 그렇게 보이는 걸까.

"그녀는 도쿄 말을 썼겠지요."

"그래. 자네처럼."

"여기서 뭘 한다던가, 어디에 묵고 있다던가 하는 말은 듣지 못했습니까?"

"그런 이야기가 나올 필요가 뭐 있었겠소."

다쿠미는 입술을 깨물었다. 전당포 주인 말이 맞다.

"하지만." 주인은 빙긋이 웃었다. "그 여자는 여기로 분명히 또 오지 않을까 싶은데."

"그걸 어떻게 알아요?"

"우리 가게 영업시간을 확인했고 어떤 물건을 취급하는지도 물었거든. 기본적으로 뭐든지 다 취급한다고 대답했더니 만족스러운 표정을 짓던데."

"언제쯤 오겠다던가 그런 말은 없었나요?"

"거기까지는 말하지 않았어. 그러니까 안 올지도 모르고."

"이봐요, 주인장." 다쿠미는 카운터에 양손을 짚었다. "부탁하나 합시다."

그러나 그가 이야기를 꺼내기도 전에 전당포 주인은 손을 흔들었다.

"그 아가씨가 오면 알려달라거나 그런 부탁이라면 거절이야. 나도 그것까지는 못 해줘. 그렇게 한가하지가 않아."

다쿠미는 상대에게 들리지 않을 정도로 혀를 찼다. 마음속을 간파당한 것 같았다.

유리문을 열고 밖으로 나오자 도키오가 가게 창문 앞에 쪼그리고 앉아 있었다. 다쿠미를 노려보면서 일어섰다.

"무슨 생각을 하는 거예요? 그 만화책이 얼마나 중요한 건지 모르는 모양이군요."

"시끄러워. 그걸 준 여자도 필요 없으면 마음대로 버려도 된다고 했잖아."

"필요 없으면 그러라고 했어요. 그런데 꼭 필요한 물건이라고요. 다쿠미 씨의 아버지에 대해 조사하려면 그 만화책이 필요해요."

도키오가 다시 전당포로 들어가려는 것을 보고 얼른 다쿠미가 그의 팔을 잡았다. "뭘 하려고?"

"도로 찾아올 거예요. 당연하잖아요."

"그만둬. 그 책은 내가 받은 거야. 내가 어떻게 처분하든 네가 참견할 입장이 아니야. 알았어? 앞으로는 절대로 그 만화 이야기 하지 마. 했다가는 한 방에 날려버릴 테니까."

다쿠미는 도키오의 얼굴 앞에다 주먹을 흔들어보였다. 그러자 도키오는 반항적인 눈으로 코웃음을 쳤다. "제시 앞에서 그런 식으로 강한 척해보지 그래요."

다쿠미는 얼른 주먹의 힘을 뺐다. 손을 내리고 크게 한숨을 내쉬었다.

"네가 뭘 하든 네 맘이야. 그리고 나도 너한테 방해받고 싶지 않아."

도키오는 서글픈 표정이 되어 천천히 고개를 가로저었다. 자신의 생각이 전해지지 않는 답답함에 절망하는 것처럼 보였다. 그 얼굴을 보고 있으면 이상할 정도로 다쿠미도 더는 아무 말도 할 수가 없었다.

다쿠미는 주위를 두리번거렸다. 작은 서점이 있었다. 그곳을 향해 걸음을 옮겼다.

"어딜 가요?"

뒤에서 도키오가 물었지만 그는 대답하지 않고 발걸음도 멈추지 않았다.

서점 입구는 별로 넓지 않았다. 다쿠미는 안으로 들어가지 않고 밖에 진열된 잡지를 집어 들고 서서 읽는 척했다. 도키오도 옆으로 왔다. 아무것도 묻지 않고 뿌루퉁한 얼굴로 땅바닥을 차기만 했다.

"치즈루가 저 전당포에 다시 올 거래." 다쿠미는 잡지를 보면서 전당포 쪽으로 약간 고개를 돌렸다.

"그래서요?" 도키오가 퉁명스럽게 물었다. "여기서 지켜보겠다는 건가요? 하루 종일? 그리고 내일부터 매일같이? 서점 주인이 이상하게 여길걸요."

"다른 방법이 없잖아."

"글쎄요. 없을지도 모르지요." 그렇게 말하더니 도키오는 다쿠미 옆에서 멀어졌다. 그대로 자꾸 걸어갔다. 다쿠미가 헐레벌떡 뒤를 쫓아왔다.

"이봐, 어디 가는 거야?"

"잠깐 산책하고 올게요."

"산책? 너는 하필 이럴 때……."

도키오가 몸을 빙글 돌려 다쿠미를 정면으로 쳐다봤다. 그 시선에 노골적인 분노의 기색이 보여 다쿠미는 잠깐 당황했다.

"뭐, 어때요. 당신은 당신 마음대로 해요. 나는 내 마음대로 할 거예요. 그럼 되잖아요. 당신이 먼저 한 말이에요."

다쿠미는 대답할 말이 없었다. 도키오는 처음부터 대답 따위 기대하지도 않았다는 듯이 다시 걷기 시작했다. 그 뒤에 대고 다쿠미가 말했다.

"전당포는 여섯 시까지야. 그전에 돌아와."

도키오는 걸으면서 왼손을 살짝 들었다.

25

도키오가 예측한 대로 서서 책을 읽는 척하면서 망을 본다는 것은 그리 간단한 일이 아니었다. 한 시간이 넘으면서부터 확실히 서점 주인이 다쿠미의 존재에 신경 쓰는 낌새가 보였다. 그 시선을 피하기 위해 일부러 잡지를 이것저것 들었다 놓았다 해보았지만 가게로서는 놓여 있는 잡지를 닥치는 대로 서서 읽는 사람이 반가울 리 없다. 다쿠미는 내일부터 이 방법은 포기해야 할지도 모른다는 생각이 들었다.

유리로 된 다방이나 뭔가가 있으면 좋겠지만 음식점이라고는 빈대떡 가게가 한 군데 있을 뿐이었다. 그런 가게에 들어가 봐야 바깥 상황을 전혀 알 수 없을 것이다.

두 시간이 지나자 역시 지루해졌다. 다쿠미는 서점 앞을 떠나 전당포를 향해 천천히 걸음을 옮겼다. 전당포 앞에 와서도 걸음을 멈추지 않고 그대로 지나쳤다. 이따금 뒤를 돌아보면서 몇십

미터를 간 곳에서 돌아섰다가 다시 전당포를 향해 걷기 시작했다. 전당포를 지나 십여 미터를 가서 다시 U턴을 반복했다. 그렇게 세 번을 왕복하고 나니 사람들의 시선이 신경에 거슬리고, 다리도 아파왔다. 결국 처음처럼 서점 앞으로 돌아왔다.

그 뒤에는 자동판매기에서 주스를 사 마시기도 하고, 길가에 쪼그리고 앉아 담배를 피우기도 하면서 시간을 보냈다. 그렇게 망을 보면서 알게 된 것은 전당포에 손님이 그렇게 자주 드나들지 않는다는 사실이었다. 망을 보는 동안 '아라가와'에 들어간 사람은 주부인 듯한 중년여성 한 명뿐이었다.

전신주 옆에 쪼그리고 앉아 담배를 피우고 있는데 눈앞에 그림자가 막아섰다. 얼굴을 들자 도키오가 서 있었다. 다쿠미는 구원받은 기분이 되었다.

"너무 심하게 눈에 띄는데요." 도키오가 억양 없는 목소리로 말했다.

"뭐? 그랬어?"

"혹시 치즈루 씨가 이 부근까지 왔다면 틀림없이 치즈루 씨가 먼저 다쿠미 씨를 알아봤을 거예요. 내기해도 좋아요."

"그럼 어떻게 하란 말이야."

다쿠미는 머리를 마구 헝클어뜨리며 긁었지만 반론할 말이 없다.

"됐어요. 갑시다."

"가자니, 어디로?"

"전당포."

"거길 또? 뭐 때문에?"

"그걸 돌려받아야겠어요."

"또 그 소리야? 이제 그만 포기해."

하지만 도키오는 대답도 하지 않고 '아라가와'를 향해 성큼성큼 걸어갔다.

문을 열고 들어가자 주인의 얼굴이 험악해졌다. "뭐야, 또 당신들이야?"

"그걸 도로 사고 싶습니다." 도키오가 말했다. "가격을 말해줘요."

"뜬금없이 무슨 소리야?" 웃을 듯 말 듯한 얼굴로 주인이 다쿠미를 보았다.

나도 왜 이러는지 모르겠다는 의미로 다쿠미가 고개를 가로저었다.

"가격을 말해봐요. 얼마를 주면 다시 살 수 있죠?"

"판 건 3천 엔이야. 너도 들었잖아."

그러나 도키오는 다쿠미를 보려고도 하지 않았다.

"그런 가격으로는 절대 안 될걸요." 도키오가 말했다.

주인은 백발 머리를 긁으며 싱글싱글 웃더니 의자에 기대 앉아 팔짱을 낀다.

"아무래도 들킨 모양이군."

"당신이 노린 건 처음부터 그 만화책이었어요. 우리가 가방을 놓고 간 이후에 멋대로 열어서 그 책을 발견했을 거예요."

"글쎄다. 설사 그렇다고 해도 가방을 놓고 간 건 그쪽 잘못이지." 주인은 여전히 빙글거리며 웃기만 했다.

"뻔뻔하군요." 도키오는 초로의 남자를 노려보았다.

"어이, 도대체 왜 이러는 거야? 뭐가 어떻게 된 건지 도무지 모르겠군."

"쓰메즈카 무사오라는 사람은 1955년에 데뷔한 만화가. 발표 작품 수는 다섯 편. 그중에서도 대표작은 『하늘을 나는 교실』." 그렇게 말하고 나서 도키오는 다쿠미를 보았다.

"우리가 갖고 있던 『공중교실』은 그 작품의 원형일 거예요."

"호오, 자세히도 조사했군." 주인의 말에는 감탄과 비웃음이 뒤섞여 있었다.

"별로 어렵지도 않았어요. 옛날 만화를 취급하는 고서점에 가서 알아보니까 쓰메즈카 무사오의 원화 같으면 비싸게 팔린다는 걸 간단히 확인할 수 있었어요."

전당포 주인은 아무 대답도 하지 않고 검지로 자신의 얼굴을 문질렀다.

"비싸게 팔린다니 도대체 얼마에? 3천 엔이면 싼 거야?"

다쿠미의 말에 도키오는 서글픈 눈으로 고개를 가로저었다. "차원이 달라요."

"차원이라니……."

"쓰메즈카 무사오는 작품 수가 적고 유명해지기 전에 만화계에서 사라졌기 때문에 극히 일부의 마니아밖에 원하지 않아요. 그런데 그 얼마 되지 않는 마니아가 가격을 끌어올리고 있어요." 도키오는 카운터로 다가갔다.

"말해봐요. 얼마면 도로 살 수 있는 겁니까?"

전당포 주인이 팔짱을 낀 채 고개를 가로저었다. 그 얼굴에서는 이미 웃음이 사라져 있었다.

"미안하지만 그렇게는 할 수 없어."

"왜요?"

"이미 그걸 사겠다는 임자가 나섰거든. 중개인하고도 이야기가 끝났어. 이제 와서 그 이야기는 없던 걸로 하자고 말할 수는 없어. 단념하게."

"하지만 원래 주인이잖아요."

"원래 주인이 누구건 내가 샀으니 지금은 내 거야. 누구한테 얼마에 팔든 내 맘이지."

"제기랄! 치사하군." 도키오는 몇 시간 전의 다쿠미와 마찬가지로 카운터를 걷어찼다. 그러나 이번에는 주인도 화를 내지 않았다.

"불만 있으면 그쪽 형씨에게 하라고. 단, 여기서 싸우지 말고 싸우려면 나가서 해."

"얼마에 팔 생각이냐고? 그보다 더 쳐줄 테니까." 도키오가 말했다.

"돈만 갖고 되는 이야기가 아니야. 우리 집 신용에 관계되는 일이라 이중 거래는 할 수가 없네."

"신용은 무슨 빌어먹을 신용이야!"

도키오가 다시 한 번 카운터를 찰 것 같아서 다쿠미가 얼른 막아섰다.

"그만둬. 이미 끝났잖아."

"좋지 않아요. 당신은 아무것도 몰라요. 그 책은 중요한 열쇠라고요. 그게 없으면 진실을 알 수가 없어요."

"아무래도 상관없어. 진실 따위." 다쿠미가 소리쳤다. 도키오는 눈을 부릅뜨고 다쿠미를 노려보았다.

다쿠미는 도키오를 붙잡은 채로 전당포 주인을 향해 고개를 돌렸다. "하지만 치사한 건 사실이야. 사기에 걸려든 기분이야."

"맘대로 지껄여. 그런 게 바로 장사라는 거야."

"좋은 공부가 되었군요. 하지만 이대로는 이 친구가 납득하지 못할 겁니다. 나도 기분이 나쁘고."

"날더러 어쩌라는 거야?"

"당신이 그 책을 팔아 재미를 좀 본 모양인데 그럼 우리에게도 보답해야 하는 거 아닙니까. 미리 말해두지만 돈 이야기가 아니에요."

"하하." 전당포 주인은 볼을 부풀리며 말했다. "그 사진에 있는 여자가 오면 알려달라고 했던가."

"싫다고는 못 하겠죠."

"싫다고 하고 싶지만." 주인은 팔짱을 풀고 양쪽 허벅지를 탁 두드렸다. "어디로 연락하면 되나?"

다쿠미는 대꾸할 말이 없었다. 아직 오늘 저녁에 묵을 곳을 정하지 않은 것이다.

그러자 도키오가 주머니에서 뭔가를 꺼냈다. 그걸 보고 다쿠미도 이해했다.

"여기로 전화하세요."

그가 내민 것은 '히로큐'의 광고지였다.

26

양념이 잔뜩 묻은 커다란 접시가 갑자기 열 개 정도 실려 왔다. 볼을 타고 흐르는 땀을 두 팔로 닦아가며 씻고 또 씻어도 설거지가 끝이 나지 않는다. 개수대 안에는 아직도 지저분한 그릇들이 산더미처럼 쌓여 있다.

"빨리 좀 할 수 없어? 우리는 지금부터가 바쁜 시간이야. 이 정도로 지치면 아무 짝에도 쓸모가 없잖아." 머리에 수건을 감은 데쓰오가 옆에서 말했다.

"열심히 씻고 있잖아."

"열심히만 하는 거면 어린애라도 할 수 있어. 시간은 돈이야. 좀더 빨리 움직여줘야지. 하지만 꼼꼼하게 씻어야 해. 우리 손님들은 고상하고 깨끗한 걸 좋아하는 사람이 많아."

고상하고 깨끗한 걸 좋아하는 손님이 이런 지저분한 식당에 오냐, 하고 대꾸하고 싶은 걸 참고 다쿠미는 스펀지를 잡은 손을 부지런히 움직였다. 데쓰오의 비위를 거슬리게 해서는 안 되기 때문이다.

전당포 주인이 연락처를 묻는 말에 얼떨결에 '히로큐'의 광고지를 건네준 것이 고생의 발단이었다. 덕분에 다쿠미와 도키오는 '히로큐'에서 떠날 수 없게 되었다. 데쓰오에게 사정을 설명하고 전당포에서 오는 연락을 기다리겠다고 하자 일언지하에 거절당했다.

"전화는 우리 가게의 중요한 장사 도구 중 하나라고. 그걸 수상한 너희들 연락용으로 빌려줄 것 같아? 그리고 손님도 아닌 사람들이 진을 치고 앉아 있으면 장사에 방해만 돼."

데쓰오의 거절은 당연했다. 그래서 다쿠미가 생각해낸 것이 전화를 기다리는 동안 설거지를 돕겠다는 조건이었다. 데쓰오는 잠시 생각한 뒤에 그럼 그렇게 하라고 허락해주었다.

다쿠미는 도키오와 의논해서 교대로 설거지를 하기로 했다. 오늘 낮에는 도키오가 당번이었다. 가위바위보에 이긴 그가 자신이 먼저 하겠다고 했기 때문이다. 그의 속셈은 맞아떨어져 낮에 꼬치구이를 먹으러 오는 사람은 많지 않았고 다쿠미가 설거지를 시작하고 나서부터 손님이 늘기 시작했다.

벽시계를 힐끗 쳐다보니 여섯 시까지는 앞으로 15분이 남았다. 설거지는 여섯 시까지 하기로 했다. 그때부터는 이 가게에서 전화를 기다려봐야 아무 의미가 없다. 전당포 '아라가와'가 여섯 시에 문을 닫기 때문이다.

어젯밤에는 데쓰오가 가르쳐준 우에로쿠의 비즈니스호텔에 묵었다. 이름만 호텔이지 방과 방 사이에 벽이 있고 문에 잠금장치만 있는 싸구려 여관이었다. 침대도 없고 곰팡내 나는 이불을 직접 깔아야 한다. 말할 것도 없이 욕실과 화장실도 공용이었다. 그런 꼬락서니에다 체크인이니 체크아웃이니 하는 말을 사용하니 우습기 짝이 없다. 어쩌면 오사카 사람 특유의 허세인지도 모른다는 생각이 들었다.

자기 전에 도키오가 다시 쓰메즈카 무사오라는 만화가에 대해 이야기를 꺼냈다. 그래 봐야 긴 이야기는 아니었다.

"아무튼 수수께끼에 싸인 만화가래요. 오사카 출신이라는 것만 확실하고 본명도 알려져 있지 않아요. 도쿄의 출판사에서 조사하면 혹시 뭔가 알 수 있을지 모른다고는 했지만."

"흥미 없어." 이불 속에 누운 다쿠미는 퉁명스럽게 말했다. 그런 걸 조사할 생각이 없다는 것을 분명하게 말해두겠다는 의도였다.

"나는 내일 다카에라는 동네에 갔다 올 거예요." 도키오가 말했다.

"그런 동네는 이제 없을걸."

"이름이 달라졌을 뿐이지 동네가 사라진 건 아니에요. 가보면 뭔가 알 수 있을지도 모르니까요."

"마음대로 해." 다쿠미는 이불을 뒤집어쓰고 도키오에게 등을 돌렸다.

어젯밤에 말한 대로 설거지를 마치자 도키오는 외출했다. 다카에라는 동네에서 뭘 하는지는 모른다. 그 만화책을 처분해버린 이상 단서라고 할 수 있는 건 아무것도 없다.

여섯 시 정각이 되자 데쓰오가 얼굴을 내밀었다. "좋아, 수고했어."

"전당포에서 전화가 없었던 모양이군." 다쿠미는 손을 닦고 걷어 올린 셔츠의 소매를 내렸다.

"없었어. 덕분에 우리는 내일도 공짜로 설거지를 시킬 수가 있게 됐지." 데쓰오는 희희낙락이다.

"내일부터는 연락처를 바꿔야지. 어디 다방에라도 가서 기다리면 돼."

"안 될걸. 이 부근의 다방에서 그렇게 몇 시간이나 죽치는 손님을 그냥 놔둘 것 같아? 여기서 설거지나 하면서 기다리는 게 낫지. 꼬치구이도 먹을 수 있고."

"이젠 질렸어." 다쿠미는 자신의 옷에 코를 대고 냄새를 맡았다.

"일단 질리고 나면 어느새 그 맛에 길들여지는 게 꼬치구이야. 그런데, 손님이 왔어."

"손님? 나한테?"

"응. 가보면 알아." 데쓰오는 가게 쪽을 엄지손가락으로 가리켰다.

가게로 나와 보니 손님이 반 정도 차 있는데 구석 자리에 다케미와 제시가 나란히 앉아 있었다. 다쿠미를 보고 그녀는 반가운 듯 손을 흔들었다.

"뭐 하는 거야?" 그들의 옆자리가 비어 있기에 다쿠미는 거기 앉았다.

"보면 몰라? 출근 전 식사."

"이 냄새를 옷에 배게 하고 장사하러 갈 생각이야?"

"그런 걸 일일이 신경 쓰다가는 오사카에서 살 수 없어." 다케미는 이미 다 먹은 듯 담배연기를 뿜어내며 말했다. 제시는 아직 꼬치갈비를 굽고 있었다.

이 친구들 때문에 설거지가 그렇게 많았던 건가 싶자 다쿠미는 갑자기 울컥 화가 치솟았다.

"데쓰오한테 들었는데 치즈루의 행방을 찾는 데 단서를 얻은 모양이던데."

"그냥 좀."

"당신 아이디어치고는 제법 참신한걸. 여기를 연락처로 이용하는 대신 설거지를 하다니 참으로 합리적인 제안이야. 감탄했어."

"놀리는 거야?"

다케미는 고개를 흔들었다. "진심으로 하는 말이야. 어떤 일을 해도 금방 포기하는 당신도 치즈루를 위해서라면 열심히 하는 걸 보고."

그녀의 맞은편에서 제시가 엄지손가락을 세우며 하얀 이를 드러내고 웃었다. 다쿠미는 얼굴을 홱 돌렸다.

"나에 대해 아무것도 모르면서 함부로 말하지 마."

그때 카운터 위의 전화가 울렸다. 다쿠미는 다케미와 얼굴을 마주보았다.

"잠깐만 기다려주십시오." 데쓰오가 다쿠미를 보며 말없이 고개를 끄덕였다.

다쿠미는 달려들어 낚아채듯 수화기를 들고 목소리를 낮춰 말했다.

"나요!"

"형씨요? '아라가와'요, 지금 그 여자가 와 있어." 알아듣기 힘든 목소리로 소곤거리듯 말한다. 치즈루가 눈치 챌까 봐 조심하는 듯하다.

"언제 왔죠?"

"방금. 일부러 가게 문 닫기 직전에 온 것 같은데."

"남자랑 같이?"

"몰라. 혼자서 들어왔어."

"시간을 끌어서 좀 붙잡아놓고 있어요."

"그건 무리야. 붙잡고 싶으면 형씨가 잽싸게 달려오면 돼. 끊어."

"잠깐!" 그러나 전화는 툭 소리와 함께 끊어졌다.

다쿠미가 수화기를 놓자, 다케미와 제시도 일어섰다. 전화 내용을 들은 것 같은데 설명할 틈도 없었다. 다쿠미는 '히로큐'를 뛰쳐나왔다.

도로로 나오면서 누군가와 부딪혔다. 상대도 서두르고 있었는지 충격으로 다쿠미는 넘어질 뻔했다. 몸을 추스르고 도로를 보니 도키오가 넘어져 있었다.

"앗, 다쿠미 씨. 마침 잘됐다. 찾았어요."

"치즈루를?"

"아니, 집 말이에요."

"집? 무슨 뚱딴지같은 소리야." 다쿠미는 뛰기 시작했다.

도중에 교차로가 몇 개 있었지만 그는 신호도 무시하고 계속 달렸다. 드디어 '아라가와' 간판이 보였다. 갑자기 기운이 빠지고 이어서 다리의 힘도 빠졌다.

그때였다. 가게에서 한 여자가 나왔다. 모자가 달린 운동복에 청바지 차림을 한 치즈루가 다쿠미를 알아보지 못한 듯 반대 방향으로 걷기 시작했다.

다쿠미는 이름을 부르려다가 얼른 생각을 바꿔 참았다. 놓칠 것 같았기 때문이다. 걸음을 빨리해 그녀의 뒤를 따라갔다.

정면에서 검은 차 한 대가 다가왔다. 치즈루는 그것을 피하듯이 가장자리로 걸었다. 그때 뒤를 돌아볼 것 같아서 다쿠미는 얼굴을 푹 숙였다.

그 직후에 작은 비명소리가 앞에서 들렸다. 보니까 두 남자가 그녀를 차에 밀어 넣으려 하고 있었다. 두 남자 모두 검은 양복 차림이었다.

"뭐 하는 짓이야!" 다쿠미는 다시 온 힘을 다해 질주하기 시작했다. 그러나 여태까지 계속 달려왔기 때문에 다리 힘이 별로 남아 있지 않았다. 답답할 정도로 몸이 움직여주지 않았다.

치즈루를 뒷좌석에 태운 차가 급발진하자 다쿠미는 하마터면 치일 뻔했다. 얼른 몸을 피했을 때 치즈루와 눈이 마주쳤다. 아니, 선글라스를 끼고 있어서 진짜 그랬는지는 확신할 수 없지만 틀림없이 그녀의 얼굴이 그가 있는 쪽을 향하고 있었다. 놀란 것처럼 보였다.

차가 큰길로 나가려고 했을 때 도키오와 자전거를 탄 제시가 나타났다. 제시 뒤에는 다케미가 타고 있었다.

"그 차야. 세워!" 다쿠미가 큰 소리로 외쳤다.

제시가 자전거를 몰고 차 앞으로 나가려고 했다. 그러나 검은 승용차는 자전거 앞바퀴를 스치면서 끼이익, 하고 타이어가 도로에 마찰하는 소리를 내며 큰길로 나갔다. 다쿠미가 번호판을 봤지만 뭔가 붙여놓은 듯 글자가 보이지 않았다.

다쿠미가 큰길로 나갔을 때는 이미 자동차의 모습이 보이지 않았다. 자전거 바퀴를 스치고 가는 바람에 땅바닥에 넘어진 제시와 다케미가 일어나 옷을 털었다. 다케미의 팔꿈치에서 피가 나고 있었다.

"다쿠미 씨, 그자들은?" 도키오가 물었다.

"몰라. 전당포에서 나오는 치즈루를 다짜고짜 억지로 태우고 가버렸어. 놈들도 어딘가에서 전당포를 지켜봤던 건지도 모르지."

"큰일이네요. 빨리 찾아서 데리고 와야지."

"알아. 하지만 놈들이 어디로 갔는지 찾아낼 도리가 있어야지." 다쿠미는 머리를 거칠게 긁었다. 드디어 치즈루를 찾았는데 상황은 점점 더 나빠졌다. 초조와 불안 때문에 도저히 가만히 있을 수가 없었다. 지금부터 어떻게 해야 한단 말인가.

제시가 굵은 팔을 휘두르면서 뭔가 영어로 외쳤다.

"무슨 소리야?" 다케미에게 물었다.

"이 빚은 반드시 갚겠다고 길길이 뛰고 있는 거야. 나의 소중한 밤비에게 상처를 입힌 놈들을 그냥 둘 줄 아느냐, 그런 거지. ……괜찮아. 제시. 돈 워리."

제시는 그녀의 상처를 보고 슬픈 얼굴을 했다. 그러고 나서 다시 뭐라고 외쳤다.

"방금 그 차를 운전하던 사람, 어제 그 남자였어요." 도키오가 불쑥 말했다.

"어제 그 남자?"

"그 전당포에 가는 도중에 공중전화 부스에서 통화하는 남자를 본 적이 있다고 했잖아요. 그 남자예요. 틀림없어요."

"확실해?"

"확실하다니까요. 하지만 그전에도 한 번 어딘가에서 봤을 거예요. 어디서 봤더라." 도키오는 아랫입술을 깨물었다.

"저기……그 사람들 당신들이 말하던 그놈들이야? 그 있잖아, 이시하라라나 뭐라나, 치즈루를 찾는 남자가 있다고 했잖아."

"아마 그럴 거야. 하지만 놈들이 어떻게 여기를 알아냈을까?"

다쿠미가 팔짱을 끼며 중얼거렸을 때 "생각났다!" 하고 도키오가 오른쪽 주먹으로 왼손바닥을 쳤다.

"엘리베이터!"

"엘리베이터?

"우리가 '봄바'에 갔을 때 엘리베이터를 탔잖아요. 그때 우리가 타고 나서 바로 뒤에서 한 남자가 뛰어 들어왔어요. 그 남자."

"그래? 그런 일이 있었나?"

다쿠미도 어렴풋이 기억이 났다. 빼빼 마른 남자였던 것 같은데 얼굴까지는 기억이 나지 않았다.

"그럼 놈들이 거기에도 있었다는 건가. 어떻게 이렇게 우리가 가는 곳마다 나타나는 거지?"

몰라요, 라는 의미로 도키오는 고개를 가로저었다. 그러자 다케미가 입을 열었다.

"우연이라고 생각하기는 어려운 거 아닐까? 그렇다면 가능성은 딱 하나야." 그녀는 다쿠미와 도키오를 번갈아 가리켰다. "당신들이 미행당했다는 이야기지. 아마 도쿄를 출발했을 때부터겠지."

"우리가? 설마……."

"아니, 그럴지도 몰라요." 도키오가 말했다. "그러니까 그때 그렇게 헐레벌떡 엘리베이터를 탔을 거예요. 빌딩 밖에서만 감시해서는 우리가 어디로 들어갔는지 모를 테니까."

"그럼 뭐야, 그 뒤에도 계속 우리를 따라다녔다는 거야? 우리가 다방에서 시간을 보낼 때도, '봄바' 밖에서 기다릴 때도, 놈들이 어딘가에서 우리를 지켜봤다는 이야긴가?"

"그게 다가 아닐 거예요. 우리가 다케미 씨를 미행했을 때도 놈들은 바로 뒤에 있었던 거예요."

"그런 멍청한……." 일이 있을 리가 없다고 말하려다가 다쿠미는 뒷말을 삼켰다. 택시 운전사의 말이 생각났기 때문이다. 저 차가 아까부터 계속 따라오는군. 당신들처럼 저 아가씨들을 쫓는 거 아닐까…….

"그 차가 크라운이었지?" 다케미에게 물었다.

"맞아 그랬던 것 같아."

틀림없었다. 그 운전사의 말이 맞았던 것이다. 그들은 다쿠미와 도키오의 뒤를 쫓아다녔고 아마 그날 밤에도 다케미의 아파트를 지켰을 것이다. 그리고 다쿠미와 도키오가 '히로큐'를 찾아갔을 때도 놈들은 미행했을 것이다.

"그런데 놈들이 어떻게 여기에 있었지? 우리를 감시하는 거라면 '히로큐' 부근에 있어야 하잖아. 어째서 전당포를 지키고 있었지?" 누구에게랄 것도 없이 다쿠미가 중얼거렸다.

"전당포에 치즈루 씨가 나타날 것을 알아냈기 때문이죠. 그러니까 더 이상 우리를 미행할 필요는 없어진 거고."

"그걸 어떻게 알아냈을까? 그 전당포 영감이 말해준 걸까."

도키오가 고개를 가로저었다.

"어제 우리의 행동을 지켜보면 알 수 있어요. 다쿠미 씨는 서점에서 책을 읽는 척하면서 몇 시간이고 전당포 앞을 지키고 있었잖아요. 누가 봐도 치즈루 씨가 다시 올 거라는 것쯤 간파했을 거예요."

—너무 심하게 눈에 띄는데요.

다쿠미는 어제 도키오가 지적했던 일을 떠올렸다. 전당포를 감시하는 데 정신이 팔려 누가 자기를 지켜보는 줄은 상상도 하지 못했다.

그는 오른손으로 주먹을 쥐었다. 무턱대고 누군가를 패주고 싶었지만 그럴만한 상대가 없었다. 아스팔트에 드리워진 자신의 그림자만 노려볼 뿐이었다.

27

전당포 주인은 갑자기 들어온 네 사람을 보고 뒤로 성큼 물러섰다.

"어? 뭐야, 떼거리로. 영업 끝났어. 밖에 불 꺼진 것 못 봤어?"

다쿠미가 앞으로 나섰다.

"그 여자 이야기, 다른 놈들에게도 했습니까?"

"뭐야? 또 자넨가. 이미 볼일은 끝났을 텐데. 약속대로 전화도 해줬잖아."

"다른 놈들이 가로챘단 말입니다."

"그거 안됐군. 하지만 그게 나랑 무슨 상관이지? 내가 연락한 건 자네뿐이야."

전당포 영감이 거짓말하는 것 같지는 않았다. 역시 놈들이 감시하고 있었다고밖에 생각할 수 없다.

"치즈루……그 여자가 혹시 연락처 같은 걸 남기고 가진 않았나요?"

"어제도 말했지만, 물건을 처분하러 오는 손님의 연락처를 일일이 물어보지 않는다니까. 그랬다가는 이 장사 못해 먹어."

"도둑이 장물을 갖고 올 수가 없게 된다 그거군." 다케미가 비웃음이 담긴 어조로 말했다. 전당포 주인은 그녀를 빤히 쳐다보다가 제시와 눈이 마주친 듯 겁먹은 듯 고개를 쏙 집어넣었다.

"그 여자가 오늘은 뭘 갖고 왔죠? 또 넥타이핀이었나요?" 다쿠미가 물었다.

"여러 가지." 주인이 쌀쌀맞게 대꾸했다.

"똑바로 말해요, 오늘은 뭘 팔러 온 거냐고요?" 다쿠미가 카운터 너머로 몸을 내밀며 말했다.

주인은 내키지 않는 얼굴로 빤히 쳐다보더니 어쩔 수 없다는 듯 발밑에서 쇼핑백을 꺼냈다.

"이걸 전부?"

주인은 그 안의 물건을 하나하나 카운터 위에 올려놓았다. 손목시계, 가방, 선글라스, 라이터 등등 정말 여러 가지다.

"이 손목시계, 롤렉스네. 게다가 상자까지 있는 신품 아냐?" 다케미가 상자를 열어 안에 든 손목시계를 자신의 손목에 끼워 보려고 했다. "사려면 몇십만 엔은 할 텐데."

"앗! 이봐, 함부로 만지지 마." 주인이 놀라며 제지했다.

"잘은 모르지만 하나같이 고급 물건 같은데. 오늘은 얼마에 사들인 겁니까?" 물건을 훑어보며 다쿠미가 물었다.

"자세한 건 가르쳐줄 수 없지만 지난번보다는 많이 들었지."

지난번에는 10만 엔을 줬다고 했다. 그렇다면 이번에는 20만 엔인가.

"이 가방은 루이비통이네. 엄마가 갖고 싶어 했는데. 서민들은 쉽게 살 수도 없는 물건이야. 아저씨, 이거 전부 진짜예요?" 다케미가 이번에는 가방으로 손을 내밀었다.

"진짜고말고. 이 정도 사들이려면 우리도 경계를 하지. 이봐, 아가씨, 그러지 마. 상처 나면 끝장이라고."

다쿠미는 그녀처럼 마음대로 손을 댈 수도 없었다. 만지기가 주저될 정도로 물건들은 하나같이 상류계급의 위엄과 기품, 그리고 고상함이 감돌았다.

"치즈루가 도대체 왜 이런 걸 잔뜩 갖고 있는 거지?" 다쿠미가 중얼거렸다.

"그러니까 같이 있는 남자가 갖고 있던 물건이겠죠. 도주 자금이 필요하니까 팔았을 테고." 도키오가 대답했다.

"남자가 이런 가방을 왜 갖고 있어? 게다가 모두 신품인데. 이게 무슨 의미일까."

"그 남자, 보따리장사 아닐까?" 다케미가 말했다.

"보따리장사?"

"불법 거래로 손에 넣은 상품을 싸게 파는 장사꾼."

"어이, 그런 쓸데없는 소리 다른 데 가서는 하지 마. 물건뿐 아니라 우리 가게 간판까지 다친다고." 전당포 주인의 얼굴이 험악해졌다. "이제 볼일은 끝났잖아. 썩 나가라고. 아가씨도 언제까지 그 가방을 만지작거릴 거야. 아예 사가던가."

"잠깐 보기만 하는 거잖아요. 흐음, 역시 루이비통은 잘 만들어."

전당포 주인이 조마조마하게 바라보는 걸 무시하고 다케미는 가방을 열어 안의 상태를 확인하려고 했다.

"앗!" 그녀는 가방에 손을 넣더니 한 장의 종이를 꺼냈다. 그걸 보고 나서 다쿠미에게 내밀었다. "단서 발견."

그것은 영수증이었다. '다방 펠리칸'이라는 글자가 보였다.

날짜는 바로 오늘이었다.

택시를 부르기로 했다. 다케미가 네 사람이 타면 전철이나 택시나 요금이 크게 다르지 않을 거라고 말했기 때문이다. 다쿠미가 자기들만 가겠다고 말했지만 그녀가 반대했다.

"치즈루가 곤경에 처해 있는데 지리 감각이 없는 당신들한테만 맡길 수가 없어. 일분일초를 다투는 일이니까."

다케미는 바로 어머니에게 전화를 걸어 오늘은 가게에 못 나갈지도 모른다고 연락했다. 아마 작정하고 치즈루를 찾으러 같이 나설 생각인 모양이었다.

그녀가 같이 가는 건 좋지만 제시까지 따라온다는 말에 약간 기가 질렸다. 무엇보다 눈에 확 띄는 사람이다. 덕분에 택시를 잡기까지 두 번이나 승차거부를 당했다. 탈 때도 힘들었다. 길 안내를 맡은 다케미가 조수석에 앉고 나니 좁은 뒷좌석에 셋이 앉아야 했다. 그 바람에 다쿠미와 도키오는 문에 눌리듯 쪼그려 앉았다.

나카노지마 쪽으로 가요, 하고 다케미가 운전사에게 말했다. 그 다음은 도로지도를 빌려 영수증에 나온 주소의 위치를 찾았다.

"아마 부립도서관 부근인 것 같아." 그녀는 그렇게 결론을 내렸다.

택시 운전사에게도 도움을 받아가면서 주소를 알아냈다. 드디어 번지까지 일치된 거리로 접어들었을 때 "앗! 저거 아냐?" 하고 앞쪽을 가리켰다.

펠리칸 모양을 한 목제 입간판이 입구에 설치된 조명을 받고 있었다. 그러나 그 불빛이 순식간에 그들 눈앞에서 사라졌다. 택시의 시계가 여덟 시 정각을 가리켰을 때였다.

"이런, 문 닫을 시간인가 봐. 빨리 갑시다."

다케미가 조수석에서 튀어나갔다. 도키오와 제시도 뒤를 따랐다. 마지막으로 남은 다쿠미가 택시 요금을 지불하는 처지가 되었다.

점포 문에는 이미 '준비 중'이라는 팻말이 걸려 있었다. 그러나 다쿠미는 그걸 무시하고 문을 열었다. 바로 눈앞에 계산대가 있고 아마 매출을 정리하고 있었는지 하얀 앞치마를 한 여자가 앉아 있다가 그를 보며 눈을 휘둥그레 떴다.

"저, 오늘은 영업 끝났습니다만."

"알고 있습니다. 잠깐 물어볼 게 있어서 그럽니다."

다쿠미가 말하자 여자는 불안한 얼굴로 안쪽에 눈길을 주었다. 실내는 그다지 넓지 않았다. 통나무를 잘라 만든 테이블이 네 개. 나머지는 카운터였다. 모든 장식이 목재로 만들어졌고 관엽식물도 몇 개 놓여 있었다. 아시아의 정글을 연상케 하는 실내장식이었다. 다쿠미는 벽에 붙은 메뉴를 읽어보고 이곳이 홍차 전문점임을 알았다.

하얀 셔츠를 입은 중년남자가 안에서 나왔다. 코밑에 수염을 기르고 있다. 그 수염에도 백발이 섞여 있었다.

"무슨 일이십니까?" 부드러운 말투로 물었다. 누가 봐도 조용한 손놀림으로 홍차를 우려낼 것 같은 분위기다.

"갑작스럽게 죄송합니다. 사실은 사람을 찾고 있습니다. 이게 여기서 발행한 영수증이지요?"

다쿠미가 내민 작은 쪽지를 지배인인 듯한 남자가 노안이라 잘 안 보이는지 멀리 떼어놓고 바라본다.

"예, 그렇습니다. 저희 가게입니다."

"오늘 이 여성이 오지 않았습니까?" 다쿠미는 얼른 치즈루가 찍힌 사진을 내밀었다.

지배인은 여자에게 물었다. "이런 손님이 오셨던가?"

여자가 옆에서 사진을 들여다보았다. 그녀가 손님에게 차를 나르는 모양이었다. 다쿠미는 이 두 사람이 부녀 사이임을 알 수 있었다. 부드러운 눈매가 그대로 닮아 있었다.

"이 사진은……조금 옛날 거군요."

"예, 맞아요."

다쿠미가 대답하자 그녀가 고개를 끄덕였다.

"예, 오셨습니다. 말씀하시는 억양이 여기 분이 아니기에 기억에 남아 있습니다. 여행으로 오신 건가 생각했습니다."

"혼자 왔던가요?"

"아니요……."

"남자랑……어떤 남성과 같이 왔었나요?"

그녀는 고개를 끄덕였다.

"몇 시쯤이었습니까?"

"오후 두 시경이었을 겁니다. 시나몬 티를 주문하셨어요."

"두 사람은 어디에 앉아 있었죠?"

"저깁니다만." 그녀가 가리킨 곳은 창가 자리였다. 바로 옆 튀어나온 창가에는 꽃이 장식되어 있다.

거기에 마주앉아 있는 남녀의 모습을 떠올렸다. 한쪽에 앉아 있었을 치즈루, 그녀는 웃고 있었을까. 행복한 얼굴이었을까.

"두 사람이 무슨 이야기를 했는지는 혹시 기억이 나십니까?"

"무슨 말씀을……. 저희는 손님의 대화를 엿듣거나 하지 않습니다." 그녀가 의외라는 듯 고개를 가로저었다. 옆에 있던 지배인도 불쾌한 얼굴로 입술을 다물었다.

"사소한 거라도 좋습니다." 다케미가 옆에서 끼어들었다. "단어 한 토막이라도 좋습니다. 무슨 일이 있어도 우리는 사진 속의 여자를 찾아야 해요."

여자는 난감한 듯 고개를 갸우뚱한 다음 입을 열었다.

"어디에 계시는지는 모릅니다만 그리 멀지 않은 곳에서 오신 게 아니었나 싶습니다."

"그걸 어떻게……?" 다쿠미가 물었다.

"돈을 지불할 때 남자분이 지갑을 잊고 오신 걸 알게 된 모양입니다. 하지만 별로 당황하는 기색도 없이 여자분이 대신 지불하셨습니다. 만약 먼 데서 오신 분이라면 좀더 빨리 알아채셨을 테지요."

다쿠미는 도키오와 다케미를 보았다. 두 사람 모두 눈으로 알았다는 의사표시를 했다.

28

"친구를 찾고 있습니다. 일주일 전에 가출해서 아무 연락이 없어요. 어떤 사람에게 이 부근에서 봤다는 이야기를 듣고 호텔을 일일이 찾아다니고 있습니다만."

다케미는 자신과 치즈루가 같이 찍은 사진을 프런트에 보여 주고 박진감 넘치는 대사를 연기했다. 머리를 7대 3으로 단정하게 갈라 빗은 프런트 담당은 그녀의 거짓말을 눈치 채지 못한 듯 진지한 얼굴로 사진을 들여다보았다.

"으음, 우리 호텔에 이런 손님은 묵고 있지 않습니다만." 자못 안 됐다는 듯 대답했다. "저희는 업무로 이용하는 분들이 대부분이라 이런 젊은 여성은 별로……."

"남자랑 같이 왔을 겁니다. 서른 살 정도의 남자입니다만."

"남녀가 같이 투숙하시면 아무래도 인상에 남았을 텐데 기억이 없군요." 프런트 담당은 고개를 갸우뚱했다.

고맙다는 인사를 남기고 호텔을 나왔다. 요도야바시 역 앞에 있는 비즈니스호텔이었다. 이것이 네 번째지만 치즈루 일행이 투숙한 흔적은 찾지 못했다.

"그 사람 말이 맞을 것 같아. 비즈니스호텔에 남녀가 같이 투숙하면 너무 눈에 띌 거야. 쫓기는 처지의 사람들은 그런 행동을 하지 않을 것 같은데."

"그럼 러브호텔로 가야 하나." 다쿠미가 말했다.

"하루만이라면 모르지만 두 사람이 아마 지난 2, 3일은 같은 곳에 묵었을 텐데, 러브호텔에서 그렇게 묵기는 어려울걸."

다케미의 의견이 타당하게 들렸다.

"비즈니스호텔도 러브호텔도 아니라면……어디로 가야 찾을 수 있지?"

네 사람은 도지마 강을 따라 걸었다. 길가에는 군데군데 화단이 만들어져 있어서 조깅을 하기에 딱 좋은 코스다. 그래서인지 밤 열 시를 넘었는데도 이따금 운동복 차림의 사람들이 옆을 지났다.

"다쿠미 씨, 이제부터는 경찰에 맡겨요." 도키오가 말했다. "치즈루 씨가 끌려간 모습은 누가 봐도 납치예요. 명백한 범죄라고요. 있는 그대로 경찰에 가서 이야기를 하고 전문가들의 수사에 기대를 하는 게 낫겠어요."

"시끄러워. 너는 닥치고 있어."

"왜 이렇게까지 해야 되는 겁니까. 결국 당신을 버리고 다른 남자한테 간 여자잖아요."

다쿠미가 멈춰 서서 도키오의 멱살을 잡았다. 그러나 도키오도 두려워하는 기색이라고는 전혀 없이 그를 마주 노려보았다. 다쿠미는 다른 쪽 손으로 주먹을 그러쥐었다.

"그만해!" 다케미가 성가시다는 투로 말하고 제시에게 눈짓했다. 제시가 즉시 두 사람 사이에 끼어들었다. 그렇게 되니 다쿠미도 손을 놓을 수밖에 없다.

"밤비 씨도 이 사람에게 뭐라고 해줘요. 언제까지고 차인 여자의 뒤를 쫓아다닐 거냐고. 옆에서 보기에도 꼴사납다고요."

도키오가 목덜미를 문지르면서 말했다.

"그래, 정말 꼴불견이야. 좋은 모양새는 아니지. 하지만 지금은 일단 이 사람 편을 들 거야. 치즈루를 돕는 게 중요하니까."

"그러니까 그건 경찰에……."

"경찰 따위를 어떻게 믿어." 다케미는 한쪽 눈썹을 치켜 올렸다. "신고해봤자 끌려간 여자가 술집에서 일하던 여자라는 게 드러나면 즉시 손을 놓아버릴걸. 아마 조직에서 도망치려는 여자를 야쿠자가 다시 잡아서 데리고 갔을 거라고 생각할 거야. 경찰이 움직였다가는 오사카 만에서 치즈루의 시체가 떠오를지도 몰라."

시체라는 말에 흠칫 놀란 듯 다쿠미가 그녀에게 눈길을 돌렸지만 다케미는 자신의 말이 과장이 아니라는 뜻으로 날카로운 눈빛을 풀지 않고 고개를 끄덕였다.

"게다가." 그녀가 말을 이었다. "섣불리 경찰이 끼어들면 상황이 더 위험해질 우려가 있어. 치즈루가 뭘 하고 다니는 건지 확실하게 알기 전까지 경찰에 드러내고 싶지 않아. 그 아이가 체포되지 않는다는 보장이 없으니까."

"치즈루 씨가 죄를 저지른 거라면 경찰에 잡히는 건 자업자득이라고 생각해요. 밤비 씨가 아무리 친구라고 해도 그걸 도와서는 안 되는 거예요."

"그런 순진한 소리는 초등학교 도덕 시간에나 떠들면 돼." 다케미가 도키오에게서 얼굴을 돌리고 그대로 걸음을 옮겼다. 제시도 그녀의 뒤를 따랐다.

"너, 우리랑 같이 행동하고 싶지 않으면 마음대로 해." 다쿠미는 도키오에게 말했다.

"아니요, 그런 말이 아니잖아요. 위험을 무릅쓸 의미가 없다는 거예요. 어차피 당신은 그녀와 결혼하지 못해요. 당신이 결혼할 사람은 다른……."

도키오의 말이 끝나기도 전에 다쿠미의 오른손이 날아왔다. 그러나 주먹이 아닌 손바닥 끝으로 가볍게 뺨을 때렸을 뿐이었다. 그런데도 그 소리에 다케미와 제시가 돌아보며 말했다. "그만 좀 하라니까."

"네가 뭘 알아? 네가 도대체 뭐야? 노스트라다무스라도 돼?"

"난……알고 있다고요."

"멋대로 지껄여." 다쿠미는 발길을 돌려 다케미 커플 쪽으로 돌아섰다.

도키오가 빠른 걸음으로 쫓아갔다.

"알았어요. 나도 협력할게요. 하지만 딱 한 가지만 약속해줘요. 치즈루 씨의 일이 정리되면 나랑 같이 가야 할 곳이 있어요. 오늘 그 집을 찾았어요. 그 만화책에 그려져 있는 것과 똑같은 풍경이 남아 있었어요. 그리고 바로 거기에 다쿠미 씨가 태어난 집이 있었어요."

그 말에는 다쿠미도 발걸음을 멈췄다.

"어떻게 그게 우리 집이라는 걸 알지?"

"산 증인이 있어요."

"산 증인? 누구?"

"그건……지금은 말할 수 없어요. 직접 만나야 해요."

"웃기는 녀석이군." 다쿠미는 다시 걸음을 옮겼다.

"당신의 장래를 위해서예요. 내 부탁을 들어줘요. 부탁이에요."

"알았어. 그만해. 치즈루를 찾고 나면 어디든 가줄게. 그 대신 앞으로 절대 내가 하는 일에 불평하지 마. 그게 싫으면 따라오지 말든가."

"오케이, 그럼 됐어요. 나도 치즈루 씨를 돕고 싶지 않은 건 아니에요. 그냥 다쿠미 씨가 위험한 일을 하지 않았으면 좋겠다는 생각뿐이라고요."

"자기 여자가 사라졌는데 위험이고 나발이고 따질 틈이 어디 있어." 다쿠미는 내뱉듯이 말하고 나서 자기 여자라는 표현이 적절치 않았다는 사실을 깨달았다. 하지만 거기에 대해 도키오는 아무 말도 하지 않았다. 불평하지 말라고 한 약속을 당장 지키고 있는 건지도 모른다.

네 사람은 말없이 계속 걸었다. 이윽고 도로를 끼고 왼쪽에 유럽풍의 장식으로 치장한 건물이 나타났다. 'CROWN HOTEL OSAKA'라는 간판이 보였다.

맨 처음 걸음을 멈춘 건 다케미였다. "그랬구나……."

그녀가 무슨 생각을 하는지 알아채고 다쿠미는 코웃음을 쳤다.

"저건 최고급 호텔이잖아. 전당포를 드나드는 것들이 저런 곳에 투숙할 수는 없지."

"아니, 나는 여기라고 생각해." 다케미는 강 쪽으로 얼굴을 돌렸다. 강 건너를 가리킨다. "봐, 여기서는 아까 그 '펠리칸'도 가까워. 다리만 건너면 바로야."

"이유가 그것뿐이야?"

"또 하나 있어. 루이비통이야."

"그 가방이 어쨌다는 거야?"

"'펠리칸' 영수증을 루이비통 가방에서 찾았잖아. 그렇다면 치즈루는 그 가방을 사용했다는 의미야. 롤렉스 같은 건 신품 그대로였는데 왜 가방은 사용했을까. 이유는 하나야. 사람들의 시선을 의식했기 때문일 거야. 요컨대 겉모습에 신경을 써야 할 상황에 치즈루가 있었다는 의미지."

"그래서 고급 호텔에……."

일리가 있다. 다쿠미는 수긍하지 않을 수 없었다.

"당신은 모르겠지만 이런 고급 호텔 안에는 고급 레스토랑도 있어. 그런 데 드나들 때 여자는 옷뿐 아니고 액세서리와 가방에도 신경을 써야 하거든."

"무슨 말을 하는지는 알겠는데 치즈루와 그 남자는 쫓기는 몸이야. 이런 유명 호텔에 투숙하면 위험하지 않을까?"

"그게 바로 맹점이야. 쫓는 쪽도 설마 오사카 한복판에 있는 일류 호텔에 투숙할 거라고는 생각하지 못할 테니까. 이건 치즈루의 아이디어일 거야. 그 아이한테는 그런 대담한 면이 있거든."

"아직 여기가 맞다는 결정이 난 것도 아니잖아."

네 사람은 호텔로 다가갔다. 택시 한 대가 정면 현관 앞에 서려고 하는 참이었다. 문이 열리고 뚱뚱한 남자가 내렸다. 회색 양복이 한눈에도 고급 브랜드라는 걸 알 수 있었다. 이어서 연분홍 원피스를 입은 부인이 내렸다. 여자 역시 사치스러운 요리만 먹지 않을까 싶을 정도로 뚱뚱했다. 요란한 장식을 주렁주렁 매단 보이가 정중하게 두 사람의 짐을 받아들고 호텔 안으로 안내했다. 보이는 그 밖에도 두 명이 더 있었지만 움직이지 않았다.

"보이 녀석들, 우리한테는 눈길도 주지 않는군." 다쿠미가 말했다.

"제대로 된 손님이라면 걸어서 들어오지는 않을 거라고 생각하겠지. 그리고 우리의 차림새에도 문제가 있잖아."

"그건 그래." 자신의 차림새를 유리에 비춰보고 다쿠미가 고개를 끄덕였다.

네 사람은 이중으로 된 자동 유리문을 지나 홀로 들어갔다. 천장에 매달린 거대한 샹들리에가 잘 닦아 놓은 바닥을 비추어 대낮같이 밝았다. 로비에서는 품위 있어 보이는 남녀가 담소를 나누고 있고, 그 안쪽 프런트에서는 조금 전의 뚱뚱한 커플이 체크인 수속을 하고 있었다. 그들을 상대하는 프런트 담당의 움직임은 기계장치 같았다. 요컨대 쓸데없는 움직임이 없고 정확했다. 실제로 실수 같은 건 거의 하지 않을 것이다. 프런트 데스크 한쪽에는 환율을 표시한 패널이 놓여 있었다.

"저런 느낌이면 비즈니스호텔처럼 나오지는 않을 것 같은데." 다쿠미는 작은 소리로 말했다.

"맞아. 손님에 대해 함부로 이야기하지 않는 게 규칙입니다, 이럴 것 같은데. 무엇보다 이런 호텔은 신용이 제일이니까."

"어떻게 하지?"

음, 하고 다케미는 입술을 꼭 다물었다가 지그시 제시를 쳐다보았다. 제시는 그녀가 왜 자기를 쳐다보는지 영문을 모르겠다는 듯이 눈꺼풀을 두세 번 깜빡였다.

"잘될지 어떨지는 모르지만 일단 해볼까."

"무슨 좋은 수가 있는 거야?"

"그러니까 그건 모르겠다고. 하지만 시도할 가치는 있어."

굵은 기둥 그늘에서 다케미는 계획을 설명했다. 대부분은 영어를 섞어가면서 제시에게 하는 설명이었다. 왜냐하면 계획이 성공할지 실패할지가 전적으로 제시에게 달렸기 때문이다.

"알겠지, 제시?" 다케미는 마지막으로 일본어로 확인했다.

"오케이, 나만 믿어." 제시는 자신의 가슴을 두드렸다.

다쿠미와 도키오가 제시를 사이에 끼듯이 하면서 걸어갔다. 다케미는 기둥 뒤에 그대로 숨어 있었다. 계획의 사정상 그녀는 모습을 보여서는 안 된다.

시간이 늦은 탓인지 프런트 앞에 손님은 없었다. 세 사람은 'Reception'이라고 쓰인 곳으로 다가갔다. 즉시 안경을 낀 프런트 직원이 그 맞은편으로 나섰다. 수상쩍은 눈으로 다쿠미와 도키오를 보는데 그 사이에 있는 사람이 흑인이라 그런지 시선에서 약간 긴장하는 기색이 느껴졌다.

"어서 오십시오." 족제비 같은 얼굴을 한 프런트 직원이 다쿠미를 향해 물었다.

"아니, 그런 게 아니라. 사실 이 사람은 미국에서 여행을 온 사람인데 일본인 지인이 이 호텔에 투숙하고 있다고 하기에 여기까지 안내해왔습니다."

"아, 예에……." 프런트 직원이 제시를 힐끗 쳐다보고 다시 다쿠미에게로 눈길을 돌렸다.

"그 투숙객이라는 분에게 연락을 하면 되겠습니까?"

"그렇습니다만, 아마 이름을 잊어버린 모양입니다."

"이름을 모른다고요?"

"그렇습니다." 그들이 가명을 썼을 거라고 생각했기 때문이다. "하지만 사진은 있다고 합니다. 헤이, 픽처 플리즈!" 이 정도의 영어만으로도 다쿠미는 겨드랑이에 땀이 배어나왔다. 영어 회화는 고등학교 때 이후로 처음이다.

제시가 사진을 내밀었다. 치즈루를 가리키며 뭐라고 말했다. 이 아가씨를 찾고 있다는 의미일 것이다. 이 교섭을 성립시키기 위해 다케미가 숨은 것이다. 치즈루와 같이 찍혀 있는 여자가 옆에 있으면 이름을 모른다는 주장은 통하지 않을 것이므로.

프런트 직원은 그것을 받아들고 힐끗 보기만 하고 도로 내려놓았다.

"죄송합니다만, 사진만으로는 아무래도. 일단 이곳은 많은 손님들이 투숙하시기 때문에."

예상대로의 대답이었다. 그래서 다쿠미가 미리 짜놓은 대로 이야기를 늘어놓는다.

"그렇다면 그걸 이 친구에게 이야기해주십시오. 저희는 영어가 서툴러서."

"예, 알겠습니다."

프런트 직원은 제시에게 이야기하기 시작했다. 역시 일류 호텔인 만큼 직원의 영어는 유창한 것 같았다. 다쿠미는 전혀 알아들을 수가 없었다.

제시가 뭔가 대꾸했는데 그 말투가 약간 거칠어졌다. 프런트 직원이 약간 긴장하는 모습을 보였다.

"왜 그러죠? 뭐라고 하는 겁니까?" 다쿠미가 물었다.

"아니, 그……모처럼 미국에서 왔는데 이대로 쫓아 보낼 참이냐고……."

"쫓아내겠다고 말한 겁니까?"

"아닙니다, 천만에요. 가능한 한 정중하게 이야기를 했습니다만."

제시가 다시 화난 목소리로 뭐라고 말하며 굵은 팔을 휙휙 휘둘렀다. 프런트 직원은 필사적인 어조로 제시에게 대꾸하고 있었다.

"이번에는 뭐랍니까?" 다쿠미가 다시 물었다.

"그게……자기가 흑인이라서 가르쳐주지 않는 거라고 해서 그렇지 않다고 말씀을 드렸습니다만."

"어떻게든 이 분을 위해 사진 속의 여성을 찾아주실 수 없겠습니까?" 도키오가 말했다.

"하지만 사진만으로는……. 젊은 여성 손님은 특히 많기 때문에. 게다가 이분은 혼자서 투숙하고 계신 겁니까? 남자분과 같이 오신 게 아닙니까?"

"아마 남자랑 같이 왔을 겁니다." 도키오가 대답했다. "서른 살 정도의 남성일 겁니다."

"그렇다면 더욱 알 수가 없습니다. 그런 경우 대개 체크인 수속은 남자분이 하시기 때문에 저희가 여자분과 얼굴을 대하는 일은 많지 않습니다."

"그에게 그렇게 말해주십시오." 다쿠미가 제시를 엄지손가락으로 가리키며 말했다.

프런트 직원이 손짓발짓을 섞어가면서 설명하기 시작했다. 그러나 제시는 진정하기는커녕 갈수록 더 거칠어졌다. 로비와 라운지에 있는 손님들까지 빤히 쳐다보기 시작했다.

"이런, 어이가 없군. 어떻게 설명하면 되지." 직원이 낭패스러운 얼굴로 말했다.

"도대체 그에게 뭐라고 한 겁니까?" 다쿠미가 물었다.

"지금 말씀드린 대로입니다. 남자분과 같이 오시면 저희와는 얼굴을 대할 기회가 없다고……."

"그런데 화가 잔뜩 나 있군요. 아까보다 더 화가 난 것 같은데."

"예, 무엇이 못마땅한 건지……."

제시는 여전히 거친 말투로 두 팔을 휘둘렀다. 이제 슬슬 시작해볼까, 하고 다쿠미는 타이밍을 가늠하면서 어금니를 지그시 악물고 한발 앞으로 나섰다. 화가 난 제시의 팔꿈치가 다쿠미의 얼굴을 치고 그 바람에 뒤로 넘어져 소란을 벌인다는 시나리오였다. 그러나 타이밍이 나빴던 건지, 제시가 잘못 겨눈 건지 다쿠미의 얼굴로 날아든 건 검고 큰 제시의 주먹이었다. 다쿠미는 그대로 의식이 멀어졌고, 잠시 뒤에 정신을 차렸을 때는 바닥에 큰 대 자로 쓰러져 있었다. 누군가 찰싹찰싹 자신의 뺨을 때리고 있었다. 도키오였다. 주위에 사람들이 울타리처럼 서 있고 족제비 얼굴의 직원이 쩔쩔매고 있었다.

당황한 보이들이 몰려와 그를 옮기려고 했다. 제시는 아직도 큰 소리로 뭔가 떠들고 있었다. 그러자 다른 직원이 그를 불렀다. 제시는 순간 얌전해져서 다쿠미의 뒤를 따라왔다.

결국 세 사람은 프런트 뒤에 있는 사무실로 안내를 받았다. 그들을 상대하는 사람은 제시에게 말을 건 백발이 섞인 호텔 직원이었다. 상당한 베테랑인 것 같았다.

"다친 건 괜찮습니까?" 다쿠미에게 물었다.

"예, 신경 쓰지 마십시오." 다쿠미가 젖은 타월로 오른쪽 눈을 누르면서 대답했다.

"저희 직원의 설명이 서툴러 외국에서 오신 손님의 기분을 상하게 해드린 것 같군요. 에에, 또……여자분을 찾으신다고 했나요?"

"이 여자라고 합니다." 도키오가 사진을 내밀었다. "하지만 2, 3년 전의 사진인 모양입니다."

"아, 예에. 이밖에 뭔가 특징……이라고 할까, 같이 오신 남자분에 대해 알 수 있었으면 합니다만."

"나이는 서른 살이 조금 넘었고 빼빼 마른 남자라고 합니다." 다쿠미는 '히로큐'의 데쓰오에게 들은 대로 말해보았다.

백발의 직원이 고개를 갸우뚱했다. "그것만으로는 좀……."

"그리고 여기 투숙한 건 오늘만이 아니고 어제도, 아마 그저께도 여기에 묵었을 거라고 그는 말했습니다만."

"그럼 사흘간 계속 투숙하셨다는 거군요. 그렇다면 대상을 좁힐 수도 있을지 모르겠습니다."

"어쩌면 그전부터일지도 모릅니다만."

"아, 예에. 잠깐만 기다리십시오."

몇 분 뒤에 직원이 돌아왔다. 손에는 종이 한 장을 들고 있다.

"사흘 이상 남녀가 투숙하신 손님이라면 두 쌍뿐입니다."

다쿠미가 손을 내밀었지만 직원은 서류를 얼른 잡아당겼다.

"죄송합니다만, 손님의 개인적인 정보도 포함되기 때문에."

"그의 이야기에 의하면……." 도키오가 제시를 힐끗 보고 나서 말했다. "지인은 도쿄에서 와 있을 거라고 했습니다."

"예에." 직원은 서류로 눈길을 주었다. "두 쌍 모두 숙박일지에 이름을 쓰신 분의 주소는 도쿄입니다."

하필이면, 하고 다쿠미는 혀를 차고 싶은 심정이었다.

"그러나." 하고 호텔 직원이 말했다. "그중 한 쌍은 아마 여러분이 찾는 분들이 아닌 듯합니다. 남자분의 연세가 65세로 되어 있으니."

"다른 한쪽 남자의 나이는?" 도키오가 몸을 내밀며 물었다.

백발의 호텔 직원은 약간 주저하는 태도를 보인 뒤에 말했다. "33세, 라고 되어 있습니다."

다쿠미는 도키오와 얼굴을 마주보았다. 나이가 대충 맞는 것 같다.

"거기에 여자 이름은 없습니까?"

도키오가 물었다.

"예, 남자분 성함만 있습니다. 미야모토라는 분입니다."

"미야모토?" 다쿠미는 엉거주춤 일어나 직원의 손에서 서류를 낚아챘다.

"이러시면 안 됩니다." 호텔 직원이 작게 외쳤다.

거기에는 숙박 기록이 복사되어 있었다. 이름란에 미야모토 쓰루오라는 글자가 보였다. 눈에 익은 글씨체였다. 치즈루가 쓴 게 틀림없었다. 그녀가 체크인 수속을 한 것이다.

다쿠미는 객실 번호를 머릿속으로 외우고 나서 도키오에게 눈짓으로 신호를 보내면서 서류를 직원에게 돌려주었다.

"죄송합니다. 아무래도 이 호텔이 아닌 것 같습니다."

"그렇습니까?" 직원은 눈에 띄게 안도의 표정을 지었다. "그런데 이분이 납득을 하실까요?" 제시를 보며 묻는다.

"우리가 납득시키겠습니다. 번거롭게 해드려서 죄송합니다." 다쿠미는 제시의 어깨를 두 번 두드리고 나서 일어섰다. 도키오도 일어나고 마지막으로 제시가 천천히 몸을 일으켰다.

"억수로 고맙소."

제시의 일본말 사투리에 기가 막힌 얼굴을 하는 호텔 직원을 남기고 세 사람은 사무실을 나왔다.

29

로비로 돌아오니 다케미가 잽싸게 달려왔다.

"그 얼굴을 보니 일이 잘된 것 같은데."

"맞았어. 1215호실. 틀림없어. 역시 치즈루는 여기 있는 거야. 당신 정말 예리해."

"어머, 당신도 남을 칭찬할 때가 있네." 다케미가 의외라는 듯 눈을 휘둥그레 떴다.

"제시의 연기가 먹혔던 거죠." 도키오가 덩달아 제시를 칭찬했다. "아카데미상도 받을 수 있겠어요."

"대단하네, 제시."

크흐흐흐, 하고 제시가 웃으며 너스레를 떨었다. "아카데미상 주세요."

엘리베이터를 타고 12층에서 내렸다. 복도에 중후한 갈색 카펫이 깔려 있다. 객실 번호를 보면서 넷이서 천천히 걸어갔다. 카펫 덕분에 발소리는 전혀 나지 않았다.

1215실 앞까지 왔다. 여기서부터는 다케미가 나서기로 했다. 다른 세 사람은 문을 끼고 양쪽으로 갈라져 벽에 찰싹 몸을 붙였다.

다케미가 노크를 했지만 대답이 없었다. 외출 중인 건가 하고 생각했을 때 딸깍, 하는 잠금장치 소리가 들리고 문이 열렸다.

"예." 남자의 목소리였다. 도어체인을 건 채로 문이 10센티미터 정도 열렸다.

그 문틈으로 자신의 모습이 보이도록 다케미가 다가섰다.

"안녕하세요. 갑자기 찾아와서 죄송합니다. 저는 사카다 다케미라고 합니다만."

"사카다 씨?"

"예. 치즈루의 친구예요. 치즈루가 얘기하지 않던가요? 그 친구가 오사카에 오던 날 만났는데."

"소에몬초에서 바를 하신다는?"

"예, 맞아요."

"아아." 남자의 목소리에서 경계심이 사라졌다. "치즈루가 이곳을 가르쳐주던가요?"

"그 부분은 여러 가지 사정이 있어서." 다케미는 말을 흐렸다. "저기……사실은 이야기하고 싶은 게 있어서요. 치즈루가 아직 들어오지 않았지요? 그 일로……."

"아……잠깐만 기다리십시오."

문이 일단 닫혔다. 도어체인을 벗기는 소리가 들렸다. 다케미가 힐끗 일행들 쪽을 보았다. 다쿠미가 고개를 끄덕이며 문손잡이를 잡았다.

문이 밖으로 열리는 것과 동시에 그는 손잡이를 힘껏 잡아당겼다. 앗, 하는 목소리와 함께 남자가 밖으로 비틀거리며 튀어나왔다. 그 남자를 찍어 누르면서 다쿠미는 안으로 들어갔다. 다케미와 도키오, 제시도 따라 들어왔다.

"뭐, 뭐요, 당신들은." 남자의 목소리가 갈라지듯 떨렸다. 야윈 몸에 키도 작은 데다 흰 피부의 볼도 약간 홀쭉했다. 그래도 금테 안경 안에서 필사적인 허세를 부리며 다쿠미 일행을 노려보았다.

"당신이 오카베야?" 다쿠미가 물었다.

"당신들은 누구야? 뭐 하는 자들이지?" 남자는 다케미에게 눈을 돌렸다.

"걱정하지 않아도 돼요. 적은 아니니까."

"다시 한 번 묻겠는데, 당신 이름이 오카베 맞아?"

남자는 다쿠미를 보고 어리둥절한 표정으로 고개를 끄덕였다. 하얀 볼에 붉은 기운이 감돌았다.

흠씬 패주고 싶은 충동이 다쿠미의 마음속에서 부글부글 끓었다. 이 남자가 치즈루를 빼앗았단 말인가. 이렇게 궁상맞게 생긴 왜소한 남자가, 이 더블 침대 위에서 치즈루의 몸을 안았겠지…….

"다쿠미 씨!" 그의 내심을 간파한 듯 다케미가 불렀다. "그만해. 지금은 이 사람에게 화를 낼 상황이 아니잖아."

다쿠미가 그녀를 보았다. 그만두라니까, 하고 그 눈이 호소했다. 그는 어금니를 지그시 깨물면서 오른손에 힘을 주고 오카베의 가슴을 쳤다. 윽, 하는 신음과 함께 오카베가 침대에 쓰러졌다.

"무슨 짓이야!"

"시끄러워, 무슨 일인지 모르지만 치즈루까지 끌어들이다니!"

영문을 모르겠다는 얼굴로 도움을 구하듯 오카베가 다케미를 올려다보았다.

"치즈루는 오늘 여기로 오지 않을 거야. 그놈들이 데리고 가 버렸으니까."

"뭐?" 오카베가 눈을 부릅떴다. "놈들이 치즈루를 찾아냈다고?"

"전당포에서 나오는 순간 납치당했어. 구하려고 했지만 한발 늦었어."

"어떻게 거길……." 오카베가 당혹스러워했다.

다쿠미는 자신들이 미행당했기 때문이라고는 말할 수 없었다.

"아가씨는 아까 치즈루의 친구라고 했는데 거짓말인가?" 오카베가 다케미에게 물었다.

"거짓말이 아니야. 사카다 다케미, 누가 뭐래도 치즈루의 친구야."

"그럼 이쪽에 있는 남자는?"

"글쎄. 나도 잘은 모르지만 치즈루의 연인이었던 모양이야."

오카베가 겁먹은 눈으로 다쿠미를 쳐다보았다. "그렇다면 아사쿠사의……."

"치즈루에게 들은 모양이군."

"그런 연인이 있었다는 것만. 하지만 헤어졌다고……."

"나는 헤어진 기억이 없어." 자신의 입으로 한 말이 우스울 정도로 비참하다는 생각이 들어 다쿠미는 혼자서 상처를 받고 풀이 죽어 고개를 숙였다.

"다쿠미 씨, 이걸……." 도키오가 말을 걸어왔다. 그는 벽 쪽에 있는 상당히 큰 여행 가방을 살펴보았다. 가방 안에는 크고 작은 상자가 잔뜩 들어 있다. "시계며 액세서리. 모두 신품 같아요."

"저건 뭐지?" 다쿠미가 오카베에게 물었다. "치즈루를 채간 놈들은 누구야?"

"당신들하고는 관계없어. 어른들 이야기야." 오카베는 얼굴을 돌렸다.

"이 자식, 상당히 건방지군. 그런데 어쩌자고 치즈루가 말려들게 한 거야?"

오카베의 멱살을 잡으며 다쿠미가 외쳤다.

"진정해." 다케미가 끼어들었다. "오카베 씨, 그자들한테서는 아직 아무 연락도 없는 거예요?"

"없어."

"그럼 치즈루는 아직 이곳을 털어놓지 않았다는 거네. 오카베 씨, 그게 뭘 의미하는지 알죠?" 잠자코 있는 오카베를 향해 그녀가 계속 말했다.

"치즈루가 잡혀간 지 벌써 네 시간이 훨씬 지났어요. 그 사이에 놈들은 오카베 씨가 있는 곳을 알아내려고 치즈루에게 온갖 짓을 다 했을 거예요. 하지만 저쪽에서 연락이 없다는 건 치즈루가 입을 다물었다는 의미죠. 오카베 씨를 지키려는 거라고요. 그래도 당신은 모르는 척할 생각이에요? 그러고도 당신이 남자예요?"

다케미의 말에 오카베는 얼굴을 돌렸다. 얼굴이 약간 창백해졌다.

하지만 다쿠미 역시 오카베 이상으로 상처받았다. 치즈루가 어떤 린치를 당하고 있을지 생각만 해도 치가 떨렸다. 그리고 그 치욕을 견디면서까지 이 볼품없는 남자를 지키려고 한다는 사실에 충격을 받았다.

30

다쿠미는 좁은 방 안을 이리저리 걸어 다녔다. 이따금 신음을 내거나 소리를 지르거나 했다. 도키오는 벽에 기대 앉아 무릎을 껴안고 있고 그 앞에서 오카베 다쓰오가 가부좌를 틀고 앉아 있었다. 다케미는 침대 위에 앉아 있고 제시가 그 옆에 드러누워 있었다. 시간은 자정을 지났다. 그러나 아무도 돌아가려고 하지 않았고 물론 잠을 자려고도 하지 않았다.

"어지러워. 동물원 곰처럼 어슬렁거리지 마." 손가락에 담배를 끼운 다케미가 말했다. 그녀의 눈은 텔레비전에 쏠려 있다. 방영되는 건 심야영화였다. 오래된 영화인 듯 흑백이었다.

"이런 판국에 용케도 태평스럽게 텔레비전을 보는군."

"당신처럼 서성대봐야 아무 소용이 없어. 아니면 무슨 방법이 있어? 저쪽에서 데리러 오기를 기다리는 수밖에 없는 거잖아."

"치즈루가 불지 않으면 놈들은 여기를 알 수 없을 거야."

"치즈루는 실토할 거야. 아무리 기를 써도 인내심에는 한계가 있게 마련이야. 아침까지도 못 버틸걸." 다케미의 어조는 침착하다기보다 냉철하게 들렸다.

다쿠미는 그녀에게 대꾸하는 대신 오카베의 어깨를 잡았다.

"너 이 자식, 그만 실토해. 무엇 때문에 치즈루를 데리고 왔어. 놈들의 목적이 뭐야. 무엇 때문에 널 쫓는 거냐고?"

"그러니까 몇 번이나 말했잖아. 처음부터 치즈루는 관계없는 일이라고. 내가 업무상의 문제로 잠시 오사카에 몸을 숨길 필요가 있었기 때문에 같이 왔을 뿐이야. 그게 다라고."

치즈루와는 '제비꽃'에 드나들면서 친해진 모양이었다. 이윽고 몇 번 같이 식사를 하면서 차츰 끌리기 시작했다고 한다. 진심으로 사귀고 싶은 생각이 들기 시작했고 그런 상황에서 그 문제가 발생했다는 것이 그의 설명이었다.

오사카에 동행하는 데 대해 치즈루는 생각할 시간을 달라고 하더니 2, 3일 지나 대답이 왔다. 같이 가겠다고. 신칸센 안에서 그녀는 연인이 있었음을 고백했다. 그러나 그 남자와는 헤어질 결심을 했다고 한다. 그 이유에 대해서는 그녀가 자세히 이야기하지 않았고 오카베도 묻지 않은 듯했다.

"그러니까 그 문제가 뭐냐고? 넌 뭐 하는 인간이야?"

그런데 오카베는 이 질문이 나오면 무조건 입을 다물어버렸다. 이름조차 밝히려고 하지 않았다. 다쿠미와 일행들은 그의 소지품들을 샅샅이 조사했고 드디어 면허증을 발견했다. 그러나 그걸로 알게 된 건 그의 이름이 오카베 다쓰오라는 것과 주소, 본적, 생년월일 그리고 면허증 취득일 정도였다. 미리 알고 처분했는지 명함 한 장 나오지 않았다.

"치즈루가 어떤 봉변을 당하고 있는지 알기나 해?" 다쿠미가 소리쳤다.

"그 부분에 대해서는 나도 마음이 아파. 하지만 난들 어떻게 하겠어? 나도 그녀가 어디로 끌려갔는지 모르는걸."

"치즈루를 데려간 놈들이 뭐 하는 자들인지 말해. 그걸 알면 아지트라도 짐작이 갈지 모르잖아."

오카베가 고개를 가로저었다. 그 이마에는 기름이 번들거렸다.

"그런 걸 알아봤댔자 자네들한테는 아무 도움도 되지 않아. 상대는 아마추어가 아니야. 정해진 아지트 따위는 없어. 야쿠자 영화가 아니라고."

"무슨 헛소리를 지껄이는 거야!" 다쿠미가 오카베의 멱살을 잡고 위로 들어올렸다. 오카베의 얼굴이 일그러졌다.

다쿠미 씨, 하고 외치며 도키오가 뒤에서 그의 어깨를 잡았다.

"이 사람을 때려봤자 무슨 소용이에요. 그래도 치즈루 씨는 돌아오지 않는다고요."

"분풀이로 패기라도 하게 내버려둬."

"그만두라니까요!" 도키오가 다쿠미의 정면으로 돌아왔다. "이건 꼴불견이에요. 치즈루 씨는 자기 의지로 이 사람을 따라온 거라고요."

"이 자식 혼자 지껄이는 말일 뿐이야."

"하지만 치즈루 씨가 남긴 메모가 있었잖아요. 그 내용과 이 사람이 하는 말은 앞뒤가 맞는다고요."

다쿠미는 도키오를 한 번 노려본 다음 오카베의 폴로셔츠를 잡았던 손을 뗐다. 그리고 방 안에 있는 사람들을 둘러보았다.

"알았어. 이 자식이 아무 말도 털어놓지 않는 이상 나도 생각이 있어."

"어떻게 하려고?" 다케미가 날카로운 눈매로 물었다.

다쿠미가 점퍼 주머니를 뒤져 메모지 한 장을 꺼냈다. 거기에 번호가 적혀 있다. 도키오를 보며 말했다.

"이시하라 유지로의 전화번호야."

"이시하라에게 연락할 생각이에요?" 도키오가 눈을 크게 뜨며 물었다.

"연락이 아니야. 거래야."

"저쪽은 프로야. 이쪽에서 접촉하는 건 좋지 않아. 놈들은 우리가 오카베를 찾았다는 걸 아직 몰라. 치즈루한테서 이 장소를 알아내면 그 아이를 이용해 오카베를 불러내려고 할 거야. 그때가 기회야."

"프로인지 나발인지 모르지만 그따위 답답한 짓은 내 성미에 맞지 않아. 나는 내 방식대로 할 거야. 말리지 마. 말릴 거면 지금 당장 치즈루를 찾아낼 아이디어를 내보라고." 다케미와 도키오, 제시 그리고 오카베의 얼굴까지 손가락으로 하나씩 차례로 가리키면서 다쿠미가 말했다.

"알았어. 그것도 한 가지 방법이겠군. 나도 각오할게. 하지만 그전에 작전을 짜는 게 좋겠지." 다케미가 타이르듯 말한다.

"작전은 필요 없어. 사사건건 시끄럽게 굴지 마. 내 방식으로 하겠다고 그랬잖아. 참견하지 말라고." 다쿠미가 침대 옆 테이블로 다가가 전화 수화기를 집어 들었다.

"다쿠미 씨!"

도키오가 말리려는 것을 "내버려둬" 하고 다케미가 제지했다. "어차피 여길 알아내는 건 시간문제야. 이 남자 마음대로 하게 내버려둬 봐. 먹느냐 먹히느냐 둘 중 하나야."

그녀의 목소리를 들으면서 다쿠미는 전화번호를 눌렀다.

전화가 연결되었다. "여보세요!" 젊은 남자의 퉁명스러운 목소리. 이시하라 본인이 아니라는 것은 다쿠미도 알 수 있었다.

"이시하라 씨, 있나?"

다쿠미의 목소리도 젊다는 걸 알아챈 듯 상대의 목소리가 한층 더 험악해졌다. "당신 누구야?"

"누군지는 알 거 없고. 이시하라 씨와 이야기를 하고 싶다."

"자기 이름을 밝히지 않는 자는 전화를 바꿀 필요도 없다는 지시다. 끊어!"

정말 끊으려는 낌새였기 때문에 다쿠미는 "잠깐!" 하고 말했다. "미야모토라는 사람이다."

"어디의 미야모토? 발에 채는 게 미야모토라는 성이잖아."

"아사쿠사의 미야모토다. 미야모토 다쿠미. 그렇게 말하면 알 거다."

"미야모토라고. 알았다, 전하지. 그쪽 전화번호는?"

"지금 당장 통화하고 싶다."

"웃기지 마. 지금이 몇 신 줄 아나? 이쪽에서 다시 걸어 줄 테니까 번호를 대라."

"중요한 용건이다. 그 건에 대해서는 언제라도 연락하라고 이 번호를 준 거야. 잔소리 말고 이시하라 씨를 바꿔. 설마 벌써 이불 속에 들어가 있는 건 아니겠지. 시키는 대로 하지 않으면 네가 이시하라 씨한테 혼날걸."

잠시 뜸을 들였다.

"그 용건이라는 게 뭐야. 그걸 먼저 알아야 할 거 아냐."

"오카베 건이다. 그것만으로도 이시하라 씨는 알 거다."

상대가 다시 잠깐 침묵했다. 오카베라는 이름을 생각하는 모양이다.

"그대로 기다려라." 이윽고 전화를 받은 부하의 응답이 왔다.

다쿠미는 송화구를 손으로 막고 심호흡을 했다. 겨드랑이에서 땀이 흘렀다. 도키오가 긴장한 얼굴로 그를 보았다. 다케미는 호텔 메모지를 끌어다 놓고 뭔가 생각에 잠겨 있었다.

전화를 바꾸는 기척이 들렸다.

"저쪽이랑 연락이 됐다. 전화를 연결하겠다." 그 말이 끝나자마자 뭔가 가볍게 부딪히는 듯한 소리가 들렸다. 그리고 "좋아, 이야기해도 돼" 하고 전화를 받았던 젊은 부하의 목소리가 들려왔다.

"여보세요." 다쿠미가 말해보았다.

"미야모토 씨라고. 오랜만이군." 귀에 익은 목소리였다. 그런데 조금 멀게 들렸다.

"이시하라 씨군."

"그렇다. 미안하지만 조금만 큰 소리로 말해주겠나. 수화기 두 개를 마주해서 통화를 하는 상태다. 나는 지금 도쿄에 있는 게 아니라서."

"알아." 다쿠미가 말했다. "오사카에 있겠지."

쿡쿡쿡, 웃는 소리가 들렸다.

"희한한 이야기군. 피차 오사카에 있으면서 굳이 도쿄로 전화를 걸어 수화기를 식스나인 상태로 만들어 통화를 하다니."

"우리 뒤를 따라오느라 힘들었겠군. 나고야에도 들렀으니."

"그땐 기가 막혔다고 젊은 친구가 투덜대더군. 설마 전통 과자 가게에 가게 될 줄은 생각도 하지 못했거든."

"그 전통 과자 가게는 치즈루와 아무 관계없어. 오카베와도."

"알아. 그런데……오카베 건이라고 하던데."

"치즈루를 납치했지?"

"오카베 이야기를 하고 있는 중일 텐데?"

"같은 이야기다. 치즈루는 무사하겠지? 그걸 확인할 수 없으면 이야기할 수가 없는데."

이시하라는 즉시 대꾸하지 않았다. 침묵하는 건가 싶었는데 그건 아니었다. 가만히 귀를 기울여보니 낮게 웃고 있었다.

"형씨가 그런 걸 걱정하는 게 우습군. 다른 남자의 품으로 떠난 여자 아닌가. 어차피 그쪽하고도 관계가 없잖아."

"대답해. 치즈루는 무사한가?"

"그럼 형씨부터 먼저 대답해. 오카베 건에 대해서다."

다쿠미는 한숨을 쉬었다. 상대가 먼저 이야기를 하게 만들고 싶지만 지금은 하는 수 없다.

"오카베를 찾았어. 지금 바로 옆에 있지. 도망가지 못하도록 감시하고 있다."

"오호!" 그 뒤 목소리가 사라졌다. 이번에는 정말 침묵한 것 같다. 뭔가 생각하는 모양이다. 이윽고 이시하라는 말했다. "그거 굉장한 일이군. 진짜 오카베라면 말일세."

"진짜고말고. 키는 160센티 정도. 비쩍 마른 체구에 피부는 창백하고 금테 안경을 쓴 공부벌레 타입이야. 면허증에 적혀 있는 걸 보니까 주소는……." 주소를 한바탕 읽고 나서 다쿠미가 말했다. "어때, 이래도 가짜 같아?"

"진짜 같군."

"이번에는 그쪽이 대답해. 치즈루에게 이상한 짓은 하지 않았겠지?"

"글쎄. 자세한 건 몰라. 일단 그 여자는 젊은 사람들에게 맡겨 놓았으니까."

다쿠미의 가슴에 욱신거리는 아픔이 스쳤다. 고통에 얼굴을 찡그릴 치즈루의 모습이 떠올랐다.

"그 젊은 놈들에게 말해둬. 치즈루를 아무리 괴롭혀도 소용없다고. 오카베는 지금부터 우리가 데리고 나간다. 댁들이 재주껏 치즈루의 입을 열어도 여기로 왔을 때는 이미 오카베가 없을 거야."

"흐음, 그래서?"

"거래를 하고 싶다. 오카베와 치즈루를 교환하자. 댁들의 목적은 이 친구잖아. 불리한 거래는 아닐걸."

"흐음." 숨을 내쉬는 소리가 들렸다. "분명 불리한 거래는 아닌 것 같군."

"그렇다면 거래는 성립된 건가?"

"알았어. 그 거래에 응하지. 지금 그쪽으로 여자를 데리고 가겠다."

"그럴 수는 없어. 이쪽의 장소를 가르쳐준 순간 총공격을 해오면 아무 소용이 없으니. 다른 장소에서 교환하자."
"믿지 못하겠다 이거군. 좋아. 그럼 어디로 가면 되지?"
"글쎄……."
다쿠미가 생각하는 옆에서 다케미가 뭔가를 메모지에 써서 그에게 내밀었다. '도톤보리의 다리 위'라고 쓰여 있다. 다쿠미는 미간을 찡그렸다. 도톤보리? 그렇게 번잡한 장소에서? 그러나 그녀는 자신에 찬 표정으로 고개를 끄덕였다. 그는 받아들이기로 했다.
"도톤보리다. 거기 있는 커다란 그리코 간판 옆에 있는 다리 위로 치즈루를 데리고 와. 이쪽도 오카베를 데리고 가겠다. 다리 위에서 교환하는 게 어때?"
"도톤보리라……. 과연." 이시하라가 쓴웃음을 짓는 것 같았다.
"시간은?"
"시간……." 다쿠미가 옆에 있는 다케미를 보니 그녀는 메모지에 '내일 아침 아홉 시'라고 썼다.
다쿠미는 그것을 바라보기만 하고 아무 말도 하지 않았다.
"어이, 어쩔 텐가?" 이시하라가 재촉했다. "몇 시에 가면 되는 거야. 어이, 형씨, 안 들려?"
"듣고 있어."
"왜 그래? 몇 시?"
"지금부터 한 시간 뒤다." 다쿠미가 대답했다. 옆에서 다케미가 입을 크게 벌리는 모습이 보였다.
"한 시간 뒤에 도톤보리라고. 알았어. 그럼 그때 보자고."

상대의 전화가 끊어지는 소리를 확인하고 나서 다쿠미도 수화기를 놓았다.

"이봐, 다쿠미, 어쩔 생각이야?" 아니나다를까 다케미가 달려들듯 물었다.

"뭐가?"

"무엇 때문에 도톤보리 다리 위로 정했는 줄 알아? 주위에 사람들이 잔뜩 있으면 놈들도 함부로 날뛰지는 못할 거야. 그걸 노린 거라고. 한밤중에 가면 의미가 없어."

"아홉 시간이나 어떻게 기다려. 치즈루 입장을 생각해봐."

"치즈루는 나도 걱정하고 있어. 그러니까 이 거래를 반드시 성공시켜야 하잖아. 그러면 가능한 한 안전한 시간대를 선택하는 게 낫잖아. 놈들도 오카베와 교환할 수 있는 가능성이 생긴 이상 쓸데없이 치즈루를 괴롭히지는 못할 거야."

"시끄러워. 나는 내 방식대로 하겠다고 그랬잖아." 다쿠미가 찌그러진 담뱃갑에서 한 개비를 꺼내 입에 물고 호텔 성냥을 그었다. 좀처럼 불이 켜지지 않아 세 번째에 겨우 불을 붙일 수 있었다.

"놈들이 옜다 하고 치즈루를 돌려줄 것 같아?" 오카베가 말했다.

뭐야, 하고 묻는 대신에 다쿠미는 금테 안경의 왜소한 남자를 노려보았다.

"놈들은 그렇게 만만하지 않아."

"너랑 교환할 거니까 내주지 않을 수 없을걸."

오카베는 고개를 가로저었다.

"물론 나를 데려갈 생각은 있겠지. 하지만 그렇다고 그들이 치즈루를 내줄 생각도 없을 거야. 그녀가 비밀을 알고 있다고 생각할 테니까. 놈들에게는 그녀도 관계자야."

"무슨 말이 그렇게 많아!" 다쿠미는 오카베의 가슴팍을 발로 찼다.

"네가 치즈루를 끌어들였잖아. 무슨 잘못을 저질러놓고 도망치는지는 모르지만 그런 상황에서 여자까지 구워삶으려고 하다니."

쓰러진 오카베는 발에 차인 가슴을 누르면서 몸을 일으키고 안경을 고쳐 썼다.

"내가 너무 경솔했던 건 사실이지만 마음을 의지할 대상이 필요했어."

"웃기지 마. 뭐가 마음의 의지야. 건방진 소리 하지 말라고!"

한 번 더 발로 차려고 했지만 도키오가 오카베 앞을 가로막았다. 다쿠미는 초조하게 담배를 피우다가 재떨이에 비벼 끄고 그대로 문으로 향했다.

"어디 가는 거야?" 다케미가 물었다.

"밖에. 곧 돌아올 거야."

"10분 안에 와."

그녀의 말에는 대답도 하지 않고 다쿠미는 방을 나왔다. 복도를 지나 엘리베이터 윗 단추를 눌렀다. 곧 이어 도키오가 따라 나왔다. 다쿠미는 이 자식은 왜 또 따라오는 건가 싶었다.

"어디 가는 거예요?"

"바깥이라고 했잖아."

“그럼 내려가야 하잖아요.” 도키오가 아래로 내려가는 단추를 눌렀다.

“아래층에 안 가. 난 옥상으로 가려는 거야.”

“옥상? 못 올라갈 걸요. 이런 호텔은 옥상으로 나갈 수 없을 거예요.”

“왜 못 가?”

“옥상으로 갈 수 있는 사람은 더 높은 사람들뿐이라고요.”

내려가는 엘리베이터가 먼저 왔다. 도키오가 그 안으로 들어가 들어오라는 손짓을 했다. 다쿠미도 마지못해 엘리베이터를 탔다.

“마음에 안 들어.”

“뭐가요?”

“이런 데서도 사람을 차별하겠다는 심보가. 가난한 사람은 아래로 가라. 부자만 꼭대기까지 올라갈 수 있다, 이거잖아.” 다쿠미는 엄지손가락 끝으로 바닥과 천장을 가리켰다.

도키오는 어깨를 으쓱할 뿐 아무 말도 하지 않았다.

호텔을 나와 길을 건넜다. 바로 앞에 도지마 강이 있다. 좌우로 큰 다리가 보였다. 바람이 조금 축축했다.

“이봐, 넌 어떻게 생각해? 치즈루는 왜 저런 자식을 따라가려고 했을까? 저런 시시한 놈을 말이다. 그 자식이 어디가 좋았던 걸까?” 다쿠미는 도키오에게 물었다.

글쎄요, 도키오는 고개를 갸우뚱했다.

“내 생각에는, 결국 안정이랄지 장래성이랄지 그런 걸 보고 선택한 게 아닐까 싶어. 오카베가 가진 물건을 봤잖아. 옷도 그렇고. 하나같이 고급이었어, 그 남자는 어딜 봐도 어엿한 엘리트야. 치즈루도 여러 가지로 계산한 끝에 아무래도 저런 사람한테 달라붙는 게 득이라는 결론에 도달한 거겠지. 말로는 이러쿵저러쿵 해도 세상은 학력이고 배경이야. 좋은 집에서 도련님으로 태어난 놈들이 좋은 세상을 만날 수 있는 거지."

그러자 도키오가 후우, 하고 크게 한숨을 내쉬었다.

"아직도 그런 소리를 하는 거예요? 다케미 씨가 말했잖아요. 다쿠미 씨한테 주어진 카드는 그렇게 나쁜 편이 아니라고."

"그 여자는 나에 대해 아무것도 몰라."

"이제 그런 시시한 고집은 그만 버리는 게 어때요? 그렇게까지 고집 부릴 거면 자신이 어떤 식으로 태어났는지를 알아보면 되잖아요. 아까 약속했죠? 이번 일이 정리되면 나랑 같이 당신이 태어난 집에 가겠다고."

"또 그 소리야? 너도 참 끈질기다."

"약속했잖아요." 도키오가 전에 없이 엄격한 눈으로 다쿠미를 응시했다.

다쿠미는 목덜미를 긁으며 보일 듯 말 듯 고개를 끄덕였다. 솔직히 지금은 그런 생각을 할 여유가 없다. 그러나 이 정체불명의 청년이 하는 말에는 자신의 마음을 움직이게 하는 뭔가가 있었다.

"이제 그만 돌아가야 해요." 도키오가 먼저 발길을 돌렸다.

"이봐." 그의 등 뒤에서 다쿠미의 목소리가 들렸다. "이제 그만 자백하지 그래."

도키오가 발을 멈추고 돌아다보았다. "자백이요? 뭘요?"

"넌 도대체 뭐 하는 녀석이야? 정말 먼 친척 맞아? 거짓말이지?"

다쿠미의 말에 도키오는 잠깐 먼 곳을 바라보는 눈이 되었다. 그 표정에는 평소의 부드러움이 없었다. 그는 다쿠미를 똑바로 바라보며 입을 열었다.

"다쿠미 씨의 짐작이 맞아요. 친척 따위가 아니죠."

"역시 그렇군. 그럼 넌 도대체……?"

"난 말이죠." 도키오는 진지한 눈빛으로 말했다. "당신의 아들이라고요. 미야모토 다쿠미 씨. 미래에서 온 아들."

31

"앞으로 몇 년 지나면 당신도 결혼해서 아이를 낳겠죠. 아들일 거예요. 그 아이에게 당신은 도키오時生라는 이름을 줄 겁니다. 한자로 시간을 살아간다는 의미의 이름. 그 아들은 열일곱 살이 되었을 때 어떤 사정으로 과거로 돌아갈 거예요. 그게 나예요."

어이없다는 표정을 하는 다쿠미를 향해 도키오는 담담하게 말을 이었다.

"사실을 말하자면 지금 내 모습은 빌린 거예요. 이 시대를 살았던 누군가의 육체를 빌리고 있어요. 어떻게 이런 일이 있을 수 있는지는 나도 몰라요. 아마 생각해봐야 소용없을 거예요. 게다가 내게는 해야 할 일이 있었어요. 당신을 만나는 일이지요. 단서는 아사쿠사 놀이공원, 그것뿐이었어요. 하지만 그걸로 충분했어요. 이렇게 당신을 만날 수 있었으니까요. 정말이지 운명이라는 건 참 기막히게 만들어져 있어요."

거기까지 말을 마친 도키오는 드디어 웃는 얼굴을 보였다. 다쿠미의 반응을 보고 재미있어하는 것 같았다.

다쿠미는 잠깐 동안 멍하니 있었다. 보통 때라면 절대로 귀를 기울이지 않을 어리석은 이야기인데도 자기도 모르게 빠져들었다. 아니 이야기의 내용뿐 아니라 그것을 입에 담는 도키오의 표정에도 끌려들었다.

정신을 차린 그는 큰 소리로 혀를 찼다.

"이런 마당에 무슨 황당한 소리야. 누가 그런 꿈같은 이야기를 하라고 했어?"

도키오는 웃으면서 머리를 긁었다.

"믿을 리가 없죠."

"당연하지. 그런 이야기는 초등학생이 들어도 재미없을 거다."

"그럼 어쩔 수 없죠. 역시 먼 친척이라고 할 수밖에 없네요." 도키오는 호텔을 가리켰다. "자, 얼른 들어가요."

두 사람이 방으로 들어오자마자 다케미가 신경질적으로 소리를 질렀다. 이런 거래는 약속시간보다 일찌감치 현장에 도착해서 주위의 상황 같은 걸 확인해두는 게 원칙이라는 것이다.

"나도 알아. 무슨 잔소리가 그렇게 많아."

"말해두지만 이 기회를 놓치면 치즈루는 영영 못 찾게 될지도 몰라."

"알았다고 했잖아. 시끄럽기는." 다쿠미가 오카베의 팔을 잡았다.

"자, 가자. 빨리 일어나."

오카베를 다 같이 에워싸듯이 해서 호텔을 나왔다. 다쿠미와 다케미가 오카베를 사이에 끼고 택시 뒷좌석에 앉아 도톤보리로 향했다. 도키오와 제시는 다른 택시를 탔다.

"만약을 위해 말해두지만 설사 거래가 순조롭게 되었다고 해도 당신들은 조심하는 게 좋아. 놈들은 내가 당신들한테도 내막을 이야기했을지 모른다고 의심할 테니까."

"무슨 내막? 당신이 말하는 업무상의 문제?"

"그래."

"우리가 그 이야기를 들었다 한들 뭐가 어떻다는 건데. 한 푼의 득도 되지 않아."

"일반 시민들에게는 알리고 싶지 않은 이야기라는 것이 이 세상에는 많이 있거든."

"당신은 일반 시민이 아니라는 거야?"

"나는……." 오카베는 검지 끝으로 안경을 밀어 올렸다. "우리는 패야. 장기판의 패. 지금부터 당신들이 만나려는 상대도 하나의 패야. 일반 시민이 아니라고."

하얀 얼굴이 더 창백하게 보였다.

택시는 고도스지에서 남쪽으로 달렸다. 다케미가 운전사에게 세워달라고 지시한 장소는 신사이바시 부근이었다.

"도톤보리는 더 가야 하잖아."

"됐어요. 여기 세워요. 자, 내려."

세 사람이 길에 내려서자 뒤에서 따라온 택시도 멈췄고 도키오와 제시가 내렸다.

"이 사람 말이 맞을 거야." 다케미가 오카베를 보며 말했다. "놈들이 쉽게 치즈루를 내놓지는 않을 거야. 적어도 다리까지 치즈루를 데리고 오지는 않을 거야."

"그럼 어떻게 해야 하는데?"

"이쪽도 똑같은 방법을 쓰는 거야. 처음에 거래 장소로 가는 사람은 나랑 다쿠미. 도키오와 제시에게는 다른 장소에서 오카베와 함께 대기하도록 해줘."

"다른 장소라니? 너희 가게?"

다케미가 고개를 흔들었다.

"우리 가게는 저자들이 알고 있잖아. 이 부근에 내 친구가 일하는 바가 있어. 거기가 좋을 거야."

"오케이, 그렇게 하지."

다케미와 안면을 익혀두기를 참 잘했다고 다쿠미는 새삼 생각했다. 그녀가 없었으면 작전이 될만한 아이디어는 하나도 나오지 않았을 것이다. 물론 감사의 말을 입으로 내뱉을 마음은 없지만.

다케미가 제시에게 영어로 뭔가 말했다. 아마 그 바에서 기다리라는 명령이었을 것이다. 제시는 도키오와 마주 보고 고개를 끄덕이더니 오카베를 데리고 출발했다.

"저 아이, 좀 달라졌어." 다케미가 중얼거렸다. 도키오를 두고 하는 말인 것 같다.

"그래?"

"아까 당신이 방을 나간 뒤에 저 아이가 쫓아갔잖아. 뭐라고 하고 나갔는지 알아?"

"몰라."

"저 사람의 젊은 치기를 보는 게 괴로워요, 이렇게 말했어. 저 사람이란 당신을 두고 한 말일 거야. 이상한 소리를 다 하는구나 싶었어. 무슨 뜻인지 알아?"

"글쎄." 다쿠미는 고개를 갸우뚱해 보였다.

사람 왕래가 없는 신사이바시를 걷는 건 위험하다는 것이 다케미의 의견이었다. 상대가 망을 보고 있을 것이 틀림없기 때문이다. 기왕에 감시를 당하는 거라면 무슨 일이 있을 때 바로 택시를 타고 달릴 수 있는 고도스지 쪽이 좋겠다고 했다. 너무 고분고분 따르는 것 같아 비위에 거슬렸지만 옳은 생각인 것 같아 다쿠미도 동의했다.

새벽 두 시가 가까웠지만 길에는 아직 사람들이 많이 다녔다. 술 취한 행인도 적지 않았다. 손님을 기다리는 택시 운전사가 멍하니 서 있기도 했다. 사람이 많으면 안심도 되지만 그 안에 적이 섞여 있을지도 모른다고 생각하니 긴장이 된다.

아무 일도 없이 두 사람은 도톤보리에 도착했다. 역시 이 시간이 되니 다리 위에도 인기척이 드물다. 네온사인도 많이 꺼졌다. 부랑자가 난간 옆에 돗자리를 깔고 누워 자고 있었다.

"이제 저쪽에서 나타날 때가 되었는데."

"당신 말대로라면 진작 와 있겠지. 와서 우리를 감시하고 있을 텐데."

"아마 그럴 거야."

다쿠미가 주위를 둘러보았다. 수상한 남자들이 어디선가 나타났다가 좁은 골목으로 사라졌다. 하지만 원래 이 시간대는 수상한 사람이 더 많다. 다쿠미는 다케미의 지시를 무시하고 이런 심야에 거래를 하려고 했던 자신의 결정을 후회했다. 가령 지금 주위에 있는 사람들이 모조리 적이라면 자기들은 어떻게 해볼 도리가 없다.

"앗! 저기 아냐?" 다케미가 강 반대쪽을 턱으로 가리켰다.

다쿠미는 그쪽으로 얼굴을 돌렸다. 검은 양복을 입은 두 남자가 서 있었다. 한 사람은 틀림없이 이시하라였다. 이시하라가 잔혹해 보이는 미소를 머금고 이쪽의 두 사람을 보고 있었다.

32

다쿠미는 이시하라를 노려보았다. 그 시선으로 좌우를 살펴봤지만 치즈루의 모습이 보이지 않았다. 다케미가 말한 대로였다.

그는 천천히 다리를 건너기 시작했다. 다케미도 말없이 따라왔다. 대단한 여자구나 싶었다. 어깨에 있었던 문신이 갑자기 뇌리에 떠올랐다.

상대는 이시하라와 키 큰 남자였다. 키 큰 남자는 미간의 주름이 깊고 눈매가 날카로웠다. 그러나 이시하라보다는 많이 젊은 듯 했다. 그들 앞에서 다쿠미가 발길을 멈췄다.

"치즈루는 어디 있어? 안 데리고 온 건가?"

이시하라는 싱글싱글 웃으면서 두 사람의 얼굴을 번갈아 바라봤다.

"그쪽도 빈손인 것 같은데."

"치즈루를 돌려주면 이쪽도 오카베를 내주겠다고 했잖아."

이시하라는 계속 웃고 있었지만 눈빛은 심상치 않은 꿍꿍이가 있음을 보여주었다.

"형씨들이 정말 오카베를 잡고 있다는 보장이 있나?"

"난 거짓말 같은 거 안 해."

"도쿄 토박이가 하는 말이니 믿어주고 싶지만 애석하게도 여기는 오사카다. 로마에서는 로마의 법을 따르라고 하잖나. 흥정도 없이 거래를 할 수가 있나. 특히 그쪽은 보통이 넘을 것 같은 언니까지 대동했으니 말일세." 이시하라는 다케미를 향해 웃음을 던졌다.

"당신들이야말로 정말 치즈루를 데리고 있기나 한 거야?"

"집요하군, 형씨도. 우리는 형씨의 걸프렌드한테 볼일이 있는 게 아니라고 했잖아. 아아, 참!" 이시하라는 입가를 손바닥으로 덮었다. "지금은 이미 걸프렌드가 아닌가. 과거의 걸프렌드, 이렇게 말해둘까."

다쿠미가 입술을 깨무는 것을 유쾌하게 바라본 다음 "따라 와!" 하며 이시하라가 걸음을 옮겼다.

고도스지로 나오자마자 이시하라는 발걸음을 멈추고 도로 반대쪽을 턱으로 가리켰다.

"저길 봐!"

검은 크라운이 서 있었다. 운전석에는 젊은 남자. 그리고 뒷좌석에 낯익은 옆얼굴이 있었다. 우선 운전석의 남자가 이쪽을 알아보고 뒷좌석을 향해 뭐라고 말했다. 그러자 치즈루가 다쿠미 쪽으로 눈을 돌렸다가 놀란 듯 입을 벌렸다.

다쿠미는 도로를 건너려고 했다. 그러나 이시하라의 부하가 그의 팔을 잡고 제지했다. 게다가 도로의 폭이 넓은 데다가 차량 통행이 많은 고도스지에서 신호를 무시하고 건널 수는 없었다.

"자, 이쪽의 카드는 보여줬어. 다음에는 그쪽 차례다." 이시하라가 말했다.

"치즈루를 여기로 데리고 와."

다쿠미가 말하자 이시하라의 얼굴에서 미소가 사라졌다.

"까불지 마, 형씨. 이 정도면 여러 가지로 많이 양보해준 거야."

다쿠미는 크게 한숨을 내쉬고 고개를 돌려 다케미를 보았다.

"도키오한테 연락해줘. 오카베를 데리고 오라고."

"알았어." 다케미는 이시하라를 힐끗 보더니 빠른 걸음으로 사라졌다. 공중전화를 걸기 위해서였다.

"저쪽이 훨씬 더 괜찮은 여자 같은데." 이시하라가 그녀의 뒷

모습을 보면서 말했다. "아예 이참에 갈아타지 그러나. 그럼 이렇게 성가신 거래 같은 거 안 해도 되잖아. 전에도 말했지만 사례는 충분히 할 생각이야."

"저 여자한테는 남자가 있어. 덩치 큰 미국 남자."

"아, 그래? 들었어. 그 친구 실력이 대단하다고 젊은 애가 그러더군."

"그 친구가 오카베를 데리고 올 거야. 치즈루를 보내주지도 않고 오카베만 빼앗으면 우리만 손해지."

"걱정 마. 우린 그따위 치사한 짓은 하지 않아. 그건 그렇고 용케 오카베를 찾아냈군."

"그쪽 부하들과 우리는 이걸 쓰는 방법이 다르거든."

다쿠미가 자신의 관자놀이를 가리키며 말하자 키 큰 남자가 눈에 핏발을 세우며 한발 앞으로 나섰다. 어허, 하며 이시하라가 웃으며 달랬다.

"사실 이쪽 형씨들이 그자를 찾아냈으니 불평할 수도 없잖나."

키 큰 남자는 불쾌한 얼굴이 되어 다쿠미를 외면했다.

다쿠미는 길 반대쪽으로 눈을 돌렸다. 치즈루가 불안한 얼굴로 이쪽을 보고 있었다. 괜찮아, 하고 그는 마음속으로 타일렀다. 이제 곧 구해줄 테니까.

바로 옆에 다른 차가 서 있었다. 이번에는 검은 스카이라인이었다. 이시하라가 운전석에 앉은 남자를 향해 고개를 끄덕였다. 오카베를 그 차에 태우고 어딘가로 데리고 갈 심산인 듯한데 어디로 데리고 갈지는 다쿠미가 알 바가 아니었다.

"늦는군. 뭘 하는 거야." 이시하라가 손목시계를 들여다보았다.

다쿠미도 다케미가 사라진 곳으로 눈길을 주었다. 그때였다. 키 큰 남자가 "앗! 저 녀석들!" 하고 외쳤다.

도로 반대쪽에서 몇 명의 남자가 서로 멱살을 잡고 싸우기 시작했다. 자세히 보니까 그중 하나는 제시였다. 그가 크라운 뒷문을 열고 치즈루를 끌어내려고 하는 것 같았다. 그러자 부근에 숨어 있던 이시하라의 부하가 그것을 막으려고 덤벼든 모양이다. 그러나 상대는 제시였다. 정면에서 달려든 남자는 당장에 나가떨어졌다.

크라운이 차를 출발시키지 못한 것은 운전사와 다케미가 창문 너머로 서로 붙잡고 실랑이를 벌이고 있었기 때문이었다. 그러자 다케미의 뒤에서 다른 남자가 덤벼들었다.

이시하라가 다쿠미를 향해 눈을 부릅떴다. "속임수를 썼군."

"난 모르는 일이야. 도대체 어떻게 된 거지?"

아마 다케미와 제시가 갑자기 크라운을 습격한 모양인데 왜 그런 짓을 했는지 도통 영문을 알 수가 없다. 왜 두 사람은 오카베를 데리고 오지 않은 걸까? 도키오는 어디 있는 거지?

"가자. 그자를 데리고 와라."

이시하라의 말이 떨어지기가 무섭게 키 큰 남자의 주먹이 다쿠미의 배를 향해 날아들었다. 그는 신음하며 몸을 푹 꺾었다. 다케미 커플에게 정신을 빼앗기고 방심했던 탓이다. 더구나 키 큰 남자의 펀치는 보통이 아니었다. 이자도 프로구나, 하고 다쿠미는 주저앉을 것 같은 고통을 참으면서 생각했다.

다음 순간 그는 차 안으로 밀어 넣어졌다. 양팔을 뒤로 꺾고 뭔가를 손목에 채웠다. 수갑이라는 생각이 들었을 때 이번에는 얼굴이 시트에 파묻혔다. 소리를 지를 틈도 없이 차가 움직이기 시작했다. 위험할 정도로 속도를 올리는 것을 알 수 있었다.

"이게 무슨 수작이야, 엉? 우리를 속일 생각이었나?" 앞에서 목소리가 났다. 이시하라는 조수석에 탄 것 같다.

"모른다고 했잖아. 나도 황당하다고." 신음과 함께 말했다.

이시하라는 아무 말이 없었다. 다쿠미가 하는 말의 진위를 생각할 것이다.

"정말 오카베를 찾기는 한 거겠지?"

"찾았다니까. 그놈하고 치즈루는 호텔에 투숙했어. 크라운 호텔이라는 곳에."

"나카노지마의?"

"그래."

"흐음. 그런 데 있었단 말이지."

이시하라는 더 이상 아무 말도 하지 않았다. 부하들도 입을 다물었다.

어디를 얼마나 달렸는지 모르는 채로 차가 정지했다. 문을 열고 이시하라와 부하들이 내린다. "자, 내려." 키 큰 남자가 다쿠미의 멱살을 잡았다.

무슨 공장이나 창고 부지 안인 것 같았다. 인기척이라고는 전혀 없다. 불빛도 흐릿해서 발밑도 잘 보이지 않는다. 다쿠미는 남자의 힘에 떠밀려 걸었다. 울타리가 희미하게 보였다. 어쩌면 그 너머가 바다인 것 같다는 생각이 들었다.

건물 안으로 들어가 계단을 올라갔다. 한참 동안 사용하지 않은 듯 온통 먼지투성이였다.

계단 위에 작은 사무실이 있었다. 사무실이라고 해봐야 회의 탁자와 의자가 몇 개 놓여 있을 뿐이고 회의 탁자에는 전화와 녹음기인 듯한 물건이 놓여 있었다. 세 군데나 놓여 있는 재떨이는 하나같이 꽁초가 수북했다.

다쿠미는 수갑을 찬 채 파이프 의자에 앉혀졌다. 이시하라도 앉았다. 키 큰 남자와 스카이라인을 운전한 눈썹이 없는 젊은 남자는 선 채로 말이 없었다.

전화벨이 울렸다. 민눈썹의 남자가 수화기를 들고 몇 마디하고 나서 이시하라에게 내밀었다.

"나다. 여자는 어때. ……그래? 그자들은? ……알았다. 너희는 여기로 돌아와. ……그래, 괜찮아." 전화를 끊은 이시하라가 다쿠미를 보았다.

"형씨 패거리들의 어설픈 작전은 실패한 것 같군. 유감이네."

"치즈루는?"

"걱정 말라니까. 조금 있으면 만날 수 있어."

다케미 커플은 치즈루를 빼앗지 못한 것 같다.

다시 전화벨이 울렸다. 이번에는 이시하라가 직접 수화기를 들었다.

"나다. ……음, 들었다. 그쪽은 어때? ……흐음, 하는 수 없지. 일단 놈들의 집에 가봐. 뭐 별로 소용도 없겠지만. ……그래. 그렇게 해줘."

수화기를 놓은 이시하라는 담배를 꺼냈다. 민눈썹의 남자가 불을 붙여주려고 했지만 그것을 손으로 제지하고 자기 라이터로 불을 붙였다.

"다케미와 제시를 놓친 모양이군." 다쿠미가 말했다.

"우리야 놓쳐도 상관없지. 연락이 되지 않으면 난감한 건 그쪽도 마찬가지일 테니까. 게다가 우리는 내밀 카드가 하나 더 늘었거든."

민눈썹의 남자가 흐훙, 하고 웃었다. 그러자 이시하라가 그를 빤히 노려보았다.

"오카베는 내주겠다. 뭐가 어떻게 되었는지는 모르지만 내가 이야기하겠어."

"물론 그렇게 해달라고 할 생각이야." 이시하라는 민눈썹을 치켜보며 말을 이었다. "소에몬초의 술집에 전화해봐. '봄바'라고 했나?"

전화가 연결되자 민눈썹이 수화기를 이시하라에게 건네주었다.

"아, 여보세요. 아직 영업을 하고 있으니 다행이네. 밤중에 미안하오. 다케미 씨의 어머니지요. 나는 이시하라라는 사람이오. 맞아, 이시하라 유지로의 이시하라." 이야기를 하면서 다쿠미를 힐끗힐끗 본다. "따님에게 연락이 오면 지금부터 말하는 전화번호를 전해줬으면 합니다. ……그렇게 말하면 알 겁니다." 그는 일곱 자리 전화번호를 알려주더니, "그럼 이만" 하고 전화를 끊었다. "이제 기다리기만 하면 된다."

"다케미가 연락을 해올 거라는 보장은 없을걸. 경찰서에 갔을지도 모르니까."

"그 오사카 아가씨는 그런 짓 안 할 거야. 세상 돌아가는 이치를 제법 아는 얼굴이었으니까. 하지만 뭐……." 그는 담배연기를 길게 내뱉고 나서 말을 이었다. "경찰이 움직인다 해도 우린 잃을 게 아무것도 없어. 당신하고 걸프렌드를 돌려보내면 되는 거니까. 대신 오카베도 꼼짝없이 걸려들겠지. 하지만 오카베는 경찰에게 아무 말도 못할 테니까 결국 사건이 될만한 내용이라고는 아무것도 없다는 결론이 나고 경찰은 손을 떼겠지. 그렇게 되고 나면 우리는 다시 오카베를 잡으면 돼. 그뿐이야."

"경찰이 쉽게 손을 떼면 다행이겠지만."

"그야 물론 뗄 거야. 세상 이치란 그런 것이거든." 의미심장하게 웃으며 말했다.

뭔가 큰 힘이 뒤에서 움직이고 있구나 하는 생각은 다쿠미도 하고 있었다.

"그 오카베라는 자는 도대체 뭘 하는 놈이지?"

"못 들었나?"

"불지를 않아, 그 자식이. 아는 거라곤 내 여자를 가로챘다는 것뿐."

농담으로 한 말이 아니었는데 세 사람이 키들키들 웃었다. 이번에는 이시하라도 부하들을 나무라지 않았다.

"형씨, 참 재미있네. 나는 당신이 마음에 들었어. 근성도 있고 터프하고. 당신 같은 남자가 아무것도 하지 않고 빈둥거린다는 건 이 나라의 손실이라는 생각이 들어."

"갑자기 무슨 소리야?"

"진심으로 그런 생각이 든다니까. 나쁜 이야기는 아니야. 당신도 이번 일이 정리되고 나면 진지하게 일을 해야지. 사람은 성실한 게 최고거든."

"당신한테 듣고 싶은 말은 아니야."

"뭐, 그것도 아까 그 오사카 여자가 정확하게 오카베를 넘겨줬을 때 이야기지만 말일세. 또 이상한 짓을 하면 우리도 가만히 있지는 않아." 이시하라의 눈에 냉혹한 빛이 번득였다. "피차 깔끔하게 일이 처리되기를 바라는 거 아닌가."

"아무것도 모르는 상태로는 난 물러서지 않을 거야. 이렇게 된 바에야 끝까지 해볼 거라고."

"여전히 큰소리는." 이시하라는 쓴웃음을 지으며 말했다. "아무것도 모르는 게 나아. 그게 형씨를 위해 좋은 거라고. 아무것도 모르는 사람이 결국 오래 살 수 있거든. 이 세상은 바보가 제일 힘이 세지."

다쿠미가 파이프 의자에서 몸을 일으켰다. 그러자 키 큰 남자가 재빨리 가로막았다.

"바보라는 말에 발끈한 모양이군. 그렇다면 좋은 거 하나 가르쳐주지." 이시하라는 재떨이가 아닌 탁자 위에다 담배를 비벼 끄고는 의자에 기대 앉아 다리를 꼬며 입을 열었다. "나 자신도 이번 일에 대해 중요한 사항은 아는 게 별로 없어. 더구나 여기 있는 두 사람으로 말할 것 같으면 거의 아무것도 몰라. 그저 의뢰받은 일을 하고 있을 뿐이지. 하지만 그것이 불만이냐 하면 전혀 아니거든. 인간은 결정적인 사안에 대해 하나나 둘 정도만 확보하면 나머지는 바보라도 상관없어."

다쿠미는 상대를 노려보면서 오카베의 말을 떠올렸다. 그 남자도 비슷한 말을 했다.

밑에서 소리가 났다. 키 큰 남자가 즉시 방을 나갔다.

"걸프렌드가 온 모양이군." 이시하라가 말했다. "그 아가씨도 고집이 대단해. 단순한 협박 정도로는 입을 열지 않던데."

"무슨 짓을 한 거야?"

"뭐, 대단한 짓을 한 건 아니고. 아까 봤겠지만 얼굴에 상처 하나 없었잖아. 걱정스러울 테니까 가르쳐주겠지만 거기도 손을 못 대게 했어. 그야 뭐, 당신 입장에서는 오카베에게 실컷 당하는 처지일 테니까 지금으로서는 우리 쪽에서 여자에게 무슨 짓을 했어도 똑같은 심정일지 모르지만 말일세."

"그 말을 믿기로 하지."

"그런데 당신한테 전화가 오지 않았으면 어떻게 되었을지는 모르는 일이지. 아무리 입이 무거운 여자라도 반드시 불게 할 방법은 있어. 그걸 이용했을지도 몰라. 혹시 그거 알아? 형광등을 사용하는 거."

"형광등?"

"거기에 집어넣는 거야. 그러고 나서 아랫배를 힘껏 걷어차면 안에서 형광등이 깨지겠지. 지옥의 고통이라더군. 우리 같은 남자들은 모르는 고통이지."

다쿠미는 신음을 토했다. 분노가 머리끝까지 차올라 말이 나오지 않았다.

계단을 올라오는 소리가 나고 문이 열렸다. 키 큰 남자가 들어왔다.

"여자는 어떻게 할까요?"

"옆방에 넣어 둬. 감시도 붙이고."

"알겠습니다."

"잠깐! 치즈루와 이야기를 하게 해줘." 다쿠미가 말했다.

이시하라가 질렸다는 듯 얼굴을 찡그렸다.

"꼴불견은 그 정도로 충분해. 그리고 이번 건이 해결되면 이야기는 얼마든지 할 수 있잖아."

"지금 아니면 할 수 없는 이야기가 있어. 그리고 이 일이 끝나면 그 여자는 이미 나랑은 만나지 않을지도 몰라."

"호오, 여기까지 와서 결국 그 여자를 포기하겠다는 건가?"

그의 야유에도 입술을 깨물며 참았다. 동시에 이시하라의 말처럼 체념하는 마음이 커지고 있음을 자각했다. 한참 전에 깨달은 감정이지만 자신의 감정에도 눈을 감고 모르는 척해왔던 것이다.

이시하라는 잠시 생각에 골몰한 뒤에 고개를 끄덕였다.

"좋아, 하지만 딱 10분이다. 그러면 되겠지?" 다쿠미가 고개를 끄덕이는 모습을 보고 그는 키 큰 부하에게 뭔가 귓속말을 했다.

키 큰 남자의 뒤를 따라 다쿠미는 옆방으로 갔다. 그곳은 세 평 정도 넓이에 아무것도 없는 방이었다. 작은 환기구가 있을 뿐 창문도 없었다. 천장에는 전구 하나가 매달려 있었다. 바닥은 먼지투성이지만 여기저기 문지른 자국이 보였다. 치즈루가 몸부림친 흔적일지도 모른다고 생각하니 미움과 슬픔이 교차하면서 증폭됐다.

잠시 기다리자 문 밖에서 인기척이 나며 문이 열리고 내동댕이쳐지듯 치즈루가 들어왔다. 그녀도 손을 앞으로 해서 수갑을 차고 있었다. 모자가 달린 운동복에 청바지 차림은 전당포 앞에서 납치당했을 때 그대로였다.

"치즈루……." 다쿠미가 이름을 불렀다.

그녀는 벽에 기대더니 그대로 주르륵 주저앉아서 다쿠미의 얼굴을 보려고 하지도 않았다.

"치즈루, 괜찮아?"

그녀는 입술만 핥으며 아무 말도 하지 않고 그냥 턱만 조금 끄덕였다.

"내 얼굴을 봐. 뭐라고 말 좀 해! 시간이 10분밖에 없어."

그러자 치즈루는 호흡을 가다듬듯 가슴이 아래위로 몇 번 크게 움직인 뒤에 겨우 뭐라고 말했다. 그러나 그 말은 다쿠미의 귀에 닿지 않았다.

"뭐라고? 방금 뭐라고 했어?" 그는 치즈루 옆에 서서 허리를 구부렸다.

"미안해……." 그녀가 그렇게 중얼거렸다.

"사과하라는 게 아니야!" 그는 벽을 발로 찼다. "도대체 어떻게 된 일인지 설명을 해. 왜 그런 놈을 따라 사라진 건지, 왜 이런 꼴을 당해야 하는 건지."

치즈루는 겁먹은 듯 몸을 웅크렸다. 양쪽 무릎을 끌어안고 미안해, 하고 다시 말했다.

"다쿠미 씨까지 이렇게 말려들게 할 생각은 아니었어. 설마 이렇게 될 줄은 몰랐어."

"그러니까 미안하다는 말은 그만하고 설명을 해줘. 뭐가 어떻게 된 건지 도무지 알 수가 없어." 좁은 방에서 그의 목소리가 울렸다. "그 오카베라는 자는 뭐 하는 자식이야. 왜 그런 놈을 따라 나섰던 거야? 왜 네가 이런 일에 말려들어야 하느냐고?"

그러나 치즈루는 대답하지 않았다. 끌어안은 무릎 안에 얼굴을 묻었다. 다쿠미의 목소리를 듣지 않겠다는 태도로 보였다.

"치즈루! 왜 아무 말 못하는 거야? 다른 남자한테 마음이 이끌렸던 건지도 모르지만 그래도 이건 아니잖아. 내가 납득할 수 있게 설명을 해봐. 뭐든지 변명이라도 해보란 말이야!"

아무리 귓가에 대고 소리를 쳐봐도 그녀는 얼굴을 들려고 하지도 않았다. 다쿠미가 벽을 발로 차고 바닥을 발로 쿵쿵 찧었지만 아무 효과도 없었다.

이윽고 문이 열리고 민눈썹이 얼굴을 내밀었다. "10분 지났어."

다쿠미는 한숨을 쉬고 나서 다시 치즈루를 내려다봤다. "어떻게 된 거냐고……."

민눈썹이 그의 팔을 잡아당겼다. 그때 드디어 치즈루가 중얼거렸다.

"안심해, 다쿠미. 난 다쿠미 씨만은 꼭 구할 테니까."

"치즈루……."

"끝났다니까." 민눈썹에게 끌려 다쿠미는 방을 나왔다.

옆 사무실로 돌아오니 다시 아까 그 의자에 앉혀졌다.

"어때, 납득이 되었나? 그 얼굴을 보니까 별로 좋은 면회는 아니었던 모양이군." 이시하라가 말했다. "그렇게 풀죽은 얼굴 하지 마. 세상에 널린 게 여자야."

뭔가 대꾸를 하려고 다쿠미가 고개를 들었을 때 책상 위의 전화벨이 울렸다. 민눈썹이 수화기를 들었다. 예, 하고 낮게 말한 뒤 그 표정이 굳어졌다.

"흑인과 같이 있던 여자입니다." 수화기를 막고 이시하라에게 알렸다.

"기다리던 사람이 오는 건가." 이시하라가 한쪽 뺨만 실룩 웃으며 수화기로 손을 뻗었다.

33

"이시하라다. 이봐, 아가씨! 당신 배포 한번 크군. 흑인 애인은 무슨 급이야? ……주니어 헤비급? 그럼 못 당하겠군. 한 가지만 간절하게 부탁하지. 여기 젊은 사람들은 몸이 약한 것들이 많아. ……그래서 앞으로 어떻게 하겠다는 건가. ……엉? ……아아, 알았어. ……괜찮아. 아사쿠사의 형씨도 얌전히 있고." 부드럽기조차 한 말투로 그렇게 말하더니 히죽히죽 웃는 얼굴로 수화기를 다쿠미에게 주었다.

“일이 잘되게 이야기를 하라고. 우리도 괜히 거칠게 다루고 싶지는 않으니까.”

수갑을 풀어주어 수화기를 들자 다쿠미는 화난 목소리로 소리쳤다. “이봐, 어떻게 된 거야?”

큰 소리 내지 마, 하고 옆에서 이시하라가 얼굴을 찡그렸다. 그는 이어폰을 귀에 꽂고 있었다. 그 코드가 수화기 뒤에 연결되어 있었다. 게다가 녹음기도 돌고 있었다.

“어쩔 수 없었어. 어떻게든 치즈루를 데려오고 싶었는걸.”

“오카베 그 자식을 데리고 왔으면 됐잖아.”

“그자가 없는걸.”

“없어? 오카베가?”

“제시가 화장실에 간 사이에 사라진 모양이야.”

“사라졌다고? 도키오는?”

“도키오도 같이 없어진 것 같아.”

“뭐라고? 무슨 소리야. 왜 그 애까지 없어진 거야.”

“나한테 그래봐야 곤란해. 아무튼 오카베 없이는 치즈루를 우리한테 넘겨주지 않을 거잖아. 그래서 제시랑 의논해서 일단 강제로라도 빼앗자는 결론을 내렸던 거야.”

“왜 나한테 먼저 말하지 않았지?”

“말할 틈도 없었어. 당신은 이시하라 노땅이랑 같이 있었잖아.”

노땅이라는 말 때문인지 옆에서 이시하라가 쓴웃음을 지었다.

“쓸데없는 짓을 했군. 그렇게 해서 치즈루를 찾아왔다면 모르지만 결국 놓쳤잖아."

"패거리들이 그렇게 많이 숨어 있을 줄은 몰랐어. 내가 생각해봤는데 역시 놈들은 치즈루를 내줄 생각이 없어. 우리가 오카베를 내주면 그대로 치즈루도 데려갈 생각이었던 것 같아. 근본이 치사한 놈들이야."

"어이, 아무렇게나 지껄이지 마."

"이 전화 도청당하고 있겠지. 그쯤은 나도 알아, 아니까 하는 말이야. 정말이지 그놈들은 악질이야."

이시하라가 입을 크게 벌리며 소리를 내지 않고 웃었다.

"너도 산전수전 겪어왔잖아. 놈들이 보통내기가 아니라는 것 정도는 알았을 텐데. 함정에 빠지다니."

"뭐가 함정이야. 어설프게 실수를 한 건 제시지. 무슨 전직 복서가 그 꼴인지. 그렇게 간단히 제압당하다니, 믿은 내가 바보지."

다쿠미가 대꾸를 하지 않고 수화기를 잡고 있자 옆에서 이시하라가 낚아챘다.

"이봐, 아가씨. 나다. 악질 이시하라다. 아가씨 배짱 좋은 건 잘 알았으니까 건설적인 의논 하나 해볼까. 이쪽도 시간이 없거든." 그 말만 하고 얼른 다시 수화기를 다쿠미에게 돌려주었다.

"어이, 그래서 어떻게 할 생각인데?" 다쿠미가 물었다.

"어떻게고 뭐고 없어. 일단 행선지도 모르니까."

"넌 어디 있는 거야?"

"당신, 바보 아냐? 그런 대답을 전화로 할 수 있을 것 같아?"

그것도 그랬다. 다케미와 제시도 도망치는 몸이다.

"일단 어디든지 도키오가 들를만한 데를 찾아보는 수밖에 없지."

"그런 게 어디 있어. 오사카에 아는 데라고는 없을 텐데."

"그런가……."

그리고 설사 그런 장소로 짚이는 데가 있다고 해도 지금 여기서 말할 수는 없는 노릇이었다. 이시하라 패거리가 먼저 들이닥칠 게 뻔하다.

"다케미, 10분 뒤에 다시 한 번 전화해줘. 그때까지 이야기를 끝내 놓을게."

"이야기를 끝내다니, 어떻게?"

"알아서 할 테니까 시키는 대로 해. 알았지?"

"알았어. 하지만……." 그녀의 대답을 마저 듣지도 않고 다쿠미는 전화를 끊었다.

이시하라가 귀에서 이어폰을 뺐다. "무슨 좋은 안이라도 떠오른 건가?"

"안은 없어."

"그럼 어떻게 할 생각이지?"

"지금 들어서 알겠지만 아마 내 일행이 오카베를 데리고 사라진 모양이야. 이유는 나도 몰라. 하지만 우리가 당신을 속이려고 했던 건 아니라는 것만 알아줘."

"그걸 알아줘봤자 한 푼의 득도 되지 않아."

"내가 찾아낼 거야. 찾아내서 반드시 여기로 데리고 오겠다고. 그럼 되는 거잖아."

"어디로 갔는지 짚이는 데도 없다면서?"

"짚이는 건 없지만 그 아이에 대해서는 내가 제일 잘 알아. 지금 그 녀석을 찾아낼 수 있는 사람은 나밖에 없어."

"흐흠." 이시하라가 콧잔등을 긁었다. "못 찾으면 어떻게 할 거지?"

"찾아낸다고 했잖아!"

"형씨! 나는 지금 못 찾으면 어떻게 할 거냐고 묻는 거야."

이시하라는 의자에 앉아 두 발을 탁자 위에 올려놓았다. 그대로 몸을 몇 번 흔들자 의자가 삐걱거리는 소리를 냈다.

"어이, 지금 몇 시지?" 이시하라가 민눈썹에게 물었다.

"지금? 으음, 새벽 4시 정도 됐을 겁니다."

"4시라." 이시하라는 고개를 끄덕이며 다쿠미를 보았다. "이봐, 「달려라 메로스」(다자이 오사무의 단편소설 제목으로, 소박한 청년 메로스는 폭군인 왕을 암살하려다 미수에 그치고 처형을 당하게 되는데, 친구를 인질로 남겨둔다는 조건으로 사흘간의 말미를 얻어 여동생의 결혼식에 참석한다. 왕은 그가 처형당하기 위해 돌아올 거라고 믿지 않지만 그는 친구의 목숨을 구하기 위해 온갖 난관을 무릅쓰고 돌아온다는 내용이다—역주) 알아?"

"알아."

"24시간이라고 하고 싶지만 그렇게는 기다릴 수가 없어. 20시간 주지. 그러니까 오늘 자정이 시한이다. 그때까지 오카베를 찾아내. 찾지 못할 경우에 저 여자는 단념해. 아마 벌써 단념했겠지만 완전히 포기하라는 의미다. 우리도 이런 데서 오래 뭉그

적거릴 수가 없어. 자정이 되면 여기를 나가겠다. 여자도 데리고 간다. 그러면 아마 너는 더 이상 저 여자의 얼굴을 보지 못할 거야. 아마도 말이야."

"그때까지 찾아내겠어." 다쿠미가 단언했다.

"좋아. 단, 나는 메로스를 믿지 않는 편이야. 너 혼자 보낼 수는 없지. ……어이!" 이시하라가 지명한 건 키 큰 남자였다. "이 형씨를 따라붙어. 무슨 일이 있어도 떠나지 말도록."

"알겠습니다."

"지금 몇 시 몇 분이지?" 이시하라는 다시 민눈썹에게 물었다.

"4시입니다."

민눈썹이 시계를 보지도 않고 대답하는 것을 보고 이시하라는 옆에 있는 의자를 발로 찼다.

"귀 먹었어? 난 몇 시 몇 분이냐고 물었다."

"아……예, 4시 8분입니다. 앗, 방금 9분이 되었습니다."

"그럼 19시간 51분 남았군." 이시하라는 다쿠미에게 말했다. "서둘러야 할 거야. 오사카 아가씨한테 전화가 오겠지만 그쪽엔 내가 대신 전해두지."

"그 두 사람한테는 더 이상 손대지 마. 아무 상관없는 자들이라고."

"그거야 나도 알아. 네가 제대로 해주면 모든 일이 순조로울 거야." 이시하라는 씨익 웃었다.

건물을 나올 때 그들은 다쿠미에게 눈가리개를 씌웠다. 여기가 어딘지 알게 하고 싶지 않기 때문일 것이다. 다쿠미는 키 큰 남자에게 떠밀리듯이 걸었다. 어디선가 향긋한 냄새가 났다. 쿠키 냄새라고 생각하는 순간 허기가 느껴졌다. 그러고 보니 계속 아무것도 먹지 않았다.

차에 태워져 한동안 달렸다. 키 큰 남자가 옆에 있었다. 운전은 민눈썹이 하는 것 같았다. 두 사람 모두 말이 없었다.

"배가 고프군." 다쿠미가 말해보았다. "우선 뭔가 먹고 싶은데."

둘 다 아무 대답이 없었다.

이윽고 차가 멈추고 그들이 눈가리개를 벗겨주었다. 눈에 익은 장소였다. 아까 차에 태웠던 고도스지였다.

"그럼 연락을 기다리겠다." 운전하던 민눈썹이 말했다.

"알았어. 두 시간마다 연락하지." 키 큰 남자가 대답했다.

차에서 내린 다쿠미는 크게 기지개를 켰다. 공기에서 배기가스 냄새가 났다. 서서히 아침이 밝아오는데도 길에는 여전히 술 취한 남자들의 모습이 있었다.

"자, 어디로 갈 거야?"

"글쎄." 턱을 문지르며 말했다. 그새 수염이 자라 있었다.

"그전에 당신 이름이나 가르쳐줘. 이름도 모르면 불편하잖아."

"내 이름이야 뭐든 상관없을 텐데."

"상관없으니까 가르쳐줘도 되잖아. 아니면 말뼉다귀라고 불러도 되겠어?"

키 큰 남자는 다쿠미를 빤히 쳐다보고 나서 히요시日吉라고 하면 돼, 하고 말했다.

"히요시? 게이오 대학이 있는 동네 이름 히요시 말인가."

"그래."

"흐음." 어차피 가명이겠지 싶었다. 히요시에 아는 사람이라도 살고 있는 거겠지.

히요시는 손목시계를 보았다. "빨리 움직이지 않으면 시간이 없어진다." 억양조차 느껴지지 않는 말투였다.

"알아." 다쿠미는 한 손을 들었다. 즉시 택시가 와서 섰다.

행선지는 가미혼마치의 비즈니스호텔이었다. 현재 다쿠미 일행의 근거지다. 도키오가 그 방에 돌아와 있을 거라고는 생각할 수 없지만 뭔가 단서라도 잡을 수 있을지 모른다.

그러나 예상은 나쁜 쪽으로 적중했다. 도키오가 방에 돌아온 흔적이 없었다. 원래 그는 짐이라고는 없으니 여기로 돌아올 이유도 없는 것이다.

"왜 그래? 벌써 막다른 길인가?" 호텔을 나오고 나서 히요시가 차가운 목소리로 물었다.

"시끄러워, 입 다물어." 다쿠미는 가드레일에 앉아 주머니를 뒤졌다. 아무것도 들어 있지 않다는 걸 떠올리고 히요시를 쳐다보았다. "담배 가진 거 있나?"

히요시가 말없이 세븐스타 담뱃갑을 꺼냈다. 다쿠미는 손가락으로 톡 쳐서 한 개비를 꺼냈다. 입에 물자마자 히요시의 손이 뻗어와 라이터로 불을 붙여주었다. 고마워, 하고 다쿠미가 인사했다.

히요시는 손목시계를 보았다. 정시 연락 시간을 확인하는 모양이다.

“자네도 전직 복서였지?” 다쿠미가 물어보았다.

히요시는 빤히 쳐다보기만 하고 대답하지 않았다. 쓸데없는 말은 하지 않는 습관이 배어 있을 것이다.

“키가 제법 큰 걸 보면 미들급이나 주니어 미들 정도였겠군.”

“한가한 소리나 하고 있을 틈이 없을 텐데?”

“당신들에 대해 좀 알아두고 싶을 뿐이야. 내 입장이 돼봐. 뭐가 뭔지도 모르면서 이런 꼴을 당해보라고.”

히요시는 얼굴을 돌렸다. 흥미 없다는 표시였다. 다쿠미는 한숨과 함께 담배 연기를 토해냈다.

도키오는 왜 갑자기 오카베를 데리고 사라진 걸까. 도망친 오카베를 쫓고 있다고는 생각할 수가 없다. 만약 그렇다면 어떤 식으로든 연락이 있었을 것이다. 화장실에 들어간 제시가 아무 눈치도 알아차리지 못했다는 걸 보면 도키오가 의도적으로 오카베를 데리고 나갔다고밖에 생각할 수 없다.

이유는 제쳐놓고 도키오는 오카베를 데리고 어떻게 할 작정일까. 다쿠미와 일행이 난감해할 것은 그도 잘 알고 있을 것이다. 조만간 연락을 해올 생각일까. 하지만 어디로 연락을 한단 말인가. 다케미에게? 소에몬초의 ‘봄바’로? 그러나 두 군데 모두 이시하라의 손길이 미치지 않을 리가 없다. 쓰루바시의 꼬치구이 가게만 해도 그렇다. 도키오도 그 점을 모르지는 않을 것이다.

담배가 짧아졌다. 다쿠미는 꽁초를 바닥에 던져놓고 밟아서

꼈다. 동시에 히요시가 그를 보았다. 그만 일어서라는 얼굴이었다. 한 개비 더 달라고 말할 분위기가 아니다.

"무슨 생각이 있기나 한 건가?" 여전히 무표정한 얼굴로 물었다.

"아직 생각하는 중이야."

"그 꼬마와는 줄곧 같이 있었잖아. 너희끼리만 아는 장소가 있을 거 아냐."

"그런 데는 없어. 믿지 않겠지만 그 아이와 알게 된 지 며칠도 안 됐거든."

그러자 히요시가 미간을 찡그리고 의심스러운 눈으로 다쿠미를 바라보았다. "정말?"

"정말이야. 솔직히 말하면 그 아이가 어디의 누구인지도 확실하게 몰라."

"말도 안 되는 수작하지 마."

"거짓말이 아니라니까. 아는 건 이름뿐이야. 그것도 당신들처럼 본명인지 아닌지도 모르고."

"전혀 그렇게 보이지 않았는데. 친척이나 가족쯤 되는 줄 알았어."

이번에는 다쿠미가 히요시를 쳐다볼 차례였다.

"어째서?"

"딱히 이유는 없어. 계속 당신들을 감시하다 보니까 그냥 그런 생각이 들었을 뿐이야. 처음에는 친구인가 싶었지. 그런데 언제부턴가 그렇게 보이지 않더군." 거기까지 말한 히요시는 얼굴을 찡그리며 고개를 돌렸다. 너무 많은 말을 했다고 생각한 모양이다.

"어이, 이봐."

"뭐야?"

"하나만 더 줘." 다쿠미는 손가락 사이에 담배를 끼우는 시늉을 했다.

히요시는 어이가 없다는 얼굴로 세븐스타 담뱃갑과 일회용 라이터를 던져주었다. 다쿠미는 헤헤헤, 웃으면서 담뱃갑을 만지작거렸지만 두 개비밖에 들어 있지 않았다.

"당신, 가만 보니까 항상 남의 담배만 얻어 피우는군." 히요시가 말했다.

"그렇지도 않아."

"아니, 항상 그랬어. 뭐든 얻어먹는 데 이골이 난 모양이군. 출신이 뻔한 녀석이야."

이 말에는 다쿠미도 불끈 화가 났다. 담배를 던져버리고 벌떡 일어섰다. 그런데도 히요시는 표정에 변화가 없었다. 입술 끝을 보일 듯 말 듯 움직였을 뿐이다. 상당히 자신 있는 태도다.

다쿠미는 상대를 노려보았다. 덤벼들어 때릴 생각이었다. 그러나 그 순간 분노의 감정이 스르르 없어졌다. 전혀 다른 생각이 뇌리에 번득였기 때문이다.

—출신이 뻔하다.

혹시, 거기 가 있는 걸까.

다쿠미의 뇌리에 만화 『공중교실』의 한 장면이 떠올랐다. 도키오는 그 그림을 의지해 쓰메즈카 무사오의 집을 찾으려고 했다. 쓰메즈카 무사오가 다쿠미의 아버지라고 믿고 있는 것 같았다. 그리고 치즈루가 납치되기 직전에 그는 그 집을 찾았다고 했다. 치즈루를 무사히 되찾으면 그 집에 가달라고 부탁했다. 거기에 산 증인이 있다고.

틀림없어, 다쿠미는 확신했다. 도키오는 그 집에 다쿠미를 오게 하려는 것이다. 그는 다쿠미가 이시하라에게 잡힌 것을 모르지만 오카베를 놓친 다쿠미가 필사적으로 자신을 찾을 것을 알고, 그렇다면 도키오는 다쿠미가 반드시 그 집을 찾아올 거라고 예상했을 것이다. 왜 그가 그렇게 강경하게 나오는지는 모르겠다. 오카베를 보내주고 치즈루를 되찾으면 같이 가겠다고 다쿠미가 약속했는데도 말이다.

"무슨 생각이라도 떠올랐나." 히요시도 다쿠미의 표정이 심상치 않음을 알아챘다.

이 남자가 문제다. 도키오는 다쿠미 혼자 올 거라고 생각할 것이다. 오카베를 어떻게 붙잡아놓았는지는 알 수 없지만 아마 같이 있을 것이다. 그런 곳에 이 남자를 데리고 갔다가 자칫하면 오카베를 그 자리에서 빼앗길지도 모른다. 하지만 시간이 없다. 되든 안 되든 부딪혀보는 수밖에 없다.

"아까 그 호텔로 돌아가자." 다쿠미가 말했다.

"그 구질구질한 호텔 말인가? 거긴 아무것도 없었잖아."

"잠깐 쉬려고. 어차피 이런 시간에 움직일 수도 없어. 이대로 있으면 배만 고플 뿐이지."

"그러고 나서는 어떻게 할 생각인데? 뭔가 믿는 데가 있는 것 같군."

"지금은 말해줄 수 없어. 당신들이 선수 치게 만들고 싶지 않으니까."

"무조건 큰소리치는 게 상책인 줄 아는 모양인데 좋아. 오카베를 찾을 단서가 있다면 불만 없어. 단, 그전에 연락을 해야겠다."

히요시가 이시하라에게 전화를 거는 동안 다쿠미는 전화 부스 옆에 서 있는 교통 표지판 기둥에 묶였다. 그 꼴이 마치 개나 다름없지 않느냐고 투덜거리면서 아직은 사람 왕래가 많지 않은 시간대라는 데 감사했다.

비즈니스호텔로 돌아온 다쿠미는 큰 대 자로 누웠다. 히요시는 벽에 기대앉았다.

"안 잘 거야? 잠깐이라도 자두는 게 좋을 텐데."

"남 걱정할 처지가 아니잖아."

"아, 그런가. 나야 상관없지만."

다쿠미는 히요시에게 등을 돌렸다. 사실 무척 졸렸다. 그러나 깊이 잠들 수는 없는 노릇이다.

그래도 금방 깜빡 잠이 들었는데 갑자기 오른손에 차가운 감촉이 느껴졌다. 흠칫 놀라 돌아보니 히요시가 수갑을 채우는 중이었다.

"뭐야, 자는 사람한테."

"만약을 위해서다."

결국 다쿠미는 뒷짐을 진 자세로 손에 수갑이 채워지고 발은 끈으로 묶였다. 마지막에는 재갈까지 물렸다. 그렇게까지 해놓고 나서야 히요시는 방을 나갔다. 화장실에 가는 모양이었다.

다쿠미는 애벌레 같은 자세를 꿈틀거리며 몸을 일으켜 자기 가방 안을 뒤졌다. 등 뒤로 하는 작업이라 이루 말할 수 없이 불편했다. 그래도 간신히 원하는 물건을 찾아냈다.

'히로큐'의 데쓰오에게 받은 낡은 도로 지도책이었다.

분명 이쿠노 구였지. 이쿠노 구의 어디였더라. 다카……다카 뭐라고 했는데.

기억을 떠올릴 수는 없었지만 이쿠노 구 페이지를 찾아 용을 쓰면서 그 부분을 찢어냈다. 지도를 가방에 도로 넣고 찢은 페이지는 접어서 바지 밑에 감췄다.

원래 자세로 돌아왔을 때 문이 열리고 히요시가 들어왔다. 다쿠미를 한참 노려보고 나서 수갑과 발을 묶었던 끈을 풀어주고 원래 장소에 가서 앉았다.

"이봐, 배고프지 않아?" 다쿠미가 말했다. "당신도 한참 동안 아무것도 못 먹었잖아."

히요시는 대답하지 않았다. 팔짱을 낀 채 벽을 응시하고 있다.

"「레드 선」이라는 영화 알아? 미후네 도시로(1920~1997. 영화감독 구로사와 아키라와 함께 세계적으로 유명한 일본 배우—역주)와 찰스 브론슨, 알랭 들롱이 나오는 영화야. 서부극인데 들롱은 열차 강도로 나오지. 일본에서 온 특사의 보물을 훔치는 역할이야. 대통령에게 선물하기 위한 칼이었지. 브론슨은 들롱과 한패로 나오는데 일본 사무라이에게 시달림을 당해. 들롱에게 자신을 데리고 가라는 거야. 그 사무라이가 미후네 도시로거든. 어때, 나랑 너 같은 관계잖아." 다쿠미는 계속 말했다. "여행 도중에 브론슨이 사무라이에게 물어. 어이, 배고프지 않아? 라고. 사무라이가 뭐라고 대답한 줄 알아?"

"무사는 굶어 죽어도 이쑤시개를 찾는다."

"뭐라고?"

"사무라이는 배가 고파도 배고픈 얼굴을 하지 않는다……그렇게 대답했겠지."

"뭐야, 알고 있었어?"

"모르지만 상상할 수는 있어." 히요시는 시계를 보았다. "그만 일어나. 이러다간 오늘 중으로 오카베를 찾지도 못하겠군."

"그럼, 슬슬 움직여 볼까." 몸을 일으키며 크게 기지개를 켰다. "그전에 나도 화장실에 좀."

당연한 일이지만 히요시도 따라왔다. 큰 거야, 하고 화장실 입구에서 다쿠미가 말했다. "미리 말해두지만 내 똥은 냄새도 지독하거든."

"얼른 보고 와."

화장실에 들어와 바지를 내리고 조금 전에 감춘 지도를 펼쳤다. 종이가 뚫어져라 작은 글자를 샅샅이 살폈다. 얼른 눈에 들어오는 글자가 있었다. 다카에다. 기억이 떠올랐다.

쪼그리고 앉아 있었더니 정말 변의가 찾아왔다. 천천히 시간을 들여 볼일을 마치고 화장실에서 나오니 히요시는 여전히 입구에 서 있었다.

"냄새가 고약해서 미안하이."

"빨리 가." 꽤나 불쾌한 얼굴이었다.

밖으로 나오자 자동차 통행이 늘어나 있었다. 세상은 이미 움직이기 시작했다.

히요시가 다시 전화를 걸었다. 이번에도 다쿠미는 교통 표지판 기둥에 묶였다. 어째서 공중전화 부스 옆에는 반드시 교통 표지판이 있는 건가 싶어 원망스러웠다. 이번에는 통행인들도 많았다. 사람들에게 수갑을 보이지 않게 하느라 한참을 고생해야했다.

"어지간히 꼬박꼬박 전화를 해대는군. 이야기할 거라곤 아무것도 없는데." 전화 부스에서 나오는 히요시에게 다쿠미가 말했다.

"만약 내 연락이 끊어지면 보스는 네가 좋지 않은 짓을 저질렀다고 판단할 거야. 그렇게 되면 곤란한 건 그쪽일 텐데."

"그런가."

역으로 향했다. 다쿠미는 어떻게든 히요시를 따돌릴 수 없을까 생각했지만 좋은 수가 생각나지 않았다. 덤벼들어 봤자 상대 역시 제압하려 들겠지. 갑자기 뛰어 도망쳐봐야 붙잡히지 않을 자신이 없다. 복서는 달리는 게 일이다. 먼저 당하는 건 자기 쪽이라는 판단이 섰다. 게다가 무사히 도망쳤다 해도 치즈루를 더 위험한 지경에 빠뜨릴 뿐이다.

매표소 앞에 섰다.

"택시 안 타?"

"타고 싶은 생각은 굴뚝같지만 유감스럽게도 어디를 간다고 해야 할지 몰라서. 곡절이 좀 있는 곳이거든."

이 말은 사실이다. 다카에라는 지명은 지금 존재하지 않는다. 베테랑 운전사라면 알지도 모르지만 그렇지 않았을 때는 성가시다. 역에서부터 찾아가는 길은 아까 화장실 안에서 외워두었다.

"어디로 갈 생각이야?"

"그것도 아직 말할 수가 없어."

이마자토 역까지 표를 샀다. 가미혼초에서 겨우 두 역만 가면 된다.

보통 열차를 타고 이마자토 역에서 내렸다. 역은 학생과 직장인들로 북적거렸다. 역 앞 상점가를 지나 넓은 도로로 나온 곳에서 왼쪽으로 돌았다. 지도를 꺼내고 싶었지만 히요시에게는 보이고 싶지 않았다.

그럭저럭 10분 가까이 걸어간 곳에서 다쿠미는 일단 멈춰 섰다. 버스 정거장 이름이 어렴풋이 기억났다. 낡은 지도에 의하면 이 부근에서부터가 다카에라는 동네였을 것이다.

이 안 어딘가에 『공중교실』에 묘사되었던 장소가 있다. 게다가 도키오의 주장대로라면 다쿠미가 태어난 집도 있을 것이다. 그리고 이번에는 다쿠미의 추리가 맞는다면 도키오는 오카베와 함께 그곳에 숨어 있을 것이다.

"어이, 왜 그래? 왜 멈춰선 거야?" 히요시가 답답하다는 듯 말했다.

"고비는 여기부터야." 다쿠미가 말했다. "여기부터는 내 직감

에만 의존해야 돼."

"뭐? 무슨 소리야?"

"돌아다니면서 찾는 수밖에 없다는 이야기야. 그 표시는 나만 알거든."

다쿠미는 걸음을 옮기려고 했다. 그러나 히요시가 그의 어깨를 잡았다.

"그 표시가 뭔지 묻는 거 아냐. 지원 인력을 부르면 찾기도 편하잖아."

다쿠미가 히요시의 손을 뿌리쳤다.

"당신들이 먼저 찾으면 내가 곤란하거든. 그리고 표시라고 해봐야 입으로 설명할 수 있는 것도 아니고. 나 역시 희미한 기억밖에 없어."

히요시가 미간을 잔뜩 찡그렸다. 다쿠미는 몸을 휙 돌려 다시 걷기 시작했다.

실제로는 희미한 기억조차 없었다. 흘낏 본 만화의 그림 한 페이지가 다였다. 또렷하게 기억에 남아 있는 거라면 전신주 정도지만 전신주야 어디나 흔하게 있다.

그때부터 다쿠미는 묵묵히 걷기만 했다. 어디를 가도 비슷한 동네였다. 그 만화책이 있었으면 싶었다. 그러면 주민을 붙잡고 이게 어디쯤인지 물어볼 수도 있다. 그 책을 팔았을 때 도키오가 화낸 이유를 새삼 알 수 있었다.

눈 깜짝할 사이에 시간이 흘렀다. 히요시는 몇 번이나 이시하라에게 연락을 넣었다. 전화를 거는 히요시의 모습에서 이시하라가 초조해하는 것을 알 수 있었다.

"도대체 언제까지 이렇게 돌아다닐 생각이야?" 참다못한 히요시가 말했다. "아까부터 동네 안을 몇 번이나 돌았는지 알아? 정말 찾을 생각은 있는 건가?"

"나도 필사적으로 찾고 있는 중이거든. 하지만 찾아지지 않는 걸 어쩌겠어."

다쿠미 입장에서도 이렇게 찾기가 힘들 줄을 몰랐다. 여기에 오면 어떻게든 되겠지 하는 생각이었다. 그러나 생각해보면 단 한 장의 그림을 기억하고 그 그림 속의 집을 찾는다는 건 모래 속의 바늘 찾기나 진배없었다.

왜 쉽게 찾을 수 있을 거라고 생각했을까.

그것은 도키오가 찾아냈기 때문이었다. 그는 다쿠미보다 열심히 만화책을 봤기 때문에 훨씬 선명하게 그림을 기억했다는 걸까. 그럴지도 모른다. 하지만 그것만이 아니라는 생각이 들었다.

공복은 더 이상 느껴지지 않았다. 얼마든지 여유가 있다고 생각했던 시간이 시시각각 줄어들고 있었다. 돌아다닌 탓보다도 초조해서 땀이 배어났다.

"연락할 시간이다." 히요시가 공중전화로 다가가며 말했다. 이제는 다쿠미를 수갑으로 묶으려고 하지 않았다. 다쿠미도 지금 여기서 도망칠 생각은 없었다.

히요시가 전화를 하는 동안 다쿠미는 땅바닥에 주저앉았다. 다리가 마비되는 것 같았다.

그의 눈에 들어온 것이 있었다. 동네 주거를 기록한 지도였다. 집집마다 붙은 문패까지 적혀 있었다.

이런 걸 봤자 무슨 소용이람, 이렇게 생각했을 때였다.

'아사오카'라는 글자가 눈에 들어왔다.

34

전화를 끝내고 돌아온 히요시가 금방 다쿠미의 달라진 표정을 알아챈 것 같았다. 공격할 자세로 그의 얼굴을 들여다봤다.

"어이, 뭣 좀 알아냈나?"

다쿠미는 얼른 고개를 흔들었다. "아니, 아무것도 아니야."

그러나 그의 연극은 통하지 않았다. 히요시는 예리한 시선으로 주위를 둘러보았다. 바로 옆 주거 배치도를 알아보기까지는 별로 시간도 걸리지 않았다.

"이건가?" 히요시는 고개를 끄덕이고 이어서 흥, 하고 콧소리를 냈다. "별것도 아닌 단서였군. 콜럼버스의 달걀 정도도 아니잖아. 등잔 밑이 어두운 것도 아니고. 지도를 보면 알 수 있는 정도였다고?" 무시하듯 다쿠미를 돌아보았다.

"아직 찾았다고 결정된 건 아니야."

"뭐든 좋아, 어떤 집이야?"

"그걸 지금 여기서 내가 말할 것 같아?"

"말하지 않을 거면 얼른 그 집으로 데리고 가." 히요시는 다쿠미의 어깨를 잡았다.

"아야! 지도를 더 확인해야 돼."

지도를 보면서 이 남자를 어떻게든 따돌릴 수는 없을까, 생각했다. 완력으로는 당할 수가 없을 테고 달리기로도 승산은 없을 것 같았다.

"말해두지만 이상한 생각일랑 접어. 너를 놓치면 내가 곤란해. 목숨을 걸고라도 잡을 테니까." 마치 다쿠미의 마음속을 들여다본 것처럼 히요시가 뒤에서 말했다.

"그런 생각은 없어." 다쿠미는 겨드랑이에 땀이 배어나는 것을 느꼈다.

체념하고 걷기 시작했다. 그는 다른 생각을 하기 시작했다. 아사오카—그 성姓을 기억에 떠올린 건 오랜만이었다. 자신의 진짜 성. 그래, 나는 아사오카 다쿠미였지.

그 만화를 없애버렸는데도 도키오가 집을 찾아낸 이유를 알 수 있었다. 어쩌면 도키오도 저 배치도를 봤을 것이다. 그러고 보니까 그는 다쿠미에게 그렇게 말했었다. "다쿠미 씨가 태어난 집을 찾았다"고. 산 증인이 있다는 말도 했다. 하지만 설마 아사오카라는 문패가 남아 있을 거라고는 꿈에도 생각하지 못했다.

산 증인이란 도대체 누구일까. 집이 가까워지는 것이 공연히 두려워지기 시작했다.

다쿠미가 걸음을 멈췄다. 목적했던 집이 가까워진 탓도 있지만 그 이상으로 그에게 영감을 주는 것이 눈에 들어왔기 때문이다.

"왜 그래? 이 부근인가?" 히요시가 물었다.

그러나 다쿠미는 대답하지 않고 똑바로 앞을 향했다. 모퉁이에 서 있는 전신주, 그 안쪽에 나란히 보이는 작고 노후한 집들. 기억이 있었다. 틀림없이 그 만화에 그려져 있던 풍경이었다. 힐끗 봤을 뿐이지만 그의 뇌리에 그대로 남아 있어 지금 보고 있는 광경과 완전히 일치했다. 동시에 그는 가슴 깊은 곳에서 뭔가가 급격하게 소용돌이치는 것을 느꼈다. 이 감정은 도대체 뭐지. 슬픔과도 같은, 간절함과도 같은, 그리고 반가운 듯한 이 기분은.

부질없는 생각이야, 하고 그런 감정을 애써 지우려고 했다. 자신이 여기에 있었던 건 자의식조차 생기기 전인 아기 때였을 것이다. 아무것도 보지 못하고 기억도 하지 못할 터였다. 이상한 기분이 되는 건 착각에 불과하다. 그렇게 믿기로 했다. 하지만 작은 마을이 자아내는 공기가 자꾸 다쿠미를 과거로 끌고 들어가려 하는 것 같았다. 그 자신도 모르는 과거로…….

"이봐!"

"시끄러워!" 다쿠미가 히요시에게 내뱉듯 외쳤다. 그 자신이 놀랄 정도로 날카로운 목소리가 되었다.

히요시는 뭔가 대꾸를 하려고 했지만 그와 눈이 마주치자 어쩐 일인지 뒤로 조금 물러섰다.

다쿠미의 기분이 서서히 가라앉았다. 마을의 공기가 완전히 온몸에 퍼진 듯한 느낌이 들었다. 하지만 그것이 전혀 불쾌하지 않았다.

"이제 다 왔어. 저기야." 그렇게 말하고 걸음을 옮겼다.

처마가 낮은 집들이 이어졌다. 집 안의 구조를 상상하기 어려울 정도로 입구가 좁았다. 군데군데 나무도 썩어 있었다. 집 앞에는 서로 의논이라도 한 듯 하나같이 칠이 벗겨진 세탁기가 놓여 있고 그중 몇 개는 과연 작동이 될지 의심스러울 정도로 낡았다.

그런 집들도 문패는 있었다. 아사오카라는 문패는 어묵을 만드는 틀을 잘라낸 판자로 만들어져 있었다. 다른 집들과 마찬가지로 썩어 문드러지기 일보 직전으로 낡은 목조건물이었다.

"여긴가?"

"내 일행이 있는지 없는지는 몰라."

"하지만 있다면 여기란 말이지?"

"……대충 그럴 거야."

히요시가 다쿠미를 밀어제치고 베니어판으로 만든 것 같은 문을 열려고 했다. 하지만 문이 잠겨 있었다. 한참 동안 손잡이를 이리저리 비튼 다음 히요시가 주먹으로 문을 부수기 시작했다. 얇은 문이 당장이라도 부서질 것 같았다.

"여기가 아닌가." 다쿠미가 중얼거렸다. 하지만 여기가 아니라면 더는 단서가 없다.

"잠깐!" 난폭하게 노크를 하던 히요시가 한발 뒤로 물러섰다.

딸깍, 하고 문고리를 벗기는 소리가 났다. 다쿠미와 히요시가 지켜보는 가운데 문이 천천히 열렸다. 야윈 노파가 얼굴을 드러냈다. 그녀는 먼저 히요시를 올려다보고 이어서 다쿠미를 보았다. 자못 어리둥절한 표정이었다.

"무슨 일입니까?" 갈라진 목소리로 노파가 물었다.

"이 집에 할멈밖에 없나?"

"예에, 그렇습니다만."

"정말? 할멈 혼자 사는 집일지 모르지만 지금은 안에 누가 있지?"

"희한한 말씀을 하시는구먼. 아무도 없는데."

"그래? 그럼 내가 들어가서 확인하지." 말이 끝나기가 무섭게 히요시가 문을 힘껏 잡아당겼다. 노파는 손잡이를 잡고 있었던 듯 그 바람에 밖으로 튕겨져 나와 비틀거렸다. 넘어질 뻔한 노파를 다쿠미가 잡아주었다.

"어이, 너무하잖아."

그러나 히요시는 대꾸도 없이 다쿠미를 무시하고 안으로 들어간다.

"할머니, 괜찮아요?" 다쿠미가 노파에게 물었다.

그러자 노파는 입을 조금 움직이며 중얼거렸다. "와 있어."

"예에?"

"안방 벽장 안에 숨어 있네."

그 말을 듣고 사정을 이해했다. 역시 도키오는 여기에 있었다. 노파는 그것을 다쿠미에게 전하려고 했던 것이다.

그는 살짝 고개를 끄덕이고 히요시의 뒤를 따라 안으로 들어갔다. 신발을 벗고 올라서면 곧바로 두 평 남짓한 다다미방이고 앉은뱅이 밥상이 놓여 있다. 히요시는 안으로 들어가는 장지문을 열려고 하는 참이었다.

다쿠미는 재빨리 주위를 둘러보았다. 빈 간장 병이 눈에 들어왔다. 오른손으로 그것을 쥐고 히요시의 뒤로 다가갔다.

숨을 멈추고 크게 팔을 휘둘렀다. 이어서 힘을 잔뜩 주면서 히요시의 뒤통수를 내려치려는 순간 히요시의 몸이 휘익, 옆으로 이동했다. 앗, 하는 순간 이미 히요시가 이쪽을 향하고 있었다. 얼굴은 무표정한 그대로고, 몸만 놀랄 정도로 민첩하게 움직였다.

안면을 강타하는 충격과 동시에 다쿠미는 뒤로 나가 떨어졌다. 머리와 등을 세게 얻어맞았다. 정신을 차리고 보니 신발이 흩어져 있는 문 앞이었다.

"앗, 다쿠미, 다쿠미, 정신 차려라!" 조금 전의 노파가 그의 몸을 일으키려 했다. 그 말을 들으면서 어째서 이 노파가 내 이름을 부르는 거지, 하고 생각했다.

그러나 그럴 상황이 아니었다. 다쿠미의 공격을 가볍게 제압한 히요시가 안쪽 방으로 들어가 벽장을 열었다.

순간 누군가가 괴성을 지르면서 히요시에게 달려들었다. 도키오였다. 그러나 물론 그가 감당할 상대가 아니었다. 바로 다음 순간에는 벽에 내동댕이쳐졌다. 도키오가 다다미 위에 꿇어앉았다.

벽장 안에는 오카베도 숨어 있었다. 히요시에게 끌려나온 그는 두 손이 묶인 채였다. 아마 도키오가 그렇게 해놓았을 것이다.

"술래잡기 다음은 숨바꼭질입니까, 오카베 씨. 이제 그만 좀 하시죠." 히요시가 차가운 눈초리로 그를 내려다보며 말했다.

"잠깐, 난폭하게 굴지 마."

"그럴 생각은 없습니다. 당신이 얌전하게 따라오기만 한다면 말입니다." 히요시는 오카베의 멱살을 잡아 일으켜 세우더니 다쿠미를 보았다. "할멈, 전화기가 어디 있소?"

"전화기는 없어요."

"전화기가 없어?" 히요시는 미간을 찡그리며 그럴 리가 없다는 시선으로 실내를 둘러봤다. 그러나 노파의 말이 거짓이 아니라는 것이 금세 증명되었다.

히요시는 혀를 차면서 오카베의 멱살을 잡은 채 걸음을 옮겼다. 히요시가 신발을 신고 나가려고 하자, 다쿠미가 뒤에서 팔을 잡았다.

"잠깐. 치즈루와 교환해야 하잖아."

히요시가 실눈을 뜨고 그를 빤히 노려봤다.

"일단 이 남자를 데리고 간다. 여자는 그 다음이야."

"그게 무슨 소리! 치사하잖아."

히요시는 희미하게 웃으며 다쿠미의 손을 뿌리치더니 그의 배를 향해 발길질을 하고 이어서 허리가 구부러진 다쿠미를 향해 턱을 발로 찼다. 다쿠미는 고통을 견디지 못하고 주저앉았다. 목소리도 나오지 않았다. 입 안에서 갑자기 피비린내가 났다. 배 속에서 올라온 위액이 거기에 섞였다.

히요시는 오카베를 질질 끌면서 문을 열었다. 모든 게 끝났구나 싶은 그 순간 철퍽, 하는 둔탁한 소리가 나면서 히요시의 몸이 다쿠미 쪽으로 날아왔다. 무슨 일이 일어났는지 알 수가 없었다.

입구를 바라보니까 큰 덩치의 검은 남자가 옹색하게 몸을 구

부리고 들어서는 참이었다. 그 뒤에 다케미의 모습도 있었다.

"너희들, 어떻게 여길……."

다쿠미가 물었지만 두 사람은 대답할 여유가 없었다. 재빨리 일어선 히요시가 윗옷을 벗고 공격 자세를 취한 것이다. 그에 대치하는 제시의 눈은 지금까지 다쿠미에게는 보인 적이 없는 복서의 그것이 되어 있었다.

전원이 숨을 죽이고 바라보는 가운데 히요시가 먼저 몸을 움직였다. 잽을 넣으면서 간격을 좁혀왔다. 제시는 상체를 조금씩 움직이며 그것을 막아냈다.

히요시가 원투를 반복했다. 두 번째가 제시의 턱을 스쳤다. 게다가 키가 큰 히요시가 위에서 아래로 공격을 해 왔다. 스트레이트가 명중한 감촉에 자신을 얻었는지 히요시가 제시의 가슴을 파고들려고 했다.

그러나 그 순간, 제시의 오른쪽 훅이 날아갔다. 히요시가 그것을 왼팔로 막았지만 충격으로 몸이 비틀거렸다. 전직 주니어 헤비급 프로 선수는 그 틈을 놓치지 않았다. 퍽, 하는 소리와 함께 왼쪽 스트레이트가 히요시의 안면을 강타했다.

35

"정말 한심하기 짝이 없네. 만날 맞기만 할 거야?"

입에서 흘러나온 피를 닦는 다쿠미를 보며 다케미가 답답하다는 목소리로 말했다.

"어쩔 수 없잖아. 상대가 강하니까. 그보다 도대체 어떻게 된 거야? 어떻게 너희가 여기를 찾은 거지?"

"그건 그냥 한마디로는 설명하기 어려운데." 다케미가 도키오를 보았다.

"앗, 맞다! 어이, 네가 오카베를 멋대로 데리고 나가는 바람에 일이 묘하게 꼬였잖아. 어쩔 작정이야. 설명해봐." 다쿠미가 도키오의 소맷자락을 잡고 흔들었다.

"그렇게 할 수밖에 없었어요."

"그러니까 설명하라는 거잖아."

"도키오를 나무라는 건 말이 안 돼." 뒤에서 목소리가 났다. 다쿠미가 돌아보니 입구에 남자가 서 있었다. "도키오 덕분에 사태가 최악으로 끝나지 않게 된 거니까."

남자가 들어왔다. 불빛이 닿자 얼굴이 확실하게 보였다. 낯익은 얼굴이었다.

"앗, 당신은……."

"기억해주는군."

다카쿠라였다. 다쿠미와 도키오가 도쿄를 떠나기 전에 긴시초의 '제비꽃'에서 만난 손님이다.

"그때 약속했잖아. 오카베를 찾으면 즉시 연락해달라고. 일부러 전화번호까지 적어줬는데 말이지."

"약속한 건 아니지. 당신 혼자서 그렇게 말한 것뿐."

"하지만 내 말을 들었으면 일이 이렇게까지 꼬이지도 않았을 걸세."

"당신이 치즈루를 되찾아주기라도 했다는 건가?"

"좀더 순조롭게 교섭할 수 있었을 거야. 사정을 모르는 자네들이 함부로 덤빈다고 어떻게 되는 상대가 아니라고."

"흥, 그런 말을 누가 믿는다고." 다쿠미는 남자에게서 눈길을 돌렸다. 그 눈길을 도키오에게로 돌리며 물었다. "그래? 네가 이 남자에게 전화를 한 거야?"

도키오는 입을 삐죽 내밀고 눈을 내리깔았다.

"왜 멋대로 그런 짓을 했어?"

"그야, 일이 잘될 것 같지 않아서."

"뭐가?"

"치즈루 씨와의 인질 교환 말예요. 오카베만 빼앗기고 치즈루 씨는 찾아오지도 못하고. 그런 식으로 될 것 같았어요. 다쿠미 씨도 걱정되었고."

"무슨 헛소리야. 잘돼가던 중이었어. 그걸 네가 방해한 거란 말이다!"

그러나 도키오는 고개를 갸우뚱거리며 그런가, 하고 중얼거렸다. 그걸 보고 다시 머리끝까지 화가 난 다쿠미가 소리를 치려는 순간 쿡쿡쿡, 숨죽여 웃는 소리가 들렸다. 다카쿠라였다.

"도키오 군 말이 맞군. 근거 없는 자신감으로 무턱대고 덤비는 모양새가."

"뭐라고!" 다카쿠라를 노려보고 나서 그대로 도키오도 노려보았다. "이봐, 너 그런 소리도 했어?"

"그 청년이 자네를 구한 거라고 했잖아. 같은 말을 몇 번씩 하게 하지 마." 다카쿠라의 얼굴에서 웃음이 사라졌다. "그에게 연락받았을 때, 상당히 위험하다고 생각했어. 그의 말이 맞아. 자네들은 오카베만 빼앗기고 치즈루 씨를 찾아오지 못했을 거야. 그래서 내가 즉시 오카베를 데리고 그 자리를 떠나라고 지시했지. 나는 신칸센 첫차 시간까지 움직일 수가 없었으니까."

치즈루를 데려올 수 있을지 여부는 해보지 않으면 알 수 없잖아……. 다쿠미는 그렇게 반론하려고 했다. 그러나 그전에 다케미가 끼어들었다.

"전화로도 말했잖아. 놈들은 주위에 패거리를 많이 심어놨더라고. 우리가 오카베를 데리고 갔으면 완력으로 빼앗을 생각이었겠지. 치즈루와 교환할 생각은 처음부터 없었어."

그 말을 들으니 할 말이 없었다. 다쿠미는 신음을 토했다.

"하지만 여기까지 온 건 대단한 솜씨야. 도키오 군에게 어딘가 자네들만이 알고 있는 장소가 없느냐고 물었더니 이 집을 가르쳐주더군. 그놈들 입장에서는 자네가 도키오를 찾게 할 수밖에 없는 상황이잖아. 그리고 자네가 여기를 짐작하고 찾아올 수 있을지 어떨지 그건, 사실 도박이었어." 지나치게 깎아내리기만 하는 게 안쓰러웠던지 다카쿠라가 추켜세우듯이 말했다.

"흐음, 특별히 어려운 추리는 아니군." 다쿠미는 퉁명스러운 어조로 말하고 나서 다케미와 제시를 보았다. "너희는 어떻게 여길 알았지?"

"제시의 점퍼 주머니에 메모가 들어 있었어. 그가 화장실에

가 있는 동안 도키오가 넣어놓은 모양이야. 그 메모에 이곳 주소가 적혀 있었어. 이 집을 찾은 건 치즈루를 도로 찾으려다가 실패한 뒤였지만."

"그럼 아까 전화를 걸 때는 여기를 알고 있었던 거야?"

"물론."

왜 가르쳐주지 않았느냐고 말하려다가 입을 다물었다. 도청당했던 걸 떠올렸다.

다쿠미는 크게 한숨을 내쉬었다. 주위를 둘러보고 마지막으로 다카쿠라에게 눈길을 돌렸다.

"당신은 도대체 누구야? 사정을 설명해봐. 아니면 당신도 이시하라와 마찬가지로 사정을 모르는 채로 움직이는 건가?"

"아니, 나는 대충 사정을 아는 축에 속한다고 생각하는데. 속사정까지 모조리." 다카쿠라가 방으로 들어가 정좌했다. 그는 윗옷 주머니에서 명함을 꺼냈다. "우선 내 신분을 밝혀두지."

다쿠미가 그 명함을 받아들었다. 거기에는 '국제통신 회사 제2기획실 다카쿠라 마사후미高倉昌文'라고 인쇄되어 있었다. 다카쿠라는 본명이었던 것이다.

"국제통신 회사? 이건 뭐지?"

"국제전화로 대표되는 국제통신을 담당하는 정부 쪽 특수법인이야. 독점기업으로 당연히 거액의 흑자를 올리고 있어."

"그런 회사 직원이 도대체 왜……."

말하는 도중에 다쿠미는 생각이 났다. '제비꽃' 마담이 오카베가 전화에 관련된 일을 하는 사람이라고 들은 적이 있다고 했었다.

"이자도 같은 회사 직원인가?" 다쿠미가 옆방에 앉아 있는 오카베를 가리켰다. 오카베는 얼굴을 약간 들었다가 얼른 다시 숙였다. 그의 옆에서는 히요시가 기절해 있었다. 만일의 사태를 대비해 손과 발을 묶어놓았다.

"사원이야. 아니지, 전직 사원이라고 해야 하나."

"이자가 대체 무슨 짓을 한 거야?"

"그전에 한 달 정도 전에 나리타의 도쿄 세관에서 발각된 사건부터 이야기해두지. 우리 사장실 사원 두 명이 밀수 혐의로 체포되었어. 두 사람 모두 고가의 미술품과 장신구를 사들였다고 하더군. 정부 쪽 특수법인 사원이 왜 그런 짓을 했는지 경찰에서는 고개를 갸우뚱했지. 물론 두 사람 모두 개인적으로 한 일이라고 주장했어. 하지만 사들인 물건 값이 모두 합치면 수천만 엔이나 되다 보니 경찰은 회사가 연관된 범행이 아닐까 의심하며 수사를 시작했던 거야. 한편 회사 내부는 완전히 공황상태에 빠졌어. 정말 우리 회사가 그런 일을 한 걸까, 당황하는 분위기였지. 나도 그 직후에는 아무것도 몰랐어. 자세한 건 부사장한테 들어서 알게 됐지."

"부사장……."

"우리 회사에는 두 명의 부사장이 있어. 주류파와 비주류파라고 하면 이해하기 쉬울까. 나한테 이야기해준 사람은 비주류 쪽이었어. 다시 말해 회사 내에서 별로 힘을 갖지 못한 쪽이지."

충분히 의미를 이해한 건 아니었지만 다쿠미는 고개를 끄덕였다. "그래서?"

"실제로 회사 돈을 사용해 밀수가 이루어졌다는 이야기야. 더구나 진두지휘를 한 사람이 사장이라는 사실이 밝혀졌지. 무엇 때문에 그런 일을 하느냐고? 이야기는 간단해. 밀수한 물건은 선물용이야. 정치가에게 줄 선물이지." 그렇게 말하고 나서 다카쿠라는 한쪽 눈을 질끈 감았다.

"그럼 혹시 뇌물?" 다케미가 질문했다.

"맞아, 뇌물이지." 다카쿠라는 고개를 끄덕였다. "수사가 진행되면 큰 사건이 될 거야. 틀림없이."

"그래서 당신은 뭘 한 거야?" 다쿠미가 물었다.

"현재 사내에서는 극비리에 증거 인멸이 진행되고 있어. 수사진과의 경쟁이지. 내 역할은 증거를 확보하는 일이야. 다시 말해 경찰에 협력을 하자는 거지."

"자기 회사를 배신하는 건가?"

"애사 정신으로 하는 일이야. 우리 회사는 자정이 필요해. 이 기회에 고름을 짜낸다는 것이 부사장의 생각이고."

"주류가 아닌 쪽의 부사장 말이군."

"맞아."

"개혁을 통해 사장을 밀어내고 자기가 그 자리에 앉으려는 거 아닌가?"

다쿠미가 말하자 다카쿠라는 목을 으쓱해 보였다.

"부사장이라고 해봐야 월급쟁이니까 출세욕을 나무랄 수는 없지. 게다가 잘못된 일을 하려는 것도 아니잖아."

"그건 그렇지만. 그런데 오카베라는 자의 이름이 아직 나오지 않았잖아."

"그 이야기는 지금부터. 지금까지는 서론에 불과했어. 이제 경찰로서는 모처럼 잡은 대사건을 관세법 위반, 물품세법 위반 따위로 얼버무린다는 건 참을 수가 없었지. 이렇게 되자 어떻게든 선물의 행방을 찾아야 하는 상황이야. 하지만 무턱대고 사장을 다그쳐봐야 의미가 없겠지. 로비 자금에 대해서는 아무것도 모른다고 발뺌할 게 뻔하니까. 그래서 눈을 돌린 것이 비서실장이었는데……." 다카쿠라가 목소리를 낮추며 말을 이었다. "그 비서실장이 경찰에 불려간 날 빌딩에서 떨어져 죽었어."

다쿠미는 숨을 삼켰다. 아무 생각 없이 듣고 있는데 갑자기 이야기가 살벌한 방향으로 기울어지는 것 같았다.

"진짜 자살을 한 건가요?"

다케미의 질문에 다카쿠라는 고개를 가로저었다.

"경찰 발표에 의하면 의심의 여지는 없는 것 같아. 하지만 목격자도 없는 이상 스스로 뛰어내렸는지 여부를 판단하기는 좀 어렵지 않을까."

세상에, 하면서 그녀는 불안한 표정으로 모두를 둘러보았다.

"이 비서실장의 자살은 수사진에게 있어서 타격이었을 거야. 왜냐하면 그 남자가 정계와의 창구 역할을 하는 걸로 되어 있었으니까. 밀수한 물건을 관리한 것도 그 남자였을 가능성이 높아. 그런데 실마리가 아예 끊어진 건 아니었어. 그 남자를 보좌하던 인물이 있었거든. 부서는 전혀 다르지만 경찰은 아직 그 인물에 대해 눈치를 못 채고 있어. 나는 그 남자의 신병을 확보해야겠다고 생각했지. 그런데 어떤 위험을 느꼈는지 그 남자는 어느 날 모습을 감춰버렸어."

"아! 그가 바로……."

"맞아. 저기서 한심한 얼굴로 앉아 있는 저 남자야." 다카쿠라는 빙긋이 웃으며 오카베를 보았다.

"그럼 이자를 경찰에 넘기면 되는 건가?"

"글쎄. 조금 전까지는 그게 최선의 방법이었지."

다카쿠라의 말에 다쿠미는 의구심이 들었다. "무슨 의미지?"

"비서실장의 자살 이후 경찰도 신중해졌어. 그러는 중에 다른 움직임이 포착되기 시작했지. 밀수품 선물뿐 아니라 파티권 구입을 비롯한 정계 배포 공작이 노골적으로 드러나기 시작했기 때문이야. 당연히 경찰에 압력이 들어갔지."

"그게 무슨 소리야? 그렇게까지 해놓고 은폐한다는 거야?"

"아니, 회사 측도 경찰도 이대로 아무 일도 없이 끝낸다고는 생각하지 않아. 회사에서는 어느 정도의 인원을 체포하게 할 거야. 임원 중에서도 구속 대상이 나올지 모르지. 문제는 정계에 어느 정도 칼날을 들이대는가야."

"그 정도에서 흐지부지 넘기겠다는 속셈이군."

다카쿠라는 입술을 찡그리며 한숨을 쉬었다.

"어느 정도 선까지는 파악했지만 상대를 좁히지 못하고 증거도 불충분해서 입건은 단념한다는 것이 현재 생각하는 결론이겠지."

"요컨대 정치가는 체포하지 않겠다는 건가?"

"맞아."

쳇, 하고 다쿠미가 혀를 찼다. "더러운 놈들이군. 으음, 이런 경우를 오사카 말로 뭐라고 하지?"

다케미를 보며 물었다.

"뿌리부터 썩어빠진 놈들."

"그래, 뿌리부터 썩어빠진 놈들이야."

다카쿠라가 머리를 이리저리 흔들었다.

"한심한 이야기야. 이 나라는 한참 잘못되어 있어. 그렇지만 가만히 앉아서 보고 있을 수만은 없잖아. 증거 불충분이라고 하면 충분한 증거를 갖추면 되겠지. 그러다 보니까 결정적인 열쇠를 쥐고 있는 게 저 남자야." 오카베를 가리켰다.

"그런가. 이자가 증인이라는 이야기군. 그래서 경찰에 잡히고 싶지 않아서 도망을 다니는 거고."

"저 남자가 도망친 건 경찰에게서가 아니고 주류파에게서야. 비서실장의 자살을 알고 거기 아가씨와 비슷한 상상을 한 거겠지."

"하하, 들키기 전에 숨어버리겠다고 생각한 거군."

다쿠미가 말하자 오카베는 잠깐 고개를 들었다. 거북한 표정으로 눈을 깜빡거리고 얼른 다시 고개를 숙였다.

"이시하라는 당신들이 쓰러뜨리려는 주류파의 인물이다, 이 거지."

"그 남자는 고용되었을 뿐이지만. 아무튼 주류파에게 있어서 오카베는 가장 위험한 존재야. 시한폭탄 같은 존재지. 그러니까 우리보다 먼저 찾으려고 필사적으로 덤벼드는 것이고."

"그런 주류파가 나 따위 인간에게 뒤통수를 맞고 안달이 나 있다는 거군."

"하지만 이 남자의 처분을 전적으로 경찰에 맡기는 건 좋지 않아. 방금 말한 사정 때문에 증언을 취사선택 당할 우려가 있으니까. 경찰에서는 앞으로 다른 곳에서 어느 정도 증거가 나올지 눈치를 봐가면서 이 남자를 어떻게 이용할지 연구하겠지."

"확실한 증거가 나오지 않으면 이사의 취조도 적당히 넘어가겠다는 거군."

"엄밀한 수사가 되지 않을 가능성이 있지."

"그럼 당신은 이자를 어떻게 할 생각이지?"

"우선 우리 쪽에서 맡은 다음, 상황을 봐가면서 경찰이 소극적인 자세로 나올 수 없는 상황을 택해서 출두시킬 거야. 언론을 이용해도 좋고."

다쿠미는 과연, 하고 일단 납득했지만 얼른 다카쿠라의 얼굴을 다시 보았다.

"아니, 그건 좀 곤란해. 오카베를 내주지 않으면 치즈루를 데리고 올 수가 없어."

"문제는 그거야. 우리 입장으로는 오카베를 놈들에게 넘길 수가 없어. 설마 죽이지는 않겠지만 경찰의 손이 미치지 않는 곳에 감출 우려는 충분히 있거든."

"하지만 치즈루가……."

"알아. 그러니까 지혜를 모아보자는 거야." 다카쿠라는 턱을 문질렀다.

다쿠미는 오카베에게 다가갔다. 그 기척에 얼굴을 든 오카베의 뺨을 손바닥으로 가볍게 때렸다.

"도망가려면 너 혼자 갈 일이지. 치즈루는 왜 끌어들여?"

"그녀한테는……미안하게 생각해."

"미안하면 다야? 도대체 왜 오사카까지 온 거야?"

이 질문에는 오카베도 대답하지 않는다. 그러자 뒤에서 다카쿠라의 목소리가 말했다.

"죽은 비서실장은 오사카 출신으로 밀수품도 오사카 어딘가에 숨겨놓았다더군. 저자도 그 장소를 알고 있고. 그래서 여기로 왔을 거야."

"그래? 그래서 거기 있던 물건을 부지런히 전당포로 날랐다는 거야?"

오카베가 얼굴을 돌렸다. 그 모습이 비위에 거슬린 다쿠미가 한 번 더 따귀를 때렸다. 이번에는 아까보다 좀더 세게. 오카베가 증오에 찬 눈길로 마주보았다.

"노려보면 어쩔래? 이시하라에게 잡혔으면 넌 지금쯤 목숨이 끊어졌을지도 몰라. 우리한테 고맙다고 해도 모자랄 판국인데."

그러자 오카베는 아무 말 없이 뿌루퉁한 표정으로 다시 고개를 돌렸다.

"그 남자한테 화풀이해봐야 무슨 소용이 있어. 그보다 치즈루를 찾을 작전을 짜야지." 다케미가 말했다.

"우리는 아지트가 어딘지도 모르잖아. 눈가리개를 하고 나왔으니."

"저 남자를 족쳐서 불게 만들까?" 다케미가 히요시를 가리켰다.

"이자는 불지 않아. 제시에게 반쯤 죽도록 맞아도 불지 않을 거야." 그렇게 말하고 나서 다쿠미는 중요한 사실을 떠올렸다. "맞아! 이자에게 정시 연락을 하게 만들어야 돼. 안 그러면 무슨 일이 있었는지 이시하라가 알아챌 거야."

"다쿠미, 언제까지 오카베를 찾아오겠다고 약속했지?" 다카쿠라가 물었다.

"오늘 자정까지."

"자정이라……." 다카쿠라가 손목시계를 보더니 한숨을 쉬었다. "다섯 시간밖에 남지 않았군."

36

"저기요, 잠깐 괜찮아요?" 도키오가 다쿠미를 보며 말했다.

"뭐야?"

"이런 상황에 말하기 좀 그렇지만 다쿠미 씨한테 소개하고 싶은 사람이 있어요."

"뭐라고?"

도키오의 시선 끝을 보고 다쿠미는 자기도 모르게 얼굴을 찡그렸다. 집주인인 노파가 벽 가까이 잔뜩 위축된 모습으로 서 있었다. 그녀는 얼굴을 들고 다쿠미를 보았지만 금세 다시 고개를 숙였다.

"여기까지 왔으니 다쿠미 씨도 이 집이 어떤 집인지 알고 있을 거예요. 그러니까 다시 말해 이 할머니가 누구인지도……."

다쿠미는 노파의 눈길을 외면하면서 턱을 쭉 내밀고 목덜미를 긁적였다.

"우리는 자리를 피해주는 게 좋을 것 같은데." 다케미가 몸을 일으키며 말했다.

"괜찮아. 거기 있어. 별로 중요한 이야기도 아니니까."

그의 말에는 과연 다케미도 곤혹스러워했다. 도키오에게서 대충 이야기를 들은 모양인지 제시와 둘은 애매한 표정을 지었다.

"하지만 모처럼 오랜만에 만났으니까 인사 정도는 해두는 게 좋지 않아요? 이렇게 이번 일로 신세도 졌는데."

쳇, 하고 다쿠미는 얼굴을 찡그렸다.

"네가 이런 데로 도망치지 않았으면 나도 오지 않았어."

"하지만 여기 말고는 우리가 약속도 없이 만날 수 있는 장소가 없었잖아요. 말하자면 여기는 다쿠미 씨에게 약속의 땅이라고요."

"잘난 척하지 마, 건방지게. 여기 있는 게 불편하다면 당장 나가주지. 다카쿠라 씨, 작전 회의는 밖에서 합시다."

다쿠미의 말에 다카쿠라는 당황스러운 얼굴을 했다. 난감하다는 듯 도키오를 쳐다보았다.

"다쿠미 씨, 못나게 굴지 말아요." 도키오가 말했다.

"뭐가?" 다쿠미는 그를 노려보았다. "너 정말 치사한 녀석이야. 이런 식으로 만나게 하다니, 내가 생떼를 쓰는 것처럼 보이잖아. 내가 나쁜 놈인 거야?"

"나쁜 놈은 아니지만 생떼를 쓰는 어린애처럼은 보이네." 다케미가 말했다.

"뭐라고?" 그는 다케미를 돌아보았다.

"좋잖아. 인사 정도 하는 걸 갖고 왜 그래? 피를 나눈 사이잖아."

"버려놓고 피가 무슨 상관이야?"

"버린 게 아니잖아. 당신을 위해 좀더 여유 있는 사람에게 맡겼던 거야."

"키울 여유가 없으면 처음부터 낳지 말았어야지. 안 그래? 내 말이 틀려?"

"낳아주지 않았으면 지금 당신은 여기 있지도 않아. 그래도 좋아?"

"태어나지 않았으면 좋고 나쁘고도 없었겠지."

다케미가 고개를 흔들며 한숨을 쉬었다.

"안 되겠다. 도대체 말이 안 통해. 도키오, 이런 머저리는 그만 내버려두자."

"태어나길 잘했다고 생각한 적이 한 번도 없었어요?" 도키오가 말했다. "당신은 지금 치즈루 씨를 좋아하잖아요. 앞으로도 당신은 많은 사람들을 좋아하게 될 거고, 그건 모두 살아 있기 때문에 가능한 일이라고요."

"오늘까지 살아온 건 나를 키운 양부모가 있었기 때문이야,

미야모토 부부 말이야. 낳기만 하고 내동댕이친 사람과는 아무 관계가 없어. 개나 고양이도 자식을 버리는 짓은 하지 않아. 자기 힘으로 살아갈 수 있을 때까지 보살펴준다고."

다쿠미가 분노에 차서 떠드는 소리에 다들 입을 다물었다. 답답한 정적 속에서 후우, 후우, 하는 바람 소리가 들렸다. 그것이 자신이 내뿜는 숨소리라는 걸 다쿠미가 깨닫기까지 한참이 걸렸다.

그가 입술을 지그시 깨물었을 때였다.

"스미코를 찾아갔다지." 노파의 기어들어가는 목소리가 그의 귀에 들렸다. 모두가 그녀에게 주목했다.

노파는 똑바로 앉아 눈을 들어 다쿠미를 보았다.

"고마워. 스미코도 이제 편히 눈을 감을 수 있을 거야. 정말 고마워." 그녀가 다쿠미를 향해 손을 모으고 고개를 숙였다.

"다쿠미 씨." 도키오가 뭔가를 재촉하듯 그를 불렀다.

"……짜증나네."

다쿠미는 일어나서 빠른 걸음으로 사람들 사이를 성큼성큼 지나가 그대로 신발을 신고 밖으로 뛰쳐나갔다.

낡은 집들을 곁눈질하면서 그는 목적도 없이 걸었다. 기억을 떠올릴 마음도 없건만 저 『공중교실』에 그려진 풍경이 눈앞에 떠올랐다. 그는 입 안에서 중얼거렸다. 뭐 하자는 거야, 아무도 내 마음이 어떤지 이해하지 못하면서, 나를 무시하다니…….

정신을 차리니 작은 공원 앞에 와 있었다. 드문드문 놓인 벤치에는 아무도 없다. 다쿠미는 그 벤치에 앉아 주머니를 뒤졌다. 담배를 찾았지만 없었다. 제기랄, 하며 땅바닥에 침을 탁 뱉었다.

그 땅바닥에 그림자가 다가섰다. 사람 모양을 한 그림자를 보며 고개를 들자 도키오가 서 있었다.

"또 무슨 설교를 하려고?" 다쿠미가 물었다.

"같이 가줘야 할 곳이 있어요."

"또 그 소리야? 이번에는 어디야, 홋카이도? 오키나와?"

"바로 저기." 말이 끝나기 무섭게 그는 걷기 시작했다.

다쿠미는 금방 몸을 일으키지 않았다. 따라가지 않으면 도키오가 걸음을 멈출 거라고 생각했다. 그러나 도키오는 뒤도 돌아보지 않고 계속 걸었다. 따라오지 않으면 그만이라고 결심한 듯 느껴졌다.

다쿠미는 혀를 차며 벤치에서 엉덩이를 떼고 일어나서 내키지 않는 발길로 도키오를 따라갔다. 그 기척을 알아챘는지 도키오도 속도를 늦춘 것 같더니 얼마쯤 가서 걸음을 같이했다.

"어디까지 갈 생각인데?"

"그냥 따라와요."

이윽고 넓은 길로 나왔다. 자동차 통행량도 많다. 도키오는 건널목에 멈춰 서서 신호가 바뀌기를 기다려 길을 건넜다. 길 맞은편에는 빌딩이 즐비하게 서 있다. 인도를 따라 걷다가 도키오는 가로수 옆에서 발을 멈췄다.

"길 하나를 사이에 두고 거리 분위기가 완전히 다르죠."

"그렇군."

"왜 그렇다고 생각해요?"

"내가 그걸 어떻게 알아. 여기 산 적도 없는데."

"할머니 이야기로는 이 부근 일대는 어떤 대지주의 땅인 모양이에요. 그래서 자기 소유의 땅에 사는 사람은 몇 명 되지도 않는대요. 전에는 도로를 사이에 두고 이쪽도 그랬는데 어떤 일을 계기로 지주는 땅을 내놓았대요. 그래서 이렇게 빌딩이 섰다는 거예요."

"어떤 일이라니?"

"화재." 도키오가 말했다. "옛날에는 이쪽에도 작은 민가가 밀집해 있었어요. 그런데 어느 날 화재가 일어나 거의 한 구획이 모두 불탔어요. 낡은 목조 가정집이 대부분이었기 때문에 불길이 순식간에 번져서 손을 쓸 수가 없었던 거예요. 사람도 여럿 죽었다고 해요."

"그거 참 안 됐군. 하지만 그 일과 내가 무슨 상관이야."

그러자 도키오는 아무 말도 하지 않고 청바지 주머니에 손을 찔러 넣더니 하얀 봉투를 꺼냈다. 그걸 다쿠미 쪽으로 내밀었다.

봉투에 적힌 수신인은 다쿠미의 양아버지 이름인 미야모토 구니오로 되어 있었다. 주소는 예전에 그가 자란 오래된 동네 이름이었다.

"이게 뭐야?"

"그냥 읽어봐요."

"귀찮아." 다쿠미는 봉투를 밀어냈다. "네가 읽었을 테니까 내용을 말해주면 되잖아."

도키오가 한숨을 쉬었다.

"옛날에 도조 스미코 씨가 다쿠미 씨 앞으로 쓴 편지예요. 그 무렵에는 아직 결혼을 하지 않았으니까 발신인 이름이 아사오카 스미코로 되어 있어요. 보낼 생각이었는데 마음을 바꿨던 모양이에요. 저 할머니 말에 의하면 장롱 서랍 안에 넣어놓았대요. 나도 조금 전에 읽었어요. 내용을 말해주는 것도 좋지만 도저히 그대로 전달할 수가 없어요. 다쿠미 씨가 직접 읽어보는 게 좋겠어요."

자, 하며 그는 봉투를 다쿠미의 몸에 들이댔다.

"읽을 필요 없어. 어차피 별다른 내용도 없을 텐데. 변명 같은 푸념만 늘어놨겠지."

"뭘 두려워하는 거죠?"

"누가?"

"두려워하는 거 아닌가요? 알고 싶지 않은 내용이 쓰여 있을 것 같아서 겁이 나는 거죠. 지금 이대로라면 아무렇게나 생떼를 부려도 되는데 편지를 읽고 나면 그럴 수가 없을 것 같아서 그러는 거죠?"

"웃기지 마. 겁날 거 없어. 그런 여자의 헛소리 따위를 읽고 싶지도 않을 뿐이지."

"헛소리인지 아닌지는 직접 확인해보면 되잖아요. 내 눈에는 지금 그 모습이 겁에 질려 있는 걸로밖에 보이지 않아요."

다쿠미는 봉투와 도키오의 얼굴을 번갈아 노려보았다. 도키오는 눈을 돌리려고도, 편지를 집어넣으려고도 하지 않았다. 하는 수 없이 다쿠미는 봉투로 손을 뻗었다.

안에는 편지지가 열 장은 족히 든 것 같았다. 색이 약간 빛바랜 편지지에 파란 잉크로 글자가 쓰여 있었다. 다쿠미는 도키오가 눈치 채지 않도록 몰래 심호흡을 했다. 첫 번째 편지지에는 "이것은 내가 다쿠미 앞으로 보내는 편지입니다. 적당한 시기가 되었다고 여겨지면 보여주십시오. 혹시 필요 없다고 여기신다면 태워버려도 됩니다"라고 쓰여 있었다.

그리고 두 번째 페이지부터는 빼곡하게 글자가 채워져 있다.

—다쿠미야, 잘 지내지?

나는 너를 낳은 사람이란다. 하지만 나는 감히 네 앞에 엄마라고 나설 자격은 없어. 너를 낳고 얼마 지나지 않아 남의 집에 보내버렸으니까. 정말 미안한 짓을 했구나. 그 일로 네가 나를 원망해도 어쩔 수 없지. 아무리 빌어도 용서받을 일이 아니라는 걸 누구보다 내가 잘 알아.

그러나 한 가지 사실만은 가르쳐주고 싶어서 펜을 들었다. 그것은 너의 아버지에 대해서야. 너의 아버지는 가키자와 다쿠미 柿澤巧라는 사람이야. 그래, 그 사람도 이름이 다쿠미였어. 너에게 아버지랑 똑같은 발음의 이름을 주었단다.

가키자와 다쿠미 씨는 나랑 같은 동네에 살았어. 직업은 만화가였단다. 하지만 네가 아버지의 만화를 보는 일은 없을 거야. 어쩌면 쓰메즈카 무사오瓜塚夢作男라는 필명조차 들은 적이 없을 거야. 쓰메즈카 무사오. 유명한 데즈카 오사무手塚治虫 씨의 이름을 흉내 내서 만든 필명이야. 꿈을 만드는 사람, 이라는 의미도 물론 있다고 했어. 유감스럽게도 데즈카 씨 만화의 백분의 1도 팔리지 않았기 때문에 세상에서 그를 아는 사람은 거의 없을 거야. 하지만 매우 훌륭한 만화를 그리는 사람이었단다.

나는 그의 몇 안 되는 독자 중 한 사람이었지. 하지만 별로 자랑할 일도 못 돼. 왜냐하면 내 돈으로 사서 본 게 아니고 친구에게 만화잡지를 빌려서 읽었으니까.

어느 날 나는 그의 만화를 보고 뜻밖의 사실을 깨달았어. 내가 사는 동네 모습이 그대로 묘사되어 있었기 때문이야. 『하늘을 나는 교실』이라는 만화였어. 나는 혹시 쓰메즈카 무사오가 이 부근에 있는 게 아닐까 생각하고 그런 내용을 써서 편집부 앞으로 편지를 보냈어. 이윽고 본인에게서 답장이 왔지. 거기 쓰여 있는 주소는 바로 우리 동네였고, 그 편지에는 언제라도 놀러 오십시오, 라고 쓰여 있었어.

나는 중대 결심을 하고 그 주소를 찾아가봤어. 쓰메즈카 무사오의 집은 우리 집이랑 비슷하게 낡고 골목들이 다닥다닥 밀집해 있는 민가 중 하나였어. 문패에는 가키자와라고 되어 있었고 괄호 안에 쓰메즈카 무사오라고 표시를 해놓았지. 그래서 나는 그의 본명을 알게 된 거야.

가키자와 다쿠미 씨는 당시 스물세 살이었어. 그는 나를 반갑게 맞아줬어. 독자가 찾아온 일이 한 번도 없었던 모양이야. 한편 나는 그와 만나 적지 않은 충격을 받았단다. 그는 제대로 걸을 수도 없는 몸이었기 때문이야. 사정을 들어보니 태어난 지 얼마 되지 않아 무서운 병에 걸려 그 후유증으로 걸을 수도 없게 된 거였어. 그 때문에 그의 두 다리는 장대처럼 가늘고 발목부터는 아기 때 모습 그대로였어. 집이 가난해서 병에 걸렸는데도 바로 병원에 데리고 가지 못하는 바람에 치료가 늦어졌다는 것을 온화한 미소와 함께 이야기해줬어.

그런 몸인데도 그는 내게 차와 과자를 대접해줬단다. 거의 팔의 힘만으로도 충분히 씩씩하게 방 안을 이동하면서. 화장실 출입도 크게 불편하지 않다고 말했고 실제로도 그런 것 같았어. 단지 밖을 이동할 때는 휠체어가 필요했는데 그 휠체어를 혼자 타는 것만은 아주 힘들다고 했어. 휠체어는 현관에 놓여 있었거든. 아주 가끔 도우미가 와서 방 청소며 빨래, 음식 등을 해준다고 말했어. 매일 와달라고 할 정도로는 경제적 여유가 없다고 했지. 나도 몇 번 만난 적이 있는데 착한 아주머니였단다.

그가 태어난 집은 와카야마의 농가였어. 사실은 집안일을 도와야 할 상황이었지만 그런 몸으로는 아무것도 하지 못해 마음이 무척 불편했다고 그는 말했어.

그런 그가 살아가는 낙이 바로 만화였어. 필명에서 보다시피 특히 데즈카 오사무 씨의 만화에 빠져 있었어. 이윽고 그는 자신의 만화를 그리기 시작했고 유명한 만화 잡지에 투고하고 입선하는 경험을 반복하면서 프로 만화가가 되고 싶다는 꿈을 품기 시작했지.

그가 오사카로 나온 건 스무 살이 되고 나서였단다. 출판사 직원이, 도회지를 보지 않고는 앞으로의 시대를 따라갈 수 없다는 충고가 계기였다고 말했어. 사실은 도쿄로 가는 게 더 좋았겠지만 가능한 한 부모님 집과 가깝게 있는 게 낫다는 주위의 말을 듣고 절충한 곳이 오사카였대. 처음에는 혼자가 아니고 세 살 위의 누나가 같이 살았다고 해. 그런데 그 누나가 시집을 가게 되는 바람에 그 이후로 혼자 살게 된 거지. 그때가 바로 만화가로서 싹이 움트기 시작했을 무렵이라 와카야마로 돌아가는 건 아깝다는 생각이 들었던 모양이야.

처음 만났을 때는 꽤 놀랐지만 어느새 그의 몸에 대해 신경을 쓰지 않게 되더구나. 뿐만 아니라 몇 번 만나는 동안 그에게 이끌리기 시작했어. 그는 성격이 밝고 여러 면으로 박식해서 나를 흥미롭게 만들 이야기를 얼마든지 갖고 있었어. 무엇보다 나를 소중하게 여긴다는 마음이 간절하게 전해오는 것을 느꼈어. 그를 찾아가 함께 지내는 시간이 그 무렵 내게도 가장 큰 낙이었지.

하지만 그걸 사람들에게 알릴 수는 없었어. 그 당시에는 젊은 처녀가 혼자 사는 남자 집에 드나드는 것을 망측한 행위라고 여겼기 때문이야. 하물며 그 남자가 신체적 장애를 가진 사람이라는 걸 알면 어떤 소문이 퍼질지 알 수 없는 노릇이었지. 그래서 어머니에게도 말할 수가 없었어. 당장 외출을 금지시킬 게 뻔했기 때문이야. 나는 아무에게도 들키지 않도록 몰래 그의 집에 드나들었어. 생각해보면 가장 행복한 시절이었지.

불행은 어느 이른 아침 갑자기 찾아왔어. 나는 잠을 자다가 어머니가 흔드는 바람에 깼는데 근처에서 불이 났다는 거야. 그 시점에서는 미처 정확한 위치를 알 수 없었지만 밖에서 들려오는 사람들의 목소리에서 불이 계속 번진다는 걸 알았어.

나는 어머니와 함께 밖으로 나와 봤단다. 동이 트기도 전이라 어두컴컴한 새벽인데도 수많은 구경꾼들이 나와 있었어. 그들이 향하는 방향을 본 나는 갑자기 불길한 예감이 들었어. 그곳이 가키자와 다쿠미 씨가 사는 동네 방향이었기 때문이야. 나는 정신없이 달리기 시작했지.

현장이 가까워짐에 따라 내 불안은 절망으로 바뀌었어. 역시 그가 사는 동네가 불타고 있었던 거야. 소화 작업은 시작되었지만 불길이 워낙 거세 그 위력을 따라잡지 못하는 것 같았어.

나는 정신없이 그의 집을 향해 달려갔단다. 그런데 집 앞쪽으로는 이미 불길이 가까워져서 도저히 다가갈 상황이 아니었어. 나는 집 뒤쪽으로 달려갔어. 그곳은 연립주택이라 뒤로 좁은 골목이 딸려 있었거든.

미로 같은 골목을 달려 겨우 집 뒤란까지는 돌아갈 수 있었지만 이미 사방에서 불길이 날름거리고 있었어. 매캐한 연기 때문에 숨을 쉬기가 힘들었고 눈을 뜨는 것조차 괴로워지기 시작했지. 나는 필사적으로 그의 이름을 부르면서 창문을 두드렸어. 그 창문에는 뿌연 유리가 끼워져 있어서 안의 모습이 보이지 않았거든.

이윽고 창문이 열리더니 그의 손이 먼저 보였고 이어서 그의 얼굴이 나타났어. 그로서는 죽을힘을 다해 일어나 창문을 열었던 거야.

뭐 하러 왔느냐고, 빨리 피하라고 그는 말했어. 나는 당신과 같이 피할 생각이라고 대답했지. 하지만 그렇게 대답을 하면서도 그것이 불가능하다는 것을 인정할 수밖에 없었어. 창문에는 도난방지용 철책이 몇 개나 가로지르고 있었기 때문이야. 그리고 설사 그것이 없어도 어른인 그를 잡아당겨 끌어올리는 일은 내게 무리였을 거야. 나에게 남은 길은 그와 함께 거기서 죽음을 선택하는 것이었지.

그러자 그런 생각을 알아챈 듯 그는 창 너머에서 슬픈 얼굴로 고개를 흔들었어. 부탁이니 지금 당장 피하라고, 당신을 죽음의 동반자로 삼을 수는 없다고, 그리고 모쪼록 내 몫까지 살아달라고, 당신이 살아남았다는 걸 생각하면 지금 이 순간에도 나는 미래를 느낄 수 있으니까, 제발 피하라고 말했어. 그리고 그는 커다란 서류 봉투를 내게 주었어. 이걸 갖고 피하라고, 나와 당신을 맺어준 행운의 물건이라고. 나중에 안 사실이지만 그 안에는 바로 그 『하늘을 나는 교실』의 원화가 들어 있었단다.

나는 울면서 싫다고 외쳤어. 하지만 그는 부드럽게 웃으면서 탁, 하고 창문을 닫아버렸어. 잠금장치도 굳게 걸었는지 창문은 꿈쩍도 하지 않았어.

나는 엉엉 울면서 창문을 두드렸지만 그러는 동안에도 불길은 바로 내 옆까지 다가와 있었어. 머리카락 타는 냄새가 난 순간 나는 열기를 참지 못하고 뛰쳐나왔어. 그를 버려두고 살길을 선택한 거야.

하지만 그날 이후 나는 완전히 바보가 돼버렸어. 그를 잃은 슬픔, 그를 혼자 죽게 한 회한 등으로 하루 종일 괴로움에 시달리는 나날이었단다. 음식도 목구멍을 넘어가지 않았고 그대로 있었으면 죽었을지도 몰라. 그런 나를 구해준 것이 다쿠미, 바로 너였단다.

그의 아이를 임신했다는 사실을 안 순간, 나는 어떻게 해서든 살아남아야 한다고 생각했어. 그것이 내 사명이라고 느꼈단다. 그가 마지막으로 했던 말, 지금 이 순간에도 나는 미래를 느낄 수 있다는 말을 곱씹곤 했어. 그의 미래가 내 배 속에 있다고 믿었어.

주위에서도 나의 임신을 알아차렸지만 나는 아이의 아버지가 누구인지는 도저히 밝힐 수 없었어. 나는 고집스럽게 입을 다물었지. 중절을 권하는 주변 사람들의 의견에도 귀를 기울이지 않았어. 그렇게 해서 다쿠미, 네가 태어난 거야.

지금부터는 변명이란다.

더는 읽어주지 않아도 어쩔 수 없다는 생각이고 또 그런 자격도 없지만 우선 적어볼게.

내 꿈은 너를 훌륭하게 키우는 일이었어. 무슨 일이 있어도 내 힘으로 키워낼 생각이었단다. 하지만 당시 아직 어린애라고 해도 좋을 나이였던 내 힘으로는 불가능한 일이 많았지. 우리 집은 수입도 변변치 못해 너에게 충분한 영양을 섭취하게 해주는 일조차 어려웠단다. 불행하게도 나는 원래 병약한 몸인 데다 모유가 거의 나오지 않는 체질이었어.

이대로 가다가는 너의 생명마저 바람 앞의 등불처럼 위태로워 언제 꺼질지 모른다는 생각이 들었어. 그리고 죽은 그의 성장

과정도 내 머릿속을 떠나지 않았어. 심각한 병에 걸렸을 때 충분한 치료를 받지 못해 심각한 장애를 남겼다는 건 정말 억울하기 짝이 없는 일이었어. 네가 아빠같이 훌륭한 사람이 되기를 바라지만 불행한 처지만은 닮게 하고 싶지 않아서, 네 이름에 다쿠미拓實라고 글자만 바꾼 거니까.

미야모토 부부는 우리의 은인이야. 너를 건강하게 키워주신 분들이지. 어떤 말로도 다할 수 없을 정도로 감사한 분들이란다.

다쿠미야.

너를 낳아주기만 하고 키우지도 못한 나 따위는 잊어도 되지만, 모쪼록 너를 키워주신 부부만은 평생 소중하게 여겨주길 바란다. 그리고 돌아가신 너의 아버지 가키자와 씨의 몫까지 미래를 살아주기 바란다. 그것만이 내 소원이야.

다쿠미는 가드레일에 걸터앉아 편지를 읽었다. 엉덩이가 배겨서 아팠지만 어느 순간부터는 아픔조차 느끼지 않았다. 처음으로 알게 된 친부모에 대한 이야기였다. 자신이 어떻게 해서 태어났는지, 그 의문에 대한 답이 거기에 있었다.

"다 읽었어요?" 도키오가 물었다.

"그래."

"어땠어요?"

"뭐가?"

"감상을 물었잖아요. 아무것도 느끼지 못한 건 아니겠지요?"

다쿠미는 입술이 일그러지면서 가드레일에서 몸을 일으켰다.

편지지를 정중하게 접어 봉투에 넣어 도키오에게 주었다.

"특별히 대단할 것도 없군."

도키오의 눈빛이 험악해졌다. "그 말 진심인가요?"

"뭘 그렇게 정색하고 화를 내? 별반 새로운 내용이 적혀 있는 것도 아니잖아. 단지 그 만화가에 대해 조금 쓰여 있지만 그래 봤자 나랑은 관계없는 일이야."

"관계가 없어요?"

"그래. 이미 세상에 없는 사람이잖아. 내 앞으로 유산을 남긴 것도 아니고."

"당신은 어떻게 그런 말을 할 수가 있죠?" 도키오는 슬픈 얼굴로 고개를 흔들었다.

"그럼 무슨 말을 하라는 거야. 내가 그걸 읽고 감동이라도 할 줄 알았어? 감동해서 울었으면 만족하겠냐? 유감스럽게도 나는 그렇게 순진하지가 않아. 결국은 똑같은 거잖아. 용감하게 낳긴 했는데 키우기가 힘들어서 내팽개쳤다고 쓰여 있는 거 아냐?"

"당신은……당신은 도대체 이 편지의 어느 부분을 읽은 거예요?" 도키오가 얼굴을 찡그리며 다쿠미의 멱살을 잡았다. 제법 거센 힘이었다. "무슨 생각으로 당신 아버지가 어머니를 불길에서 피하게 했는 줄 알아요? 그 대목은 읽지 않은 건가요? 지금 이 순간에도 나는 미래를 느낄 수 있으니까……이 말의 의미를 왜 이해하지 못하는 겁니까?"

"죽기 전이니까 멋진 말이라도 한마디해야겠다고 생각했을 뿐이겠지."

"바보!"

도키오의 목소리와 함께 다쿠미의 눈앞이 캄캄해졌다. 동시에 둔탁한 충격을 받고 그는 뒤로 나가떨어졌다. 주먹으로 맞았다는 것을 알았을 때는 도키오가 그를 타고 앉아 있었다. 도키오는 다쿠미의 멱살을 잡고 거세게 흔들었다.

"죽음을 앞에 둔 사람의 마음을 당신이 알기나 해요? 웃기지 말아요. 불길이 바로 옆까지 쳐들어왔다고요. 그럴 때 당신은 미래가 어쩌고 하는 말을 할 수 있어요? 그걸 느낄 수 있다고 입으로만 말할 수 있느냐고요?"

도키오의 눈에서 눈물이 흐르는 것을 다쿠미는 보았다. 그 눈물은 그에게서 계속 억지를 부릴 기력을 앗아갔다.

"좋아하는 사람이 살아 있다고 확신할 수 있으면 죽음 직전까지 꿈을 꿀 수 있는 거라고요. 당신의 아버지에게 당신의 어머니는 미래였어요. 인간은 어떤 때라도 미래를 느낄 수 있어요. 아무리 짧은 인생이라도 설사 순간일지라도 살아 있다는 실감만 있으면 미래는 있는 거예요. 당신에게 분명히 말해두죠. 내일만이 미래가 아니라고요. 그것은 마음속에 있어요. 그것만 있으면 사람은 행복해질 수 있어요. 그걸 알았기 때문에 당신 어머니가 당신을 낳았던 거예요. 그런데 뭐라고요? 당신은 대체 뭡니까? 무슨 생각을 하고 사는 겁니까? 불평만 하고 스스로 뭔가를 해내려는 노력도 하지 않잖아요. 당신이 미래를 느낄 수 없는 건 누구의 탓도 아니에요. 당신 탓이에요. 당신이 바보기 때문이라고요!"

필사적으로 분노를 터뜨리는 도키오의 얼굴에서 다쿠미는 눈을 뗄 수가 없었다. 도키오의 말 한마디 한마디가 다쿠미의 몸에 사슬이 되어 그를 움직일 수 없게 만들었다.

갑자기 정신을 차린 듯 도키오가 눈을 부릅떴다. 입을 반쯤 벌리고 드디어 다쿠미를 잡았던 멱살에서 손을 뗐다.

"미안해요……." 그렇게 중얼거리더니 고개를 숙였다.

"이제……분이 풀렸어?"

도키오는 아무 말도 하지 않고 일어나서 청바지의 먼지를 손으로 털었다.

"내가 할 말은 아니었어요. 내가 아무리 떠들어봤자 다쿠미 씨 자신이 이해하지 않으면 아무 소용도 없어요. 하지만 다쿠미 씨, 나는 말입니다, 태어나길 참 잘했다고 생각하고 있어요." 그렇게 말하고 나서 도키오는 다쿠미를 보다가 천천히 입술 양끝을 올리며 입을 열었다. "아직도 그건 네가 유복한 집에서 태어나 자랐기 때문일 거다……그렇게 말하고 싶은가요?"

"아니." 다쿠미는 고개를 한 번 흔들어 보였다. "그런 말은 하지 않았어."

"좋아요, 나 같은 거야 아무러면 어때요." 도키오는 아직도 주저앉아 있는 다쿠미의 무릎 위에 조금 전의 편지를 놓았다. "먼저 갈게요."

도키오가 길을 건너는 모습을 다쿠미는 땅바닥에 가부좌를 틀고 앉아 바라보았다.

37

다쿠미가 노파의 집으로 돌아오니 제각기 아까와 똑같은 위치에 그대로 앉아 있었다. 도키오도 자기가 앉았던 곳으로 가서 무릎을 껴안고 다시 앉았다. 모두가 다쿠미를 올려다보고 이어서 눈을 돌렸다.

다쿠미는 헛기침을 했다.

"자, 그럼 나의……그, 뭐라고 할까, 개인적인 일로 번거롭게 해드려 미안합니다. 이제 치즈루를 찾을 계획을 짜보죠." 다쿠미가 도키오 옆에 가부좌를 틀었다.

"하지만 어디로 갔는지 알지도 못하면서." 다케미가 중얼거렸다.

"바다 옆이 아닐까 싶은데. 창고 같은 것이 잔뜩 들어차 있었으니까."

"그것만으로 어떻게……." 다케미가 긴 머리를 쓸어 올리며 말했다.

다쿠미가 무릎을 치면서 일어나 옆방으로 갔다. 히요시는 이미 깨어나 있었다. 손발이 묶이고 다다미 위에 누운 상태에서 날카로운 눈빛으로 다쿠미를 바라보았다.

"정시 연락은 안 해도 되나?"

흥, 히요시가 코웃음을 쳤다.

"아지트가 어딘지 말해." 다쿠미는 히요시의 멱살을 잡으며 말했다.

“내가 입을 열지 않을 거라는 말은 바로 네가 했잖아?”

“하지만 이대로는 너희도 오카베를 손에 넣을 수 없어. 그래도 돼?”

“어차피 넘겨줄 생각도 없는 것 같은데.”

“놈들이 있는 곳을 모르면 넘겨주고 싶어도 방법이 없잖아. 다카쿠라는 오카베를 놓아주고 싶지 않은 모양이지만 나는 아니야. 치즈루를 도로 찾을 수만 있으면 아무 불만 없어. 어때? 거래를 한번 더 해볼 생각은 없나?”

히요시는 한동안 말이 없었다. 적의를 드러낸 얼굴과는 달리 속으로 여러 가지 계산을 하고 있는 게 틀림없었다.

“조금만 생각해보면 알잖아. 지금 이대로는 너희도 목적을 달성할 수 없어. 그보다는 오카베를 빼앗을 확률이 높은 쪽으로 걸어야 하지 않겠어?”

“저기 저 아저씨는…….” 히요시는 다카쿠라 쪽을 턱으로 가리켰다. “너의 그 제안에 응할까?”

“저 사람이 뭘 하고 싶어 하는지 따위는 나랑 관계없어. 중요한 건 치즈루를 찾아오는 일이야. 당신도 그렇잖아. 오카베를 데리고 가는 것이 가장 중대한 임무 아냐?”

“어떻게 할 생각인데?”

“방법은 정했어. 이렇게 하는 거야.” 말을 마친 다쿠미가 히요시의 몸을 똑바로 눕게 하고 뒤로 묶은 손을 풀어주기 시작했다.

“다쿠미 씨!”

"잠깐, 이봐, 어쩔 생각이야?"

"이렇게 하는 수밖에 없어." 다쿠미는 도키오와 다케미를 번갈아 보면서 히요시의 발을 묶은 끈도 풀었다.

손발이 자유로워진 히요시가 벌떡 일어났다. 벽을 등지고 공격 자세를 가다듬었다. 그에 맞서겠다는 듯 제시도 일어나 싸울 태세를 갖추었다.

"다케미, 제시에게 아무 짓도 하지 못하게 해. 나는 이자와 아지트로 돌아가겠어. 오카베를 데리고 말이지." 다쿠미는 고개를 돌려 히요시를 보았다. "그럼 불만 없겠지? 처음부터 그렇게 하자는 이야기였고."

히요시는 입맛을 다시면서 고개를 끄덕였다.

"좋아. 하지만 동행은 당신 혼자만. 다른 사람들은 필요없어."

"그래, 좋아."

"다쿠미 씨!"

"시끄러워, 자꾸 불러봐야 나로서는 이 방법밖에 없어."

"하지만 혼자서 가는 건 위험해요."

"위험하다는 건 알아." 다쿠미는 히요시 쪽을 향했다. "단, 이쪽도 조건을 달겠다. 마중을 나오게 하지 마. 그리고 나는 이제 눈가리개 같은 건 하고 싶지 않아."

히요시는 조금 생각한 뒤에 천천히 고개를 끄덕였다. "알았어. 그 조건을 받아들이지."

"남자끼리의 약속이야." 다쿠미는 오카베의 손을 잡아 일으켜 세웠다. "자, 갈까."

히요시가 앞장서서 현관으로 향했다. 다케미와 제시가 불만스러운 얼굴로 길을 비켜주었다. 다쿠미도 히요시의 뒤를 따랐다. 그러나 다카쿠라와 눈이 마주치자 걸음을 멈췄다.

"당신에겐 미안하지만 일이 이렇게 되었으니 이해해주시오."

"어쩔 수 없군. 치즈루를 찾아오면 그 다음에는 전적으로 협력하지."

다카쿠라가 쓴웃음을 지으며 말했다.

신발을 신고 밖으로 나왔다. 히요시가 오카베의 팔을 잡고 걸음을 옮겼다. 다쿠미가 따라가려고 하는데 뒤에서 타닥타닥 발소리가 들렸다. "잠깐만 기다려." 노파의 목소리였다.

다쿠미는 멈춰 서서 돌아보았다. 노파가 뭔가를 내밀었다.

"이거 갖고 가."

그것은 보라색 부적주머니였다. 이시키리 신사의 부적이라고 되어 있다.

"이게 뭐요."

"부적이야. 안에 네 일을 도울 돈이 들어 있으니까."

"이런 건 필요 없어요."

"갖고 가." 노파는 다쿠미를 빤히 보며 말했다. "갖고 가라니까."

다쿠미는 부적주머니를 받아들고 열어보았다. 접힌 종이가 들어 있었다. 그것을 꺼내 펼쳐보았다. 거기에는 볼펜으로 급하게 쓴 글씨가 있었다. '이것을 주운 사람은 즉시 다음 번호로 전화해주십시오. 06-752-×××× 에자키 상점.'

"어때." 노파가 웃으며 말했다. "도움이 될 것 같지?"

다쿠미는 입술을 깨물며 그 종이를 접어 주머니에 도로 넣었다. "알았소. 갖고 가지."

"어이!" 히요시가 불렀다. "뭘 꾸물거리는 거야?"

"알았어, 지금 가." 다쿠미는 노파에게 얼굴을 돌렸다. "그럼 할머니, 잘 있어요."

"다쿠미." 노파는 그의 손을 잡았다. "조심해라."

"알았어요."

다케미와 도키오가 현관에서 나와 걱정스러운 얼굴로 바라보았다. 그들에게 가볍게 손을 흔들어주고 다쿠미는 걸음을 옮겼다.

큰길로 나온 히요시는 택시를 잡았다. 오카베를 에워싸듯이 하면서 셋이 뒷좌석에 탔다.

"덴노지로 가주시오." 히요시가 운전사에게 말했다. 운전사는 초로의 남자였다. 낮은 목소리로 대답하고 차를 출발시켰다.

"덴노지? 거기가 아지트인가?"

히요시는 대답하지 않고 정면만 뚫어지게 바라보았다.

"여전히 입이 무거운 친구군." 다쿠미가 혀를 차며 말했다. "여기가 도쿄였으면 눈가리개를 하건 귀를 막건 어디로 데리고 가는지 정도는 대충 감으로 알 수 있겠는데 오사카는 하나도 모르겠어." 오카베의 옆구리를 찔렀다. "이 자식이 이런 데로 도망을 치는 바람에 나까지 이 고생이잖아."

오카베가 얼굴을 찡그리며 신음했다.

"바다 옆인 것 같던데." 다쿠미가 말하면서 히요시의 반응을 살핀다. "그리고 아마 과자 가게 옆이지."

"과자 가게?" 히요시가 미간을 찡그리며 말했다. "그건 또 무슨 소리지?"

"지금 생각났어. 오늘 아침 거길 떠날 때 쿠키 냄새가 났거든 갓 구워낸 쿠키 냄새."

잠시 뜸을 들인 다음 히요시가 훗, 하고 웃었다.

"결정적인 데서 빗나가는군. 그러니까 이따위 사내한테 여자를 빼앗기지."

"뭐라고?"

"쿠키가 아니고 빵이야."

"빵?"

"빵 공장 옆이야. 싸구려 빵을 만드는 공장이지. 하나 더 가르쳐주자면 근처에 바다는 없어. 전혀 반대 방향이야."

"흐음……그런가. 빵이었나. 빵은 별로 좋아하지 않아서."

택시가 속도를 늦췄다.

"어디쯤 세울까요?" 운전사가 물었다. 교통량이 많은 교차로에 와 있었다.

"여기서 내려주시오." 히요시가 윗옷 주머니에 손을 넣어 돈을 꺼냈다.

다쿠미는 왼손으로 부적 주머니를 꽉 쥐었다. 어떻게든 이 운전사에게 전해야 한다. 그 종이에 적힌 에자키 상점이라는 곳에서 다카쿠라와 다쿠미의 일행이 대기하고 있을 것이다. 운전사가 전화를 걸어주면 그들은 다쿠미가 어디서 택시를 내렸는지를 알 것이고 그러면 아지트를 찾을 가능성도 있다.

"어이, 뭐 하는 거야. 빨리 내려." 지불을 마친 히요시가 오카베의 몸을 밀었다. 다쿠미도 밀려날 뻔하면서 몸을 기우뚱했다.

"아야, 이런! 잠깐 기다려. 발이 끼었잖아." 다쿠미는 시트 밑에 넣은 발을 빼내는 척하면서 부적 주머니를 떨어뜨렸다. 부탁이오, 운전사 양반, 제발 빨리 주워서 연락해주기를.

택시가 사라지고 나서도 히요시는 그 자리에서 움직이려고 하지 않았다.

"뭘 꾸물거려. 아지트로 가야지."

히요시는 다쿠미를 보고 씨익 웃더니 시선을 멀리 던지며 손을 들었다. 새로운 택시가 그들 옆에 와서 정지했다.

"자, 타지." 히요시가 말했다.

"뭐야. 또 택시를 타는 거야?" 다쿠미가 눈을 휘둥그레 뜨며 물었다.

"잔소리 말고 타. 늦겠어."

아까와 마찬가지로 셋이서 답답하게 뒷좌석에 앉았다. 히요시가 빠른 어조로 행선지를 알렸다. '가와치마쓰바라' 다쿠미의 귀에 들린 지명이다.

"왜 아까 그 택시로 계속 가지 않고?" 다쿠미는 집요하게 물었다.

"만일의 경우를 위한 안전 조치다."

"안전 조치라니?"

"네 패거리가 아까 그 택시 넘버를 봤을지도 모르잖아. 행선지를 알리고 싶지 않거든."

"……쳇, 뭘 그렇게까지."

다쿠미는 평정을 가장하면서 창밖으로 눈길을 주었지만 실제로는 초조한 나머지 겨드랑이에서 식은땀이 흘렀다. 택시를 갈아타버렸으니 그 부적은 아무 도움도 되지 않을 것이다.

차는 간선도로를 달리는 것 같았다. 그러나 번화가에서 자꾸 멀어졌다. 지리적인 감은 전혀 없지만 어딘가 교외로 나가고 있다는 것만은 다쿠미도 알 수 있었다.

큰일 났구나 싶었다. 아무 단서도 없이 도움의 손길을 기대할 수가 없다. 자신의 힘만으로 어떻게든 하는 수밖에 없다고 마음먹었다.

간선도로를 한 번 구부러져 들어간 곳에서 히요시는 택시를 세웠다. 옆에 공장 같은 것이 보였다. 어렴풋이 쿠키, 아니 빵 냄새가 났다.

"빨리 걸어. 바로 앞이야." 히요시가 재촉했다.

"너희 보스가 아직도 기다려줄까?" 다쿠미가 말했다. "정시 연락이 끊겼으니 꽁지 빠지게 도망간 거 아닐까? 너 혼자만 버려두고 말이지."

"그 사람을 얕봤다간 큰코다친다."

"호오! 그래?"

길이 자꾸 어두워지고 있었다. 가로등이 없기 때문이었다. 길을 따라 이어지던 콘크리트 울타리가 끝나는 곳에서 히요시가 건물 부지 안으로 들어갔다. 다쿠미도 오카베를 데리고 뒤를 따랐다. 눈에 익은 광경이 눈앞에 펼쳐졌다.

"여기다." 다쿠미가 말했다. "틀림없어. 저 창고 2층이 아지트지."

"반가운가?" 히요시가 걸음을 옮기기 시작했지만 다쿠미와 오카베가 따라가지 않자 걸음을 멈추고 돌아다봤다. "왜 그래? 빨리 따라오지 않고?"

"나는 이자랑 여기서 기다리겠어. 치즈루를 데리고 나와."

"그래……." 히요시는 다쿠미의 얼굴을 빤히 바라본 다음 천천히 고개를 끄덕였다. "우리를 믿을 수 없다 이건가?"

"믿으라고 하는 게 오히려 이상한 거 아냐?"

"그렇군." 히요시는 빙긋이 웃었다. "당신 배짱을 봐서 하나 가르쳐주지."

"뭐야?"

"우리 보스는 그 여자를 넘겨줄 생각이 없어."

"역시 그렇군."

"그 여자는 저자랑 쭉 같이 있었다고. 그러니까 우리한테 불리한 내용까지 모두 알고 있다고 생각해야겠지. 저자만 잡아놓고 그 여자를 놓아줘봤자 별로 의미가 없거든."

"치즈루는 아무것도 몰라. 정말이야." 오카베가 말했다. 오랜만에 입을 열어 말을 한 탓인지 목소리가 갈라져서 나왔다.

"보스에게 그렇게 말해." 히요시는 차갑게 내뱉고 나서 다쿠미를 보았다. "그 여자를 찾고 싶으면 힘으로 승부를 내는 수밖에 없을 거야. 내가 너라는 인간을 딱히 싫어하지는 않지만 그것만은 거들어줄 수 없어."

"알고 있어. 어쨌든 빨리 치즈루를 데리고 와."

히요시는 입가를 일그러뜨리더니 윗옷을 빙빙 돌리면서 걸어갔다. 자갈 밟는 소리가 멀어졌다.

"저자 말이 맞아." 오카베가 말했다. "놈들은 치즈루를 돌려주지 않을 생각이야. 뭔가 방법이 없을까. 저쪽은 한두 명이 아닐 텐데."

"네가 걱정하지 않아도 그런 것쯤은 나도 충분히 알고 있어." 그렇게 말하더니 다쿠미가 오카베의 양손을 묶었던 끈을 풀었다. "다리는 자신 있나?"

"다리?"

"달리기를 잘하느냐고 묻는 거야."

"갑자기 무슨 소리야……. 그냥 보통 정도는 되는데."

"그럼 마음의 준비를 해둬. 뛰어야 할 일이 생길 테니까."

"뭐?"

"내가 신호를 하면 도망쳐. 전속력으로. 놈들에게 잡히고 싶지 않으면 내 말대로 해."

"치즈루와 교환하는 거 아니었어?"

"난 그럴 생각이지만 놈들은 아예 그럴 생각이 없는 것 같으니까."

건물에서 몇 명의 그림자가 나오는 게 보였다. 다쿠미가 공격자세를 취했다. 상대는 이시하라와 히요시, 그리고 부하 세 명이었다. 치즈루는 없었다.

"어이! 미야모토 씨, 우여곡절이 많았던 모양이군. 히요시한테 들었어." 이시하라가 밝은 목소리로 말을 걸어왔다. "오카베 씨, 드디어 만났군요. 모두들 당신을 찾고 있습니다."

"내 말이 제대로 전해지지 않은 것 같군. 치즈루를 데리고 나오라고 했는데."

"알았어, 알았다고. 안달하지 마. 어이, 오카베 씨를 위로 데리고 가라." 이시하라가 부하에게 명령했다.

두 남자가 다쿠미와 오카베 쪽으로 다가왔다. 다쿠미가 오카베의 귀에 대고 속삭였다. "지금이야!"

"뭐라고?"

"튀어."

앗, 하는 소리를 지르고 나서 오카베가 오던 길을 향해 뛰었다.

"어어! 이 자식이!"

"기다려!" 이시하라의 부하들도 뭐라고 외치면서 뒤를 쫓았다.

이시하라와 히요시도 놀라 넋을 잃은 얼굴이었다. 기회는 지금밖에 없다. 다쿠미가 건물을 향해 뛰었다. 그걸 본 히요시가 얼른 앞을 막아섰지만 다쿠미는 몸을 구부려 온몸으로 부딪혔다. 충격과 함께 잠시 몸의 균형을 잃었지만 얼른 자세를 바로잡고 그를 지나쳤다. 히요시가 어떻게 하고 있는지는 알 수 없었다.

건물로 뛰어 들어오자마자 눈앞의 계단을 올라갔다. 뒤에서 발소리가 쫓아왔다. 계단을 다 올라간 곳에는 종이상자와 짐을 옮기는 육중한 카트가 방치되어 있었다. 다쿠미는 그것들을 계단 밑으로 던졌다. 요란한 금속음에 섞여 비명이 들리고 털썩,

하고 뭔가가 떨어지는 둔탁한 소리가 났다.

2층 사무실 문이 열리고 민눈썹의 남자가 나왔다.

"뭐야? 넌." 그가 다쿠미를 잡으려고 덤벼들었다.

다쿠미는 상대의 주먹을 피해 오른쪽 스트레이트를 날렸다. 민눈썹의 코밑에 카운터가 작렬하는 감촉이 있었다. 민눈썹은 와악, 하고 외치며 손바닥으로 얼굴을 덮고 주저앉았다. 피가 뚝뚝 떨어졌다.

다쿠미는 사무실로 들어갔다. 치즈루가 어리둥절한 얼굴로 서 있었다. 그는 문을 닫고 잠금장치를 걸었다.

"다쿠미 씨……."

"창문을 열어."

치즈루가 바로 옆 창문을 열었다. 다쿠미는 창밖으로 밑을 내려다봤다. 바로 옆은 중고차 센터 같았다. 그 창고 지붕이 바로 밑에 보였다.

"치즈루, 뛰어내려." 그가 외쳤다.

으응? 하며 그녀는 오히려 창문에서 멀어졌다. 얼굴에 겁에 질린 기색이 스쳤다.

"머저리, 뭘 그렇게 벌벌 떨어. 지금 그러고 있을 때야?"

"하지만 어떻게……이런 데서 어떻게?" 치즈루는 부들부들 떨며 고개를 흔들었다.

쿵쾅, 쿵쾅, 문 밖에서 소리가 났다. 다쿠미가 계단에서 던진 것들을 치우는 소리일 것이다. 이 자식은 여기서 뭘 하는 거야, 하고 누군가가 외치고 있다. 아마 민눈썹을 향해 지르는 소리일 것이다.

"빨리 해!"

다쿠미는 치즈루의 손을 잡아당기며 간신히 창틀 위로 올라가게 했다. 그러나 그녀는 여전히 고개를 가로저었다. "안 돼. 난 절대로 못해."

문이 열리는 소리가 났다. 다쿠미는 치즈루의 등을 밀었다. 아악, 소리와 함께 그녀가 밑으로 떨어졌다. 창고 지붕 위를 구르는 그녀를 보고 다쿠미도 창틀로 올라갔다. 그와 거의 동시에 문이 열리고 히요시가 뛰어 들어왔다.

"난 간다, 잘 있어라." 내뱉듯 인사를 남기고 다쿠미는 몸을 날렸다. 창고 지붕 위로 떨어지면서 몸을 데굴데굴 굴려 충격을 줄였다.

"앗, 다쿠미 씨! 괜찮아?"

"뛰어! 도망쳐야 해. 놈들이 쫓아올 거야." 그는 재빨리 일어서서 치즈루의 손을 잡아당겼다.

"도망치다니, 어디로?"

"여기서 뛰어내리는 거야."

"어어! 또?"

덜컹 소리가 났다. 보니까 히요시가 뛰어내리고 있었다. 발목이라도 삐었는지 얼굴을 찡그렸다.

"얼른!"

지붕 끝까지 뛰어간 다쿠미는 치즈루의 손을 잡은 채 몸을 날렸다. 바로 밑에는 중고 카로라(도요타 자동차의 브랜드—역주)가 있었고 두 사람은 그 보닛에 착지했다. 요란한 소리를 내며 보닛이 움푹 찌그러졌다.

"뛰어!" 다쿠미는 치즈루의 손을 잡아당겼다. 그러나 치즈루는 도피 생활의 피로와 감금당했을 때의 상처 때문인지 몸이 무거운 것 같았다. 게다가 뛰기 불편한 신발을 신고 있었다.

즐비하게 세워 놓은 중고차들 사이를 누비듯이 두 사람은 달렸다. 뒤를 바짝 쫓아오는 기척이 있었다. 다쿠미는 오로지 앞만 보며 달렸다. 치즈루가 주저앉으면 온 힘을 다해 두 팔로 일으켜 세웠다.

길이 바로 눈앞에 보였다. 그러나 그 바로 앞에서 두 사람은 속도를 늦출 수밖에 없었다. 눈앞에 도로가 있었지만 철조망이 가로막고 있음을 깨달은 것이다.

"이런 젠장!"

철조망 앞에서 멈춘 두 사람 뒤에서 자갈을 밟는 소리가 다가왔다. 돌아다보니 이시하라와 부하들이 천천히 걸어오고 있었다.

"미야모토 씨, 당신의 그 배짱과 근성에 새삼 경탄하네. 우리 젊은 애들에게도 본받게 하고 싶을 정도야. 이건 빈말이 아니라고. 마음 깊은 곳에서 진심으로 감탄했어." 이시하라가 그렇게 말하고 한발 앞으로 나섰다.

"칭찬은 안 해줘도 좋으니까 이대로 놓아주면 안 될까?" 숨을 헐떡이면서 다쿠미가 말해보았다.

이시하라가 쓴웃음을 지었다.

"이 건에 관해 나한테 결정권이 있다면 그런 생각을 한번쯤

해볼 수도 있겠지만 말일세. 유감스럽게도 나한테는 그 정도의 권한은 주어져 있지 않아. 자, 사나이라면 깔끔하게 포기할 줄도 알아야지. 이제 그 아가씨를 이쪽으로 넘겨주지 않겠나?"

"오카베를 넘겨줬으니 치즈루를 내놓겠다는 약속을 지켜."

이시하라는 답답하다는 듯 얼굴을 찡그렸다.

"이제 와서 그런 어린애 같은 소리를 하다니. 너도 그런 이치가 통하지 않는다는 걸 알았으니까 이렇게 난리를 쳐가면서 고생한 거 아냐. 지금까지 멋있었으니까 마지막도 멋지게 마무리를 지으면 좋겠는데."

"좋아, 알았어." 다쿠미는 치즈루를 자기 뒤로 가게 했다. "마지막까지 최선을 다하지. 치즈루를 데려가고 싶으면 나를 밟아 뭉개고 나서 마음대로 해."

"이런 맙소사!" 이시하라는 머리를 긁으며 두 손 두 발 다 들었다는 포즈를 취했다. "쓸데없는 일로 시간을 잡아먹고 싶지 않지만. 본인이 납득할 수 없다고 하니 어쩔 수 없군. 자, 그럼 누구 하나 나와서 상대해줘라."

이시하라가 뒤로 물러나자 히요시가 얼른 앞으로 나섰다. 다쿠미를 노려본 채 윗옷을 벗고 고개를 좌우로 흔들었다.

"또 너야?"

"아까는 적당히 상대했지만 이번에는 절대로 그렇게 못하지."

히요시가 허리를 낮추고 디트로이트 스타일(복싱 스타일의 한 종류—역주)로 공격 자세를 취했다.

다쿠미는 자기 나름대로 공격 자세를 취하면서도 이건 불리

한 싸움이구나 싶었다. 제시 정도가 아니면 이자를 이길 수는 없을 것이다. 하지만 싸우지도 않고 치즈루를 넘겨줄 수는 없었다. KO당할 때까지, 아니 KO당해도 포기하지 않겠다고 그는 결심했다.

히요시가 낮게 점프를 하면서 다가왔다. 자신 있는 태도였다. 다쿠미는 그에 따라 방어 자세를 취했다.

그때였다. 어디선가 요란한 음악 소리가 들렸다. 이런 한밤중에 도저히 어울리지 않는 큰 소리였다. 다쿠미는 순식간에 집중력을 잃었다. 히요시도 의아한 얼굴로 약간 뒤로 물러섰다. 대결에 어울리는 정적이 돌아오기까지 기다릴 생각인 모양이었다.

그러나 소리는 사라지기는커녕 점점 더 다가오는 것 같았다. 소리의 정체가 하드록이라는 것을 다쿠미는 깨달았다. 거기다 오토바이 엔진 소리까지 섞여 있었다.

이윽고 수십 대의 오토바이가 거리에 나타났다. 한눈에 폭주족임을 알 수 있는 무리의 중앙에는 덕지덕지 장식을 단 다인승 RV 자동차가 있었다. 그 지붕에 스피커가 달려 있고 시끄러운 하드록이 거기서 나오고 있었다.

그들은 다쿠미와 그 일행의 뒤에서 정지했다. 자동차 옆에 'BOMBA'라고 쓰여 있는 것을 보고 다쿠미는 그들의 정체를 알아보았다.

음악이 멎고 오토바이 엔진 소리도 멎었다. 자동차 문이 열리고 다케미가 내렸다. 검은 가죽으로 만든 오토바이용 복장을 하고 손에는 굵은 사슬을 들고 그것을 찌렁찌렁 울리면서 다가왔다.

"오래 기다렸습니다!" 그녀가 다쿠미를 향해 윙크했다.

"이자들은 뭐야?"

"도우미야! 워낙 급한 상황이라 이 정도밖에 모으지 못했어. 옛날에 같이 놀던 친구들이야."

다쿠미는 주위를 둘러보았다. 전력이 만만치 않을 것 같은 얼굴들이 서 있었다.

"놀랍군."

다카쿠라와 도키오도 RV 차에서 내렸다. 다카쿠라는 다쿠미를 향해 고개를 한 번 끄덕이고 나서 이시하라에게로 시선을 옮겼다.

"이쯤에서 끝내면 안 되겠나? 피차 일을 크게 벌여봐야 득 될 건 하나도 없을 것 같은데."

"이따위 꼬마들을 데리고 와서 나를 협박하겠다는 건가?" 이시하라가 싱글거리며 말했다.

"그런 게 아니고. 자네 고용주에게 연락을 했네. 이야기를 매듭짓고 오는 길이야. 오카베는 그쪽으로 인계하겠네. 그러니까 이 두 젊은이는 더 이상 번거롭게 하지 말자고."

"난 그런 이야기 못 들었어."

"조금 전에 결정 난 일이야. 믿을 수 없다면 이걸 들어보게. 전화로 하는 대화를 녹음한 거야. 다쿠미 군, 받아!" 다카쿠라는 작은 녹음기를 꺼내 철조망 너머로 던졌다.

다쿠미가 그걸 받아 히요시에게 전했다. 히요시가 다시 이시하라에게 전달했고 이시하라는 스위치를 켜고 스피커에 귀를 기울였다.

"고용주의 목소리인지 아닌지 정도는 알겠지." 다카쿠라가 말했다.

이시하라는 스위치를 끄더니 얼굴을 찡그리며 아랫입술을 내밀고 "오카베는?" 하고 부하에게 물었다.

"잡았습니다."

"그래?" 이시하라는 턱을 문지르더니 천천히 다쿠미에게 다가왔다. 콧잔등에 주름을 만들며 흐음, 하고 숨을 내쉬었다. "이걸로 무승부가 된 건가?"

"당신이 그렇게 생각했으면 맞겠지."

이시하라가 주먹을 쥐고 다쿠미의 가슴을 가볍게 툭 치더니 몸을 돌려 걸어갔다. 부하들이 그 뒤를 따라갔다. 끝까지 남아 있던 히요시가 말없이 다쿠미의 얼굴을 손가락으로 가리키고 나서 함께 자리를 떠났다.

다쿠미는 철망에 기대 그대로 주르륵 무너지듯 주저앉았다. 피로가 한꺼번에 몰려오는 것 같았다.

"다쿠미 씨." 도키오가 철망 너머로 불렀다.

"용케 여길 알아냈군."

"할머니의 부적이 효과를 발휘한 거예요. 가면 고맙다는 인사 정도는 꼭 해야겠어요."

"부적? 그건 택시를 갈아타는 바람에 아무 도움이 되지 못했을 텐데."

"연락해준 택시 운전사가 가르쳐줬어." 다케미가 말했다. "빵 공장 옆으로 간다고 했다면서. 그 말을 듣고 도키오가 틀림없이 여기로 왔을 거라던데."

"도키오가?" 다쿠미는 고개를 갸우뚱하며 뒤를 돌아보았다. "여길 알고 있었어?"

"추억의 장소거든요." 도키오가 말했다. "빵 공장 옆 공원…… 딱 한 번 온 적이 있어요."

"공원? 공원이 어디 있다고?"

도키오는 미소를 지으며 입을 열었다. "지금은 없어요. 10년 뒤에 생길 테니까."

"무슨 뚱딴지같은 소리야. 대충 찍어본 게 우연히 맞은 거겠지. 빵 공장은 여기저기 흔히 있는 게 아니니까."

다쿠미는 일어서려다가 통증 때문에 얼굴을 찡그렸다. 그때서야 비로소 발목을 삐었다는 사실을 깨달았다.

38

병원은 순환선 모모다니 역 옆에 있었다. 종합병원이라는 이름에 걸맞게 주차장도 크고 택시 승차장까지 있었다. 정면 현관 문을 열고 들어가면 넓은 대합실이고 왼쪽에 큰 접수 카운터가 있다. 창구에 따라 입원 수속, 진료 신청 등의 업무로 나뉘어 있다.

도키오가 입원 수속 창구에 가서 치즈루의 병실을 묻는 동안 다쿠미는 대합실 구석에 서서 텔레비전을 보았다. 화면에서는 사잔 올 스타즈가 「귀여운 엘리」를 열창하고 있었다.

도키오가 돌아왔다. "알았어요. 5층 5024호실이에요."

두 사람은 엘리베이터를 향해 걸었다.

"크고 훌륭한 병원이군. 더구나 1인용 병실이잖아. 입원비가 왕창 나오는 거 아냐?"

"비용은 다카쿠라 씨가 마련해준다고 했잖아요."

"그렇긴 하지만 조금 더 싼 병원으로 가고 그 차액을 현금으로 받을 수는 없을까?"

"말도 안 되는 소리. 어째서 그런 치사한 생각만 할까."

엘리베이터로 5층으로 올라가서 긴 복도를 걸었다. 5024호는 안쪽에서 두 번째 병실이었다. 도키오가 노크를 하자 네에, 하는 작은 목소리로 대답이 돌아왔다. 치즈루의 목소리였다.

다쿠미가 문을 열었다. 세 평 정도의 병실로 창가에 놓인 침대 위에서 치즈루가 상반신을 일으키고 앉아 잡지를 펼치고 있었다.

"어머, 다쿠미 씨." 그녀의 얼굴이 밝아졌다. "도키오도 같이 문병온 거야?"

"다케미도 같이 가자고 했는데 밴드 연습이 있어서 못 왔어." 다쿠미가 가지고 온 쇼핑백을 옆에 있는 탁자에 놓았다. "아이스크림이야."

"고마워."

"몸은 좀 어때? 아직도 여기저기 아픈 거야?"

"이제 괜찮아. 다카쿠라 씨가 괜히 수선스럽게 이런 병실을 마련해줬지만 솔직히 조금 지루할 정도야."

"그 사람이 돈을 낸다고 하니까 상관없잖아. 아이스크림, 먹어봐."

응, 하고 고개를 끄덕인 치즈루는 쇼핑백에서 상자를 꺼냈다.

"이제 귀찮은 수속은 다 끝난 거야? 다카쿠라 씨 동료가 치즈루한테 여러 가지 사정을 물어봤다고 하던데."

"대충. 하지만 아직은 자유롭게 해줄 것 같지 않아. 아무래도 나는 그 사람들에게 중요한 카드인 모양이니까."

치즈루는 아이스크림을 떠서 입에 넣더니 맛있어, 하고 환한 표정을 지었다.

"젠장, 쓸데없는 일에 말려들었어. 업무상 비리인지 밀수인지는 모르지만 우리하고는 아무 관계도 없는 일이잖아."

다쿠미가 말하자 치즈루는 아이스크림을 입으로 가져가던 손놀림을 멈추고 눈길을 떨어뜨렸다.

"고맙다는 인사가 늦었네. 다쿠미 씨, 고마워. 도키오도. 두 사람 다 나 때문에 정말 고생 많이 했지."

"인사는 됐고. 그보다 이제 그만 때가 됐잖아."

다쿠미의 말에 치즈루가 얼굴을 들었다. "때가 되다니?"

"솔직한 마음을 털어놓는 게 어떻겠느냐, 그런 의미야. 도대체 무슨 생각으로 나한테 아무 말도 없이 사라진 거야? 그 오카베라는 자에게 끌린 거였어? 그게 사실이라면 어쩔 수 없지만 분명하게 말해주지 않으면 나도 마음을 정리할 수가 없잖아."

"으응……그거." 그녀는 다시 고개를 숙였다. 아이스크림을 먹던 손놀림을 멈추고 가만히 있었다.

"난 밖에 나가서 기다릴까요?" 도키오가 말했다.

"괜찮아. 싫지 않으면 너도 여기 있어. 어때 치즈루, 이 친구도 당신 때문에 지금까지 숱한 고생을 한 거라고. 당신 이야기를 들을 자격이 있어."

치즈루는 고개를 끄덕였다. 아이스크림을 탁자 위에 놓고 후우, 하고 숨을 내쉬었다.

"오카베 씨한테는 전부터 사귀자는 제의를 받았어. 솔직히 말해서 나도 싫지는 않았어. 좋아하는 마음도 조금은 있었다고 해야겠지."

"치즈루……."

"하지만 아무 일도 없었어. 나한테는 다쿠미 씨가 있었기 때문에 늘 이리저리 피하곤 했어. 그랬더니 어느 날 오카베 씨가 정식으로 프러포즈를 해왔어."

그 말이 다쿠미에게 카운터펀치가 되었다. 그의 심장이 터질 듯이 뛰었다. 그는 침을 삼켰다.

"결혼하자는 말에 흔들렸어?"

"물론 그 자리에서 거절했어. 하지만 오카베 씨는 단념하지 않았어. 언제까지고 기다리겠다며. 그리고 그 뒤에도 몇 번을 더 고백했어. 결혼해달라고, 자기한테는 나밖에 없다고."

"내 이야기는 하지 않았군."

다쿠미가 묻자 그녀는 보일 듯 말 듯 웃었다. 속눈썹도 파르

르 떨듯 움직였다.

"난 정말 뻔뻔한 여자였어. 결국 마음속으로 저울질했던 거야. 안정된 회사원인 오카베 씨와 실업자 다쿠미 씨를 놓고 누구랑 같이 사는 것이 미래의 나 자신에게 득이 될까 하고. 다쿠미 씨와의 관계에 대해 이야기를 했으면 오카베 씨는 깨끗이 단념했을지도 몰라. 하지만 난 그쪽 카드도 확보해두고 싶었던 거야."

"……거짓말이겠지."

"핑계는 얼마든지 있었어. 집이 가난해서 간호학교도 그만둬야 했잖아. 술집에서 일해 번 돈도 집에 보내줘야 했고. 솔직히 말해 지쳤어. 이렇게 살아봐야 영영 행복해질 수 없을 것 같았어. 앞으로 내 인생에는 아무것도 없다는 생각만 들었어. 그런 처지를 생각하면서 우울했었기 때문에 오카베 씨의 프러포즈는 다시 오지 않을 기회일 거라는 생각이 들었어."

"나하고는……틀렸다고 생각한 거야?"

"다쿠미 씨를 정말 좋아했어." 치즈루는 어색하게 웃으면서 다쿠미를 보았다. "다쿠미 씨가 성실하게 일하고 나를 아내로 맞아준다면 얼마나 좋을까 생각했어."

이번에는 다쿠미가 고개를 떨어뜨릴 차례였다. 그는 진흙투성이가 된 자기 신발을 내려다보았다. 자신의 처신을 생각하면 그녀의 마음을 나무랄 권리는 없다고 생각했다. 그녀는 다쿠미와 사귀면서 수도 없이 여러 번 성실하게 일해달라고 호소했지만 다쿠미는 항상 그 말을 반박했다. 뿐만 아니라 성실하게 일할 직업을 구할 노력조차 하지 않고 세상에서 받아들여지지 않는 것은 자기 탓이 아니고 자기를 버린 사람 탓이라고 생각했다. 그러면서도 언젠가는 큰일을 해내겠다고, 헛된 소리만 되풀이했다.

"그게 마지막 도박이었어." 치즈루가 말했다.

"그거라니?"

"경비 회사 면접. ……면접을 보고 왔다고 말했지."

"아아……." 다쿠미는 고개를 끄덕였다. 그런 일도 있었지, 까마득한 과거의 일 같았다.

"다쿠미 씨는 면접을 보지 않았어."

"예에?" 도키오가 옆에서 놀란 목소리로 말했다.

"면접을 보지 않았잖아."

"아니, 난 그냥……."

"괜찮아, 변명하지 않아도 돼. 난 봤으니까."

"보다니, 뭘?"

"그날 난 걱정이 돼서 경비 회사에 전화해봤어. 미야모토 다쿠미라는 사람이 면접을 봤을 텐데 어떻게 됐느냐고. 그랬더니 그 사람이 지각을 했기에 한마디 주의를 주자 버럭 화를 내고 가버렸다고 하던걸."

다쿠미는 입술을 깨물었다. 모든 걸 치즈루에게 들켰던 것이다.

"다쿠미 씨……." 도키오가 뒤에서 답답한 목소리로 불렀다. "나한테는 면접 봤다고 했잖아요. 연줄이 없으면 면접 따위 아무 소용도 없다고 했잖아요. 모두 거짓말이었어요?"

대꾸할 말이 없는 다쿠미가 두 주먹을 꽉 쥐었다.

"하지만 결정적인 건 그 일이 아니었어." 치즈루가 말했다. "난 당신을 찾으러 나갔어. 잔소리를 할 생각이었지. 어디 있을지는 대충 짐작이 갔어. 슬롯머신 가게 아니면 다방일 테니까. 아니나다를까 나카미요 뒤에 있는 다방에서 백 엔짜리 동전을 쌓아놓고 게임에 몰두하고 있었어."

그때 일이 다쿠미의 뇌리에 떠올랐다. 그때 일도 그녀는 다 알고 있었던 것이다.

"다쿠미 씨는 날 보더니 얼른 숨어버렸어."

"아니……."

"숨었어. 탁자 밑으로 몸을 잔뜩 숙이고."

맞는 말이다. 들키면 잔소리를 들을 것 같아 숨어버렸던 것이다.

"그때였나 봐, 결심을 한 게. 우린 이제 틀렸구나 생각했어."

"남자가 할 짓이 아니었지." 다쿠미가 중얼거렸다. "한심한 이야기야."

"난 다쿠미 씨가 그렇게 엉뚱한 짓을 하는 것 정도는 아무렇지도 않았어. 어떤 사람이라도 나이가 들면 철이 들게 마련이라고 생각했으니까. 하지만 그런 다쿠미 씨는 보고 싶지 않았어. 허세든 억지든 좋으니까 당당하길 바랐어."

"환멸을 느꼈다는 거야?"

"그런 거랑은 조금 달라. 난 그때 다쿠미 씨에게서 내 자신의 모습을 봤어. 운이 나빠서 뭘 해도 제대로 되지 않고 그러다 보니까 점점 비굴해지는 나 자신과 비슷하다고. 다쿠미 씨를 그렇게 만든 것도 나야. 두 사람이 더 이상 같이 있어봐야 좋을 게 없다는 생각이 들었어. 각자 따로따로 뭔가를 시작해야 할 때가 된 건지도 모른다고."

"그래서 오카베를 선택한 거야?"

"그 조금 전에 오사카에 같이 가자고 했어. 오사카에서 일을 정리하고 나면 결혼하자고. 난 망설였어. 경비 회사 면접이 내게 있어서는 도박이었다고 한 건 그런 의미야. 다쿠미 씨가 채용되지 않아도 상관없었어. 만약 성실하게 면접을 보기만 한다면 오카베 씨의 청혼을 확실하게 거절할 생각이었어."

다쿠미는 한숨을 내쉬었다.

"내가 스스로 밑지는 카드를 뽑아버린 거군."

"그때는 그게 최선이라고 생각했어." 그렇게 말하고 나서 치즈루는 천천히 고개를 흔들었다. "하지만 천벌을 받은 거야. 오카베 씨가 그런 일을 한다고는 생각도 하지 못했어. 자세한 내용은 오사카에 오고 나서 들었지만 이미 그때는 물러설 수도 없었어. 오카베 씨도 괴로워하는 것 같았고 이렇게 되면 이제 갈 데까지 가보는 수밖에 없다고 생각했어. 사람을 두고 저울질한 벌을 받은 거지."

그녀는 얼굴을 들고 다시 한 번 웃었다. "설마 다쿠미 씨에게 도움을 받게 될 줄은 꿈에도 생각하지 않았어."

"치즈루……."

그녀는 탁자 위로 시선을 떨어뜨렸다. "아이스크림이 다 녹아버렸네…….”

“앞으로 어떻게 할 생각이야?”

“모르겠어. 당분간 자유롭게 지내고 싶어, 좋은 기회니까 천천히 쉬고 싶은 생각도 들고. 딱히 갈 곳도 없어. 일이 어느 정도 정리가 되면 고향 집에나 갈까 해.”

어깨를 늘어뜨린 치즈루의 옆모습을 보면서 다시 시작해보자는 말이 입에서 나오려는 것을 다쿠미는 애써 참았다. 그 말을 그녀가 받아들일 거라는 생각이 들지 않았다. 그리고 무엇보다 그것이 자신들의 진정한 길이 아니라는 생각도 들었다.

“잘 알았어.” 다쿠미가 침대로 다가가 오른손을 내밀었다. “그럼 건강하게 지내.”

그의 손을 잠시 바라본 뒤에 치즈루는 깊이 고개를 숙였다. 가는 어깨가 떨고 있었다. 그녀는 떨리는 손으로 다쿠미의 손을 맞잡았다. “다쿠미 씨도 잘 지내.”

다쿠미가 치즈루의 손을 굳게 잡았다. 그러나 그녀의 또 다른 손이 그의 손을 부드럽게 떼어놓았다. 그녀가 그를 올려다보았다. 빨갛게 충혈된 눈에서 당장이라도 눈물이 떨어질 것 같았지만 그래도 그녀는 웃고 있었다.

“여러 가지로 고마워.”

다쿠미는 말없이 고개를 끄덕였다. 발길을 돌려 걸음을 옮겼다. 도키오도 따라왔다. 돌아보고 싶은 것을 참고 병실을 나왔다.

병원을 뒤로 하고 나서도 한동안 묵묵히 걷기만 했다. 도키오도 말이 없었다. 모모다니 역에서 표를 사고 플랫폼에 들어온 다쿠미는 담배를 꺼내 입에 물었다. 바깥은 완전히 밤이었다.

"난 정말 바보야." 선로를 내려다보면서 다쿠미가 중얼거렸다. "중요한 것을 잃고 나서 깨달아봤자 이미 늦었지만."

"난 혹시 두 사람이 다시 한 번 새로 시작하자고 하는 게 아닐까 생각했어요."

"그래?"

"그런 분위기였거든요."

다쿠미는 연기를 뿜어내더니 말했다. "두 번씩이나 수치스러운 꼴을 보일 수는 없지."

"수치는 아닌 것 같은데."

전철이 들어왔다. 다쿠미는 담배를 발밑에 던져버리려다가 생각을 바꿔 옆에 있는 재떨이에 버렸다. 도키오가 놀란 얼굴로 바라보았다.

"나도 이제 막무가내 어린애는 아니야." 그렇게 말하며 다쿠미가 웃었다.

열차가 움직이기 시작하고 난 조금 뒤에 그는 말했다.

"어이, 거기 가볼까?"

"거기라뇨?"

"하루안 말야. 한 번 더 만나러 갈까 싶은데. 물론 네가 싫으면 억지로 가자고는 못하겠다만."

차창 밖으로 시선을 주었던 도키오가 다쿠미를 바라보았다. 그러고 나서 크게 고개를 끄덕였다.

39

긴테츠 나니와 역 개찰구 앞에서 다쿠미는 멈춰 섰다. 뒤에서 따라오는 다케미와 제시를 보며 고개를 한 번 까딱해 보였다.

"그럼 여기서 헤어지자. 여러 가지로 신세가 많았어."

"마음이 내키면 놀러 와. 혹시 오사카가 지긋지긋해진 건 아니지?" 다케미가 싱글싱글 웃으며 말했다.

"많이 배우고 가. 자리 잡으면 연락할게."

응, 하며 그녀가 고개를 끄덕였다.

"제시한테도 도움 많이 받았어." 다쿠미가 거구의 흑인 남자를 향해 고개를 들었다.

"잘 지내쇼." 제시도 인사를 하더니 다케미에게 뭔가 귓속말을 했다. 그녀가 웃음을 터뜨렸다.

"뭐래?"

"복싱은 그만두는 게 좋겠대. 재능이 없는 것 같다고."

"시끄러워." 다쿠미는 제시를 향해 펀치를 날리는 시늉을 했다.

"도키오 군, 이 남자 잘 부탁해. 가만 놔두면 어디까지 폭주할지 모르는 사람이라."

"저한테 맡기세요." 도키오가 가슴을 두드리며 말했다.

"나를 도대체 뭘로 아는 거야?" 다쿠미는 잠깐 인상을 쓰다가 어느새 진지한 얼굴로 돌아와 다케미 쪽을 향해 섰다. "너한테 좀 물어보고 싶은 게 있어."

"뭐야? 새삼스럽게."

"넌 엄마를 어떻게 용서했어?"

"뭐?" 그녀는 허를 찔린 사람처럼 눈이 휘둥그레졌다.

"너의 엄마는 아버지를 죽게 하고 상해치사로 교도소에 들어갔잖아. 그동안 너의 고생이 이만저만이 아니었을 거야. 그런 어머니를 원망할 수도 있을 텐데. 넌 지금 그 어머니와 사이좋게 바를 운영하고 있잖아. 어떻게 용서할 수 있었는지 궁금해서."

"아, 그거." 다케미는 눈을 살짝 내리뜨며 조금 멋쩍은 듯 볼을 붉혔다. "용서고 뭐고 할 것도 없어. 어쨌든 부모와 자식이라는 사실에서 벗어날 수 없으니까. 상대가 미안하게 생각하는 걸 알면 더는 쓸데없는 생각을 하지 않아도 되는 거 아냐?"

"흐음……."

"불만이야?"

"아니, 또 하나 배웠어." 다쿠미가 그녀의 눈을 응시하며 말했다.

"고마워."

다케미가 놀란 얼굴로 입을 벌린 채 눈만 껌뻑거렸다.

"다쿠미 씨, 시간 없어요."

"그래. 그럼 우리는 갈게."

"잘 지내."

다쿠미와 도키오가 개찰구를 지나 플랫폼으로 향하는 계단으로 갔다. 계단을 내려갈 때 개찰구를 돌아보니 다케미와 제시가 아직도 거기 있었다. 다쿠미는 오른손을 들어 인사했다.

"저 친구 대단해." 계단을 내려가면서 다쿠미가 중얼거렸다.

도키오도 고개를 끄덕였다.

오사카에서 나고야까지 긴테츠 특급을 타면 두 시간 남짓 걸린다. 그동안 두 사람은 거의 대화를 나누지 않았다. 다쿠미는 창밖의 경치를 바라보면서 도조 스미코와 다시 만나는 장면을 생각했다. 도키오는 내내 잠만 자고 있었다.

이 녀석은 도대체 누구지……. 도키오의 옆모습을 보면서 다쿠미는 생각했다.

먼 친척이라고 했다. 하지만 어떤 연고가 있는 아이인지 결국 알아내지 못했다. 본인도 찾으려고 하는 것처럼 보이지 않았다. 그런데도 왜 도키오가 오늘까지 줄곧 다쿠미 옆을 떠나지 않았는지도 모른다.

–난요, 당신의 아들이라고요.

언젠가 도키오가 그렇게 말한 적이 있다. 미래에서 왔다고. 말도 안 되는 이야기라고 생각했지만 어쩌면 그게 가장 적절한 대답 같다는 생각도 든다. 미래에서, 형편없는 아버지를 도와주러 나타났다……. 참 그럴 듯한 이야기다. 그게 사실이라면 얼마나 멋질까 하고 생각했다.

뭐, 어때, 이 녀석이 누구인지는 언젠가 본인의 입으로 털어놓게 될 것이다. 초조해할 필요는 없다. 분명한 건 이 녀석과 같이 있으면 자신이 조금씩 변해간다는 사실이다. 물론 바람직한 방향으로. 그것만으로도 충분하지 않은가. 다쿠미는 그렇게 생각하기로 했다.

나고야에 도착하자 전과 마찬가지로 메이테츠 열차로 진구마에 역까지 갔다. 역에 도착할 무렵에는 주위가 어두워지기 시작했다. 추적추적 가랑비가 내리고 있었다. 어느새 일본열도는 장마전선에 휩싸인 것이다. 두 사람 모두 우산이 없었기 때문에 옷이 젖는 걸 감수하며 걸음을 옮겼다.

'하루안'의 감색 휘장이 보였다. 다쿠미가 멈춰 서서 심호흡을 했다.

"왜 그래요?" 도키오가 물었다.

"긴장해서 그래."

"예에?"

"가자." 다쿠미가 다시 걷기 시작했다.

두 사람은 휘장을 걷으며 안으로 들어섰다. 날이 저물고 가랑비도 내려서 그런지 가게 안에는 손님이 없었다. 도조 준코가 전과 마찬가지로 안에 있었다. 역시 기모노 차림이었다. 그녀가 두 사람을 보고 일어나서 아무 말도 없이 다가왔다.

"정말 다시 와주셨군요."

"우리가 올 걸 알고 있었나요?"

"낮에 아사오카 할머니한테서 전화가……."

"아아……."

다케미의 소행이구나 하는 짐작이 갔다. 오늘 여기로 오는 것은 할머니에게 말하지 않았었다. 그녀가 가르쳐준 게 틀림없다.

"어머니를 만나주실 거지요."

다쿠미는 잠시 망설이고 나서 예, 하고 대답했다.

두 사람은 지난번과 마찬가지로 다실로 안내를 받았다.

“여기서 잠시 기다려주세요. 지금 바로 차를 가져올게요.” 그렇게 말하고 도조 준코는 나가려고 했다.

“잠깐만 기다려주십시오.” 다쿠미가 말했다. “그 사람을 만나기 전에 먼저 사죄해야 할 일이 있습니다.”

그녀는 의아한 표정으로 고개를 갸우뚱하자 다쿠미가 똑바로 자세를 가다듬고 앉아서 바닥에 두 손을 짚고 깊이 머리를 조아렸다.

“죄송합니다. 제가 그걸 잃어버렸습니다.”

“그거라니요?”

“그쪽……당신에게 받은 책 말입니다. 만화책이었지요. 소중한 물건인줄도 모르고 잃어버렸습니다. 아닙니다, 잃어버린 게 아니지요. 제가 전당포에 팔아버렸습니다. 그때는 그것이 얼마나 중요한 물건인지 이 바보는 아무것도 몰랐습니다. 정말 뭐라고 사죄를 드려야 할지 모르겠습니다. 저를 때려도 발로 차도 좋습니다. 아무튼 정말……죄송합니다.” 다쿠미는 이마를 다다미에 문지르며 얼굴을 들지 못했다.

도조 준코는 말이 없었다. 그녀가 어떤 얼굴을 하고 있는지 다쿠미는 알지 못했다. 아무리 심한 모멸의 말이라도 들을 각오를 했다.

후우, 하고 숨을 내쉬는 소리가 들렸다. 그는 욕먹을 각오를 했다. 그러나 이어서 들리는 목소리는 너무나 온화한 말투였다.

"잠깐만 기다려주세요." 그리고 나가는 소리, 문이 닫히는 소리가 들렸다.

다쿠미가 고개를 들고 도키오를 쳐다보았다.

"화가 많이 났겠지? 너무 화가 나서 오히려 아무 말도 나오지 않았을 거야."

"그렇게 보이지는 않던데요." 도키오가 고개를 갸우뚱했다.

"부엌칼이라도 갖고 오는 게 아닐까."

"설마!"

"좋아, 그땐 그때야. 찔러도 얌전히 당해야지."

"무슨! 그런 일은 있을 리가 없다니까요."

복도를 걸어오는 발소리가 들렸다. 다쿠미는 얼른 조금 전과 똑같은 엎드린 자세를 취했다. 문이 열리는 소리가 들리고 이어서 그녀가 맞은편에 앉는 기척이 있었다.

옆에서 도키오가 앗, 하고 소리를 질렀다. 다쿠미는 흠칫 어깨를 움츠렸다.

"자, 얼굴을 드십시오."

다쿠미가 고개를 조금 들었다. 그러나 눈은 꼭 감고 있었다.

도조 준코가 후훗, 하고 웃었다. "눈도 뜨세요."

그는 한쪽 눈을 뜨고 이어서 나머지 한쪽 눈도 떴다. 자신의 앞에 놓여 있는 물건을 보자 "어어!" 하며 입이 벌어졌다.

그것은 바로 『공중교실』 만화책이었다. 손으로 직접 그린 원화였고 자신이 전당포에 팔아넘긴 그 물건이 틀림없었다.

"어어! 어떻게 이게 여기에……."

"오사카의 업자가 알려왔어요. 쓰메즈카 무사오의 작품 원화가 발견되었다고. 저희는 그 업자에게 쓰메즈카의 작품이 나오면 즉시 연락해달라고 항상 부탁해놓았거든요. 어머니의 지시였지요. 직접 그린 작품이 워낙 얼마 되지 않기 때문에 혹시나 했는데 역시 이 책이었습니다." 도조 준코가 웃으며 말했다.

"죄송합니다." 다쿠미는 다시 고개를 숙였다. "저에게 여러 가지 사정이 있어서."

"걱정하지 마세요. 어떻게 다루든 당신 자유라고 말씀드린 건 저였으니까. 그보다 이제라도 이 작품의 의미를 이해해주신 것이 기쁩니다."

다쿠미는 고개를 들 수가 없었다. 자기가 했던 말을 돌이켜 생각하고 부끄러웠다.

"다쿠미 씨, 그럼 다시 이 책을 당신께 드려도 될까요?"

"저한테 말입니까? 그래도 괜찮으시겠습니까?"

그녀는 고개를 끄덕였다.

"당신 말고 이것을 가질 자격이 있는 사람은 없는걸요."

다쿠미는 책으로 손을 뻗었다. 그 감촉은 처음 잡았을 때와는 분명 달랐다. 온기가 마음속까지 전해지는 것 같았다.

"아, 참! 저한테도 보여 드려야 할 물건이 있습니다." 그는 가방을 열고 편지를 꺼냈다. 스미코가 그에게 보내려고 했던 편지다. 그것을 도조 준코에게 내밀었다.

그녀는 수신인의 이름을 보고 고개를 끄덕였다.

"이 편지에 대해서 어머니한테 들은 적이 있습니다. 내용에 대해서도 들었어요."

"한번 읽어보십시오."

"아니요. 이건 어머니가 당신께 보낸 편지인걸요." 그녀는 봉투를 그의 앞에 놓았다.

"이 편지도 무사히 당신에게 전달이 된 걸 아신다면 어머니도 아마 기뻐하실 겁니다."

"저기……환자의 상태는 어떻습니까?"

도조 준코는 고개를 조금 갸우뚱했다.

"좋아졌다 나빠졌다 하는 상황이라고 할지. 그럼 이제 어머니를……."

"만나겠습니다." 다쿠미는 그녀의 눈을 보며 말했다.

다쿠미는 그녀를 따라 긴 복도를 걸어갔다. 과자 냄새가 집 안 전체를 감싸고 있는 것을 그는 처음 깨달았다. 전에 왔을 때는 느끼지 못했던 분위기였다.

복도 안쪽에 있는 방까지 온 도조 준코는 방문 앞에서 허리를 굽히고 문을 열더니 그대로 다쿠미를 쳐다보며 들어가라는 듯 고개를 끄덕였다.

다쿠미는 안을 들여다보았다. 이불이 깔려 있고 도조 스미코가 누워 있었다. 여전히 눈을 감고 있는 것 같았다. 옆에 흰 가운을 입은 여자가 있는 것까지 전과 똑같았다.

사모님, 가운 차림의 여자가 불렀다. 그러자 스미코의 눈자위가 천천히 움직였다.

"다쿠미 씨가 왔어요." 도조 준코가 말을 걸었다. 그러나 스미코는 반응이 없었다.

들어가세요, 하고 준코가 말했다. 다쿠미가 방 안으로 발을 들여놓았다. 그러나 이부자리에서 조금 떨어진 곳에 앉았다.

"좀더 가까이……." 준코가 말했다.

다쿠미는 움직이지 않고 앉은 채 스미코를 바라보았다. 그녀는 몇 번 눈을 깜빡이다가 다시 눈을 감아버렸다.

"저기……죄송합니다만." 다쿠미가 입술을 핥으며 말했다. "저희끼리 있게 해주실 수 있겠습니까?"

"예? 그건 좀……." 가운 차림의 여자가 당황한 얼굴로 도조 준코를 쳐다보았다.

"괜찮아요." 준코는 즉시 대답하고 가운을 입은 여자를 보았다. "잠깐 정도는 괜찮을 거예요."

"예에, 그건 그렇지만……."

"그럼 나갑시다."

가운 차림의 여자는 조금 망설이는 것 같았지만 스미코를 한 번 들여다보고 나서 일어섰다. 두 여자가 방을 나가고 이어서 도키오도 자리를 비켜주었다.

단둘이 남은 뒤에도 다쿠미는 한참을 그냥 앉아만 있었다. 스미코 역시 미동도 하지 않았다.

"저기……." 그는 입을 열었다. "잠이 드신 겁니까?"

역시 그녀의 눈꺼풀은 감긴 채였다. 다쿠미는 헛기침을 한 번 하고 나서 보일 듯 말 듯 몸을 움직여 환자 옆으로 다가갔다.

"저기요……, 잠이 들었는지도 모르지만 여기 오면 꼭 하고 싶었던 말이 있어서 일단 해보겠습니다. 제 말이 들릴지 어떤지는 모르지만 못 들어도 어쩔 수 없는 일이고……." 그는 볼을 긁적이며 다시 헛기침을 했다. "뭐랄까, 우선 지난번에는 죄송했습니다. 저도 여러 가지 사정을 몰랐고 해서."

여기까지 단숨에 말하고 난 그는 얼굴을 찡그렸다. 머리를 긁고 자신의 무릎을 두드렸다. 그리고 다시 스미코에게로 시선을 돌렸다.

"당신 탓이 아닙니다." 그는 말했다.

그 순간 스미코의 눈썹이 실룩, 움직인 것 같았다. 그는 가만히 그녀를 응시했다. 그러나 스미코의 눈은 그대로 감긴 채였고 움직임도 없었다.

그는 침을 삼키고 숨을 깊이 들이켰다.

"당신 탓이 아닙니다." 다시 한 번 말했다. "여러 가지 일이 있었지만 당신 탓이 아닙니다. 제 인생이니까 제가 처신을 잘 해야 했던 거지요. 이제는 당신을 탓하지 않겠습니다. 그 말을 하고 싶었어요. 으음, 그리고 또 하나. 저를 낳아주셔서 감사합니다. 정말 감사합니다."

다쿠미가 바닥에 손을 대고 고개를 숙였다.

여전히 스미코는 대답이 없었다. 역시 자는 것 같았다. 그러나 상관없었다. 여기서 이렇게 고개를 조아리는 것이 오늘 찾아온 목적이었으니까.

한숨을 쉬면서 무릎을 세웠다. 도조 준코를 부르러 갈 생각이었다. 그러나 스미코의 자는 얼굴을 본 순간 다쿠미는 몸을 흠칫 떨었다.

그때 다쿠미는 자신의 가슴속에서 뭔가가 깨진 느낌을 받았다. 그것이 목소리가 되어 나올 뻔했지만 애써 참았다. 석상처럼 그 자리에서 움직일 수가 없었다.

몇 번씩 호흡을 가다듬고 나서 다쿠미는 온몸의 힘을 쭉 뺐다. 바지 주머니에 손을 넣고 그대로 이불로 다가갔다. 그는 주머니에서 손을 뺐다.

그의 손에는 구겨진 손수건이 쥐어져 있었다. 떨리는 손으로 그것을 스미코의 얼굴로 가져갔다.

그녀의 젖은 눈가를 다쿠미는 살며시 닦아주었다.

40

"어이, 미야모토, 이거 잘 봐. 원고는 '하시모토 다에코'잖아. 이건 '다에모' 아냐?"

반장에게서 지적을 받고 다쿠미는 자신의 실수를 깨달았다.

"아, 정말. 죄송합니다. 제가 잘못 본 것 같습니다."

"자네 말이지, 이 세상에 다에모라는 이름은 없어. 잘 좀 생각해서 해."

나도 '다에코'인 줄 알고 활자를 골랐지만 실수로 '다에모'를 집은 건데……. 그렇게 반론하고 싶었지만 다쿠미는 꾹 참고 "죄송합니다" 하고 모자를 벗고 고개를 숙였다.

"이래서야 원 도대체가……잘 좀 해." 반장은 혼자 투덜거리면서 자리를 떠났다.

다쿠미는 혀를 차면서 모자를 다시 썼다. 그의 앞에는 활자를 담은 선반이 빼곡하게 놓여 있다. 눈앞에 메모를 보면서 지정된 활자를 골라내는 것이 그의 일로, 무코지마 변두리에 있는 작은 인쇄소다. 종업원은 다쿠미 말고 두 명밖에 없다. 그의 신분은 아르바이트다. 무더위를 맞아 안부 인사를 다니는 계절이라 일손이 모자라서 아르바이트 모집 광고가 있었다. 꼼꼼하게 글자를 찾아내는 일은 그의 성격에 맞지 않았다. 그러니 당연히 실수가 많다. 대량의 종이를 옮기거나 완성된 인쇄물을 주문처에 배달하는 일도 하는데 그런 일들이 체력적으로는 힘들어도 마음은 오히려 편했다.

"다쿠미! 손님 오셨어." 대머리 사장이 사무실에서 얼굴을 내밀었다.

"손님요? 저한테요?"

도키오가 왔나 싶었다. 도키오는 오토바이 가게에서 일하고 있다. 중고 오토바이를 쌓거나 내리고 진열하는 일인데, 단기간의 아르바이트로 오늘이 마지막이라고 들었다. 일찌감치 일을 마치고 놀려주기도 할 겸 다쿠미가 일하는 모습을 살피러 왔는지 모른다.

그러나 사무실을 나와 보니 그를 기다리는 사람은 전혀 예기치 않은 인물이었다.

"어이, 건강해 보이는데." 다카쿠라는 셔츠 위에 하얀 재킷을 입고 있었다. 얼굴은 햇볕에 탔는지 새카맣다.

"앗, 오래간만입니다." 다쿠미가 고개를 숙였다.

"10분이나 15분 정도 이야기할 수 있을까?"

"괜찮을 겁니다. 잠깐만 기다리세요."

사장에게 허락을 얻고 밖으로 나왔다. 다쿠미의 급료는 능률제라서 도중에 일을 쉬어도 크게 싫은 소리는 듣지 않았다.

인쇄소 맞은편에 있는 다방으로 들어갔다. 다쿠미는 냉커피를 주문했다. 게임기가 장착된 테이블은 거의 손님들로 채워져 있었다. 두 사람이 앉은 테이블은 목재로 된 평범한 탁자였다. 자신도 모르게 팔이 근질거리긴 했지만 게임을 하는 손님들에게는 눈길도 주지 않기로 했다. 치즈루의 말이 지금도 가슴에 남아 있다.

"제법 성실한 직업을 골랐는데." 다카쿠라가 담배에 불을 붙이며 신기하다는 듯 말했다.

"인쇄소에서 일한다고 하면 조금은 똑똑해 보일까 싶어서요." 다쿠미는 솔직하게 대답했다.

다카쿠라는 그 말에 웃으며 담뱃재를 털었다. 얼굴을 들었을 때는 미소가 사라진 표정이었다.

"전에 그 국제통신 회사 건 말인데. 아마 대충 결론 난 분위기야. 그래서 자네한테도 보고는 해두자 싶어서."

"그래요? 저 같은 사람한테까지 일부러 말해주지 않아도 됩니다만."

"그렇게 말하지 말게. 나는 나대로 일을 처리하는 원칙이라는 게 있어. 피우겠나?"

다카쿠라가 붉은 색 라크 담뱃갑을 권하기에 감사합니다, 하며 한 개비 빼물었다. 직장은 종이가 여기저기 쌓여 있고 더구나 인쇄용 약품이 놓여 있다는 이유로 금연을 철저하게 지켜야 한다.

"국제통신 회사의 사장은 사적인 물건을 회사의 로비 자금으로 구입했다는 것 때문에 업무상 횡령 혐의로 체포될 거야. 요컨대 오카베 무리가 외국에서 사들인 물건을 가로챘다는 이야기야. 오카베도 같은 혐의로 수사를 받게 될 거고."

"단순한 횡령이 아니잖습니까. 뇌물로 여기저기 뿌리고 다녔다고 하지 않았나요?"

다쿠미의 말에 다카쿠라는 고개를 끄덕였다.

"우정郵政 관료 두 명의 이름이 거론되고 있어. 그 두 사람이 뇌물 수수 혐의를 받게 되겠지. 우정국으로서도 전혀 모르는 일로 할 수는 없으니까 희생양으로 내준 거겠지. 그 두 사람도 어차피 또 다른 횡령을 했을 테니까 동정해줄 필요는 없어."

"정치가는 어떻습니까? 보이지 않는 흑막이 있겠지요?"

다카쿠라는 입술을 내밀며 고개를 흔들었다.

"유감스럽게도 경찰 수사는 거기까지 진행되지 않았어. 진행하지 못했다고 하는 게 맞겠지. 사실 어떤 거물의 이름이 잠깐 나오는 듯 했는데 거기까지가 다였어. 파티 비용, 접대, 선물 같은 형태로 건네준 사실은 증명했지만 뇌물이라는 인식이 있었는지 여부가 확실치 않아 입건은 포기했다는 거겠지. 뻔한 결과랄까, 어쨌든 예상대로의 결론이지. 우리 손이 미치지 않는 곳에서 어떤 거래가 이루어지고 이야기가 결말이 나서 결국 그렇게 된 거야."

"치사하군요." 다쿠미는 입술을 일그러뜨리며 냉커피를 입 안에 털어 넣었다.

"자네들에게도 크게 신세를 졌지. 아무런 보상도 못하고 미안하게 생각하고 있네."

"다카쿠라 씨가 사과할 필요는 없지만……치즈루는 어떻게 되는 겁니까?"

"그녀의 일은 잘 처리되었어. 혐의를 받는 일은 없을 거야. 오카베에게 속았다는 걸로 결론이 났어. 그녀도 피해자야. 그런데 자네는 그녀와 헤어졌다더군. 이번 일이 원인이라면 정말 안타까운 일이네만."

다쿠미는 얼른 손을 내밀어 얼굴 앞에서 흔들었다.

"이번 일이 계기가 되긴 했지만 언제가 될지는 몰라도 결과는 마찬가지였을 겁니다. 마음 쓰지 마십시오. 저도 치즈루도 아무것도 모르는 어린애였지요. 이제부터는 사려 깊은 어른이 되기 위해 모든 것을 재출발하려는 생각입니다." 그렇게 말하고 나서 다쿠미는 고개를 갸우뚱했다. "어른이 되려면 아직 멀었는지도 모르지만."

다카쿠라는 웃는 얼굴로 고개를 끄덕였다.

"다카쿠라 씨는 앞으로 어떻게 하실 생각입니까?"

"한동안은 그냥 지금 회사에 있게 되겠지. 여러 가지로 처리

해야 할 일이 남아 있어서. 하지만 언젠가는 나갈 거야. 우리끼리 이야기네만 새로운 회사를 만들 계획도 있어."

"예에? 굉장하군요. 무슨 회사입니까?"

"물론 통신 쪽이지. 앞으로는 정보가 최대의 상품이 될 거야. 그래서 통신수단도 자꾸 변천해갈 거야. 예를 들면 자동차 전화 같은 거."

"자동차 전화요? 차에 전화기를 놓는다는 말입니까?"

"이미 계획은 시작되었어." 다카쿠라는 커피를 마시면서 턱을 끄덕였다. "전파의 중계 지점을 여기저기 만들 거야. 무선을 이용한 전화지."

비슷한 이야기를 들은 적이 있는 것 같았다. 이윽고 누구한테 들은 이야기인지 생각이 났다.

"자동차 전화도 대단하지만……." 그는 말했다. "그게 가능해지면 그 다음에는 사람들이 제각기 전화기를 하나씩 가지고 다니게 되겠네요. 휴대식 전화라고나 해야 하나."

커피 잔을 입으로 가져가던 다카쿠라가 그대로 멈춰버렸다. 놀라는 얼굴이었다.

"재미있는 말을 하는군. 맞아. 언젠가는 그렇게 될 거야. 아직 휴대할 수 있을 정도로 기계를 작게 만들 수 있는지 여부가 관건이긴 하네만."

"금방 될 겁니다. 우리나라만이 아닐걸요. 해외 제조 회사도 앞을 다투어 개발에 나설 테니까요." 이것도 도키오에게 들은 이야기였다. 요즘 들어 도키오에게 이런 꿈같은 이야기를 들은 적이 많다. 적당히 흘려듣곤 하지만 어쩐지 기억에 남아 있다.

"그렇게 되면 통신업계는 더 커지겠군."

"다카쿠라 씨, 퍼스널 컴퓨터 아시지요?"

"개인 컴퓨터 말이지. 아직 본 적은 없지만 어떤 건지는 알고 있어."

"거기에 전화 회선을 연결해서 정보 교환이 가능해질 거라더군요."

다쿠미의 말에 다카쿠라는 눈을 휘둥그레 뜨고 그의 얼굴을 빤히 쳐다보았다.

"어떻게 그런 걸 그렇게 잘 알지? 맞아. 하지만 아는 사람은 거의 없어. 겨우 작년에 개발된 기술이니까. 누구한테 들었지?"

"아니, 글쎄요……어떤 기사 같은 데서 읽었는지도 몰라요."

"자네가 통신 기술에 관심이 많다니 의외야. 그런데 그게 어땠다는 거지?"

"전화 회선을 이용해서 컴퓨터 정보를 교환할 수 있게 되면 개인이 그 컴퓨터라는 걸 소유할 기회도 늘어나겠죠. 그러면 전 세계의 전화 회선이 컴퓨터로 연결되지 않겠습니까. 지금까지는 소리밖에 전할 수 없었지만 컴퓨터 정보라면 영상이나 화상 같은 것도 주고받을 수 있게 되겠죠. 그렇게 되면……뭔가 굉장한 세상이 될 것 같다는 생각이 들어서요."

"이야기를 계속 해보게." 다카쿠라는 몸을 앞으로 내밀며 말했다.

"아니, 그냥 딱히 뭘 말하고 싶어서가 아니고 적당히 떠오른 생각을 말해본 것뿐입니다."

"괜찮으니까, 계속 말해봐."

그의 재촉에 다쿠미는 머리를 긁적였다. 이야기가 이상해지고 있다는 생각에 후회가 되었다.

"그런 식으로 전화선을 이용해서 엄청난 양의 정보가 교환되고 말하자면 정보의 그물 같은 형태가 되면 전화기 자체도 바뀔 것 같습니다. 조금 전에 말한 휴대식 전화가 보급되고 그 전화기로 통화를 할 뿐만 아니고 간단한 컴퓨터 같은 기능을 추가하면 누구나 이동하면서 전 세계의 정보를 얻을 수 있게 되겠죠. 그렇게 되면 전 세계가 완전히 하나가 되는 건데."

다쿠미는 머리를 흔들었다. 스스로도 무슨 이야기를 하는지 알 수 없었다. 무엇보다 거의 모든 것이 도키오에게 들은 이야기를 떠벌이고 있는 것이다.

"그런 시대가 올까요?"

다카쿠라는 다쿠미의 얼굴을 빤히 들여다본 다음 입을 열었다.

"자네 소설이라도 쓰는 건가? SF소설 같군."

"제가요? 설마!"

"그럼, 지금 한 이야기를 다른 사람에게도 했나?"

"아니요. 지금 처음 해보는 겁니다."

"그래……." 다카쿠라는 뭔가를 생각하는 얼굴을 하고 나서 싱글싱글 웃기 시작했다. "정말 독특한 발상이야. 이동식 전화기를 계획하는 정도로 흥분할 수준이 아니군. 미야모토, 자네 참 대단해."

"아니, 뭐……."

"자네를 만나게 하고 싶은 인물이 있네. 다음에 꼭 시간을 내주겠나?"

"저야 뭐, 시간이라면 얼마든지 남아도는 사람이지만, 그게 누구죠?"

"새로 만들 회사의 사장이 될 사람이야. 자네 이야기를 듣게 하고 싶네."

"이런 이야기를 말입니까?"

"누구라도 놀랄 거야. 그럼 약속한 거네." 다카쿠라는 다쿠미의 얼굴을 가리키며 말했다.

이날 근무를 마치고 집에 돌아오니 이미 도키오가 들어와서 일본 지도를 보고 있었다. 옆에는 컵라면 빈 그릇이 놓여 있었다.

"일은 잘 끝냈어?" 다쿠미가 물었다.

"예, 아르바이트비 받아왔어요."

"내일부터 어떻게 할 거야? 다른 일자리를 찾을 거야?"

"내일 일은……." 도키오는 지도를 노려보면서 대답했다. "더는 생각하지 않아도 돼요."

"그게 무슨 소리야? 어이! 무슨 의미냐고."

"저기요, 다쿠미 씨, 잠깐 의논 좀 해도 될까요?"

"나한테? 희한한 일이군." 다쿠미는 도키오 옆에 가부좌를 하고 앉아 담배를 피워 물었다.

"만약에 말이에요, 타임머신이 있어서 그걸로 큰 사고 직전으로 돌아갔다면 어떻게 할래요?"

"넌 가끔 이상한 걸 묻더라." 다쿠미는 담배를 한 모금 빨아들였다. 역시 에코 담배는 라크보다 맛이 형편없어, 라고 생각하면서 입을 열었다. "타임머신 같은 게 있을 리가 없잖아."

"그러니까 만약에라고 했잖아요. 어떻게 할래요?"

"어떻게 하다니, 사고가 일어날지 알면 일어나지 않게 만들면 되잖아."

"하지만 그건 과거를 바꾸는 결과가 되는걸요. 사고가 일어나지 않게 되면 현재 상황이 상당히 많이 달라질지도 몰라요. 어쩌면 나는 이 세상에 태어나지 않을지도 모른다고요."

"뭐? 그게 또 무슨 소리야? 가끔 네 말은 도통 의미를 이해할 수가 없어."

도키오는 한숨을 쉬었다. "이해할 수 없겠죠."

"무시하는 거야?"

"그런 게 아니고 그냥……모르는 게 당연하다는 말이에요." 도키오는 고개를 흔들며 다시 지도로 시선을 돌렸다.

"지금 이야기는 잘 모르지만 휴대식 전화며 개인 컴퓨터 이야기라면 알아듣지. 오늘도 다카쿠라 씨를 만나 이야기했는데 좀 놀라더군." 그는 낮에 있었던 일을 도키오에게 이야기해주었다.

도키오는 진지한 얼굴로 듣고 나더니 두세 번 고개를 까딱거렸다.

"다카쿠라 씨가 하는 제의를 받아들이는 게 좋을 거예요. 분명히 잘될 거예요. 뭐, 이런 이야기는 내가 꼭 할 필요도 없을지 몰라요. 과거는 변하지 않는 거니까."

"뭐야, 또 과거 이야기야? 너 머리가 어떻게 된 거 아냐?"

다쿠미가 그렇게 말했을 때 문을 노크하는 소리가 났다.

"미야모토 씨, 전보 왔습니다." 남자 목소리였다.

"전보?" 그런 걸 받아본 적이 없는 다쿠미는 의아해하면서 문을 열고 전보를 받아들었다.

내용을 읽고 난 다쿠미는 잠깐 숨을 몰아쉬더니 그 자리에 망연자실 서 있었다.

"도조 씨한테 온 거죠?" 도키오가 물었다.

다쿠미는 그의 얼굴을 마주보았다. "그걸 어떻게 알아?"

도키오는 슬픈 듯 미소를 지었다. "7월 10일이니까요."

그가 하는 말의 의미를 이해할 수 없었지만 다쿠미는 그런 생각을 할 여유가 없었다. 전보 내용에 충격을 받았기 때문이다.

도조 스미코가 죽었다는 부고였다.

41

다음 날 오후 다쿠미는 도키오와 함께 도쿄 역 앞에서 고속버스를 탔다. 스미코의 밤샘 의식은 오늘 밤에 거행하는 모양이다. 내일은 장례식이다. 친족으로 참석할지 말지 다쿠미는 아직 결정하지 못했다. 이제 와서 아들입네 하는 얼굴로 나타나는 건 너무 뻔뻔하다는 생각이 들었기 때문이다.

"버스를 이용하다니, 좋은 생각이에요." 도키오가 말했다.

"신칸센은 비싸니까. 나도 이제는 절약하면서 살아야겠다는 생각을 했지."

"흐음……만약 신칸센을 이용할 생각이었다면 내가 버스를 타자고 말할 작정이었는데, 역시 과거는 바뀔 수가 없는 거군요."

"너 어제부터 좀 이상하다. 더위 때문에 머리가 이상해진 거 아냐?"

버스는 예정대로 출발했다. 지난번 신칸센도 처음 타본 것이었지만 이번 고속버스도 다쿠미에게는 처음 하는 경험이다. 지금까지는 아예 도메이 고속도로를 본 적도 없었다.

신칸센 안에서 봤던 것과는 다른 경치를 바라보면서 다쿠미는 도조 스미코에 대해 생각했다. 그녀의 죽음에 충격을 받았지만 슬픈 감정은 아니었다. 굳이 말하자면 실망스러운 느낌에 가까웠다. 그는 이제 와서야 그녀와 좀더 이야기해야 할 게 있다는 생각이 들기 시작했는데, 그것이 불가능해졌다는 것이 아쉬웠던 것이다. 유일한 위로는 마지막 만났을 때 지금까지의 원망에 대한 사과와 자신을 낳아준 것에 대한 감사의 마음을 전할 수 있었던 일이다. 얼마나 전달되었는지는 알 수 없지만 그녀의 눈물을 본 것으로 전해졌다고 믿기로 했다.

어찌 된 영문인지 도키오는 줄곧 말이 없었다. 눈은 감고 있지만 자는 건 아닌 듯 미간에 계속 주름을 만들었다. 그는 뭔가 망설이는 것처럼 보였다. 다쿠미가 말을 걸어도 애매한 대답밖에 하지 않았다.

버스 안에 화장실이 있긴 했지만 아시가라 휴게소에서 10분간

쉬었다 갈 예정이었다. 버스가 서자 다쿠미는 도키오를 재촉해 자리에서 일어섰다.

"너 뭘 그렇게 멍청하게 있어. 속이 안 좋은 거야?"

"아니요. 속은 괜찮아요."

"그럼 뭐야."

"아무것도 아니에요."

화장실을 향해 가는 도중에 도키오가 멈춰 섰다. 그의 시선은 도로 옆에 세워놓은 오토바이를 보고 있었다.

"오토바이 가게에서 일 좀 했다고 갑자기 오토바이 마니아가 된 건 아니겠지."

"열쇠가 꽂혀 있어요."

"뭐?"

"열쇠가 꽂혀 있다고요, 저 오토바이."

보니까 정말이었다.

"흐음, 조심성이 없군. 이런 데서 도둑맞을 일이 없는 줄 아는 모양이야. 아니면 소변이 어지간히 급했거나."

다쿠미의 농담에도 도키오는 웃지 않았다. 이상하군, 하고 생각했다.

"어차피 넌 운전도 못하잖아." 다쿠미가 말했다.

"오토바이 가게 옆 공터에서 연습을 좀 했어요."

"그래서 어쩌겠다는 거야. 가자, 나야말로 싸겠다."

다쿠미가 걸음을 옮기기 시작했을 때, 앗, 하고 도키오가 소리를 질렀다. 이번엔 또 뭐야, 하고 돌아다보았다. 도키오의 시선 끝에는 빨간 카로라가 서 있었다. 세 여자가 그 차에 타려는 참이었다. 한 명은 머리를 뒤로 묶고 있었다.

"미인들이 출동했군. 너도 미인이 좋구나."

"그런 게 아니에요."

"그럼 뭐야? 아는 사람이야?"

"아니요." 도키오는 고개를 저으며 말했다. "아직은 모르지만……."

"아직은?"

이윽고 빨간 카로라는 가벼운 엔진 소리와 함께 두 사람이 보는 앞에서 출발했다.

"자, 어서! 아가씨들도 사라졌으니까 얼른 가자. 우물쭈물하다가 버스 놓칠라."

그러나 도키오는 움직이려고 하지 않았다. 심호흡을 한 번 하더니 다쿠미 쪽으로 돌아섰다. 눈에 진지한 빛이 감돌았다.

"뭐야? 왜 그래?" 다쿠미는 몸을 긴장하며 물었다.

"다쿠미 씨." 도키오는 침을 삼키며 말했다. "여기서 이별이에요."

"뭐어?"

"여기까지라고요. 짧은 동안이었지만 정말 즐거웠어요."

"무슨 소리야, 너?"

"다쿠미 씨랑 같이 있을 수 있었던 것만으로 나는 행복했어요. 아니, 이 세상에서 만나기 전부터 그렇게 생각했어요. 지금 다쿠미 씨와 만나기 전에도 나는 충분히 행복했어요. 태어나길 잘했다고 생각하고 있는걸요."

"도키오, 너……."

도키오는 뭔가를 억눌러 참듯이 입술을 깨물었다. 그리고 천천히 고개를 가로저었다.

"과거는 바꾸면 안 되는 건지도 몰라요. 하지만 무슨 일이 일어날지 알면서 가만히 보고만 있을 수는 없어요." 그렇게 말하더니 그는 뛰어가서 조금 전에 열쇠가 꽂혀 있다던 오토바이를 잡아타고 시동을 걸었다.

"앗, 어이! 뭐 하는 거야?"

다쿠미가 헐레벌떡 달려갔지만 이미 도키오를 태운 오토바이는 움직이기 시작했다.

"어이! 도키오!"

그가 부르는 소리에 도키오는 아주 잠깐 얼굴을 돌려 그를 보았다. 그러나 속도를 늦추지 않고 그대로 고속도로를 향해 질주했다.

다쿠미는 당황해서 주위를 둘러보았다. 버스 운전사가 느릿느릿 걸어오고 있었다.

"이봐요, 빨리 버스를 출발시켜줘요."

다쿠미의 서슬에 운전사는 뒷걸음질을 쳤다. "당신 뭐야?"

"승객이에요. 빨리 출발하자니까요!"

"아직 2분 남았소."

"2분 정도 빨리 가면 어때요. 바빠서 그래요."

"그럴 수는 없소. 손님들이 다 타지도 않았는데."

운전사의 뒤를 따라 다쿠미도 버스를 탔지만 승객이 아직 다 돌아오지 않은 상태였다. 그는 자리에 앉아 조바심을 쳤다.

"옆자리 손님은?" 승무원이 물었다.

"그 친구는 다른 차를 탔어요. 돌아오지 않을 테니까 그냥 출발해도 돼요."

다쿠미의 말에 승무원은 의아한 얼굴을 했다.

드디어 버스가 출발했다. 다쿠미가 정면을 보았지만 몇 분 전에 출발한 도키오를 따라잡을 수 없었다.

그는 도키오의 행동을 이해할 수가 없었다. 그는 왜 그런 말을 했을까. 과거를 바꾼다……. 그는 종종 그런 말을 입에 올렸다. 그건 무슨 의미였을까. 그리고 오토바이를 타고 뭘 하려는 걸까. 왜 갑자기 이별이라고 말했을까.

단 한 가지 확실한 것은 다쿠미의 가슴에 안타까운 슬픔 같은 감정이 끓어오른다는 점이었다. 도키오를 다시는 만날 수 없을 것 같아서인지 아닌지는 스스로도 알 수 없었다.

그러고 나서 얼마 뒤에 버스가 갑자기 속도를 늦췄다. 거의 급브레이크에 가까운 상태였기 때문에 그의 몸이 앞으로 쏠렸다. 하마터면 앞자리 등받이에 이마를 부딪칠 뻔했다. 다른 승객의 입에서도 작은 비명이 터져 나왔다.

다쿠미는 정면으로 눈길을 주었다. 차들이 바짝 붙어서 느릿느릿 가고 있었다. 엄청난 교통 체증이었다. 버스는 점점 속도를 늦추다가 결국 서버렸다.

"도대체 뭐야?" 다쿠미는 혀를 찼다. 다른 승객들도 불만을 터뜨렸다.

"잠깐만 기다려주십시오. 지금 알아보는 중입니다." 승무원이 승객들을 타이르듯 말했다.

다쿠미는 도키오가 걱정이 되어 열심히 전방을 찾아보았다. 그러나 점점이 늘어선 미등만 보일 뿐 무슨 일이 일어났는지는 도통 알 수가 없었다.

승무원이 마이크를 들고 앞에 섰다.

"에에……방금 들어온 정보에 의하면 이 앞의 니혼자카 터널 안에서 대규모 화재 사고가 발생한 모양입니다. 자세한 상황은 아직 알 수 없지만 터널을 통과할 가능성은 없는 것 같습니다."

승객들이 일제히 소리를 질렀다.

"그게 무슨 소리요?"

"그럼 어떻게 되는 거요?"

"여기서 움직일 수 없는 겁니까?"

승무원이 운전사와 몇 마디 주고받더니 다시 마이크를 잡았다.

"에에……우선 다음 시즈오카 인터체인지에서 고속도로를 빠져나가겠습니다. 그 뒤에 국도를 이용해서 나고야로 가기로 했습니다. 혹시 시즈오카에서 내리시기를 희망하는 분은 말씀해주십시오. 시즈오카 역에 잠시 세워 드리겠습니다."

몇 명이 내리겠다고 말했다. 다쿠미도 내리기로 했다. 그러나 그것은 한시라도 빨리 나고야에 도착하고 싶어서가 아니었다.

버스가 움직이기 시작한 것은 그로부터 수십 분 뒤였고, 시즈오카 역에 도착한 것은 다시 두 시간 이상이나 지난 뒤였다. 날이 완전히 새고 있었다.

역 구내에 있는 텔레비전 화면을 보고서야 다쿠미는 무슨 일이 일어났는지 알 수 있었다. 니혼자카 터널 안에서 충돌 사고가 있었고, 그것이 화재로 이어진 모양이었다. 현재도 터널 안에 남은 차는 불에 타고 있어서 소화 작업은 전혀 진척이 되지 않고 있다고 했다.

다쿠미가 하루안에 전화를 걸어 오늘 밤에는 갈 수 없을 것 같다고 전했다. 뉴스를 통해 사고를 알고 있었던 도조 준코가 그가 무사하다는 것을 알고 안도하는 것 같았다.

"큰일 날 뻔했습니다. 그런데 다쿠미 씨, 오늘 밤에는 그쪽에서 주무실 건가요? 숙소는 정했습니까?"

"어떻게든 하고, 내일 열차로 그쪽으로 가겠습니다." 다쿠미는 그렇게 말하고 전화를 끊었다. 여관 같은 데 묵을 생각은 없었다. 밤새도록 시즈오카 역에 있을 생각이었다. 가령 도키오가 니혼자카 터널을 지나가지 않았다면 반드시 찾아올 거라고 생각했기 때문이다. 터널을 빠져나갔다면 사고는 당하지 않았을 것이다. 터널 안에 갇혀 있을 것이라는 생각은 하고 싶지도 않았다.

그러나 다쿠미는 도키오가 어제 했던 말을 떠올렸다. 그는 마치 사고를 예견했던 것 같았다. 그는 이 사고를 막으려고 오토바이를 타고 달려갔던 걸까.

설마!

시즈오카 역에는 오도 가도 못하게 된 사람들이 계속 들어오고 있었다. 그들은 여관에도 넘쳐났을 것이다. 다쿠미는 상복이

든 가방을 의자 삼아 앉아서 지나가는 사람들의 얼굴을 확인했다. 하지만 도키오의 모습은 눈에 띄지 않았다.

그 대신 그의 눈길을 끈 사람들이 있었다. 어제 빨간 카로라를 타고 갔던 세 명의 여자들이었다. 머리를 뒤로 묶은 여자의 얼굴은 분명히 기억하고 있었다. 세 사람은 피로의 기색이 짙은 모습으로 바닥에 쪼그리고 앉아 있었다.

다쿠미는 아는 척을 하려다가 망설였다. 뭐라고 말을 걸어야 할지 떠오르지 않았기 때문이다.

한밤중이 되어도 역은 사람으로 북적거렸다. 다쿠미는 결국 그대로 새벽을 맞이했다. 그러나 아침이 되고 첫 열차가 출발할 때까지도 도키오는 나타나지 않았다.

42

결국 다쿠미는 도조 스미코의 장례식에 참석하지 못했다. 그가 도착했을 때는 이미 화장도 끝나 있었다. 도조 준코가 서둘러 안으로 들어가 제단을 만들어 그가 분향할 수 있게 해주었다. 사진 속의 스미코는 젊고 생기에 차 있었다. 다쿠미의 기억에 남아 있는 젊은 시절의 얼굴이었다. 그 무렵에 조금 더 이야기를 했으면 하고 후회했지만 때는 이미 늦었다.

"친구의 이름은 없네요." 분향을 마친 그의 앞에 도조 준코가 신문을 내밀었다. 석간이었다.

다쿠미가 신문을 펼치자 「유통의 동맥 '도메이'의 단절」이라는 제목이 먼저 눈에 들어왔다. 그 아래 "사망자 6명, 불에 탄 자동차 160대"라고 적혀 있는 니혼자카 터널 화재 사건의 기사였다. 복구하려면 며칠 걸릴 것이라는 전망이며 사고의 원인은 차량 6대의 잇따른 충돌이었던 듯했다. 인화성이 강한 에테르를 실은 트럭에 불이 나는 바람에 불길이 계속 번져 약 160대의 차가 잇따라 폭발, 전소되었다는 것이다. 화재 현장의 높은 온도 때문에 소화 작업을 할 수도 없어 불길을 보면서도 손을 쓸 수 없는 상황이었다고 했다. 고속도로 역사상 최악의 사고라고 기사는 강조하고 있었다. 다쿠미는 그 기사를 읽으면서 소름이 돋는 걸 느꼈다. 조금만 시간이 어긋났으면 자신도 그 사고에 말려들었을지 모를 일이었다.

사망자의 신원은 밝혀졌지만 거기에 분명 도키오의 이름은 없었다. 피해자들이 탔던 차도 밝혀졌기 때문에 설사 도키오가 가명이었다고 하더라도 그 안에 포함되지 않은 것만은 틀림이 없어 보였다.

일단 안도의 한숨을 내쉬었다.

하지만, 그럼 도키오는 어디로 간 걸까. 시즈오카 역에서 밤새 기다려도 나타나지 않았으니까, 분명히 사고 전에 터널을 통과했을 것 같은데 도조가에도 끝내 오지 않았다.

—여기서 작별이에요.

그는 그렇게 말했다. 왜 그는 거기서 헤어질 결심을 한 걸까. 대체 뭘 하려고 한 걸까.

아니, 애초부터……. 다쿠미는 생각했다. 도키오는 도대체 누구였을까. 무엇 때문에 나타났고 또 무엇 때문에 사라진 걸까.

도키오는 처음 만났을 때 자신은 먼 친척이라고 소개했었다. 다쿠미는 도조 준코에게 자신과 먼 친척이 있을 가능성에 대해 물어봤지만 그녀는 납득이 안 간다는 얼굴로 고개를 갸우뚱했다.

"아사오카가에는 그런 분이 없었던 것 같아요."

그녀의 대답은 예상대로였다. 다쿠미는 도키오가 먼 친척이라고 한 것은 거짓말일 거라고 생각했다. 뭔가 사정이 있어서 자신의 신원을 밝힐 수가 없었을 것이다. 그것을 감춘 채 다쿠미에게 다가올 필요가 있었을 것이다. 문제는 그 사정이 무엇인가였다. 그러나 아무리 생각해봐도 납득할만한 대답은 나오지 않았다.

도조 준코는 좀더 쉬었다 가도 되지 않느냐고 했지만, 다쿠미는 즉시 도조가를 뒤로 했다. 이 집에는 앞으로 몇 번을 더 오게 될 것이라고 막연한 예감이 들었다. 지금은 도키오가 걱정이었다.

도쿄에 돌아와서도 도키오는 나타나지 않았다. 다쿠미는 하는 수 없이 인쇄소에서 일하는 생활로 돌아갔다. 피곤한 몸으로 집에 돌아와도 이제는 아무도 기다려주지 않았다. 도키오가 나타나기 전의 생활도 늘 그랬지만 지금은 왠지 무척 공허하다는 생각이 들었다.

그 신문기사를 본 것은 니혼자카 터널 사고에서 열흘이 지났을 때였다. 터널은 간신히 일방통행이 가능해졌지만 아직도 심한 체증이 계속된다는 기사였다.

전에는 신문도 별로 읽지 않았던 다쿠미였지만 사고 이후로는 꼼꼼하게 읽는 습관이 생겼다. 그래 봐야 신문도 자기가 사는 게 아니고 직장에 방치된 것을 휴식 시간에 읽는 것이지만, 혹시 새로운 피해자가 나타날지도 모른다고 생각때문이었다. 하지만 다행히 터널 사고와 관련한 사망자가 늘었다는 기사는 없었다.

터널 사고 관련 기사가 많이 줄었다 싶은 그때였다. 그의 눈이 사회면 귀퉁이에 못 박히듯 멈췄다. 거기에 도키오의 사진이 있었기 때문이다. 정면을 향한 사진으로 그 밑에는 "익사체로 발견된 가와베 레이지"라고 되어 있었다. 기사 제목은 "2개월 동안 사라졌던 시체를 발견"이라고 나와 있었다. 다쿠미는 기사를 읽었다.

2개월 전에 해변으로 밀려왔던 익사체가 일단 행방불명이 되었다가 다시 똑같은 장소에서 발견되는 이상한 사건이 시즈오카현 고마에자키 해안에서 일어났다. 발견된 것은 조난 대학 3학년 가와베 레이지川辺玲二(20세) 씨로, 5월 초순 요트 항해 중 폭풍을 만나 전복, 바다에 빠져 익사했던 것으로 보인다. 그때 동승했던 요트 동아리의 친구 야마시타 고타로山下浩太郎(20세) 씨와 함께 익사체가 되어 해안으로 밀려와 이웃 주민에 의해 발견되었다. 그런데 주민들이 경찰에 알리러 간 사이에 가와베 씨의 시체만 감쪽같이 행방불명이 되었다. 경찰과 해상보안 본부에서는 다시 바다로 휩쓸려갔을 가능성이 있다고 보고 수색했지만 결국 발견하지 못했다. 그로부터 약 2개월이 지난 이달 12일 새벽, 거의 같은 장소에서 익사체가 발견되었는데 소지품 등을 근거로 가와베 씨임이 밝혀졌고 가족들도 확인했다. 가와베 씨의 시체에는 상처가 거의 없고 또한 부패도 없었다. 경찰에서는 2개월 전에 밀려왔을 때 가사 상태에 빠져 있던 가와베 씨가 소생한 뒤 어딘가에서 살다가 이번에 다시 익사 사고를 당한 게 아닐까 생각하지만, 의복 등이 2개월 전과 같은 점에 대해서는 여전히 수수께끼 상태라고 한다.

다쿠미는 눈을 집중해 몇 번이고 사진을 다시 보았다. 사진은 입자가 거칠어 판별이 어렵긴 했지만 아무리 봐도 도키오였다.

2개월 전…….

다쿠미는 도키오와 처음 만났을 무렵의 일을 떠올렸다. 그건 바로 2개월 전이다. 그리고 헤어진 것이 이달 11일, 다시 말해 가와베 레이지 씨의 시체가 발견되기 직전이다.

'설마!' 하는 생각이 들었다. 소생한 가와베 레이지가 도키오라는 이름으로 자신과 같이 있었다……. 하지만 그런 일이 실제 일어날 리가 없다. 애당초 다쿠미는 가와베 레이지라는 인물을 전혀 알지 못했다.

시간이 지나도 그 기사에 대한 생각이 그의 머리에서 떠나지 않았다. 신문사에 전화를 걸어 가와베 레이지의 집을 찾아가 몰래 상황을 살펴볼까 하는 생각도 했었다. 그러나 실행으로 옮기지는 않았다. 단순한 우연에 지나지 않는다는 생각도 있었다. 하지만 그 이상으로 도키오가 익사로 죽었다는 식의 결론이 날까 봐, 그것이 두려웠다. 다쿠미로서는 그가 어딘가에서 살아 있었으면 하고 바랄 뿐이었다.

사고가 난 지 약 두 달이 지난 어느 날, 다쿠미는 혼자 고속버스를 탔다. 니혼자카 터널 하행선이 드디어 완전히 복구가 되었다고 들었기 때문이다. 그전에 도조 준코에게서 연락이 왔는데 스미코의 유품을 몇 가지 전해주고 싶다고 했다. 다쿠미는 터널이 전면 개통되고 나면 첫 휴일에 가겠다고 대답했었다.

버스를 타고 출발을 기다리고 있는데 낯익은 여자 한 명이 올라탔다. 다쿠미는 잠시 생각하다가 어디서 만났는지를 기억해냈다. 터널 사고 직전에 아시가라 휴게소에서 봤던 사람이었다. 사고 직후 시즈오카 역에도 있었다. 그때는 머리를 뒤로 묶었는데 지금은 긴 머리를 늘어뜨리고 짙은 회색 원피스를 입고 있었다.

그녀는 다쿠미와 비스듬히 앞에 앉았다. 버스가 출발한 뒤에는 문고본을 읽었다. 그녀가 얼굴을 들려고 하면 다쿠미는 눈을 돌렸다.

버스는 그날과 마찬가지로 휴식을 위해 아시가라 휴게소로 들어갔다. 다쿠미는 무의식중에 그녀의 움직임을 눈으로 좇았다. 어디로 가는 걸까, 말을 걸면 이상하게 생각할까. 그런 생각을 했다.

이윽고 버스는 아시가라 휴게소를 출발했다. 다쿠미는 잠시 꾸벅꾸벅 졸았다. 눈을 뜬 것은 승객 누군가가 니혼자카 터널이라는 말을 입에 올렸기 때문이었다.

터널이 가까워진 모양이라고 다쿠미는 짐작했다. 사고 흔적이 어떻게 되었는지를 봐야겠다고 생각했다. 그러나 그전에 또다시 그녀에게 눈을 돌린 그는 자기도 모르게 숨이 멎는 것 같았다. 그녀가 염주를 쥐고 있었기 때문이다.

터널이 가까워졌다. 도로 옆에 검게 탄 차체 몇 대가 쌓여 있는 것이 보였다. 도로에 그어진 하얀 선의 색깔이 이상하게 생생하게 느껴졌다. 버스 승객들 사이에서 신음인지 한숨인지 모를 소리가 터져 나왔다.

염주를 들었던 그녀가 지금은 그것을 손가락에 끼우고 합장하고 있었다. 다쿠미는 그런 그녀를 가만히 바라보았다.

다음에 버스가 정차한 것은 하마나 호수 휴게소였다. 그녀가 내리는 것을 보고 뒤따라 다쿠미도 자리에서 일어났다.

"저기……." 용기를 내서 아는 척을 했다. 수상하게 여길 것을 각오했는데 그를 올려다보는 그녀의 시선에 딱히 의아해하는 기색은 없었다.

"예?"

"그 사고로……니혼자카 터널 사고로 누가 피해를 입었습니까? 친구나 가족……."

그녀는 부끄러운 듯 고개를 숙였다. 합장하는 모습을 들켰다는 것을 알아챈 모양이다.

"댁이나 댁의 일행들은 피해를 당하지 않았던 것 같은데요.

하마터면 사고를 당할 뻔했을지도 모르지만. 아니면 그 빨간 카로라가 불에 타버린 건가요?"

그의 말에 그녀는 놀란 듯 눈을 휘둥그레 떴다.

"그때 아시가라 휴게소에서 봤습니다. 그날도 나는 고속버스를 타고 왔거든요. 댁들은 빨간 카로라를 탔었죠."

그녀는 의문이 풀렸다는 표정을 했지만 그런데도 살짝 고개를 흔들었다.

"용케 기억하시네요."

"나랑 같이 있던 친구가 댁들을 걱정했습니다. 아, 그 뒤에 시즈오카 역에서도 봤습니다. 사고가 난 뒤에 거기 갔었잖습니까."

"예, 우리도 터널 입구에서 꼼짝도 못하게 되었거든요."

"정말입니까? 큰일 날 뻔했군요."

"하마터면 불길에 휩싸일 뻔했어요. 그래서 차를 버리고 도망쳤지요."

"그거 참 다행이군요. 그래도 피차 무사해서 다행입니다."

"정말……." 그녀는 핸드백을 집어 들었다. 조금 전의 염주는 그 안에 들었을 것이다. "위험했어요. 사고 전에 잠깐 어떤 일이 있어서 터널에 들어가는 시간도 조금 늦었거든요. 조금만 일찍 갔으면……. 하지만 죽은 사람들을 생각하면 도저히 마냥 좋아할 수만은 없어요. 그때 그대로 갔으면 우리는 죽었을지도 몰라요. 그래서……."

"압니다." 다쿠미는 즉각 대답하면서 마음이 따뜻한 아가씨라고 생각했다.

휴식을 마치고 버스로 돌아오자 다쿠미는 그녀의 옆자리에 앉아도 되겠느냐고 물었다. 그녀는 흔쾌히 그러라고 했다.

그녀의 이름은 시노즈카 레이코篠塚麗子였다. 이케부쿠로의 서점에서 일한다고 했다. 닛보리에 있는 집에서 부모와 같이 살고 있고, 오늘은 고베에 있는 친구의 결혼식에 간다고 했다. 다쿠미는 레이코에게 명함을 주었다. 그가 인쇄기를 멋대로 이용해서 만든 작품이었다.

서로 자기소개를 하는 중에 버스는 나고야에 도착했다. 시간이 놀랄 정도로 순식간에 지나갔다.

"도쿄에 돌아가면 다시 만날 수 있을까요?" 다쿠미가 말해보았다.

그녀는 잠시 망설이는 표정을 보였지만, 이윽고 빙그레 웃으며 조금 전 그가 준 명함 뒤에 전화번호를 적었다.

"전화를 하려면 밤 열 시 전이라야 해요. 아버지가 엄하시거든요."

"아홉 시 전에 전화하겠습니다." 그렇게 말하며 명함을 받아들었다.

이 약속은 그로부터 사흘 뒤에 이루어졌다. 두 사람은 휴일에 만날 약속을 했다. 첫 데이트 장소는 아사쿠사였다. 물론 다쿠미가 안내했다.

다쿠미는 급속하게 레이코에게 마음이 끌렸다. 그녀는 사소한 일에 마음 쓰지 않는 대범함을 가졌고 어떤 때라도 감사하는 마음을 잊지 않았다. 다쿠미는 그녀와 같이 있으면 마음이 푸근

하게 열린다는 것을 알았다. 바늘처럼 뾰족했던 뭔가가 어느새 녹아버리는 것이었다.

휴일마다 다쿠미는 레이코를 만났다. 만나지 못할 때는 전화로 목소리를 들었다. 눈 깜짝할 사이에 3개월이 지나고 해가 바뀌었다. 어느 덧 시대는 1980년대로 접어들었다.

설날 오후에 다쿠미와 레이코는 아사쿠사 센소지에 신년 참배를 갔다 오는 길에 다방으로 들어갔다.

"조만간 회사를 옮길 생각이야." 커피를 마시면서 다쿠미가 말했다.

레이코가 눈이 휘둥그레졌다. "어떤 회사로?"

"통신 사업을 하는 회사야. 설립하면 부르겠다고 했어. 드디어 준비가 끝난 모양이야."

다카쿠라에게서 연락이 온 것은 연말쯤이었다. 전에도 그런 이야기는 있었지만 설마 다카쿠라가 진심으로 하는 말이라고는 여기지 않았기 때문에 전화가 왔을 때는 적지 않게 놀랐다.

"통신 사업이라니?"

"기본적으로는 이동전화 서비스. 하지만 그것만이 아닐 거야."

다쿠미는 자신이 머릿속에 그리고 있는 미래의 전화 네트워크 시스템에 대해 이야기했다. '그'가 해준 말을 그대로 자기 의견인 양 말했다. 그 이야기를 할 때 그리움과 쓸쓸함이 교차했다.

"잘은 모르지만……." 레이코가 빙그레 웃으며 말했다. "다쿠미 씨가 그렇게 열심히 일할 수 있는 거라면 분명 잘될 거야. 힘내."

고마워, 하고 그는 웃는 얼굴로 고개를 끄덕였다.

레이코의 시선이 비스듬히 위로 향했다. 거기에는 텔레비전이 놓여 있었다. 화면에 비치는 것은 가수 사와다 겐지였다.

"주얼리다. 정말 독특한 노래야. 신곡 같아."

다쿠미는 화면 아래 표시된 글자를 보고 앗, 하고 작게 비명을 질렀다. 곡 제목은 「Tokio」였다. 다쿠미는 노래 가사를 나즈막하게 중얼거렸다.

"도키오가 하늘을 날아간다고……."

종장

종이컵 안의 커피는 이미 차갑게 식어버렸다. 미야모토는 그것을 한 모금 마시고 입 안을 적셨다. 벽에 걸린 시계로 눈길을 주고서야 두 시간 이상 이야기했다는 사실을 비로소 깨달았다.

멀리서 슬리퍼를 질질 끄는 소리가 들려왔다. 그러나 그것도 이윽고 사라졌다. 심야 병원은 무서우리만치 조용했다.

"가와베 레이지라는 인물이 도키오였는지는 결국 지금까지도 알 수 없는 상태야. 솔직히 말하면 그 이름도 이렇게 이야기를 하다 보니까 생각난 거야. 이상한 일이지. 이렇게 되기까지 전혀 의식에 없었어." 미야모토가 고개를 조금 갸우뚱했다.

"어떻게 그걸 지금까지 이야기해주지 않았어?" 레이코가 물었다. "도키오랑 20년도 전에 만났다면서 어떻게 지금까지……."

"그러니까 나 자신도 너무 오랫동안 잊고 살았어. 아니, 잊었다는 건 정확하지 않아. 기억의 표면에 떠오르지 않았다고 해야 할까. 도키오가 입원하게 되고 더는 치료할 방법이 없다는 생각을 한 순간 갑자기 머리에 떠올랐어. 하지만 당신에게 어떻게 이야기해야 할지 몰라 망설였어. 내 머리까지 이상해졌다고 여길 것 같아서." 미야모토는 쓴웃음을 지으며 아내를 보았다. "믿을 수 있겠어? 이런 말도 안 되는 이야기를."

레이코는 똑바로 남편의 눈을 바라보며 말했다. "믿어."

"그래……?" 미야모토는 고개를 끄덕이며 한숨을 내쉬었다.

"시간이라는 것이 어떤 식으로 되어 있는지 나는 잘 몰라. 어쩌면 도키오처럼 몇몇 영혼은 시간을 날아다닐 수 있는 건지도 몰라. 그렇게 해서 인간은 미래에서 온 영혼의 도움을 받아가며 역사를 구축해왔는지도 몰라. 내가 도키오 덕분에 성실한 인생을 살게 되었듯이 말이지. 물론 그런 건 모두 착각이라고 생각할 수도 있어. 일찍이 도키오라는 이상한 청년이 있었고, 내 젊은 시절에 약간의 영향을 주었다, 그 청년을 아들이라고 믿으면서 지금의 괴로운 마음을 조금이라도 달래보려는 건지도 몰라. 무의식중에 말이지. 하지만 역시 나는 그때의 도키오는 우리의 아들 도키오라고 생각하고 싶어. 그를 만나지 않았으면 도키오를 이 세상에 받아들이거나 하지 못했을 테니까."

내일만이 미래는 아니다……. 그 목소리는 미야모토의 기억 깊은 곳에서 지금도 생생하게 살아 있다.

"나는 믿어. 그때 당신과 같이 있었던 도키오가 우리의 도키오라고. 틀림없어."

"그렇게 생각해줄 수 있겠어?"

미야모토가 말하자 왠지 레이코도 고개를 끄덕였다. 미야모토가 의아한 듯 고개를 갸우뚱하자 레이코가 말을 이었다.

"당신 말만 듣고 믿는다는 이야기가 아니야. 나한테도 나름대로의 이유가 있어. 당신 이야기를 듣다가 20년 만에 수수께끼가 풀렸거든."

"수수께끼?"

"니혼자카 터널……." 그녀는 말을 꺼내면서 크게 심호흡을 했다. "당신도 기억할 거야. 우리가 조금만 일찍 갔어도 사고를 당할 뻔했었다는걸."

"그래. 터널 안에 차를 놓고 도망쳤다고 했지."

"그때 친구는 꽤 속도를 내서 달렸어. 우리도 마음이 들떠 있었지. 그런데 터널에 거의 다 왔을 즈음에 그가 나타났어."

"그?"

"오토바이를 탄 젊은이." 레이코는 남편의 눈을 응시한 채 말을 이었다. "그는 우리 차 옆을 스칠 듯 말 듯 달렸어. 뭐라고 소리를 지르는 것 같았지만 들리지 않았어. 운전했던 친구가 화를 내면서 차를 갓길에 세우자, 그도 오토바이 속도를 늦췄어. 친구가 창문을 열자 오토바이에서 내린 그가 이렇게 말했어. 여기서부터는 더 가면 안 된다고, 여기서 가만히 있어야 한다고. 그때 그는 왠지 내 얼굴을 빤히 보았어. 그를 보면서 괜히 반가운 듯한, 간절해지는 듯한 기분이 되었던 것이 기억나."

"도키오였구나……."

"친구는 그를 상대도 해주지 않았어. 창을 닫고 즉시 차를 출발시켰지. 머리가 이상한 남자라고 했어. 하지만 나는 왠지 불안했어. 그가 미친 사람처럼 보이지는 않았거든. 뒤를 돌아보니 그는 다시 오토바이를 타고 달리고 있었어. 다른 차를 향해서도 뭐라고 열심히 소리치면서."

"녀석은 과거를 바꿀 수 없다는 것을 알고 있었어. 하지만 잠자코 있을 수는 없었던 거야."

"그러는 중에 터널이 가까워졌어. 그런데 터널 안으로 들어간 순간 우리는 이변을 깨달았어. 갑자기 앞에서 달리던 차가 계속해서 급브레이크를 밟았던 거야."

사고가 일어난 순간이구나, 하고 미야모토는 짐작했다.

"앞에서 요란한 폭발음이 들리고 불길이 치솟는 게 보였어. 우리는 여전히 멍하니 앉아 있었지. 그때 누군가가 거세게 창문을 두드렸어. 보니까 조금 전 그 청년이었어. 어느새 쫓아왔던 거야. 그는 문을 열고 외쳤어. 빨리 여기서 피하라고, 터널 밖으로 있는 힘을 다해 뛰라고. 우리는 무슨 영문인지도 모르면서도 허둥지둥 차에서 내렸지. 그때 그가 내게 말했어. 계속 열심히 살아주세요, 분명히 훌륭한 인생이 기다리고 있을 테니까요, 하고."

레이코의 말은 순식간에 미야모토의 전신을 휘감고 지나갔다. 거기에 자극을 받은 듯 피가 소용돌이치는 느낌이 들었다. 이윽고 그것은 눈동자 깊은 곳에서 뜨거운 덩어리가 되었다. 그는 고개를 숙였다. 발밑으로 눈물이 뚝뚝 떨어졌다.

"그 청년은……도키오는." 레이코도 오열을 참았다. "그 뒤에 터널 안을 향해 달려갔어. 그는 아마 더 많은 사람을 구하려고 했을 거야."

"사망자는 결국 일곱 명이었지……."

"덕분에 일곱 명으로 그친 것이라고 나는 생각해. 분명 그가 몇 명을 더 구했을 테니까. 그뿐만이 아니야. 그가 터널 앞에서 차량 통행을 방해했기 때문에 전체적으로 속도가 완만해진 거야. 그가 없었으면 우리까지 포함해서 모든 차들이 속도를 내서 터널 안으로 달려갔을지도 몰라."

녀석은 그렇게 과거를 바꿨던 거구나, 하고 미야모토는 생각했다.

그가 아니었으면 역사는 더 끔찍한 결과를 낳았을지도 모른다.

미야모토가 아내의 어깨에 손을 얹었다.

"그 이야기도 오늘 처음 들었어."

"나도 갑자기 생각났어. 왜일까. 그토록 중요한 사건이었는데."

시간의 법칙인지도 모른다고 미야모토는 생각했다. 타임 패러독스가 일어나지 않도록 우리 모두는 시간에 조종당하고 있는 건지도 모른다.

"나도 당신도 그 녀석이 살려준 거군." 미야모토가 말했다. "지금 저기 누워 자고 있는 아들이……."

"그런데 여보, 당신 이야기에 나오는 도키오는 역시 가와베 레이지였던 걸까. 만약 그렇다면 그때 도키오는……."

미야모토는 레이코가 무슨 말을 하고 싶은지도 알았다. 말을 잇지 못하는 마음도 전해져 왔다.

미야모토는 고개를 가로저었다.

"도키오는 어쩌면 가와베 레이지라는 사람의 몸을 빌려 내 앞에 나타났던 건지도 몰라. 하지만 몸을 빌린 것뿐이야. 육체를 돌려준 다음에는 아마 또 다른 새로운 여행을 떠났을 거야."

"그럴까……."

"그래……믿지 못하겠어?" 아내의 어깨를 힘껏 잡으며 그가 말했다. 그녀는 그의 손 위에 자기 손을 얹었다.

그때였다. 복도를 뛰어오는 발소리가 들렸다. 미야모토는 자기도 모르게 레이코의 얼굴을 봤다. 그녀도 그를 보았다. 두 사람이 똑같은 예감에 휩싸였다는 것을 그는 확신했다.

발소리의 주인은 간호사였다. 그녀의 엄한 표정을 보고 미야모토는 마지막 순간이 왔음을 깨달았다.

"아드님의 용태가 갑자기……." 간호사는 그 말만 했다.

미야모토는 아내와 함께 일어났다.

"의식은?"

"지금은 돌아와 있을지도 모릅니다. 하지만……."

간호사가 하려는 다음 말은 듣지도 않고 미야모토가 뛰기 시작했다. 레이코도 그 뒤를 따랐다.

집중치료실로 뛰어 들어가니 의사가 도키오의 얼굴을 들여다보고 있었다. 또 한 명의 간호사는 옆에 있는 모니터를 노려보고 있다. 모두들 표정이 심각했다.

"말을 시켜보십시오." 의사가 미야모토 부부에게 말했다. 살려낼 방도가 없다는 것을 보여주듯 그 목소리는 어둡게 가라앉아 있었다.

레이코가 침대 옆에 쪼그리고 앉아 아들의 손을 잡았다. 뺨 위로 눈물을 흘리면서 아들의 이름을 계속해서 불렀다. 그 소리가 들리는지 안 들리는지 도키오의 몸은 꼼짝도 하지 않았다.

미야모토는 흐느껴 우는 아내와 가만히 눈을 감은 아들을 번갈아 내려다보았다. 슬퍼야 하건만 이미 모든 감정이 어디론가 사라지고 있었다. 마치 한 장의 사진을 보고 있는 듯한 기분이었다.

그는 아내의 등에 손을 얹었다.

"도키오는 죽은 게 아니야. 새로운 여행을 떠난 거야. 조금 전에 그걸 확인했잖아."

레이코는 연방 고개를 끄덕이면서도 여전히 계속 울었다.

건강했던 시절의 아들 모습이 차례로 미야모토의 뇌리에 떠올랐다. 아들의 목소리가 들리고 아들과 장난 치고 놀던 순간의 감정들이 되살아났다. 그는 천장을 향해 시선을 들었다. 눈에서 넘친 무언가가 볼을 타고 흘러 목덜미를 적셨다.

그때 갑자기 깨달았다. 자신에게는 중대한 일이 남아 있음을 떠올린 것이다.

미야모토는 도키오의 얼굴을 바라보고 이어서 그의 귓가에 입을 가까이 댔다.

"도키오, 들리니? 도키오!"

이걸 잊어서는 안 된다. 가장 중요한 일이다. 이것을 전하지 않으면 그의 새로운 여행은 시작되지 않는다.

미야모토는 목소리를 다해 외쳤다.

"도키오! 아사쿠사 놀이공원에서 기다려야 한다!"

〈끝〉

| 역자 후기 |

내일만이 미래는 아니라는 타임머신

'미래에서 온 아들.'

누가 들어도 막연하고 비현실적인 소재지만 소설은 너무나 구체적이고 자연스럽다. 히가시노 게이고의 진지하면서도 능청스러운 솜씨 또한 뛰어나다. 이토록 애절한 부성애를 묘사하면서, 그리고 한 여자에 대한 깊은 사랑을 이야기하면서도 가상현실의 소재를 놀랍도록 자연스럽게 풀어내는 작가의 역량이 새삼 놀랍다.

소설의 주인공은 다쿠미인 것 같기도 하고 도키오 같기도 하다. 자신의 불우한 성장 배경을 탓하며 우왕좌왕 한탕주의를 꿈꾸는 다쿠미에게 어느 날 불쑥 다가온 청년 도키오. 그 청년의 정체가 무엇인지 제대로 알기도 전에 여러 가지 우여곡절에 휘말리는 다쿠미.

그리고 어린 시절의 깊은 상처 때문에 갈팡질팡 살아가면서도 순수한 마음을 간직한 다쿠미를 누구보다 깊이 이해하는 연인 치즈루. 다쿠미를 진심으로 사랑하지만 그의 한탕주의를 견디다 못해 다른 선택을 하게 되는 치즈루는 자신의 선택이 엄청난 파장을 불러일으키게 되리라고는 상상도 하지 못한다. 그녀는 사랑하는 연인 다쿠미를 버리고 따라나선 남자가 국가적 비리와 관련된 중요 인물인 줄도 모르고 오사카로 도피행각을 벌이다 결국 다쿠미와 도키오의 도움을 받아 그 국가적 범죄의 손아귀에서 벗어나는데…….

히가시노 게이고의 독특한 솜씨는 바로 작품을 통한 독자에게 말 걸기다. 그래서 줄거리보다 그 안에서 펼쳐지는 크고 작은 드라마들이 독자로 하여금 '미래에서 온 아들'의 모습을 끝까지 따라가게 만든다. 그것도 간절하고 안타까운 마음으로. 그의 다른 작품을 봐도 알 수 있듯이 작가는 독자에게 이미 범인이 누구인지 암시해놓고 이야기를 시작한다. 이번 작품에서도 작가는 독자는 눈치를 채지만 주인공은 모르는 '미래에서 온 아들'을 흥미진진한 마음으로 따라가게 만든다.

"앞으로 몇 년 지나면 당신도 결혼해서 아이를 낳겠죠. 아들일 거예요. 그 아이에게 당신은 도키오時生라는 이름을 줄 겁니다. 한자로 시간을 살아간다는 의미의 이름. 그 아들은 열일곱 살이 되었을 때 어떤 사정으로 과거로 돌아갈 거예요. 그게 나예요."

흥미진진하지 않은가?

작품에 대한 단편적인 정보들로는 어떤 색채를 지닌 소설인지 도무지 짐작을 할 수가 없어서 번역에 착수하기 전에 일단 소설의 줄거리를 알아야겠기에 시간가는 줄 모르고 끝까지 읽었다. 그런데 읽으면서도 아무런 위화감이 없었다. 그레고리우스 증후군이라는 생소한 병명도 너무 그럴 듯해서 작가의 창작물이라는 것도 몰랐다. 그냥 그런 게 있는가 보다 싶었다. 미스터리? 꼭 그렇지만은 않다. 인간적인 감동을 주는 소설이라는 이미지가 더 와 닿는다.

그리고 또 하나, 히가시노 게이고가 거의 모든 작품에서 빼놓지 않고 다루는 사회 구조적 병폐에 대한 통렬한 고발이 있다. 강력하게 주장하지 않으면서 소설 안에 녹아들어 있는 작가의 균형잡힌 사회의식이 돋보인다. 그것이야말로 그가 우리나라에서도 수많은 독자들을 거느리고 그 인기가 가실 줄 모르는 이유 중 하나라는 생각이 든다.

2008년 9월

오근영

도키오

지은이 | 히가시노 게이고
옮긴이 | 오근영

펴낸이 | 전형배
펴낸곳 | 도서출판 창해
출판등록 | 제9-281호(1993년 11월 17일)

2판 1쇄 인쇄 | 2013년 8월 20일
2판 1쇄 발행 | 2013년 8월 27일

주소 | 121-869 서울시 마포구 연남동 509-16 동서빌딩 2층
전화 | 070-7165-7500, 02-333-5678
팩스 | 02-322-3333
E-mail | chpco@chol.com

ISBN 978-89-7919-840-9 03830

*값은 뒤표지에 있습니다.
*잘못된 책은 구입하신 곳에서 바꿔 드립니다.